魔安 著

上册

江苏凤凰文艺出版社
JIANGSU PHOENIX LITERATURE AND ART PUBLISHING

图书在版编目（CIP）数据

忽然热恋：全2册 / 魔安著．— 南京：江苏凤凰文艺出版社，2022.7
ISBN 978-7-5594-6821-5

Ⅰ．①忽… Ⅱ．①魔… Ⅲ．①长篇小说－中国－当代 Ⅳ．① I247.5

中国版本图书馆 CIP 数据核字 (2022) 第 073023 号

忽然热恋：全2册

魔安 著

责任编辑 周凯婷
特约编辑 龚雅琴
装帧设计 千 千
责任印制 刘 巍
出版发行 江苏凤凰文艺出版社
南京市中央路165号，邮编：210009
网 址 http://www.jswenyi.com
印 刷 三河市良远印务有限公司
开 本 880毫米 ×1230毫米 1/32
印 张 15.5
字 数 445千字
版 次 2022年7月第1版
印 次 2022年7月第1次印刷
书 号 ISBN 978-7-5594-6821-5
定 价 65.00元（全2册）

目录

[上册]

目录
[下册]

第一章

冤大头

A牌作为欧洲有百年历史的老牌奢侈品牌，产品一直以专供皇室的高品质和令人匪夷所思的高价格闻名，近年来进驻中国市场后业绩也是十分喜人。高昂的价格并未影响当代国人对这一奢侈品牌的热情，短短几年时间，A牌开了一家又一家分店。

中心广场，A牌最新的一家分店今日开张，黑衣保镖戴着墨镜，拦住四周围得水泄不通的粉丝。

A牌这种顶级奢侈品牌，开业时往往会邀请跟品牌方关系好的当红艺人来剪彩庆贺，今天的活动也不例外。楚皙穿着八厘米高的细高跟凉鞋站在人群中间，手拿金色的剪刀，面对眼前众多的摄像师和镜头，脸上露出得体的微笑，在现场主持人的要求下剪断了眼前的红色绸带。

随着彩带被剪断，现场响起哗啦啦的掌声。

接下来便是合影环节。A牌的几个大中华区的高管、门店店长，还有今天应邀来剪彩的三个女明星各自手执香槟站成一排。现场的摄像师不约而同地将镜头对准了那三个站成一排的女明星。

左边那个是童星出身、今年刚满十八岁的新晋小花旦，刚考上电影学院，未来可期，十分受A牌高管的喜爱；中间那个是当红“三金”奖项获得者，其形象与A牌的品牌定位十分契合；站在最右边的楚皙则备受争议。

网友总爱质问：“楚皙的资源为什么这么好？”

楚皙出道两年，演的全是大投资、大制作的电影、电视剧。她明明是新人，却总是演主角，有各种知名演员给她当配角。最后，因为演技拙劣而遭到批评，只混成了个二线演员。她不死心，跑去参加真人秀节目，又因表现得太假，被观众骂得体无完肤。

然而她都被骂成这样了，如今仍然能够站在新晋小花旦和当红女明星的旁边，和她们一起给奢侈品牌剪彩。

摄像师看着镜头里的三个女明星，暗自想：别的不说，楚皙长得还是不错的。

新晋小花旦长得明艳标致，可是个子有些矮，肩膀略窄，腿形也一般；当红女明星的骨相极佳，长着一张标准的“电影脸”——从银幕上看确实是很完美，但是五官略显寡淡，没有让人眼前一亮的感觉。在这三个人当中，最吸引人眼球的无疑是楚皙。

她那白到发光、毫无瑕疵的皮肤让人挪不开眼，及膝的小礼服充分地展现出她长腿、细腰、优越的头肩比例及傲人的身材，一头黑色的长发和水嫩的“樱桃唇”更是为她加分不少。

拍完合影，众人还是要将手里的香槟喝完的。只见在场的人基本上都一饮而尽了，尤其是新晋小花旦，喝得十分豪爽。只有楚皙，在别人过来跟她碰杯的时候做作地撒起娇来，楚楚可怜地说：“不好意思，人家不会喝酒。”

摄像师一时语塞。这种事要是发生在别的女明星身上，他们还能借此写一条新闻，但发生在楚皙身上的话，大家就见怪不怪了。

晚上九点，剪彩活动结束。

楚皙钻进保姆车，迫不及待地踢掉脚上的高跟鞋，然后俯下身揉着自己酸疼的腿肚子。她揉了两下又觉得不得劲，正想把腿蹺到前座椅背上，突然瞟到身旁正襟危坐的经纪人姚玉，又默默地把腿收了回来，并悄悄穿好一直备在保姆车上的平底鞋。

“这两天没什么活动了吧，姚姐？”楚皙小心翼翼地问。她刚才差点儿就喝了手上的那杯香槟，突然瞄了一眼台下的姚玉才反应过来，自己的形象设定里有一条就是不会喝酒。如果她刚才喝了酒，而姚玉又将这件事告诉了顾铭景的话，她就完了。

姚玉公式化地掏出平板电脑查了查日程：“接下来一个星期你都没有活动安排，只是……”

“只是什么？”楚皙紧张起来。

姚玉：“顾先生临时决定明晚回来，请您准时在楠静公寓里等他。”

“哦，好的。”楚皙听到后点了点头，倒也没表现出别的情绪。

保姆车行驶在高架桥上，车厢里很安静，姚玉在忙着工作，楚皙默默地看手机。

刚才的活动照片已经出来了，姚玉已经帮楚皙用微博账号“演员楚皙”转了品牌方的微博。楚皙偷偷登录自己的另一个微博账号“老子今天也懒得化妆”看起了相关活动消息。

某账号发布了一条微博：“今日 A 牌新门店盛大开业，三位当红女明星到场参加开业活动并剪彩。”

大合照中的三个女明星被单独裁了出来，楚皙对照片中自己的状态很满意。

楚皙看着这条微博，想了一想，然后点了转发，配上文字：“好漂亮啊！”

这是她第一次在小号上转发和自己相关的微博。

楚皙经常在小号上分享一些护肤、美妆心得和日常生活。某天，她的微博被某个美妆大号转发了，后来小号竟然渐渐地积累了两万多个粉丝。楚皙那个有三千万粉丝的大号平常都是姚玉在管，她用得最多的就是自己的小号。后来，她由于发了一条自己徒手拍死蟑螂的短视频，在粉丝中得了个“二狗”的爱称。

楚皙转发完，有些紧张地等着评论，不知道小号的粉丝会不会喜欢作为女明星的她。

不一会儿，楚皙就陆陆续续地收到了消息提示。

今天又懒得化妆了吗？

“二狗”是说谁好漂亮啊？不会是楚皙吧？

有关楚皙的评论，大家的回复很精彩。

得了吧，“二狗”这种徒手拍蟑螂的“壮士”怎么可能喜欢楚皙那种女人？

一看到楚皙这张脸就讨厌，参加《明星大挑战》时让所有男嘉宾都哄着她，遇到事情后除了哭、撒娇，什么也不会。她演的电视剧收视率这么低，资源还这么好，简直是对市场的侮辱。

今天楚皙红了吗？没有。

楚皙看着这些评论，心凉凉的，没想到演员楚皙的口碑还真是差到了极点。

她很失落，突然就搞不懂了，自己撒娇、卖萌、流泪对顾铭景那么管用，怎么到了公众面前就不行了呢？

楚皙其实也看不透顾铭景。他们都在一起两年了，他乐此不疲地给她各种好的资源。每次电影票房低了、电视剧收视率创新低了，楚皙都胆战心惊，恨不得负荆请罪，生怕顾铭景骂她不成器。结果顾铭景从未对她皱过眉头，反而继续让旗下的影视公司给她准备下一部电影和各种代言。不仅如此，他甚至还带着她出席各种宴会。他交际圈里的人几乎都知道，顾铭景和娱乐圈里那个怎么捧都捧不红的女明星楚皙在谈恋爱。

楚皙觉得顾铭景对她好得都有点儿不正常了。

保姆车开到公寓的车库里，姚玉把一路沉思的楚皙送上楼，在她面前打了个响指。

“啊？”楚皙终于回过神。

姚玉见她回过神来了，才叮嘱道：“明天我就不打电话叫你起床了，晚上顾先生会回来，你要记得啊。还有，你今年的体检报告快出来了……”

“这个你昨天就已经说过啦。”楚皙笑着对姚玉说，“很晚了，你快回家吧。”

“好吧，那我先走了。”姚玉跟楚皙道了别。姚玉是顾铭景安排给楚皙的经纪人，楚皙的一举一动都逃不过她的眼睛，自然也逃不过顾铭景的眼睛。

等姚玉的背影消失在电梯口，楚皙松了一口气，关上门，看着这空荡荡的房间，攥起拳头。刚才她在车上没敢表现出来，现在终于可以激动起来了。

顾铭景明天要回来了！

他这两个月不知道在做什么，一直很忙，电话都是助理接的。楚皙不敢去打扰他，今天姚玉说他要回来了，想来他应该是已经忙完了。

楚皙卸完妆，洗了个澡，然后穿着她那件纯棉的带有小猪佩奇图案的睡衣晃晃悠悠地出来，挑选起明晚跟顾铭景在一起时要穿的睡衣。

楚皙在两条裙子中间纠结：一条是藕粉色的真丝吊带裙，一条是黑色的蕾丝吊带裙。

藕粉色的这条触感极佳，她自己忍不住摸了又摸。黑色的这条很衬肤色，她穿上后，再扎个丸子头，整个人宛如小黑天鹅，肩颈处的肌肤白得晃眼。

两条都是顾铭景喜欢的类型。

楚皙挑了一阵还是没做出决定，然后打了个哈欠，低头看着自己身上的这件睡衣。反正不管她最后选哪一条，都不可能选身上的这条。

她只敢在顾铭景不在的时候穿这种幼稚的棉质睡衣，因为顾铭景是那种从来不看动画片的男人。楚皙都不敢想象顾铭景看到她现在穿着的这件睡衣时会是什么表情。

不过楚皙是不会让这种情况发生的。

她把两件睡衣叠好收起来，然后钻进被窝睡觉。

白天忙了一天，她很快就睡着了，只是刚睡下不久，半梦半醒间，突然听见房间里有窸窸窣窣的声音。

楚皙迷迷糊糊地睁开眼，看到自己的床前有一个黑影。

幸好，在她尖叫的前一刻，床头灯亮了。

楚皙看到突然出现在她床头的顾铭景，从被窝里爬起来，惊魂未定。

楚皙："你……你怎么……？"

姚玉不是说他明晚才会回来吗？

顾铭景看到楚皙爬出来，正要说话，目光却被她身上那件色彩鲜艳的睡衣吸引。他见惯了穿着各种真丝睡衣的楚皙，还是第一次看到她穿这种睡衣。

楚皙顺着顾铭景的视线看到了自己的睡衣，神色一变。她不动声色地拉起被子，从脖子开始，将自己裹住。她从来没有像现在这样希望顾铭景瞎了。

顾铭景用舌尖抵了抵左脸颊，打量着眼前把自己捂得严严实实的楚皙。

她身上穿的是什么东西？一个诞生于英国，有着粉红色的皮肤，喜欢跳泥坑的猪？顾铭景隐约记得这款卡通图案曾出现在他的某个生意伙伴的十岁女儿的衣服上。

"脱下来。"他淡淡地说。

楚皙不解地看向他，有些蒙。

顾铭景优雅地解着袖口的扣子："我不想让自己觉得在欺负一个未成年人。"

…………

床边，小猪佩奇睡衣略显凄惨地躺在地板上。

床上，两个人缠绵在一起。

翌日，天大亮。

楚皙终于睡醒了，用手背揉了揉眼睛，在床上盯着天花板，放空了好一会儿，然后才挣扎着坐起来。

她伸手摸了摸顾铭景昨晚睡的地方，冰冷的触感告诉她，顾铭景已经走了，并且走了有一段时间了。

这很正常。楚皙从认识他开始，就知道他每天早上七点准时起床吃早餐、晨练，九点准时到公司上班。楚皙是认识了顾铭景之后，才知道原来这世上真的有那么一群人，他们从出生就站在很多人一辈子也到不了的终点。更可怕的是，他们往往还比那些普通人以更严苛的方式要求自己。他们吃着营养师精心搭配的三餐，按照私人教练制订的计划锻炼，并且恨不得用尺子来划分自己每一天的时间，自律至极。

而对楚皙来说，顾铭景的自律大概就体现在，无论他们头一天晚上折腾到多晚，第二天一早他总会准时醒来。他们是差不多时间睡的，楚皙起得却比他晚了很多。

她懒洋洋地去洗漱，在盥洗台前刷牙，看着镜子里的自己。

娱乐圈里，女艺人的长相大概可以分为几个派系：有人有好骨相，是“电影脸”；有人因为五官的走向像鲶鱼，被称为“高级脸”；有人是“甜美脸”；还有人是“初恋脸”。

而楚皙呢？当初她被星探发现时，那个星探夸她长了张标准的“初恋脸”。

她出道后，经纪公司也一直往“初恋脸”这个方向包装她。她接下的所有电视剧和广告也是走类似风格的。

后来，不知怎么，大众对她的评价就越来越偏了。

楚皙叼着牙刷，打量镜子里的自己。

镜子里的人皮肤雪白，小翘鼻、樱桃唇，一双眼睛水灵灵的，本来看上去很清纯，可是微微上挑的眼尾让这份清纯感变了味。别说广大网友了，就连她自己也越看越觉得这张脸真的有一股狐媚气。

呸呸呸！楚皙赶紧打住这个想法。哪有人这么想自己的！再说了，无论别人怎么看她，只要顾铭景觉得她是一朵清纯的“小白花”就行了。

楚晳从签约出道开始就按照规划走清纯路线，经纪人时时刻刻盯着她。她走路不能太快，说话不能太大声，不能不化妆，更不能化浓妆，要穿裙子就穿那种白色的及膝裙，头发永远是黑色的长直发，永远要别人帮她拧开瓶盖，看到蟑螂、老鼠一定要大声尖叫，遇到了再不爽的事情都不许跟人家直接吵起来，要用她纯洁的泪水感化对方。

可惜，楚晳当时的经纪人实在不怎么可靠，抓不住市场风向，不知道这种清纯的形象早就不吃香了。

相反地，现在的艺人们纷纷走起了“女汉子”“御姐”路线，比的是谁更耿直。

因此，楚晳及其经纪团队忙活半年，愣是没在娱乐圈里溅出半点儿水花。本来她都穷得快退出娱乐圈了，结果某天突然天降大饼，元景集团的老板顾铭景要和她签约。

楚晳算了算日子，从顾铭景签下她到现在，也快两年了。他给她换了新的团队，给她量身打造电影、电视剧，给她无限额的信用卡。她也兢兢业业地跟在他身边，随叫随到。

自然，她也不敢在他面前单手拧开瓶盖，更不敢徒手拍死蟑螂。他喜欢穿真丝睡衣的纯情女孩儿，那么她就绝对不暴露其实自己是喜欢穿小猪佩奇睡衣的女汉子。

当然，昨晚的事情纯属意外。

楚晳洗漱完，慢条斯理地把早餐和午餐一起吃了，这才做起了今日的计划。

她今天没有通告，而顾铭景白天要去上班，晚上才会回来，所以她有一整个下午的时间自由活动。

楚晳正盘算着下午要不要打两局游戏，再去做 SPA（水疗），结果突然接到医院打来的电话，说她的体检报告出来了。

体检报告这种东西本来可以直接让助理去拿的，但是今天医院那边的人突然说她的检查结果有两项出了点儿问题，想让她去医院再做个详细的检查。她估计自己熬夜拍戏，导致内分泌紊乱、月经不调了，打算去医院让大夫给她调一调。楚皙没把这件事太放在心上，给自己化了个淡妆，戴好墨镜，带上顾铭景新送的名牌包，哼着歌去了医院。

元景大厦。

顾铭景转着笔，唇角带笑，听助理跟他汇报老宅那边最后的交接事宜。

“很好。”顾铭景听完汇报后点了点头。

高助理汇报完毕，合上文件夹，有些犹豫地看着顾铭景：“顾总，既然事情已经结束，那么楚皙小姐那边……”

顾铭景听到“楚皙”两个字，用手中的钢笔在桌面上点了点，眼神深邃。

楚皙是顾铭景的一个幌子。

顾家内部关系十分复杂。顾铭景为了让自己那个每天算计着老头子家产的继母放松警惕，在看上了一个女明星之后，疯狂地在她的身上砸钱，甚至还带着那个女明星出席各种社交场合，让所有人都以为顾家大公子被一个娱乐圈的小演员迷得死去活来，每天不学无术。等继母失去警觉后，顾铭景便开始收网，用了两个月的时间成功翻盘，让继母知道什么叫竹篮打水一场空。

现在事情已经结束了，楚皙的去留问题，高助理自然要确认一下。

高助理轻咳一声，仔细地观察着顾铭景的表情。

这位楚皙小姐，顾总在她的身上砸了那么多钱，捧了她两年，但她一直没让顾总赚过钱。之后，她好不容易摸到了娱乐圈二线的边，口碑却惨不忍睹，幸亏顾总没有放弃她。

不过，高助理其实有点儿纳闷儿，顾总作为一个商人，既然已经达到了原本的目的，就没有再做亏本买卖的道理了，为什么还不放弃楚皙小姐呢?

他作为一名尽职尽责的金牌助理，总是替顾铭景精打细算。

顾铭景想到楚皙，不知怎么，立马想到了昨晚她睡衣上的那只粉红色的猪，突然笑了一声。

高助理被顾铭景冷不丁的笑声吓了一跳："顾……顾总？"

顾铭景立马收起笑容，把手中的钢笔丢到桌子上，站起身："楚皙那边，维持现状就好。"

"是，顾总。"高助理立马应道。

顾铭景觉得楚皙在他身边的这两年表现得还不错，乖巧、温顺，像只黏人的猫。他喜欢她拧不开瓶盖时可怜巴巴地求他帮忙的样子，喜欢她窝在沙发上抱着他的胳膊撒娇的样子，更喜欢她夜深人静时低低的呻吟。

顾铭景越想越觉得他和楚皙的这段关系简直完美，当即叮嘱高助理别忘了准备楚皙的下一部电影——用最大的投资、最好的配角。

今天顾铭景心情好，又让秘书通知楚皙，让她晚上跟他出去吃饭。结果过了一会儿，秘书竟然犹豫地回来了。

"怎么了？"顾铭景微微皱眉。

秘书战战兢兢地道："顾总，那个……楚小姐拜托我跟您说，她……她今天不想出去吃饭，想在家里吃。"

顾铭景还以为自己听错了，楚皙拒绝了他的安排，说不想跟他出去吃饭？

算了，顾铭景想了想便作罢，楚皙想在家里吃就在家里吃吧，这不是什么大事。

于是顾铭景下了班后，直接开车回了楠静公寓。

他开了门，却发现屋里的窗帘都拉着，光线很暗，安静极了。

难道楚皙准备了烛光晚餐？

顾铭景没有立刻开灯，在玄关换完鞋，正准备往屋里走，却发现脚边有人。

那个人察觉到他进门，于是站了起来。

"楚皙？"顾铭景在昏暗的光线中依稀分辨出她的脸庞。

他开了灯，发现楚皙的鼻头红红的。

她直直地看着他，餐桌上空无一物，没有浪漫的烛光晚餐。

顾铭景第一次碰到这样的场景，不悦地皱起眉："怎么回事？"

楚皙吸了吸鼻子："顾铭景，我可能活不了多久了。"她说完这句话，眼泪就哗哗地流下来了。

"什么？"顾铭景觉得莫名其妙。

楚皙抹了把眼泪："我能不能拜托你一件事？跟我拍张假的结婚照，然后跟我回去见见我奶奶，她一直想见孙女婿。"

顾铭景一时语塞。

"求你了，真的求你了。"楚皙想到奶奶，哭得上气不接下气，伸出小手抓着顾铭景的衣角。

她好歹跟了他两年，总有点儿情分在。现在她快死了，只有这么一个要求，希望他能满足她。

顾铭景眉头紧锁，看着哭得梨花带雨的楚皙，突然觉得这张他当初看中的清纯的"初恋脸"变味了。

他可以给，但最厌恶的就是有人主动向他讨要。她说自己活不了多久，所以让他念及情分，满足她的愿望，拍假结婚照，见她的奶奶。

假戏，很多时候做着做着就成真了。

她说自己活不了多久，最后或许越活越久。

顾铭景没想到他解决了顾家那一摊子事的第一天，一直乖巧的楚皙竟然变了脸。

顾铭景一想到继母便不由得有些烦躁，甩掉楚皙的手，道："走吧，跟我出去吃饭。"

顾铭景不想再继续说这件事。看在楚皙这两年都表现得不错的分儿上，他可以当成什么事情都没发生，再给她一次机会。

楚皙往后退了一步，静静地看着顾铭景。

最初她只是要配合他，才在他的要求下，做了他的女朋友。无论他们曾经有多亲密，这段感情都不过是逢场作戏。

他只是一个商人。

楚皙突然觉得自己很可笑，竟然希望顾铭景念及往日的情分。而她以为的情分，在顾铭景的眼里什么都不是，这一切只是她一厢情愿。

顾铭景见楚皙没反应，不悦地皱起眉：“走不走？”

楚皙依稀记得他们约定的时间好像快到了，又或者说已经到了。她闭上眼，深吸一口气，然后睁开眼睛，吐出一个字。

“滚！”

“楚——皙。”顾铭景努力让自己平静下来，道，“金水别苑，自己去挑一套别墅。”

顾铭景自认已经做出了最大的让步。

他觉得，楚皙今天会这么做，无非是想要钱，他可以给她钱，只要她打消其他的念头。

顾铭景接着道：“今天的事我可以当没发生过，以后该给你的不会少，但也请你从今天起不要再妄想得到不属于你的东西。”

楚皙静静地听着顾铭景的话，看着他冷漠的脸，突然觉得自己这两年过得忒没意思。

她在心里骂自己：报应，这是赤裸裸的报应，这一切是你自己咎由自取，你活该!

下午，医生给她的那张诊断书上的内容在脑海里翻腾着。她在网上查了，据说得了此病的人，最长能活半年。

突然之间，上帝仿佛给她的生命装了一个计时器，然后开始倒计时。

一百八十天……

一百七十天……

一百天……

…………

那些往日压迫她、束缚她、紧逼她的人和物，在她知道自己时日不多后，仿佛突然间没了意义，变得微不足道起来。

她命都要没了，还怕什么呢?

“谁稀罕你的臭钱！”

这是楚皙第一次在顾铭景面前这么大声地说话。

她说完，头也不回地走了。

顾铭景看到她恶狠狠的样子，错愕得半天没回过神来。他从来没见过楚皙像今天这样。

楚皙回到房间就开始收拾东西，脑子里回响着一句话：不干了，老娘不干了！

她只剩不到半年的日子了，这种憋屈的日子谁爱过谁过，这种虚伪的“小白花”角色谁爱演谁演。顾铭景就是给她再多的钱，她也不干了。反正她就是再怎么捧也捧不红的废物，反正她就是一个被全民厌恶的做作的女人，再怎么折腾也没用。

如果她连剩下的日子都要过得如此憋屈，那才是真的白活了。

楚皙只收拾了一些衣服和洗漱用品，那些顾铭景送的包包和首饰一概没拿。她来这儿的时候轻轻松松，走的时候，也不想给自己添加负担。

她拖着行李箱走出房门，想着如果顾铭景还在，自己该如何顺利离开。

可是，客厅里空荡荡的，顾铭景已经不在了。

楚皙先是觉得惊讶，之后又有些失落，觉得自己白想辙了。可到最后，她有些轻松，只觉得这符合他一贯的作风。可能他就是这样的人吧，可能自己在他心中确实没有一点儿分量吧。

楚皙不禁翻了个白眼，似乎彻底放下了。她告诉自己：走就走吧，反正这个人与这里的一切都与我无关了。

天色已晚，楚皙觉得现在回自己家也来不及了，于是掏出手机，给自己订了家酒店。

她打了个车过去。

因为司机的手机导航出了点儿问题，车子停在了酒店对面。她要去酒店的话，得穿过一条马路。

晚上，这条街的车流量很大，司机试了好几次都没能成功掉头。

楚皙想着只是隔了一条马路，距离不远，于是干脆下车，说自己走过去就行了。

司机没把楚皙认出来，向她道了谢，开车走了。

这条路上车多人少，绿灯亮了后，马路上也没几个人。

楚皙一下车，远远地就看见马路中间有一个人正颤颤巍巍地走着——看背影是个老大爷，年龄在五十岁左右，但是腿脚好像不怎么灵活，在马路中间一步一步地挪得很慢。

绿灯已经开始闪烁，马上要变红灯了，可老大爷离马路对面还有一段路。

楚皙想着这个年纪的人肯定不认识自己，于是赶紧把行李箱放到一边，跑过去道："您好，我扶您过去吧。"

老大爷的头发染得漆黑发亮，只是谢了顶，整个人打扮得还算体面，身材发福，有点儿啤酒肚，脖子上还戴着条金链子。他看到楚皙跑过来扶住自己，高兴极了，一个劲地说着"谢谢"。

楚皙扶着老大爷赶在红灯亮起的前一秒过了马路。

两个人聊了两句，原来老大爷就住在周边的小区，晚上一个人出来遛弯，结果不小心扭伤了脚。

"要不要我送您去附近的医院看看？"楚皙得知老大爷扭了脚后问道。

老大爷笑着摆摆手："小姑娘，你人真好。不用啦，我已经给我儿子打过电话了，他马上就来。"

"那好吧，您注意安全，再见。"楚皙跟老大爷道了别，折回马路对面取行李箱。

等她办好入住手续，到酒店房间时已经很晚了。

房间里很安静。楚皙坐在床上，下午的一幕幕重新映入脑海：那张给她判了死刑的诊断书，还有冷漠的顾铭景……

楚皙在知道自己时日不多时，已经把自己关在公寓里哭了一下午，现在已经哭不出来了，只觉得累。

她觉得活着真的很累。

她双手捂住脸，静静地待着。

手机铃声突然响了起来。

楚皙瞟了一眼屏幕，来电显示上的名字是“高助理”。他是顾铭景的贴身助理。

她整理了一下情绪，接起电话：“喂。”

“楚小姐您好，我是高明。我想问一下您现在的住址。您还有很多东西落在楠静公寓，我们可以给您寄过去。”

楚皙听后笑了一下，淡淡地道：“不用了，送你吧。”

她正准备挂电话，高助理立马道：“等等！”

楚皙：“嗯？”

高助理犹豫了一下，说：“楚小姐，您真的要跟顾总分开吗？你们之前约定的时间确实已经到了，但是，顾总并没有跟您分开的打算。我虽然不知道今天到底发生了什么事，但是我想，只要您肯向顾总低头道个歉，顾总一定会体谅您的。”高助理苦口婆心地道，“如果您离开的话，您和元景的经济合约也将作废，这意味着您在娱乐圈的资源也将……”

“谢谢，不过我不需要了。”

楚皙挂了电话，躺在床上。

再好的资源，她也不需要了。

现在，楚皙唯一放心不下的就是奶奶。还好，明天她就能见到奶奶了。

楚皙沉沉地睡了一觉。睡前，她许下心愿，希望第二天醒来，会发现今天发生的一切只是个梦。

事与愿违。

次日，她醒来后发现自己还是躺在酒店的床上，那张诊断书的照片也还躺在她的手机相册里。

楚皙盯着那张诊断书的照片发了一会儿呆，然后手机突然收到一条微博推送的消息。

她此刻根本没兴趣了解外面发生了什么事，正准备把消息滑过去，却在推送新闻栏里看见了自己的名字。

新闻标题是“当红小花旦楚皙与神秘男子深夜挽手秀恩爱，疑似恋爱！”

这是怎么回事？

楚皙一愣，难道是别人拍到了自己跟顾铭景的照片？

这不可能啊。

楚皙颤抖着手点进去。

果然，娱乐记者发了照片。

夜幕下，楚皙挽着一个男人的胳膊缓缓地走在街道上。男人谢了顶，身材发福，还有啤酒肚，不过打扮得很体面，脖子上还戴着根金链子。

年轻貌美的女明星和谢顶、戴大金链子的六十岁老男人——网友们等了两年，终于等到了自己想看到的场景。

这种新闻向来传播得最快，不一会儿，楚皙的名字就顺利地登上了微博文娱榜的榜首。

楚皙差点儿被这条新闻气笑了。

原来现在记者的想象力如此丰富。她做好事扶老大爷过马路，在某些别有用心人的眼里竟然变得如此不堪。

楚皙点进评论区，本以为会像以前一样有粉丝或者网友帮她说话，平衡评论区的风向，结果看到的全是“白莲花”“小三”“令人作呕”等词语。

楚皙被评论气得发抖，恨不得顺着网线爬过去，把发新闻、评论的人都揪出来打一顿。她过去两年都被保护得很好，即使之前因为上综艺节目时表现得太娇气而被网友嫌弃，但整个形势也被金牌经纪团队给控制住了。

现在她要独自面对这种新闻，却一点儿公关能力都没有，唯一想到的办法就是发微博澄清。

楚皙登上了那个平常由经纪人姚玉打理的名叫“演员楚皙”的微博账号……

楚皙很少自己用这个账号上发微博，要发也是发姚玉给她精挑细选、精心打磨过后的图片和文字，表现得岁月静好、与世无争。此时，身边没人替她组织文字，她只能一个人坐在酒店的床上激动地打字："请你们放尊重点儿！我只是在路上碰到了腿脚不方便的老大爷，在扶他过马路！"

楚皙编辑好这段文字，看了两遍，然后发了出去。

她心想，自己被莫名其妙地说成这样后，一没骂人，二没发飙，用简单明了的文字阐明事情经过，不卖惨，不借机炒作，这样应该能让那群不明真相的人闭嘴吧。

楚皙发完微博，松了口气。

这条言辞激烈但意在阐明事实的微博，放在之前姚玉给她发的一片岁月静好的微博里，显得有些格格不入。但楚皙没理会这些，只是希望自己澄清之后，这事能够消停下来。

她活都活不了多久了，难不成要带着一身脏水入土？

没过多久，她刚才发的那条微博的评论数就破万了。

楚皙整理了一下情绪，希望那些人能够不要带着恶意去揣度自己，最好给自己道个歉。深吸一口气后，她点开微博评论区，看了两眼，整个人都惊了。

> 这都什么年代了，还用扶老大爷过马路当借口？以为我们没看过小学生写的作文，当我们是傻子吗？
>
> 其实我觉得楚皙长得也没多好看啊，她这张脸放在娱乐圈里都算丑的。

楚皙没想到，即使自己解释了，而且说的是事实，舆论的走向依旧是这样。

楚皙看着这满屏的恶意评论，伸出手，想要删掉。

可是，恶评那么多，她怎么删得完呢？

楚皙突然鼻子发酸，为什么会这样？她没做过伤天害理的事，活了二十多年做的唯一的坏事，就是跟顾铭景在一起。

她刚答应顾铭景的那几天，整晚整晚地睡不着，一会儿梦到爸爸，一会儿梦到妈妈。

梦里，父亲还是穿着那身制服，跟她记忆里的样子一模一样，充满威严。他知道她的决定后非常生气，甚至冲过来给了她一巴掌，说："我们楚家怎么会养出你这样的女儿？你的廉耻之心呢？"妈妈也噙着泪问她："你对得起你爸爸吗？！"

楚皙总是从这个梦中惊醒，醒来时发现自己已经哭得连枕头都打湿了。那时候，她无数次冒出立马打电话给经纪公司或顾铭景，跟他们说自己反悔了的念头。她不想跟顾铭景在一起，也不想将自己的经纪合约签给他。

可是，她一打开手机，首先映入眼帘的就是一条接着一条的医院催款信息。

最后，她还是跟顾铭景的公司签约了。

那之后，公司给了她很多资源，她得到了很多，金钱、名气等。但是，她也失去了不少，比如做自己的自由。她不敢在顾铭景面前展露真实的自己，也不敢理直气壮地告诉公众，她才不是什么"初恋脸"，才不喜欢跟人撒娇。

现在就连老天爷都讨厌她了，只给她留下了半年的生命。

想到这儿，楚皙那正在删除恶意评论的手顿了顿。

对啊，自己只剩半年可活了，凭什么还要默默地忍受这些谩骂和侮辱？

楚皙不想把这口气忍到棺材里。她现在什么也不怕了，一定要把这口气吐出来。

于是不一会儿，那些留下恶评的网友突然收到消息提示：微博用户"演员楚皙"回复了您的评论。

这都什么年代了，还用扶老大爷过马路当借口？以为我们没看过小学生写的作文，当我们是傻子吗？

演员楚皙："无论在哪个年代，扶老人过马路都是一种美好的品德，不过想来您是没有这种品德的。”

其实我觉得楚皙长得也没多好看啊，她这张脸放在娱乐圈里都算丑的。

演员楚皙：“我看了您发在微博上的自拍照，就您那样还好意思说我丑？请问您配吗？”

楚皙一个接一个地回复着恶评，用词十分不客气。

原本等着看楚皙发新闻，哭诉网友骂自己的网友顿时措手不及。

有人不敢相信，哪有明星亲自下场回击恶评的？这肯定是假账号。然而点进回复者的账号页面后，他们发现这个用户确实是演员楚皙本人，微博粉丝数量有三千万。

这是怎么回事？

楚皙回完评论区的前几个恶评，放下手机，突然觉得浑身畅快不已，心想：随他们怎么说吧！

这是她第一次不用伪装，不用在脸上堆起假笑，而是做自己想做的，说自己想说的。

现在，她什么也不怕。

有几个记者打电话过来，楚皙一一接了，向他们说明情况，不再逃避。

挂了电话，她收拾好行李，退了房，然后坐了两个多小时的车，来到了位于 M 市郊区的某个小镇。

车在镇里的小路上东转西转，一直没到目的地。

司机没想到这一单会跑这么远，有些不耐烦。但是，坐在后排座位上的姑娘一直探着身子给他指路，态度很好，声音也好听，长得跟电视里的女明星一样漂亮，司机便耐着性子继续开了。

最后，车停在一栋老旧的平房前。

楚皙终于到了。

门没关，屋里传出电视播放广告的声音。

楚皙下了车，拉着行李箱走到门口，笑着往屋里看了一眼。一个老人正在看电视。

“奶奶！”楚皙大声招呼道。

老人一听见声音，迅速扭过头，看到门口的人时一脸惊喜：“啊，年年回来啦！”

老人正是楚皙的奶奶，是楚皙在这个世上唯一的亲人。

楚皙名字的谐音是“除夕”，除夕到了便意味着过年，家人便给楚皙起了个小名叫“年年”。

楚皙从奶奶嘴里听到自己的小名，鼻子一酸。但她忍住了，努力地笑了起来，不想让人看出她的异样。

接着，她把行李箱拉进来，跑去坐在奶奶的身边，一把抱住了奶奶。

楚皙深吸一口气，闻见了奶奶身上熟悉的味道，瞬间觉得安心不少。她忍不住又唤道：“奶奶！”

“你不是工作忙吗？怎么跑回来看我了？”老人笑着用右手摸了摸楚皙的头，慈爱地问道。

她的左小臂上，有一红一蓝两个做完透析后被护士绑好的加压带。

楚皙：“我想你了啊，所以回来看看。”

奶奶又往门口瞧了瞧，问：“小顾呢？他怎么又没跟你一起回来？你们俩都处这么久了，感情不是挺好的吗，怎么还不领证？奶奶着急呢。”

楚皙一时不知道如何回话，恰好这时有一道声音传来，帮她解了围。

“年年回来啦！”

厨房里走出来一个端着菜的四十多岁的中年妇女。

她把菜放到餐桌上，看着楚皙，笑眯眯地道：“要回来怎么不打声招呼？幸好今天饭煮得多，咱们够吃。”

“陈姨。”楚皙笑着和她打了声招呼。

陈姨是楚皙请来照顾奶奶的人。楚皙平时工作忙，奶奶年纪大了，身体又不好，身边时时刻刻需要人陪着。

陈姨在围裙上擦了擦手，说："你奶奶透析完，刚回来。我们正准备吃午饭呢。"

楚皙听后有些心疼，看向奶奶的胳膊。

楚奶奶拉着孙女的手，继续问道："你跟小顾最近处得好不好？之前就说带他回来见奶奶，都说多久了，怎么还没带回来？"

楚皙在心里默默地叹了口气，想着奶奶的记性可真好，竟然还没忘记这茬。

她趴在奶奶的肩上，像以前一样回答道："他忙啊。"

楚奶奶叹了口气："他怎么一直这么忙？你问他，是挣钱重要还是我们家年年重要？"

"奶奶。"楚皙把脸埋了起来，假装撒娇道。

楚奶奶摸摸她的头，笑了笑，以为孙女是害羞了。楚奶奶不知道，楚皙这样，其实是不想让奶奶看见她红了的眼眶，不想让奶奶担心自己。

楚奶奶有慢性肾功能衰竭症，头几年靠吃药保养着，两年前突然病情恶化，住了院。

医生说是肾衰竭引起的高血压诱发了脑梗，需要给奶奶做手术。那之后，由于肾已经不足以支撑身体的代谢了，奶奶手术后又要持续做透析。

自从父母去世后，楚皙便一直跟奶奶相依为命，当时，看着在监护室里躺着的老人，既绝望又无助。

治疗脑梗的手术费自然不菲，但更可怕的是手术之后的透析费用。透析不是一次两次就行的，奶奶要想延续生命，就必须一次又一次地做透析。

这就意味着，楚皙必须要有持续且稳定的收入来源。

可当时的情况是，楚皙刚出道半年，当初和她打包票说可以让她赚钱养家的经纪公司快倒闭了。她在娱乐圈混得不好，一个通告都没有接到，尽管四处借钱了，却连奶奶的手术费都没凑够。

就在她万分绝望之际，经纪公司的人却跑来跟她说她走运了，有个大公司要跟她签约。

只不过，附加条件是，楚皙得跟一个男人假装“谈恋爱”。

一个陌生的男人。

楚皙犹豫了。

后来，医院给她发了催款单。

再后来，医院给奶奶下了病危通知书。

于是，楚皙签下了那份合约，答应了对方的条件。

奶奶手术后醒来，问楚皙治病花了多少钱，钱是从哪里来的，还说她不治病了，让楚皙不要管她。

楚皙笑着在奶奶的病床前给她看了顾铭景的照片，说：“这是我的男朋友。您看病没花多少钱，我自己有存款，缺的部分我是跟他借的。您好好治病，回家了我再请个阿姨照顾您。我以后挣了钱，再还给我男朋友。”

楚奶奶看了看照片。

这是孙女跟男朋友的合影，年轻帅气的男人没有看镜头，而孙女对着镜头比了个剪刀手，两个人看上去般配极了。

“他怎么不看镜头呢？”楚奶奶问。

“他不爱照相，我一拍他就躲。”楚皙笑得很甜蜜，宛如热恋期的少女。

其实这张照片是她趁顾铭景不注意时偷拍的，为的是给奶奶一个交代。

楚奶奶点点头：“这样啊。你什么时候带他来见见奶奶？”

楚皙收起手机，抱着奶奶的胳膊说：“他工作忙得很。等有空了，我就带您的孙女婿来见您好不好？”

可惜，她终究要食言了。奶奶终究见不到念了两年的孙女婿小顾了。

楚皙叹了口气，觉得很累。

她试过了，求顾铭景来见一见奶奶，让他看在自己要死了的分儿上，看在自己跟他在一起两年的情分上，来陪她在奶奶面前做戏。

顾铭景却让她不要妄想得到不属于她的东西。

这真令楚皙心寒。

第二章

勇敢之心

午饭过后，楚奶奶按习惯去睡了午觉，陈姨也眯着眼打起了瞌睡。平房里静悄悄的。

楚皙轻手轻脚地回了自己的房间。

即使她很少回来，这间属于她的屋子也一直被打扫得干干净净的，铺好了床单、被套。

楚皙躺到床上，查了一下自己名下所有银行账户内的余额。

她这两年拍了不少电影、电视剧，都是顾铭景专门投资的。顾铭景给她开的片酬不高，但也不算低。

日积月累，她确实赚了不少钱。

现在的养老机构很多，这些钱应该足够奶奶安度晚年了。

但是楚皙总觉得这些钱她用着不踏实。

这钱与其说是她拍戏赚的，不如说是她配合顾铭景演戏赚的。

她才跟顾铭景在一起两年就遭到了报应，命不久矣，那这些钱也不是什么好钱。

楚皙看着银行卡，纠结不已，最后心一横，把所有银行卡都装起来，锁到抽屉里，决定除非万不得已，不会去用。

可是，不用顾铭景的钱，她又能到哪里赚钱呢？

本来下个月她的新电影就要开拍了，现在想来应该不会有结果了。

楚皙思虑再三，拨打了一个人的电话。

付白是楚皙刚出道时的经纪公司给她安排的助理，俩人那时很合得来。后来，楚皙虽然将经纪合约签给了顾铭景的公司，但依旧与付白保持着联系。

楚皙知道付白前阵子开了个工作室，当起了经纪人，于是想找他帮帮忙。

楚皙听着电话接通前的等待音，心里很紧张。

电话终于接通了，付白问："楚皙，是你吗？"

楚皙握着手机，不由得紧张起来，道："是我。"

付白听到楚皙的声音后立马吃惊地道："怎么回事？你怎么会爆出那种新闻？顾铭景呢？还有那些微博上的回复，是姚玉替你回的吗？她疯了吧！"

楚皙听到这一连串的问题，心里"咯噔"了一声。她深吸了一口气，鼓足勇气道："付白，你先别管微博的事了。我这次找你，是想跟你说，我跟那边的合约到期了。你这儿有没有什么戏或者综艺节目缺人？你可不可以帮帮我？我需要钱。"

楚皙没跟付白说她只剩半年时间的事，只说她跟顾铭景一拍两散了，现在是自由之身，想请付白当自己的经纪人，为自己接点儿通告。

楚皙没别的要求，只要项目来路正当、酬劳高就行。

付白大概知道是什么情况了，似乎有些为难："不是我不帮你，只是你也知道我的工作室才起步，没有什么好资源，你……怕是看不上啊！"

楚皙在顾铭景的公司时，演的都是大制作的电影、电视剧，上的都是热门的综艺节目。他们这种小工作室手里的合作资源和那些根本没法比。

楚皙忙道："没关系的，挖掘机广告、猪饲料广告我都可以接，真的拜托了。”

付白听到猪饲料广告时没憋住笑出了声，然后叹了口气：“好吧，我们也正想签人，你有知名度，肯定比那些新人强多了。我帮你留意留意，酬劳咱们按照经纪合约分。”

“谢谢付白！”

楚皙说完高兴地挂了电话。

跟付白谈好后，楚皙内心轻松了不少，勇气也多了不少。她想起付白刚才问她微博的事，犹豫了一下，还是点开了微博。

很遗憾，事情并没有如楚皙所愿地平息下来。

“楚皙”这个话题依旧牢牢地占据了微博文娱榜第一的位置。

楚皙突然觉得有些好笑，以前她费尽心思才能上热搜，现在刚离开顾铭景就凭自己的本事上去了。

上午发的微博太草率，楚皙把自己关在房间里，认认真真地研究起了自己的公关稿。

艺人被爆出负面新闻后的公关稿，一般会由团队里专门的公关人员来写，但是她现在已经没有团队了，只能自己写。

楚皙把之前一些艺人发的优秀公关稿找出来做参考，可憋了半天，还是只写出了几句话。

看着这些文字，楚皙有些头疼。

如果她能找到昨天晚上的那个老大爷就好了。

可是，他们只是萍水相逢，她连老大爷的名字都不知道。而且，照片里，老大爷基本没露脸。这代表老大爷说不定连这件事都不知道。再说了，即使他知道了，也不一定愿意掺和娱乐圈的事。

楚皙叹了口气，咬咬牙，决定继续写公关稿。

她都要死了，绝不接受这种诬蔑。

一认真起来，时间就过得特别快，楚皙再一抬头，天都快黑了。

陈姨在外面叫她出去吃晚饭。

楚哲还没写完，应道："等等，马上来。"

陈姨叫了三次，楚哲三次都是这个答案。

奶奶生气了，敲响楚哲的房门道："年年，出来吃饭。"

楚哲这才放下笔，走了出去。

饭菜已经摆好了，客厅里的电视开着。

楚哲瞄了一眼，一下子惊呆了。

电视上正在放陈姨平常喜欢看的一档新闻节目。这档节目只采访身边人，报道身边事，因为接地气而备受当地居民的喜爱，在网络上也非常火。

而此刻出现在这档节目上的受访者，谢顶、顶着啤酒肚、戴着大金链子，正是楚哲之前扶过的老大爷。

老大爷义愤填膺地对记者说道："愤怒，非常地愤怒！

"我昨天出去遛弯，不小心把脚崴了，人家小姑娘好心扶我过马路，哪知道会惹出这种事情？"

摄影头对准老大爷的脚，他穿着拖鞋，脚腕上缠着一圈白纱布。

老大爷叉着腰，手腕上戴着一块大金表，瞪着眼睛继续道："我当时还想，这个小姑娘心肠好，长得很挺漂亮的，跟电视上的明星似的。谁知道人家就是明星！

"我一大早起来就看到女儿正在看新闻，说这个人的背影跟我还挺像的。我想看看人家哪里跟我长得像，凑过去一看，嘿，这不就是我吗？

"现在这些记者太喜欢捕风捉影了。我是个谁也不认识的老头子，你们怎么说都没关系，可人家小姑娘做好事后还被你们骂，还有没有天理了？

"我只是个普通的老百姓，也不知道怎么办，但是也不能让人家小姑娘蒙冤，只能给你们打电话，找你们来把这件事说一下。"

老大爷说完，摄像师又拍了拍他的背影，果然，跟照片里与楚哲在一起的人的背影一模一样。

楚皙捧着饭碗站在电视机前，眼睛眨也不眨，反应过来后再次打开了微博。

她花了一下午写的公关稿还没来得及发出去，就再次和这档节目一起登上了文娱榜。

看了一天热闹的广大网民没想到，原来楚皙真的是在扶腿脚不方便的老大爷过马路。

事情突然反转，微博上的气氛顿时变得有些尴尬。

楚皙白天被骂成那个样子，现在这些骂她的网友的脸该往哪里搁呢？

有些网友白天跟着骂楚皙，现在又换了一副嘴脸。

> 像楚皙这种纯洁善良、人美心善、连说话都不敢大声的人，被平白无故地骂了一天，肯定难过死了吧？心疼。
>
> 原来娱乐圈真有这种扶老人过马路的纯洁善良的仙女啊！

这些人一想到楚皙这种纯洁善良的小姑娘被攻击了就很生气，打开楚皙的微博，正想给她留言，安慰她两句，突然发现楚皙不知什么时候已经自己回击了。

被点赞得最多的一条回击言论就是：

> 其实我觉得楚皙长得也没多好看啊，她这张脸放在娱乐圈里都算丑的。
>
> 演员楚皙：“我看了您发在微博上的自拍照，就您那样还好意思说我丑？请问您配吗？”

他们瞬间惊讶得嘴巴都合不拢了。

…………

楚皙没有想到老大爷会亲自出来辟谣，感动极了，专门给节目组的人打电话，要了老大爷的电话号码，并打电话道谢。

老大爷一听到是楚皙打来的电话，乐得不行：“谢什么谢，这是我应该做的！明明是你帮了我，我要是再让你因为这个受委屈，那不成王八蛋了吗？

“小姑娘，我们一家人都支持你，加油。”

楚皙听后瞬间眼眶发酸，多好啊，有人真心支持演员楚皙了。

楚皙：“谢谢，祝您身体健康。”

“好！”

老大爷的笑声爽朗极了。

楚皙挂了电话，发现付白给她发了微信。

付白的小工作室果然没什么好资源，他手头暂时没有什么拍戏的机会，只有几个网络综艺节目可以上，一个是明星恋爱节目，说是明星，其实请来的全是网络红人；一个是明星舞蹈类比赛节目；最后一个是明星真实军营体验节目，六个明星深入一线部队，与战士同吃同住，体验真实的军营生活。

前两个节目不怎么火，但最后那个是由业内有名的公司出品，虽然还不知道火不火，但是好歹是大公司制作的，前两个跟它明显不是一个量级的。

楚皙没想到付白能接到这档综艺节目。

付白显然猜到了楚皙的疑惑，发来信息说，最后那档军营体验节目的男嘉宾已经定了，但节目组找不到女嘉宾。

这档节目是从国外引进的版权，节目里的女嘉宾都被折磨得很惨。由于在军营，女嘉宾不仅不能化妆，还要跟男战士一起做任务，在部队里负重越野十千米这种任务都算轻的。

国内的女明星看了原版节目，纷纷婉拒了节目组的邀请。光是不能化妆这一条，就很少有女明星能接受。

如果说这档节目是录播就算了，还可以在后期制作时加个滤镜，关键它是直播的。没有女明星愿意接。

节目组找不到人，所以付白的工作室才能接触到这档节目。

楚皙咬着唇，问这几档综艺节目给的酬劳。

军营体验节目给的价格最高，恋爱节目其次。

付白："你要不考虑考虑接那个恋爱综艺节目？我觉得挺适合你的，价格也不错。"

楚皙想到那些被她锁起来的银行卡。

她想靠自己赚钱，赚干干净净的钱，尽可能多地赚钱，把钱留给奶奶。

楚皙："我可不可以接那档军营体验节目？"她知道付白担心什么，接着补充道，"没关系的，我不怕。"

没过多久，大型明星军营体验节目《勇敢之心》发布了角色海报。

海报上有五个男嘉宾，从当红小生到成熟大叔，各个年龄段都有。而唯一的女嘉宾在海报中央。

这个女嘉宾有一头干净利落的短发，五官标致，目光坚定，还挺像模像样的。

海报发布前，大家纷纷猜测哪个女明星的胆子会那么大，是一向以打戏著称的李美琪，已经进军娱乐圈的前全国柔道冠军赵跃菲，还是节目组直接拉了个运动员过来？

总之，大家都没把女嘉宾往那些娇滴滴的女艺人身上想，毕竟她们格外注重形象，出门扔垃圾时都把脸捂得严严实实的，而且又不像男艺人那样要树立硬汉形象。

毕竟，这可不是什么普通的户外节目。

如今，众人看到海报上女嘉宾的脸，吓得手机都差点儿掉了。

楚……楚皙？

她疯了吧！

楚皙谁不认识啊？

她去年上了那个热门综艺节目《极限无敌》，出场时搞得跟公主出宫似的不说，节目里所有的男嘉宾都得哄着她、让着她，她还撒娇，让男嘉宾把最轻松的活留给她。

结果，她搬了两块砖就喊累，一个人拖慢了所有人的进度，差点儿耽误当天的任务。

更过分的是，她参加上半年的那档体验田园生活的综艺节目时，那么大一个人，竟然连矿泉水的瓶盖都拧不开，非得让男嘉宾帮她拧。而且，她只是在屋子里见到了一只蟑螂，大半夜的尖叫声差点儿把房顶掀了，真是做作至极。

观众简直想冲进屏幕里捶她。

现在她竟然参加了军营体验类节目？

付白让楚皙不要看微博评论，但楚皙还是看了。

她没有像付白想象的那样反应强烈，相反，十分平静。

说实话，她自己有时候也挺讨厌昔日镜头前的自己的。

在顾铭景面前，她必须是拧不开瓶盖的娇滴滴的小女人，总不可能一上综艺节目就能拧开了；在小区里，她见到一条巴掌大的宠物狗都吓得要往顾铭景的怀里钻，总不能在综艺节目里见到蟑螂还面不改色。

不过，对于说她很享受被男嘉宾众星捧月、当小公主的评论，楚皙不太认同。

《勇敢之心》本来定的是两个女嘉宾，结果业内有知名度的女明星中只有她一个人愿意接，其他那些愿意接的新人和网络红人，节目组又看不上。最后，节目组干脆把嘉宾配置改成只有楚皙一个女嘉宾，这样话题度更高。

其他几个男嘉宾早就定好了，只有女嘉宾的位置一直空缺，楚皙是临危受命。

楚皙签下合约后，让付白帮自己找了一个造型师，想把长发剪短。

她从出道开始就是一头及腰的黑色长发，偶尔做做简单的造型。顾铭景很喜欢她的长发，她有时候睡醒后，会看到顾铭景抓着她的发梢在指尖把玩。

然而，楚皙其实并不太喜欢自己的长发，毕竟头发太长了很难打理。

现在，她想由着自己的心意来。

造型师有些犹豫，抓着楚皙那柔滑得如丝绸一般的长发，表示惋惜：“头发养得这么好，剪了多可惜，要不再考虑考虑？”

“没关系，剪吧！”楚皙微笑道。

造型师这才拿着剪刀，小心翼翼地剪了下去。

一缕缕碎发落到地板上……造型师剪得格外认真、细致，一个小时后，用小刷子扫了扫楚皙的脖子，说：“好了！”

付白在旁边等楚皙，看见她的新发型后，眼前一亮。

楚皙有着标准的瓜子脸、冷白皮、天鹅颈，长发时妩媚温柔，现在顶着一头短发，整个人的气质仿佛都变了，俏皮得像森林里的小精灵。

“好看吗？”楚皙摸了摸头发，问他。

付白还没回答，楚皙又对着镜子做了个鬼脸：“我自己觉得好看就行了，哼！”

楚皙换了新发型，对着镜子拍了张照片，图都没修便发到了自己的微博账号上，并配文“新的一天，加油”。

楚皙没看那些质疑她的评论。

这张照片是发给真正喜欢她的人看的，虽然喜欢她的人没多少，但起码有老大爷一家在支持她。

《勇敢之心》的录制地点就在市郊的某个基地。

由于这是一档带有教育性质的综艺节目，录制时比其他综艺节目严格得多，24 小时不间断地直播嘉宾们的真实军训生活，并且一旦开始录制，摄制组的人就不能帮助嘉宾，只能负责记录。

基地的位置十分偏远，楚皙提前一天住到了附近，见到了参加本次节目的五个男嘉宾。

最先跟楚皙打招呼的是童星出身的于一源，刚十八岁，正在读高二，明年要考电影学院。

圈里人见面都比较客套，楚皙来之前看过其他几个嘉宾的资料，一一和他们问了好。

另外四个人分别是老戏骨刘劲祥、实力派歌手董为、主持人赵敏聪、当红明星严准。

大家都不怎么熟悉，只有赵敏聪和董为以前认识，随便聊了几句后，便各自回到酒店房间休息。

第二天早上六点，六个人准时在酒店门口集合，然后搭上同一辆大巴，向军区进发。

军区隐秘极了，大巴一路绕来绕去，终于在早上九点之前驶入了军区的大门。

楚皙透过车窗看见部队外面有站岗的士兵，心里很紧张。

大巴停稳后，众人下车。与此同时，全国最大的视频网站开始正式直播《勇敢之心》。

节目组宣传得很到位，再加上之前楚皙是唯一女嘉宾的事在网上引起了不少争议，《勇敢之心》开播时的关注度很高。

粉丝准时打开直播视频，正好看到参加节目的几个嘉宾依次从车厢里走出来。

第一个走出来的就是当红小生严准。

众粉丝没想到刚打开直播间就能看到严准那张帅气的脸，兴奋地在直播间里刷起了粉色的弹幕。

太帅了。

期待穿军装的严准！我真的好激动。

几个男嘉宾依次从大巴里走出来，即使观众早已知道有谁参加，但真的看到他们时，还是非常热情、激动。

然而，当最后一个嘉宾走出大巴时，直播间的氛围突然变了。

剪了清爽短发的楚皙出现在镜头前，穿着白T恤、牛仔裤、帆布鞋，化着淡妆。

网友们立刻吐槽起来。

大家还记得去年的《极限无敌》里的楚皙吗？

我知道，出场穿得像要去结婚似的，让所有男嘉宾给她提裙子。

肯定是楚皙想火！可是，今天楚皙红了吗？没有！

我突然有种预感，这档综艺节目要被楚皙糟蹋了。

严准这些天不要理楚皙，一个眼神都不要给她！

于一源弟弟也是！

董为大哥也是！

赵敏聪老师也是！

刘劲祥叔叔也是！

在众多嫌弃楚皙的弹幕里，也有人为楚皙说了话，但很少。

几个嘉宾拖着各自的行李箱，被人领到宿舍门外。

六个人在门口站成一排，两个穿军装的男人走了过来，同时向六个人行了军礼。

高一点儿的那个铿锵有力地说道："六位新兵大家好！从现在开始，你们将被编进 ×× 部队 ×× 营六连三班，我是你们的连长王金钊。"

矮一点儿的那个紧接着道："我是你们的班长刘伟。"

在场的六个嘉宾面对两个表情严肃的军官，偷偷地互相看了看。

楚皙默默地站在最边上。

连长王金钊在六个人的身上扫视一圈，最后将视线落在楚皙的身上："这里是严肃而神圣的地方，在这里，只有强者和弱者，没有男人和女人，我们不会因为你的性别而优待你！"说完目视前方，继续道，"你们要做的第一件事，就是整理好仪容仪表！军装就在你们的身后，希望大家有真正的军人的样子！"

“好！”众人异口同声地答道。

弹幕上有人嘲讽道：“哈哈哈，这是说给楚皙听的吧？”

整理仪容时，严准和董为因为头发偏长，被拉去剪头发，楚皙被要求卸掉脸上的妆。然后六个人要把带来的所有东西整理好，只能保留最基本的洗漱用品，并要将其工工整整地摆在外面的公用洗手台上，和战士们的东西摆在一起。

七分钟之内，他们要收拾好所有的东西，还要换上衣服。

一声哨响，几个嘉宾都没反应过来。

于一源年纪最小，最手足无措，拉着行李箱问道：“这……这就开始了吗？”

“时间已经过去了一分钟。”刘班长在旁边掐着表提醒道。

于一源这才意识到自己已经浪费了一分钟，赶快打开箱子胡乱地收拾起东西。

六个嘉宾都很忙碌，直播画面中，观众只能看见他们跑来跑去、进进出出。

楚皙最先冲到洗手台边，迅速卸掉了自己脸上的妆，连水都没来得及擦干就冲回去整理物品。她看着自己的洗护包，咬咬牙，只留了牙膏、洗面奶和防晒霜，将其他的精华、眼霜、面霜一股脑儿地放进了杂物筐里。

广播提示，时间只剩两分钟。

楚皙看到被她放在床上的那身军装，暗叫糟糕，慌忙地换起了衣服。

倒计时的声音响起：三、二、一。

随后，宿舍外响起尖锐的哨声！

连长高喊：“集合！”

六个人重新出现在镜头前。

观众看到他们，先蒙了一会儿，然后在弹幕上打下一串串“哈哈哈哈”。

原来，董为把衣服穿反了，刘劲祥的裤子拉链没拉上，而赵敏聪连裤子都没来得及换，穿着大裤衩就跑了出来。几个男嘉宾中稍微好一点儿的是严准，只是没系好鞋带。而最夸张的是于一源，衣服、裤子一件也没来得及穿，就连唯一穿上的鞋，也被他穿反了。楚皙没戴帽子，衣服也穿得松松垮垮的。

两个教官看到眼前这幅景象，差点儿笑出声来。

几个嘉宾你看看我，我看看你，嘻嘻哈哈地笑起来。

连长王金钊立马板起脸："立正！站好！"

几个人赶紧站好。

王连长从他们的面前走过，先是教训了他们一番，然后根据他们在这个环节的表现进行处罚。

严准没系好鞋带，被罚做五个俯卧撑；于一源什么也没穿好，被罚做五十个；楚皙没戴帽子，被罚做十个。

连长说完惩罚措施后，去后面检查内务的刘班长也回来了，手里拿着什么东西。

刘班长把手里的东西举起来，问："这是谁的东西？藏在洗手台下面，当我发现不了吗？"只见刘班长的手里拿着眉笔、精华液，还有"前男友"面膜。

观众纷纷猜测起来。

> 肯定是楚皙的！
>
> 能不能换掉楚皙？我真的不想看到她了！

所有人都把目光落在了楚皙的身上。

楚皙抬头，感觉到大家的目光在她的身上汇集——两位教官严厉，刘劲祥鄙夷，严准轻蔑，董为一脸无所谓，于一源则十分好奇。她不用想也知道现在观众会是什么反应。

"那个，我……"楚皙正要开口，赵敏聪突然缓缓地举起了手。他掩唇干咳了一声，道："对不起班长，这些东西都是我的。"

众人面面相觑，现场安静得出奇，他们万万没想到班长手里的这些东西是赵敏聪的。

正当众人怀疑赵敏聪这么说是不是为了替楚皙解围时，赵敏聪补充了一句：“报告班长，东西你还没找全，我还藏了一支眼霜，也在刚才那个位置。”

赵班长去了半分钟左右，回来后手里果然又多了一支眼霜。

楚皙总算松了一口气，要不是赵敏聪主动供出还有一支眼霜，证明那些东西确实是他藏的，肯定会有人以为赵老师是替她顶罪。

赵敏聪年近四十，脸上却不见一条皱纹，可见平时十分注重保养。只是没想到他到部队后还是那么讲究，跟小孩藏零食似的藏护肤品。

直播间里的气氛很欢乐。

哈哈哈，赵老师好可爱啊！

赵老师的皮肤也太好了吧，求赵老师传授保养秘籍！

请问赵老师的那款眉笔好用吗？

面膜被收走了，赵老师的心在滴血，哈哈哈哈！

一片欢乐声中，还是有少数人质疑。

刚才大家以为那是楚皙的东西，就把她骂成那样，你们是不是有点儿过分啊？

为什么楚皙藏护肤品就是矫情，赵老师藏护肤品就是可爱？

只不过这两条弹幕很快就被淹没，无人回应。

赵敏聪因为私藏护肤品，要在原本惩罚的基础上加做二十个俯卧撑。

元景大厦内，顾铭景皱着眉，看着手机。

高助理知道顾铭景不关心娱乐新闻，干脆把楚皙这几天的动态做成了策划案汇报给顾铭景——她扶老大爷过马路时被偷拍；在微博上回击污蔑她的人；跑去参加军营生活体验真人秀，还剪了一头短发。

策划案上的最后一张照片是楚皙发在微博上的短发自拍照。

顾铭景的目光在这张照片上停留了很久。

作为一名十分会揣度老板心思的金牌助理，高助理在见老板看得如此认真后，并没有直接点破顾铭景的异样，而是在离开时十分“不经意”地透露道：“楚小姐参加的那个综艺节目《勇敢之心》现在正在直播。”

随后，高助理退出办公室，顺便体贴地关上了房门。

顾铭景关掉策划案，把手机放到办公桌上，然后靠在椅子上，十指交叉，手肘搭在扶手上。不可否认，他对楚皙这两年的表现是十分满意的，满意到他十分愿意跟她继续保持这样的关系。他一直理所当然地以为，如果有一天要结束这段关系，提出的人应该是他。

可是现在的情况很令人意外，他被楚皙甩了。

尽管高助理把他俩关系终止的事定义为“和谐地终止了关系”，但是顾铭景还是知道，他的确被甩了！

他已经好吃好喝地供着她，给了她那么多资源，真的不知道她还有什么不满意的。除非，她在外面有人了。

顾铭景想到这个可能，脸黑了，然后立马在心里否定了这个想法。

楚皙的一举一动都在他的掌控之下，她不可能在外面有人。但她又是为什么呢？重要的是，她甩了他之后，立马像是变了一个人。他认识的那个乖巧懂事的楚皙，明明连大声说话都不敢，更不会骂人。

不知道为什么，顾铭景突然有一种自己这两年来被人耍了的错觉。

高助理刚才说了什么来着？

顾铭景重新拿起手机，思忖一阵，然后在应用商店里下了一个视频软件。软件的开屏画面就是《勇敢之心》。

顾铭景点了进去，看到的第一幕竟然是楚皙在做俯卧撑。只见她两手分开，身体紧紧地绷成一条直线，双脚分开 30 度，这是标准的俯卧撑姿势。

她做的时候手肘弯曲，身子下移，等到前胸离地面只有一拳距离的时候就起身，绷直胳膊，接着做下一个。

大多数女孩子做俯卧撑时，不是腰太软，就是胳膊撑不起来。能把俯卧撑做得这么标准的女生，楚皙算一个。顾铭景还是头一次见她这样，心里生出一丝赞赏之意。

接着镜头一转，一排人都在做俯卧撑。

顾铭景看着看着，突然皱起了眉。怎么回事？做俯卧撑的总共有六个人，只有楚皙一个女的？

镜头又对准了王连长和刘班长，他们也是男的。接着画面转向室外，操场上有战士在训练，活力满满、斗志昂扬。

楚皙到底在哪里？

顾铭景看了半个小时，除了楚皙，连一个雌性生物都没有见到。每次到站队时，楚皙站在一排新兵中间，镜头一扫过去，像一棵水灵灵的小白菜蹲在泥土里，白得晃眼，嫩得出水。

顾铭景的眉头皱得都快能夹死苍蝇了。

第一天的训练任务还算轻松。他们最先开始做队列练习。六个人高矮不一、胖瘦不一，有的人甩手快，有的人抬脚高。然而最滑稽的是董为经常同手同脚。董为块头最大，肢体最不协调。

刘班长让董为和赵敏聪出列，让赵敏聪示范给董为看。随后，刘班长喊道："好，来跟我一起。预备走！一二一，一二一，一二一……"

班长的号子喊得十分有节奏，赵敏聪走得很顺，可董为没走几步，手臂就跟不听使唤了似的，虚晃两下，然后又同手同脚起来。

刘班长气得不行："你看着他走！他出哪只脚，你就出哪只脚，他动哪只手，你就动哪只手！听明白了吗？"

"明白了！"董为答得十分坚定。

他们又走了两遍，结果董为走得更糟了。刚才他起码还能好好地走几步，现在一踏步就看赵敏聪，一看赵敏聪就忘了自己的手脚，一忘了自己的手脚就又同手同脚了。

刘班长实行的是"不行就要把你练到行"的教学方法，锲而不舍地让赵敏聪带董为练习，结果练到第三次，赵敏聪和董为的步伐终于同步了。

训练场上突然有些安静，只有刘班长“一二一”的号子在回荡。

刘班长过了一会儿才发现不对劲，董为是好不容易跟赵敏聪同步了，可是这家伙还是同手同脚。

刘班长突然惊觉一个事实：董为终于跟赵敏聪同步了，董为同手同脚，那么赵敏聪……

镜头追随着赵敏聪和董为的身影，他们走得是那么和谐、那么自然、那么气宇轩昂。他们自信到如果你不仔细看，甚至不会发现两个人已经悄悄地一起同手同脚了。

刘班长静了下来。

屏幕前看直播的观众都乐疯了。

赵敏聪没把董为纠正过来，董为反而把赵敏聪带偏了。我要笑死了！

赵敏聪一本正经地顺拐的样子也太可爱了！

简直跟我军训的时候一模一样！

董为：你们笑什么笑？有本事来和我走一走！

赵敏聪顺拐的样子也这么好看！

不光是观众笑了，训练场上的其他嘉宾也没绷住笑了起来。

刘班长、赵敏聪和董为走着走着就走远了，剩余的人也松懈了下来，在训练场懒懒散散地站着。

楚皙听见身旁的于一源发出咯咯的笑声，也抿嘴偷笑起来。

他们顺拐的样子也太好玩了，楚皙一直想着刚才的画面，越想越想笑，以至于当身旁几个人的笑声已经停止时，她还埋着头看地面，沉浸在自己的世界里。

楚皙是笑了一会儿后才发现不对劲的。怎么有些安静？没有班长的口号声，也没有于一源咯咯的偷笑声。楚皙悄悄地抬头，发现身旁的于一源竟然不知什么时候没笑了，背挺得笔直，一脸严肃地直视前方。其他几个男嘉宾也跟于一源一样，站得笔直。

楚皙隐隐觉得后背有些发凉，怯生生地转过头，果然对上了刘班长严肃的脸。

刘班长："楚皙，笑够了吗？"

这个世界上有些人就是这么倒霉，明明所有人都笑了，所有人军姿都没站好，却只有楚皙被抓了现行。

刘班长目光如炬："楚皙，我刚才走的时候是怎么说的？我让你们在原地站好军姿，是让你在原地偷笑的吗？你看看你现在，有一个军人的样子吗？"

"班长，我……"楚皙似乎想辩驳。

网友又开始讨论起来。

楚皙不会是想把剩下的人都供出来吧？

要是这个节目没有楚皙就好了！

你们怎么回事？刚刚剩下的几个嘉宾明明也偷懒了好吗？即使楚皙把他们供出来，也没有做错吧？

只怪她自己警惕性低。上学的时候全班吵吵闹闹，班主任来了，大家都安静下来，只有你一个人还在傻乎乎地说话，班主任不训你训谁？

楚皙话说了一半，对上刘班长严肃的眼神，突然低下头抿了抿唇，道："对不起，班长，我偷懒了。"

班长铁面无私，道："董为，训练结束后加练一个小时。楚皙，训练结束后加练半个小时。"

"是。"董为和楚皙两个人异口同声地答道。

刚才还说楚皙要拉另外几个人下水的人，总算安静了下来。

一条弹幕缓缓地飘过："楚皙好倒霉，真惨。"

第一天的训练结束，其他人去吃晚饭了。训练场上，只剩下两个略显孤独的身影。太阳渐渐落山，落日的余晖把两个人的影子一点一点地拉长。

“一二一,一二一，左右左，左右左，一二一……”楚哲一边喊着口号，一边盯着董为的手和脚。

又一次走着走着就顺拐了，董为沮丧地停了下来。有的人似乎先天肢体不协调，然而在部队里，最讲究整齐划一。如果只是训练一下就罢了，关键是《勇敢之心》这档节目的最后，军区会组织一次大检阅，这六个嘉宾也在检阅的队伍里，所有人都要走得整整齐齐。要是有一个人顺拐，一下子就会被看出来。

天色渐渐暗了，董为看了看表，对楚哲说：“你的半个小时已经到了，快去食堂吃饭吧。”

楚哲摇摇头：“没关系，我再陪你练练，反正都已经晚了，晚多少都无所谓。今天才第一天，离检阅还有好些天呢，肯定没问题。”

董为十分感激：“那好，我一定好好练。”

天空中已经有几颗星星出现了，训练场的大灯被打开，节目组自然不会放过这个体现节目精神、弘扬正能量的画面，镜头一直记录着楚哲跟董为练习的场景。

刘班长的作战能力很强，但是他似乎对教学并不拿手，做得最多的就是让董为跟着他做。相反，楚哲更耐心、细致，一直耐心地帮董为纠正动作。

刘班长让董为加练一个小时，结果董为不知不觉中练了两个小时。

董为明显有了进步，虽说偶尔还是会同手同脚，但已经可以正确地走好长一段路了。

“一二一,一二一，左右左，左右左……立正。”

董为一个动作也没做错，完完整整地走完了五十米。

两个人甚至忘了自己还没有吃饭，一直饿着肚子。

直播间的观众见董为一直从太阳落山练到漫天繁星，最后终于有了明显的进步，感动不已。

鸣呜，看到董为进步，我的眼眶竟然红了。

可能好多人觉得走个正步是多简单的事，但是同为肢体不协调的人，我必须要说，这真的很不容易。

没有人说楚皙吗？是她陪董为在练。

对啊，感觉楚皙好有耐心，一直在教董为。

楚皙跟董为练完之后去了食堂，食堂果然已经关门了。

军区没有小卖部，即使有，他们俩身上也没钱。

“那个，不好意思啊，今天麻烦你了。”董为走在楚皙的身边说。

楚皙笑道：“没事，就当减肥了。”

两个人回到宿舍，一推门，发现刘班长和其他四个男嘉宾都坐在小板凳子上聊天。有两个小板凳空着，应该是给楚皙和董为留的。

“练得怎么样了？”刘班长看着两个人问。

董为：“还可以，嘿嘿。”

“刚才去训练场看你们了，见你们练得那么认真，我就没有打扰。”刘班长起身，从身后拿出两个保温饭盒，道，“食堂早就关门了，给你们留的。宿舍内不允许吃东西，你们悄悄地吃，别让连长发现了。”

楚皙和董为两个人抱着饭盒，感动得一塌糊涂。

观众们开始向刘班长表白。

呜呜呜，刘班长看起来严厉，其实私底下好暖啊！

刘班长，我爱你！

前面的，早上不是还说爱严准吗？女人就是善变。

班长让他俩悄悄地吃，别让连长发现，可是……

现在大家都发现了！

没关系，连长肯定不看直播。大家低调点，别声张。

楚皙和董为抱着保温饭盒坐在小凳子上，一边吃饭，一边开始跟大家聊天。

“报告班长。”赵敏聪突然举起手，“我有事情想向您坦白。”

刘班长眉头一皱。他是糙汉子，早上赵敏聪藏的那一堆眉笔、精华、面膜、眼霜着实让他震惊。

刘班长看了赵敏聪一眼，问：“坦白什么？你不会是还偷偷地藏了什么别的霜吧？”

观众瞬间乐了：“赵敏聪皮肤太好了，在部队树立了‘保养帝’的形象！哈哈哈哈。”

“班长！”赵敏聪清了清嗓子，然后看了看严准、于一源和刘劲祥，收到几个人的眼神后说，“今天下午您带董为去练习的时候，我们几个都偷懒了。”

剩余的几个人点点头，道：“对不起，班长。”

赵敏聪补充道：“只是楚皙比较倒霉，反应慢了点，刚好被您发现了。”

正在吃饭的楚皙顿住了，听到这话，她怎么不是很开心啊？

赵敏聪：“我们几个现在向您坦白，请班长惩罚。”

刘班长听后点点头：“原来如此。”看向楚皙：“楚皙，你那时候怎么不说呢？”

楚皙抬头看了看几个男人，道：“我可不能出卖队友！”

“你倒是够义气。”刘班长笑了笑：“不过你们，”他看向赵敏聪他们四个，“既然坦白了就要接受惩罚，明天早上跑三千米。”

“没问题，班长。”几个人异口同声地答道。

接下来，大家又开始聊天。一天相处下来，大家熟悉了不少，直播间的观众听他们聊天听得津津有味。

> 天哪，刘班长还没有女朋友！
>
> 不，不是没有女朋友，是从来没有交过女朋友！
>
> 刘班长，看看我！
>
> 刘劲祥大叔看起来凶凶的，实际上也好可爱啊！
>
> 赵老师今天晚上精华、眼霜、面膜都抹不了了，表面上不在

乎，其实内心焦虑得很。

楚皙默默吃饭的样子好乖啊。

他们聊到“有没有女朋友”这个话题时，刘劲祥大叔作为一名已婚男性，兴致勃勃，先是问了刘班长，然后又要问下一个。

在座的男性都是公众人物，这个问题对他们来说有些敏感。

刘劲祥干脆拿了张纸，撕成几片，在其中一片上做了记号。拿到有记号纸的人就要回答他的问题。

众人各自取了一片，然后展开看。

最先松了一口气的是于一源。

他举起手中的空白纸片，道：“哈哈，不是我，我不会早恋！”

剩下的那几个人也各自展示了自己的纸片。

不是董为，不是赵敏聪，也不是大家最期待的严准。

众人的视线最终落到了楚皙的身上。

下午挨训的人是她，晚上要回答隐私问题的又是她。楚皙真是被上天选中的人啊！

气氛突然有些尴尬。

刘班长不知道，于一源也不知道，但是剩下的那几个作为圈里人，多多少少听说过楚皙有男朋友。

更重要的是，现在还在直播。

赵敏聪打起了圆场：“要不……？”

“没有。”楚皙却先说出口，看了看其他人，弱弱地答道，“没有女朋友。”

“哈哈哈哈。”刘劲祥大笑了起来。

弹幕上飘过一串串“哈哈哈哈哈哈哈”。

问题是“有没有女朋友”，楚皙顺水推舟，回答的也是这个问题。她当然没有女朋友。

众人正想接着聊下一个话题，楚皙看着手里的碗，想到顾铭景。以前她告诉奶奶，顾铭景是她的男朋友。跟他在一起时，她也自我安慰，他们就是情侣。不过现在，他们没有关系了。

“也没有男朋友。”楚皙突然说道。

她都快死了，不能死得不清不楚、不明不白。她要告诉所有人，她现在单身。

大家都没想到楚皙会补充这么一句话，也知道这个话题比较敏感，便岔开话题聊起了别的事。

董为把刘班长偷偷带来的晚饭吃完了，收起饭盒，打了个响亮的饱嗝。楚皙也吃得差不多了，正要收起饭盒，突然，有人直接推门进来了！

有人来查岗。

“这么晚了，还在聊什么？快熄灯了，刘伟，你什么时候回宿舍？”王金钊连长出现在房间，看到大家围在一起聊天，笑着问道。

只是，这几个人看到王连长时的反应都有些怪。

王连长背着手，目光从几个人的脸上扫过。

刘伟，没问题。

严准，没问题。

刘劲祥，没问题。

于一源，应该没问题。

赵敏聪，他的那些霜啊水啊都被收走了，没问题！

董为，除了嘴上有一圈亮亮的油光，像是吃完了饭没擦嘴，好像也没什么问题。

至于唯一的女同志……王连长的目光落在楚皙的脸上，然后渐渐往下看到了她捧在手里的饭盒。

王连长：“楚——皙——”

楚皙低头看了看饭盒，然后看了眼已经收好了饭盒的董为，愣住了。

空气都安静了，弹幕又刷了起来：“哈哈哈，怎么每次做坏事时被抓包的都是楚皙？楚皙真是太倒霉了。”

第 三 章

反转人设

楚皙在宿舍偷吃东西被发现的后果，就是被罚跑三千米。给她带饭并且包庇她的刘班长被罚跑了五千米。同样吃了东西的董为勉强逃过一劫。

五千米对刘班长来说小意思，但是三千米对楚皙而言就有点儿困难了。

楚皙跑完觉得累得跟条狗一样，捂着肚子不停地喘着气。刘班长比她还多两公里，却早早就跑完，然后被连长抓回宿舍了。

另一边，顾铭景回到楠静区的一栋私人别墅里，洗完澡，躺在床上，对着手机看楚皙跑完了三千米，然后拖着疲惫的身子回到宿舍。

由于性别和其他人不同，楚皙一个人住一间，但睡的也是宽一米二的上下铺。

宿舍区已经熄灯了，隔壁的五个男嘉宾差不多都睡着了，有人甚至已经打起了呼噜。楚皙应该是累了，先在自己的床上坐了一会儿，然后才轻手轻脚地出去洗漱。

部队的晚上十一点已经进入休息时间，但是许多观众的夜生活才刚刚开始，所以直播间里依旧很热闹，看楚皙一个人对着偌大的洗手台刷牙，也能看得津津有味。

顾铭景本来想把手机的屏幕亮度调低一点儿，但是不知道碰到了哪里，一排一排的弹幕出现在屏幕上。

顾铭景这才发现原来这个节目还有弹幕，于是看起了那一排排飘过的文字。

为什么我觉得楚皙孤零零刷牙的样子有点儿可怜？

楚皙这一天过得太惨了，哈哈哈哈！

我觉得楚皙今天表现得还行。我一开始以为她被罚跑三千米后会直接耍脾气不去呢。

当连长宣布完对两个人的处罚时，几乎所有的目光都投向了楚皙。

上次她在《极限无敌》里的表现大家还记得呢，没想到楚皙这次这么配合。

楚皙洗漱完回宿舍睡觉，穿着部队里发的T恤和短裤跑去关了灯。她睡的是上铺，关完灯后像只小猴子一样爬了上去。

顾铭景不想理那些乱七八糟的弹幕，皱着眉，关掉直播，脑子里不知道为什么全是刚刚楚皙小跑去关灯、灵活地爬到上铺时的样子。

就像刚才有条弹幕说的那样，楚皙给人的感觉好像不一样了。她爬上床的那股子活泼劲，他以前没看到过。

顾铭景接着想到那晚她身上的花里胡哨的卡通睡衣。

顾铭景的直觉突然告诉自己，楚皙有问题。

《勇敢之心》节目播出后，热度一直在近期的综艺节目里排第一，其中很大的一个看点，莫过于楚皙的“幸运体质”了。

部队的训练严格而辛苦，有时候班长会给大家分别设置一点儿不同的难度和障碍，有时候为了调动嘉宾们的积极性会分组比拼。几天下来，众人逐渐发现，原来楚皙不仅仅是第一天被上天选中，而是每天都被老天爷“眷顾”。只要大家一起做一件事，她就是最倒霉的。

负重跑时，负重包里有的装着水，有的装着密度更大、重量各异的沙。男嘉宾们让楚皙先挑，结果楚皙准确无误地挑中了装着最重的沙的那个负重包。

练习匍匐前进时，前几个人爬过草地、沙坑时天气都是好好的，轮到楚皙时突然天降大雨，草地变成泥地，沙坑变成水坑，匍匐过去后，她浑身脏得连脸都看不清了。

大家好不容易有机会练习射击了，结果那天六个人中她又被抽中去搞后勤，只能眼巴巴地看于一源在她的面前炫耀早上训练时捡回来的子弹壳。

总之，训练中最难的肯定会被楚皙抽到，设备出故障时肯定会被楚皙碰上，有时她就连只是乖乖地躺着，也能被飞过来的篮球给砸中。

于是每天好多人打开直播的第一件事，就是发一条弹幕——“今天楚皙又被上天选中了吗？”

观众津津有味地看着楚皙每天倒霉，有人甚至高呼这就是报应。但是渐渐地，有人开始意识到，昔日的楚皙消失了。

即便选到了最重的负重包，她也会咬牙扛着；在泥泞的地面滚得像个泥人，她也会坚持到达终点；即使只有她被抽中不能去射击，最后也坦然接受结果，面对于一源回来后的炫耀，也只会投去羡慕的目光，没有抱怨。

只是对于这个改变，大家都没有说出来，毕竟谁也不敢保证楚皙下一秒会不会哭。

《勇敢之心》开播一个星期，六个嘉宾迎来自己在部队里的第一次考核。

六个嘉宾被分为两队，每队三个人，需要接力完成三项挑战任务，用时少的那个队获胜。楚皙、于一源、董为被分为蓝队，另外三个人是红队。

刘班长："本次障碍挑战一共分为匍匐前进、力量突击、翻越围墙三个项目。为了公平起见，大家挑战的项目由抽签来决定，下面请两队的人员到我的手里来抽签。"

先抽签的是红队，严准抽到匍匐前进，赵敏聪抽到力量突击，刘劲祥要翻越围墙。这个抽签结果显然不太好，赵敏聪老师斯斯文文的，一看就不适合力量突击，刘劲祥大叔年纪大了，动作肯定没有年轻人灵活。

观众开始期待楚皙的抽签结果。

怎么办，能不能换啊？让严准去翻墙行不行？

这抽签抽得也太糟糕了吧！

没事，说糟糕的，别急，楚皙还没抽呢。

哈哈哈！看楚皙今天有没有被上天选中。

楚皙加油！你们队能不能输就看你了！

楚皙硬着头皮，展开了手里的字条："力量突击。"

于一源抽到翻越围墙，董为抽到匍匐前进。

出人意料，除了楚皙的力量突击看起来有点儿悬，于一源小弟弟灵活有劲，翻个墙跟玩似的，董为匍匐前进也没什么问题。

楚皙舒了一口气。有于一源和董为，他们这队还是很有优势的。

有观众调侃道："难道楚皙要转运了？"

嘉宾进行考核时，许多战士围在比赛场地的旁边给他们加油，匍匐前进和翻越围墙的场地都能直接看见，只有楚皙和赵敏聪两个人要完成的力量突击的场地被道具挡住了。这是节目组设置的一个小小悬念，要等第一棒传过来后才能揭晓。

随着王连长的一声哨响，匍匐前进的董为和严准同时出发。

严准动作标准，前进速度很快，董为也不甘落后，两个人几乎同时传出了下一棒。

楚皙和赵敏聪同时打开节目组准备的道具。

楚皙首先看到的是两块砖，然后才是任务卡。

力量突击：劈开这两块砖即算完成任务，可以传出下一棒。

楚皙拿出那两块沉甸甸的砖，往旁边看了一眼，发现赵敏聪也正拿着两块砖看她。

两个人蒙了。

观众那边顿时热闹起来了。

哈哈哈，转运失败！

今天的楚皙依然被上天选中了！

不是我说，劈砖这个也太……

赵老师好像要哭了。

楚皙呢？楚皙哭了没有？

还想通过参加军营节目改变形象，现在知道什么叫人生艰难了吧？

观众七嘴八舌地说着，镜头终于从抱着砖欲哭无泪的赵敏聪老师身上，转到了旁边的楚皙身上。

和大家预测的黑脸、撂挑子不干不太一样，楚皙对着那块砖，仿佛在沉思着什么，然后把砖的一头放在台子上，让砖的一头悬空，再用一只手扶住砖，一只手绷直，呈斧头状，往砖上比了比，仿佛在试力量和位置。接着，她高举左手，嘴里喊出“哈”后直接劈了下去。

观众蒙了。

楚皙劈砖时，摄像师的镜头运用得简直精妙到极致。

视角由下而上，楚皙瘦弱的身影逆着光，整个人顿时增加了几分萧条感和坚毅感。这种由下而上的角度也没能消减她的美貌。她目光坚定，鼻梁秀挺，连睫毛的弧度都十分完美。

只见她高举呈斧头状的左手，宛如电视剧中举着大刀的刽子手，一声清脆而坚毅的“哈”划破长空。那只高高举起的小而有力的手，以迅雷不及掩耳之势径直劈了下去。

直播间里观众的心似乎都随着楚皙举起的那只手而提起，然后她那只手落下去时，观众的心直接提到了嗓子眼。

这个气壮山河、唯我独尊的气势，把当场的人给震慑住了。

时间仿佛有一瞬间停止了。

至于赵敏聪，正抱着砖，嘴已经张得可以塞下一个鸭蛋了。

观众万分惊喜。

怎么样，劈断了吗？

肯定断了。不过，楚皙在这种拍摄角度下怎么都这么好看啊？

别的不说，楚皙的外貌真是万里挑一啊！

劈砖？这还是楚皙吗？

第一次见到女明星在综艺节目里劈砖。

你们说梁烟来的话能劈断吗？

这砖不会是假的吧？

镜头终于转回到楚皙的身上。

与大家想象的“楚皙劈开一块假砖，站在那里露出得意的微笑”的场景不同，只见被楚皙放在台子上的那块砖，还安安静静、完完整整地躺在那里。一阵风吹过，孤零零的一块砖显得有些凄凉。

楚皙呢？楚皙怎么不见了呢？

镜头往上移动，画面中没有楚皙，镜头又往下移动，楚皙终于出现了。刚刚还气势汹汹的人现在正蹲在地上蜷缩成一团，紧紧地捂着劈过砖的左手，脸一直红到耳朵尖。

只见她表情痛苦，像是在竭力忍着疼痛，在数次深呼吸之后，突然放声哭起来，眼角闪烁着晶莹的泪花。

直播间先是安静了数秒，随后飘起了满屏的弹幕。

哈哈哈哈哈哈哈！

气势那么强，我还以为她真的能劈开呢！

她劈得那么用力，一看就好疼啊！

果然是被上天选中的女人！有点喜欢她了！

这块砖一看就是货真价实的，被劈过后连个缝都没有！

请问节目组有链接吗？我家最近盖房子，想买砖！

楚皙到底是哪里来的勇气觉得自己可以劈砖的啊？以为自己是练举重的梁英俊吗？

小姑娘都疼哭了，本人看了都心疼。

现场的人看到楚皙缩成一团，暂时中断比赛，立马围了过去。

今天弹幕的气氛稍稍有了改变，笑过之后，网友大多发出了“心疼楚皙”的弹幕。楚皙这些天的表现，大家都看在眼里，如果她真的是装的，那么她也装得也太好了。别的不说，起码现在的楚皙给人的感觉还是不错的，徒手劈砖的样子让人讨厌不起来。

随行的队医上前给楚皙处理劈过砖后通红的左手。楚皙的眼角还挂着泪痕。

节目组的官方微博把这一段视频剪了出来，楚皙在节目里劈砖的视频没过多久就登上了微博文娱榜的榜首。

短短一段两分钟的视频，楚皙有好几处出人意料的表现。

先是楚皙抽到劈砖的任务时，所有人都在等她耍赖、撂挑子不干，或者直接黑脸，但她已经默默地运气，摆出了劈砖的姿势。

她姿势标准，气势强大，正当众人以为她会劈断砖头，一改往日形象时，砖完好无损，楚皙却捂着手蹲在了地上。

许多不看节目的人也被楚皙劈砖的视频吸引。

楚皙的左手冰敷后还是肿了，队医说没太大问题，疼两天就好了。楚皙看着自己肿得胖乎乎的左手，宁死也不承认它看起来像猪蹄。

部队不让带手机，楚皙是下午吃饭时才知道自己今天靠劈砖上了文娱榜的，不由得有些闷闷不乐。

上次她扶个老大爷过马路被狗仔拍到，结果被人误会的事还历历在目。楚皙抱着碗叹了一口气，没有手机也好，这样就不用看那些糟心的评论了，眼不见为净。

今天晚上有拉歌比赛，几个营的战士们聚在一起，对唱军歌。

六连的战士们见楚皙坐在第一排，有些心不在焉，好像对白天的事耿耿于怀。王连长走过去道："楚皙，怎么回事？唱歌也不好好唱。"

楚皙最怕王连长，吓得赶紧正襟危坐，然而看到王连长严肃的面孔时，终于忍不住问出一个困扰了她一天的问题："连长，力量突击，为什么要劈砖？根本就劈不开啊，这一关还有什么意义？"

早上因为她受伤，新兵考核都被临时取消了。

王连长看着楚皙帽檐下白皙的脸，也没直接回答，而是从旁边的空地上找来了一块砖。

他提着砖回来，在楚皙的面前蹲下，把砖的一头放在自己的膝盖上，然后举起左手狠狠地往下一劈。

砖头应声而断。

"好！"有战士喊了起来。

王连长把被他劈成两段的砖捡起来，站起身，看了一眼目瞪口呆的楚皙，轻描淡写地说："这是这里的基本功。"

楚皙看到被王连长提在手里的两段砖，整个人都不好了。

黑沉沉的夜里，元景大厦像一个肃穆而立的巨人，只有高层的几个屋子里仍然亮着灯，宛如黑夜里的码头上温柔而遥远的灯塔。

顾铭景刚加完班，放下钢笔，将十指插进墨黑的头发里，揉了揉头皮以缓解疲乏。

他最近经常加班，工作到很晚，有时候太晚了就直接在办公室后面的休息室里睡一晚。公司上下都说顾总接下公司后工作太拼命，是为了堵那些董事的嘴。只有高助理知道，顾总根本不在乎那些董事会的老头子怎么说，经常加班到这么晚是另有原因。

顾铭景虽然忙，但任务没有那么重，按时下班是肯定没问题的。只是他突然发现自己下班后会下意识地回楠静区的那所公寓。

这仿佛已经成了习惯。

他下班之前会让秘书打电话告诉楚晢今晚去哪里吃饭、有什么安排。他下班后，楚晢便已经在那个地方乖乖地等他了。有时候，顾铭景都准备打内线电话叫秘书了，才恍然意识到自己跟楚晢已经分手了。

没有人在等他，也没有人看到他后会走上前挽起他的胳膊，甜甜地叫他一声“顾先生”。

这种突如其来的空落落的感觉让顾铭景很不爽。

他去了几次朋友之间的聚会，也没什么兴致，回家后一个人也觉得累，索性留在公司加班。

高助理今天又“不经意”地透露楚晢小姐因在节目里的表现上微博文娱热搜榜了。

那档节目竟然还没结束？顾铭景再一次不悦地皱起眉。

楚晢脑子里到底是哪根筋没搭对，跟他在一起时，各种好电影拍着，热门综艺节目上着，跟他分手后，竟然跑去参加这种又苦又累还不讨喜的综艺节目？

上次直播里楚晢像只灵活的小猴子跳上床的样子还历历在目，顾铭景又点开今天高助理给他发来的 PPT（演示文稿）。PPT 里面有一条视频，封面是楚晢蹲在地上，脸涨得通红，眼角还有泪花。

顾铭景看到这个视频的封面后微微地笑了笑，像只小猴子一样的楚晢不是真实的楚晢，视频封面上的那滴泪花告诉他，楚晢还是那朵柔弱、爱哭、惹人怜爱的“小白花”。

顾铭景点开视频，想看看楚晢在部队到底经历了什么事情竟然哭了。然后他便看到他的那朵柔弱、爱哭、惹人怜爱的“小白花”抱着两块砖。

她是要搬砖吗？

顾铭景想，楚皙的力气那么小，节目组让她搬砖，她确实会急哭。

然后他看到楚皙把一块砖放在台子上。

她是要砌墙吗？

顾铭景又想，楚皙养得那么娇，哪里会做这些粗重的活计，肯定是被累哭了。

顾铭景心里的无数个猜想，无非都是楚皙因任务过于困难而退缩。直到他看到楚皙扬起手，对着那块砖面不改色地劈了下去。

砖没劈开，她捂着手疼哭了。

吧嗒一声，他的手机掉在了地上。

《勇敢之心》的直播间里，楚皙得知劈不开砖只是因为自己太弱后，那怀疑人生的表情再次逗乐了不少人。

有人直接把这一幕截图，配上“怀疑人生”四个字，一张生动形象的表情包就热腾腾地出炉了。

以前，楚皙因长相过于清纯，很少有人会把她的样子做成表情包，但是今天这张图一出来，众人突然发现楚皙的长相做起表情包来竟然有一种诡异的可爱感。

大家没想到用楚皙来做表情包的效果竟然这么好！这张“怀疑人生”的表情包立马激起了大家的创作欲，有人把之前楚皙在宿舍里吃饭被连长逮住后，捧着饭盒一脸蒙的样子截了下来，并配上文字“愣住”。

没想到这张图的效果更好，楚皙那捧着饭盒愣住的表情极其传神地表现出大家日常生活中愣住之时的样子，接着一连串的楚皙表情包出炉了。

最后在一众表情包里拔得头筹的是一组跟“真香”表情包有异曲同工之妙的图。

第一张，楚皙捧着砖站在阳光下，砖上被打上两个字“困难”，整张图配文“呵，这点困难对于老娘算什么”。

第二张，楚皙摆好砖，胸有成竹地举起手准备劈砖，配文“看我现在就来劈了你”。

第三张，一块完好无损的砖孤独地出现在镜头里，没有配文。

最后一张，楚皙捂着手蹲在地上，小脸涨得通红，疼得眼泪都出来了，一脸痛苦的表情，配文“……”。

此组图一出立马火了，表情包的传播速度快得令人咋舌。

几乎是一晚上的时间，微博、微信朋友圈、QQ空间（某网络平台）都出现了楚皙劈砖的表情包，甚至在此基础上衍生出新的表情包。

令《勇敢之心》节目组万万没想到的是，“楚皙表情包”的话题讨论度极高，直奔文娱热搜榜第一！

不少人一早起来看到“楚皙表情包”的话题时十分反感，觉得就楚皙那装模作样的人怎么可能出表情包。结果，他们一点进去就受到了表情包的冲击：先是有“怀疑人生”，再是有“愣住”，最搞笑的是组图“劈砖警告”。

众人惊讶不已，心想，这是哪个人才做的？

其他明星被做成表情包的照片基本上都是崩掉的丑照，楚皙被做成表情包的照片没有一张是丑的，每张都保持着她那标志性的清纯而又勾人的美貌。她那一本正经的样子被做成表情包后比刻意搞怪的表情包更具有反差感。几乎所有点进热搜的人，都默默地选择保存图片。

他们即使再讨厌楚皙，也不会拒绝使用她的表情包，因为看起来还是很好用的。还有人因为楚皙的表情包而认识了她，接着去看了这档节目。

楚皙一大早醒来，跟战士们晨跑完，吃早饭时就听见节目组的工作人员悄悄地说她的表情包火了，给节目引来了不少观众，现在直播间的观众人数已创历史新高。

楚皙听得云里雾里，什么东西？表情包？

现在直播间里除了严准粉丝群、于一源粉丝群、董为粉丝群，还有了楚皙粉丝群。人虽然很少，却全是被她这几天的表现吸引过来的，并且名字也很特别，叫“砖头”。

我怎么会有粉丝呢？楚皙摇摇头表示不相信，走了。

她来这个节目就没打算吸引粉丝，反正都快死了，要粉丝也没用，来就是为了赚通告费。

另一边，元景集团的总裁办公室内，高助理神秘兮兮地告诉顾铭景，自己已经用小号打入了楚皙小姐的粉丝群内部，总裁只要登录这个号，就能在里面跟楚皙小姐的粉丝愉快地玩耍。

高助理呈上账号及密码，乖巧地将双手搭在身前，恭恭敬敬地站在办公桌旁等待总裁的夸奖。

顾铭景现在满脑子都是视频里楚皙劈砖的样子。

好一个楚皙，在他面前连个瓶盖都拧不开，背着他却能徒手劈砖。

今早他一来，高助理就又给他汇报了楚皙的状况。

顾铭景的脸色变得很差。

楚皙！楚皙！怎么哪里都是楚皙？像他这种身家千亿、时间比黄金还宝贵的总裁，上班就是为了听助理汇报前任的最新动态？

顾铭景抬头，斜睨了一眼正想求表扬的高助理："你是不是觉得我对楚皙有什么意思？"

求表扬的高助理的笑容逐渐僵硬。

高助理从业以来第一次被顾铭景训了，理由是自己上班时间竟然跑来汇报一个小明星的动态，下不为例，否则要被扣奖金。

高助理不仅求表扬失败，反倒挨了批评，耷拉着头走出顾铭景的办公室，回头又往里看了一眼。

一边是每天孜孜不倦地接收着他发过去的PPT，现在还要批评他的顾总，一边是那天连顾总送的包都不稀罕的楚小姐。

高助理很淡定，心想：您对楚小姐有没有意思我不好说，反正楚小姐好像对您没什么意思。

《勇敢之心》这个节目已经播出过半，原本被认为是这档节目里一颗老鼠屎的楚皙却表现得让人刮目相看，肯吃苦，不娇气。最重要的是，她凭借一己之力吸引了一大批观众，直播间的人数屡创新高。

楚皙从今天起请假三天，去参加一年一度的电影界三大奖项之一的金羽奖颁奖典礼。

这三天假是付白跟《勇敢之心》节目组签约前就说好的。节目组的人当然知道这个奖是业内无比重要的大奖，这种要受苦受累的节目能请到楚皙这种兼具知名度和话题度的女明星已经很不容易了，三天假不是什么大问题。

楚皙差点儿忘了这回事，直到看见付白拖着行李箱来部队接她才想起来。

“我能不能不去啊？”楚皙有些犹豫。

付白：“你都提名了，怎么能不去？机票我都买好了。”

楚皙听付白说起她的提名，尴尬得不行。

她凭借去年那部票房低、口碑烂的大制作电影《帝王的女人》获得金羽奖最佳女主角提名。年初提名人选公布时网上骂声一片，所有人都在质疑楚皙凭什么能得到这个提名。

付白见状，补充道：“我又没指望你能拿奖，只要你不拿奖，这就是一个提名而已，外面骂不了多久的。颁奖礼和后面的酒会上有很多导演、制片人、投资商，你的下一部戏还没有着落，咱们过去看看能不能碰个运气。”

付白的经纪工作室刚成立不久，这个能跟楚皙一起去颁奖典礼的机会实在是宝贵极了，于是他继续劝说楚皙：“你已经不是从前那个坐在家里等着各种大资源来找你的楚皙了。那么多女演员挤破了头都想去蹭个红毯，你可是被提名了的人，拿的是最高等级的邀请函，这样扭扭捏捏可不行。你要记住，从前的楚皙已经死了，你现在是全新的楚皙。”

楚皙低下头，有些沮丧：“你不用替我规划那么多的，这半年有通告就行了。”

付白不明白，问：“那你总不可能半年一直上综艺节目吧？起码得拍一部戏啊。机票我都买好了，退票多划不来。去了万一有哪个大导演看上你，下一部电影女主角就定你了呢？咱们走。”

楚皙想了想，觉得付白说得也有道理，只好去跟刘班长和几个男嘉宾告别，说自己离开几天去参加电影节的颁奖礼。

于是，那些兴致勃勃地赶来看直播的新观众一来就看到楚皙在跟几个队友告别。

众人经提醒才想起楚皙凭借一部大烂片获得金羽奖最佳女主角提名的事情，纷纷表示理解。刘班长与她告别时还特意说了一句："祝你拿奖。"

楚皙敢保证刘班长肯定从来没看过她演的戏，尴尬地笑了两声："谢谢班长。"

楚皙的表情包有多么好用暂且不提，她之前在节目里的表现，新来的观众也不知道，这颁奖典礼之事实在是引起了众怒。

工作室里，楚皙换好礼服，从试衣间走出来，转身照着镜子。

付白把她从部队接回来，第一件事就是让她回工作室试礼服。她下午出发去海市，明天下午走红毯，晚上参加颁奖礼。

"好看。"付白夸道。

楚皙看着镜子里的自己，一身白色及膝小礼服，除了胳膊和腿哪里也不露，跟她以前走红毯时的礼服风格一样。

只是楚皙看着这件礼服有些眼熟，努力地想了想，突然想起来身上这件礼服跟C牌今年高定秀场上的一模一样。她当时被顾铭景的经纪团队送出国参加时装周，看了C牌的那场秀，所以对那件礼服有印象。

只是C牌是著名的奢侈品牌，旗下一件普通T恤的价格都能上万，更别说这种高定礼服，价格肯定贵到令人咋舌。付白的工作室穷得叮当响，怎么会有这么贵的礼服？

女明星一年会出席很多活动，不可能出席一次活动买一件礼服，所以身上穿的礼服大多是跟品牌方借的，能借到的礼服档次跟女明星在娱乐圈的地位成正比。

不过楚皙以前很少借礼服，基本上都是买的，上百万的高定礼服，顾铭景的经纪团队眼睛都不眨就能买下来。有的礼服拿钱也买不到，顾铭景却能动用各种关系给她借来。

于是楚皙每次出席活动都穿着各大奢侈品牌的最新款，看红了不少人的眼，有时尚博主甚至分析了楚皙每次出席活动时身上的行头，总结下来就是一个字：贵。

她以前穿过很多次C牌的衣服，现在摸了摸身上这件，总觉得材质跟C牌常用的面料不一样。

“这礼服是你借的吗？”楚皙问。

付白：“服装师做的。”

楚皙一听是服装师做的，顿时明白了。

圈里有些新人的公司没有能力，向品牌方借不到礼服，就会找服装师做。楚皙身上这件肯定是服装师比着今年C牌秀场上的那一件做的山寨版。

穿服装师做的没有品牌的礼服没什么大不了，但是穿山寨版，楚皙浑身不自在，接受不了。

“我不想穿这件……”楚皙看了一眼付白，噘了噘嘴。

付白不解，打量了楚皙一眼：“这不挺好看的，为什么不穿？”

楚皙从手机里找出她年初在C牌秀场上拍的原版礼服给付白看，楚皙身上这件礼服的细节上粗糙了不少。

“怎么这样？”付白气到叉腰，“我直接找服装师定做的，看到他打的版还挺好看，哪知道是件山寨货，气死我了。”

明星穿山寨货丢人不说，要是被发现了，不光要被圈内圈外的人嘲笑很久，以后可能也无法在时尚圈混了。

楚皙坐在沙发上，耷拉着头：“怎么办？明天就要走红毯了。”

付白挠头：“我想想，你先别急。对了，你以前的衣服有没有能拿出来应急的？”

“应该没有。”楚皙摇摇头。她的大多数衣服留在了楠静区的公寓里，她离开时只带了点儿普通的衣服，不适合用来走红毯。

“好吧。”付白叹了口气。

楚皙站起身，在工作室的衣帽间走了走。工作室签了几个模特，架子上倒是挂着不少衣服。

楚皙随手在那些衣服里挑了挑，突然拿出一件，比在身上问付白："这件怎么样？"

付白看到楚皙比在身上的裙子，愣了一下。

第二天下午，海市。

金羽奖的红毯上星光熠熠，摄像师已经扛着长枪短炮蹲守在入口处，快门键按个不停，主办方更是与时俱进，全程直播红毯现场的情景。

红毯向来是女明星们比美的角斗场，金羽奖每年甚至都会设置一个最佳着装奖，颁给红毯上着装最好的女明星。为此各路艺人都费尽心机，希望在着装评选里拔得头筹。今天甚至有好几个时尚博主一起开了直播，实时分析红毯上明星们的穿搭。

楚皙出场较晚，在她之前出场的女明星有不少。好几个人的着装令人眼前一亮，尤其是提名最佳女配角的新晋小花旦乐珊，着一袭V牌高定白色仙女裙，让人眼前一亮，整个人仙气飘飘、甜美可人，一出场立马引起了热议。

黑色的轿车驶入，主持人报幕下一个出场的是凭借电影《帝王的女人》提名最佳女主角的楚皙。

与此同时，实时分析红毯动态的时尚博主们也开始预测起来。

时尚博主A说："按照楚皙之前的红毯风格，想必她今天应该也会选择浅色系的甜美风礼服。"

时尚博主B接着说："乐珊今天的红毯造型十分出彩，只是不知道楚皙会是什么样子。如果楚皙也穿甜美系的纱裙，岂不是跟乐珊撞衫了？楚皙的红毯造型向来不错，这下孰胜孰负就很值得期待了。"

时尚博主A笑着打趣道："孰胜孰负不知道，不如先来猜猜楚皙今晚礼服的价格是几位数吧！相信她肯定不会让我们失望。"

黑色的轿车在红毯前停稳，车门被侍者打开，一只黑色的细跟高跟凉鞋稳稳地踏在红毯上。

镜头由下而上扫过，众人突然一愣。

楚皙看着面前黑压压的镜头，咬了咬唇，然后展露出大方的笑容，走上红毯。

所有人都惊呆了，这……这是楚皙？

这的确是楚皙。

她穿着一袭黑色的吊带连衣裙，长度及膝，露出的一双小腿白嫩修长。裙子很贴身，将她的身材完美地勾勒出来，令人挪不开眼。黑色的裙子衬得她肤白如雪。裙子是V领的，大方地展露出主人纤细的手臂、修长的脖颈、精致的锁骨、完美的直角肩……

楚皙的短发全都被别在耳后，唇上涂着饱满的正红色唇彩。她拿着手包，自信地挺起胸，大方地面对镜头。

她第一次在镜头前穿这么“清凉”的裙子，以为自己会害羞，没想到却很淡定。这是一件款式很普通的裙子，性感但并不暴露，更不低俗。

时尚博主们都惊得说不出话了。

楚皙向来走清纯、甜美路线，如果不是这张脸还是那张清纯的脸，他们甚至都要怀疑主持人是不是报错了嘉宾的名字。

立马有人做了对比图，左边是穿着甜美纱裙的乐珊，右边是穿着黑色修身吊带裙的楚皙。

不是左边乐珊的造型不美，不是乐珊的裙子仙气不够，只是当两个人的图放在一起时，众人还是忍不住要往右边看。

可爱在性感面前不堪一击。

第四章

“砖头”爱你

楚皙提了一口气，不疾不徐地走着红毯，微笑着跟红毯两边的摄像师挥手。

楚皙的红毯照立马被传上微博，引发众议。

楚皙从来都是穿高级定制的清纯系长裙，捂得严严实实的，哪儿也不露，今天突然以一身简单的黑色吊带裙出现在红毯上。更令人没有想到的是，原来一直以清纯形象示人的楚皙如今大大方方地露一把，身材竟然这么好。

裙子性感却不低俗，将主人的好身材展露出来，最重要的是使得她女人味十足。

刚才还对楚皙不屑的人，现在全都叛变了。

楚皙今天怎么穿这条裙子啊？不是她平常的风格啊！

这又是哪个牌子的高定啊？这裙子一看就好贵。

这种吊带裙，但凡身上有点儿赘肉，穿上都是灾难！

楚皙真的一点儿赘肉都没有，我好羡慕。

脸也很优越，剪了短发之后也太帅了！

好吧，今晚，起码在这一秒，我是楚皙的粉丝。

所有嘉宾已经走完红毯，金羽奖的最佳着装奖的评选也开始进行。虽说前面有几个女明星的造型很不错，乐珊的裙子明显是精心搭配的，但是从楚皙出现在红毯的那一刻开始，结局几乎已经定了。

尤其是在众人看了那张乐珊和楚皙的红毯造型的对比图之后。

几个时尚博主也从震惊中缓过神来，继续解析。时尚博主眼光毒辣，一般一眼就能看出来女明星身上的礼服是什么牌子的哪一款，但是今天楚皙身上的这一件让很多人摸不着头脑，好像在最近的秀场上都没有看见过。

不过以楚皙以前穿的礼服品牌和价格来看，她身上的这件肯定也来头不小。博主A猜楚皙身上的这件是C牌的当季高定；博主B猜这是G牌最新一季的成衣，全球限量五件；博主C猜得更夸张，说这应该是楚皙找V牌私人定制的。

楚皙今晚到底穿的是哪个牌子的哪一款呢？几个博主根据自己的猜测去找，却发现哪款也对不上。然而他们越是找不到便越是好奇，发誓一定要把楚皙今晚穿的裙子给挖出来。

颁奖典礼还没开始。楚皙走下红毯，来到后台的休息室，远远看到乐珊和经纪人站在一起。两个人似乎正在说着什么，乐珊的脸色不是很好。

楚皙跟乐珊没什么交情。准确地说，楚皙以前跟圈里的同行几乎都没什么交情。

楚皙正准备回休息室，突然被人从后面叫住。

“楚皙姐。”

楚皙一回头，看到乐珊提着裙子朝她走过来。她轻轻地皱了一下眉。她明明记得乐珊比她还大两岁，怎么叫她姐？算了，乐珊想叫就叫吧！

楚皙问：“有什么事吗？”

乐珊拿出手机："我们能拍张照吗？我待会儿想发微博。"

她没等楚皙答应就打开照相机，调成自拍模式，开了美颜滤镜。

楚皙不想跟她合影。女明星之间尤其是像她俩这种没什么交情的人在一起合影准没好事，到时候新闻通稿一出来，不外乎是比美、讨论姐妹情。

楚皙往旁边走了一步，避开摄像头："不用了吧，我不太喜欢照相。"

"那好吧。"乐珊被拒后似乎也没多在意，看了看楚皙，突然说，"楚皙姐，你今天这身好美啊！"

楚皙扯着嘴角笑了一下："谢谢。"

乐珊："是C牌这一季的高定吗？他们的衣服很难借，我上次想借就没有借到，好羡慕你。"

"不是。"楚皙摇头，然后伸着脖子找付白。这家伙怎么还没来接她？

乐珊站在她的身边，脚突然崴了一下，往楚皙身上倒过来。楚皙吓了一跳，赶紧扶住她。

楚皙总觉得乐珊想在她的身上找些什么，感觉怪怪的，问："你没事吧？"

"啊，没事，谢谢楚皙姐。"乐珊站直身子，突然一笑，走了。

付白拿着外套走过来，看到乐珊从楚皙的身边走开。

"你们认识？"付白好奇地问。

楚皙披上付白递过来的外套，摇了摇头："不认识。"

"走吧。"两个人去了休息室。

楚皙为了不蹭掉口红，连晚饭都没吃，只用吸管喝了点儿水，然后看到"楚皙身材"这个话题上了文娱热搜榜，稳稳地压在"乐珊高定仙女裙"这个话题上面。

付白乐得不行："最佳女演员奖不奢望，不过我觉得最佳着装奖可以期待一下。"

楚皙"嗯"了一声，样子有些得意。

她不走性感路线，但偶然性感一次，感觉也不错。

楚皙看了看相关微博，突然收到一条微博推送的消息，标题是“金羽奖红毯”。

楚皙好奇地点进去，看到推送的内容时，脸黑了。

楚皙现身金羽奖红毯，大走性感风，礼服某宝只需198元！

文中截下的红毯图的角度十分奇怪，文末还附上了某宝同款礼服的链接。

这条不知道被谁顶上来的微博立马出现在和金羽奖有关的话题中，众多时尚博主寻遍各大奢侈品牌都找不到楚皙今晚的礼服，没想到这礼服竟然出自女装市场，某宝同款只要198元！

这不可能吧！

女明星走红毯的礼服向来都是身份、地位的象征，好不好看很重要，品牌与款式同样重要。现在婚庆公司司仪的一件礼服都要上千，怎么可能有女明星穿着一百多块一件的吊带裙来走红毯？还是像楚皙这种不差钱的！

有人不信，把某宝上的那件裙子跟楚皙身上的那件翻来覆去地对比，发现不管是面料还是裁剪细节全部一模一样！

楚皙穿不到两百块的礼服走红毯一事一时间被推上了文娱热搜榜的榜首。

那条揭露楚皙礼服来路的微博下面全是嘲讽之声，说楚皙穿着不到两百块钱的礼服来走红毯，简直是对这个红毯的侮辱。

众人还处在震惊当中。

原来楚皙今晚穿的礼服真的不到两百块钱。

某宝店内价格低廉的裙子穿在她的身上仿佛被赋予了新的生命，简直在发光。

这世上有的人穿再贵的衣服，也像穿着地摊货，而楚皙愣是把一条不到两百块钱的裙子穿出了奢侈品的效果。

这也太厉害了！

海市，市中心最大的宝嘉丽酒店的顶层总统套房里，顾铭景站在落地窗前，望着华灯初上的城市。

他这几天来海市出差。

兜里的手机轻轻一振。顾铭景拿出手机看了看，是一个朋友用微信发过来的消息。

"是'小可怜'得罪你了，还是你最近破产了？你怎么给人家穿一百多块钱一件的衣服？"

"小可怜"这个称呼顾铭景并不陌生，是他周围几个朋友给楚皙取的。他以前带楚皙去参加聚会的时候，楚皙都很胆小。她没来过这些场合，可怜巴巴地跟在他的身后，一步也不敢离开。后来也不知道是谁就开始叫楚皙"小可怜"了。

两个人分开的事，没有几个人知道，顾铭景也没有特意告诉自己的朋友。

不过，一百多块钱一件的衣服是什么意思？顾铭景有些不解。不过，朋友很快就给他发了几张图——楚皙刚出炉的红毯照。

顾铭景看到红毯照时愣了一下，依稀认出了她。接着，套房里发出噼里啪啦的响声，像是什么东西被人摔了。

高助理住在顾铭景楼下的套间，本来正惬意地做着SPA，做到一半时突然接到一通内线电话。电话是顾铭景打来的，让他现在去买一部新手机。

面对这条揭露她裙子价格的通稿，楚皙简直气得头疼，付白看到后更是直接骂了几句。

不到两百块钱的裙子怎么了？

不到两百块钱的裙子触痛谁的神经了？

两个人本来都开始焦虑起该怎么办了，不知道这次得被嘲笑成什么样子，结果再一点开微博，评论区的风向让他们意外不已。

这条裙子竟然只要一百多块钱？说十万一件我都信！

真的好好看，一点儿也不像不到两百块钱的裙子啊！

楚皙厉害！

楚皙看了之后满头雾水。

付白："好像不用想公关稿了。"

楚皙首次尝试的性感系礼服本来就惊艳，被她穿起来像高档礼服。这条裙子的价格更是让人震惊。全网疯转着楚皙的红毯照，而这条裙子成为这届金羽奖除最佳男主角、最佳女主角奖项的获得者外最大的热点。

有少数人说楚皙走红毯穿不到两百块钱的礼服很低级，但大多数人不这么认为。

可能大众已经被女明星们的天价礼服轰炸得审美疲劳了，每天看的都是谁又穿了什么高级定制礼服。楚皙横空出世，穿着一件不到两百块钱的礼服走红毯，意外地博得了大众的好感。

这又有什么不可以的呢？

这条裙子既不是山寨货，也不低俗，是正儿八经的国货。现在国家处处提倡节俭，礼服这种东西又不是其他衣服，就那么几个场合能穿几次。楚皙穿不到两百块钱的礼服，不正好响应了国家的节俭政策吗？这有什么可嘲笑的？

再说了，能把不到两百块钱的礼服都穿得这么好看，是人家有本事。

最后权威媒体的微博甚至转发了楚皙的红毯图，表扬了楚皙勤俭节约的优良品德。

那条同款裙子被找到前销量只有个位数，被发现后立马销售一空。即使各大时尚博主强调了很多次，没有楚皙这种身材的人穿这条裙子会很难看，但也挡不住女孩儿们要试一试的热情。

几乎是毫无意外地，楚皙与最佳女演员奖无缘，但拿下了本届金羽奖的最佳着装奖。

当晚，楚皙的粉丝群里突然收到好多条入群申请。

颁奖典礼结束后差不多是晚上十点，楚皙坐着主办方安排的轿车回酒店。

金羽奖的主办方把来参加颁奖典礼的嘉宾安排得很到位，一些艺人的家就在海市，他们参加完颁奖典礼后直接回家了。剩余的大多数艺人，主办方统一安排了离颁奖现场不远、位于海市市中心的宝嘉丽酒店。

颁完奖后，媒体的关注点基本上已经转移到了新的最佳男主角、最佳女主角身上，和那条裙子相关的话题的热度降下来不少。

楚皙塞了耳机准备听歌，付白突然在前面激动地跟她说她现在有粉丝群了。

“什么？”楚皙摘下耳机。

付白：“粉丝群啊！你的粉丝群叫‘砖头别动队’，里面有好几百个人了。”

她重新戴上耳机，心想：女明星的粉丝怎么会叫砖头？付白又骗她。再说了，她怎么可能有粉丝呢？

楚皙没想到付白竟然也学会了这一招。不过，这家伙也不知道给他们起个好听的名字。楚皙打了个哈欠，懒得理他。

车在酒店大门停下，楚皙还是穿着刚才那身礼服，不过加了件外套。下车后，一阵凉风吹来，楚皙忍不住抱着胳膊，打了个哆嗦。

付白从包里找出他跟楚皙的房卡。两个人白天已经办过入住手续，楚皙的造型也是在酒店的房间里做的。现在，他们准备上电梯，然后回房间休息。

高助理拿着给顾总新买的手机出现在酒店的大堂，远远地就看见一个熟悉的背影。

前面那位女士的背影，看起来怎么那么像楚皙小姐？

高助理正犹豫着要不要上去打个招呼，在看到楚皙旁边的那个男人时愣住了。

大晚上的，一男一女在五星级酒店？

高助理突然嗅到了一丝不妙的气息，鬼鬼祟祟地跟在两个人身后，看两个人上了电梯，立马像做贼一样躲在墙角。

前面那一男一女上电梯后转过身，高助理从缓缓关上的电梯门里看清楚了那名女士的脸。

她顶着一头短发，抹着红唇，跟在顾总身边时的样子大相径庭。但是，她就是化成灰，高助理也能认出她来。

她就是顾总的前任女友，楚皙！

自从上次被顾铭景骂了，高助理就再也没有关注楚皙的相关消息。他都快四十岁了，本来就不怎么关注娱乐圈的事，之前全是为了顾总，现在顾总与楚皙分道扬镳了，所以他连楚皙今晚出席了金羽奖的颁奖典礼都不知道。

高助理想到刚才楚皙跟身旁的男人一起进电梯的样子，心里突然很乱，觉得自己好像想通了一些事情。

高助理突然有些为顾总觉得憋屈。他家顾总是不够帅，不够年轻，还是不够有钱？刚才那个男人长得普普通通的，有哪点比得上顾总？

楚皙太过分了！

于是，顾铭景收到新手机时，发现他的助理的心情好像比他还要不好。

“什么事？说吧。”顾铭景淡淡地说道，点燃了一支烟。

他本来很想打电话给公司，让他们把楚皙那些红毯照全都从网上删个干净，很想直接冲到现场把楚皙直接拖走，给她套上衣服，然后质问她穿成这样像什么样子。但他突然反应过来，楚皙已经跟他分手了，他管这些做什么？现在，他对她没什么责任，也没资格管她。

她只是他的前女友，穿件性感的礼服也不关他什么事，她去跟人开房他都无所谓。

顾铭景这样告诉自己，然后默默地抽了两根烟。

他不常抽烟，近两年抽得更少。他刚跟楚皙在一起时，她因为闻到了他身上的烟草味而咳了两声。之后，顾铭景便再也没在她面前抽过烟。

高助理没想到顾总一眼就看穿自己有心事，看了看顾总，把刚才在酒店大厅见到的画面说了出来。

他说的时候难免添油加醋，说自己在酒店大厅看见了楚小姐。她挽着一个男人的胳膊进了电梯，两个人有说有笑，一看就是在一起很久了的样子。

顾铭景听到最后，手一抖，烟灰落在衣服上。

在酒店套间，楚皙卸完妆，洗了个澡，围着浴巾出来。

付白在另外一个套间，刚刚给她打电话说宝嘉丽酒店的 SPA 服务做得很好，问她点不点。

楚皙查了一下价格，本来说不点，付白又告诉她艺人在酒店的消费都是由金羽奖的主办方承担的，楚皙这才点了。

她这些日子瘦了不少，刚才洗澡时摸了摸自己的身体，发现身上还练出不少腱子肉。

她明天飞回 M 市，后天又要回去录制综艺，今晚放松一下也是好的。

楚皙刚从浴室出来，房门就被敲响，敲门声似乎有些急，一点儿都不像五星级酒店服务生干的。

不过楚皙没太在意，以为肯定是做 SPA 的师傅到了。她说了声“来了”，然后趿着拖鞋过去开门。

楚皙带着笑打开房门，在看到门外站着的人时，脸上的笑容没了，不由得往后退了一步。

顾铭景等房门一开，眼睛就忍不住往房间里面看了看，仿佛在找什么人。

酒店的房间里站着围着浴巾的女人，房间的外面站着夜半而来的冷着脸的男人。此情此景让楚皙有一种被前任捉奸的感觉。

做 SPA 的技师此时也到了，推着小车，看到在门口僵持的男女，问：“请问是楚小姐叫的服务吗？”

“不用了。”顾铭景进门，“砰”的一声关上房门。

“顾铭景，你干什么！你放开我！”

顾铭景抓着楚皙的手腕，把这个套间的各个角落都转了一圈，没有发现别的人。

楚皙的手腕被捏得很疼，她一直努力地挣扎着，奈何双方力量悬殊，她像只任人宰割的小鸡。

房间里没人，顾铭景微微地松了一口气，手上的力量也小了。

楚皙顺势把手腕从顾铭景的手中抽出来，大声说道：“你干吗？疯了吗？”

顾铭景扭头看着对他大呼小叫的楚皙。

她在他的身边待了两年，他还从来不知道她这么有脾气。

在他的面前连一个瓶盖都拧不开的女人，转身就徒手劈砖。

这一切都是假的，原来所有的顺从与屈服都是假的。一分手，她的本性就暴露得彻彻底底。

顾铭景的心中不由得生出一股自己被骗了的怒气。他突然伸手掐住楚皙的下巴，任楚皙白费力气地扯着他的手臂，冷笑了一声：“这两年倒是难为你了，一口一个‘顾先生’，这‘顾铭景’三个字叫起来不也挺顺口的？”

“我还真是没看透你呢，楚皙。”顾铭景用大拇指的指腹轻轻地摩挲着楚皙的唇，问，“你就不怕我生气吗？”

楚皙当然怕顾铭景生气。他没有对她生过气，但是她看见过他对别人发脾气的样子有多可怕。然而现在两个人已经分手了，她不想示弱，即使声音在发抖，仍瞪着顾铭景道：“顾铭景，我跟你的合约已经到期了。”

顾铭景扯着唇角一笑：“分手了是不假，可是现在你的前任发现自己在恋爱期间受到了欺骗，该怎么办？”

楚皙浑身一凉。

她在顾铭景身边的时候一直尽职尽责地扮演着清纯乖巧的小女人

的角色。顾铭景当初能看上她，就是因为她的原经纪公司把她包装成温柔清纯的“小白花”。她不能错过跟顾铭景在一起的机会，自然也不能告诉他自己的真实性格。他喜欢的是什么样的女人，她就演成什么样子给他看。

楚皙以为分手了就跟顾铭景再无瓜葛了，没想到还是被他揪住不放。

是啊，她竟然疏忽了！她眼前的这个人是精明的商人，即使坐拥再多的财富，对待利益仍然锱铢必较。知道自己被骗了两年，又或者是被一个女人虚情假意地奉承了两年，他怎么可能善罢甘休？就像之前，她以为自己跟了他两年，好歹能和他谈点儿感情，结果却被警告不要妄想不属于自己的东西。

楚皙突然鼻子一酸，眼泪一下子从眼眶里落了下来，顺着脸颊往下滑，一颗一颗地落在顾铭景捏着她的下巴的手上。

顾铭景见手上湿了，皱眉看着楚皙的泪水：“你哭什么？”

楚皙没说话，一时间哭得像个泪人。

顾铭景突然出现，又让她想起了自己罹患绝症，剩下的时间不到半年了。

顾铭景被楚皙哭得有些心烦，松开了手。

楚皙用手背抹了一把眼泪，吸着因为哭泣而发红的鼻子，然后直直地跟顾铭景对视着，带着哭腔说道：“我就是骗你了，怎么样？”

楚皙一边哭，一边说：“我跟你在一起的两年都是装的，全是虚情假意。你喜欢什么样子，我就装成什么样子，你说什么，我就做什么！你表面上看我在对你笑，其实我经常在背后骂你，我一点儿也不想当你的女人，一点儿也不想跟你去吃饭。你不在的时候才是我最轻松快乐的时候。你对我好，无非是把我当成一个没有脾气、不会违背你意愿的人，高兴了就给我一点儿奖赏。你凭什么以为我很想当你的顾太太？你少自作多情了！我凭什么要把自己的这辈子搭进去？你爱娶谁就娶谁，跟我一点儿关系都没有！”

楚皙说完打了好几个嗝，看着浑身散发着阴冷、可怕气息的顾铭景，眼睛哭得又红又肿，像只兔子。她哽咽道："我不怕你！我知道你现在肯定很生气，但无论你要对我做什么，打我也好，掐我也好，我都不怕！呜呜呜……"

反正她都要死了，与其之后被病痛折磨至死，还不如现在死得痛快一点儿。

顾铭景光听那些话确实很想弄死眼前这个女人，只是又听见她的哭声，突然没了脾气。

这个女人一边被吓得直哭，一边疯狂地在他的底线边试探，似乎生怕他放过她。

她可真有趣！

想到这里，顾铭景突然笑了一声。

楚皙本以为顾铭景会暴怒，结果他竟然笑出了声。楚皙听着他的笑声，浑身上下毛骨悚然。她睁开眼睛，不由得往后退了两步，咽了咽口水，道："你……你笑什么？"

顾铭景凑上前去，低头嗅着她洗完澡后身上散发出的幽幽的香气，道："你说呢？"

第二天，从海市到 M 市的飞机上，空姐送来飞机餐。

楚皙拿着叉子，有一搭没一搭地戳着餐盘里的面，然后把一块生姜放进嘴里，面不改色地嚼着。

付白终于受不了了，问道："你到底怎么了？今天从早上开始就魂不守舍的，谁给你下了蛊吗？"

楚皙"啊"了一声，回过神来，才意识到自己吃的是块姜，赶紧吐了。

"没……没什么。"她擦了擦嘴，然后端起水杯喝了口水，冲淡嘴里的味道。

"真的没什么？"付白不相信地问。

楚皙回想起昨晚，告诉自己那不过是两个成年人的事情而已。

她本来都以为自己活不过昨晚了，没想到安安稳稳地活到了今天早上，心里突然有一种诡异的满足感。

楚皙告诉自己，就当这是一次意外吧，别想了！然后，她拉下挡光板，准备在飞机上补觉。只是在睡前，楚皙又想到昨晚跟顾铭景说过的那些话。

她以为自己会死，结果毫发无伤。难道顾铭景就这么放过她了？还是说他伪装得太好，表面上不在意，实际上心里在盘算着别的方法要置她于死地。

楚皙变得心事重重起来。

付白在旁边看手机，跟她说了句什么，楚皙想着心事没听清，胡乱答了一句。

楚皙整整睡了两个小时。下飞机后，付白去取行李，楚皙戴了副墨镜，先往外走。

身旁的人都行色匆匆，她也没被认出来。

楚皙一路走到出口，正准备找个地方等付白，突然听见有人喊了一声她的名字。

"楚皙！"

谁在叫她？

楚皙回头，顺着声音的方向望去，突然看见身后有一堆人。有男有女，十几个，每个人的脸上都笑意盈盈的。他们看着她，然后叽叽喳喳地向她拥过来。

虽然那些人看着没什么恶意，但楚皙还是有些害怕。

这些人不会是顾铭景派来的吧？

楚皙抓着挎包，拼命地奔跑起来。

那十几个人没想到楚皙会是这种反应，先是瞠目结舌，然后立刻拔腿追了起来。

"楚皙别跑！"

楚皙听到那声"楚皙别跑"，吓得不轻，跑得更快了。

她都快哭了。

楚皙正跑着，前面突然又多出几个穿着机场安保制服的人。她只好停下来，乖乖跟这几个穿制服的人走了。

机场的警务室内平常十分冷清，今天一下子进了十几个人，凳子都不够坐。

十几个人挤在一起，叽叽喳喳地说个没完，不时地看向对面，难掩兴奋。

“吵什么吵？安静！”穿制服的警官拿着文件从里面出来。

叽叽喳喳的人被警官这么一吼立马噤声，一个个低头站着，像一只只乖巧的小鹌鹑。

屋里，当事人楚皙坐在警官的对面，无助地陈述着这一场误会。

她就是后悔，非常后悔。她哪知道那群拿着砖头在出口等她的人竟然是来接机的粉丝！

他们不是顾铭景雇来的人，也不是来伤害她的人，而是真的来看她的！都怪她以前混得太惨，导致别的艺人早已习惯了的接机场面都把她吓了一跳。

原来付白在飞机上跟她说的那句话就是今天粉丝群里有粉丝来接机。楚皙当时想着心事，没听清楚就“嗯”了一声。

付白以为她听见了，下飞机后才放心让她一个人出去，自己去取行李。结果他刚拿到行李，就听见有人说外面好像出了事。

然后事情就成了现在这个样子。

警官给楚皙做完笔录，又给粉丝代表做笔录，随后像教导主任训小学生一样说道：“你们以后沟通好，不要再发生类似的事了。这次好在没出大事。”

楚皙和粉丝乖巧地点点头，跟警官道歉后，都从警务室里出来了。

楚皙给粉丝在小本子或T恤上签了名，还和他们拍了合影，然后叮嘱道：“你们这次能来，我非常感动。但以后你们要好好上学、好好上班，不用来接我，我们就在作品里相见就好了。”

“好的好的。”粉丝连连答应，“谢谢皙宝。”

“皙宝，你人真的好好。”

“明天是不是就要回部队了？皙宝加油。”

“你在金羽奖颁奖典礼上走红毯时超漂亮！”

“皙宝，我好喜欢你呀！”有粉丝直接告白。

楚皙听到“皙宝”两个字，没忍住笑了。这个昵称听起来还挺可爱的。

“我也喜欢你们，也很感谢你们喜欢我，真的谢谢，拜拜。”楚皙出道两年多以来第一次被粉丝接机，非常开心，一步三回头地跟粉丝挥手告别。

今天在机场的这场粉丝追逐大战被很多路人拍了下来，当晚，“楚皙机场被追”的话题就上了文娱热搜榜。

楚皙在机场被拿着砖头的粉丝追的图被人做成了表情包，楚皙因此又大火了一把。有人给图配上文字：只要我跑得够快，所有人就都追不上我。还有人配的文字是：提砖追杀。

这些表情包在文娱热搜榜上被人讨论了一晚上，楚皙有些无语。

第二天，请了三天假的楚皙再次回到营地，刘班长带着五个男嘉宾列队欢迎。

楚皙走了三天，一直守着看直播的观众这才发现，节目没了她好像真的少了什么。那些一直叫嚣着要看“无楚皙版《勇敢之心》”的人终于如愿以偿，每天在弹幕上说着“没楚皙就是好呀”“没楚皙就是清净”，结果节目的播放量一直下跌。

楚皙不在的这三天，观看直播的人少了不少，愁得节目组每天盼星星盼月亮，总算把楚皙给盼回来了。

今天楚皙一回来，直播间的观众数量立马就上去了。镜头里的楚皙白白嫩嫩，像朵小花，站在队列里很是赏心悦目。大家反响十分热烈，很欢迎楚皙回来。

楚皙归队后，立马投入紧张的训练中。

《勇敢之心》节目已经进入后期，王连长向大家宣布了最后的考核方式。

节目的最后一天是整个军区的检阅仪式，嘉宾中只有三个人能被选入最前面的护旗手队伍，所以要在六个嘉宾中挑出较为优秀的三个。

大家训练了这么久，已经对部队有了很多认识。部队会组织一场实弹野外军事训练，六个嘉宾跟其他战士一起参加训练，最终表现更为优秀的三个人能加入光荣的护旗手队伍。

大家听得热血沸腾，纷纷摩拳擦掌，要竞争“优秀士兵”的名额。

第二天一早，参加实训的战士们已经收拾好行囊，准备集合。

节目刚开始时，每次集合都拖拖拉拉的六个人，现在从起床到集合，全程速度飞快，甚至在规定时间之前就跑到了集合地点。镜头扫过去，六个人想必对今天的实训很是期待，这么早起来都精神饱满。尤其是楚皙，即便是素颜，站在宛如照妖镜的高清镜头下，皮肤仍旧白得扎眼，跟带妆的她相比只有好看和更好看的区别。

时间还早，直播间里的观众也不多。明明楚皙之前录制节目也是素颜，但是此时此刻出现在镜头前的楚皙，众人还是十分羡慕。

素颜好美！

求楚皙告诉我们保养秘诀。

她的护肤品来的头一天就上交了，还怎么保养？这肤质一看就是天生的。

现场，王连长已经把今天的训练任务和规则都交代了一遍。

今天的训练任务是营救“人质”，会有专门的人扮演“恐怖分子”看守“人质”。

“人质”所在地已经确定，在山顶的一个废旧的工厂里。六个嘉宾和其他一起训练的战士共同执行反恐任务，救出“人质”，其间被“恐怖分子”击毙则淘汰，剩下的人则按照任务表现计分，分数排前三者为本次演习的“优秀士兵”。

演习中的“恐怖分子”持有“枪支”，丛林里灌木丛生，上山的路上分布着敌人的哨兵，还有一大片埋有地雷的雷区，十分考验战士们的野外作战能力和配合能力。

参加训练的六个嘉宾中，要挑出一个人扮演“人质”。

做“人质”的人今天一天都得被绑在那里，等着同伴来营救。不过做“人质”的人也不是没有发挥空间，在被“绑架”期间可以与敌人周旋，想办法逃出去。

尽管王连长一再强调“人质”也是一个很好的演习任务，大家考虑到“人质”大多数时候被绑着，还是没人想要扮演。节目组也知道可能没有嘉宾愿意扮演“人质”，决定用公开抽签的方式来决定。

到了抽签环节，观众纷纷开始担心起楚皙来。

今天楚皙又被上天选中了吗？

幸运之子楚皙要发功了！

不会又抽中楚皙吧？节目开播这么久每次倒霉的都是她。

楚皙抽了签，迟迟不敢打开看。

她不想当“人质”啊！她要跟大家一起去实战训练，一起打“坏人”！

其他几个男嘉宾已经开始看了。

“我营救。”于一源第一个高兴地喊道。

“我也营救。”赵敏聪展开自己的字条后说道。

几个男嘉宾依次说出自己的抽签结果，都不用当“人质”，最后只剩下楚皙和严准两个人的抽签结果没有揭晓。

楚皙的心一下子提到了嗓子眼。她看着旁边的严准，紧张不已。

严准神色轻松，展开自己手里的字条，看到上面的文字，镇定地说道：“我营救。”

那么，当“人质”的那个人……

楚皙浑身一抖，嘴唇都白了，仍然不死心，然后慢慢地展开自己一直抓着的字条。

“人质”两个大字出现在她的眼中。

观众都乐了。

哈哈哈哈哈哈哈，又是楚皙！

真的太惨了！怎么回回都是她？

虽然说她很惨，但我怎么这么想笑啊？！

就连现场的几个男嘉宾也没忍住露出笑意。

楚皙也笑了，笑得比哭还难看。

其余五个人乐呵呵地扛着枪，开始今天的作战训练了。

只有楚皙被五花大绑，送往山顶的工厂。

“人质”到位，演习正式开始。

楚皙被送到一个废旧工厂的小屋子里，旁边有一个扛着枪的“恐怖分子”。

楚皙坐在凳子上，手脚都被绑着，看了一眼旁边的“恐怖分子”。看来看守她的这份任务还挺轻松，这人竟然还拿出两罐可乐，开了一罐喝了起来。

“看什么看？”“恐怖分子”发现楚皙在看他，厉声吼道。

楚皙被吼得吓了一跳，然后噘着嘴：“你的可乐能不能给我也喝一口？我也想喝。”

这应该是史上第一个提出要喝“恐怖分子”可乐的“人质”。对方愣了一下。

楚皙眼巴巴地看着他手中的可乐，露出一副自己很想喝的样子。

“恐怖分子”立马仰头干完一罐可乐，然后把空的易拉罐捏扁，最后打了个嗝：“你想喝？没门！给老子老实点！”

楚皙被这么一凶，噘了噘嘴。

她好难过，她好惨，为什么每次被选中的都是她？

她不过就是想喝个可乐，做错了什么呢？

她也好想去外面跟“恐怖分子”正面干一架，而不是像现在这样被绑得跟要上锅的螃蟹一样，还要被“坏人”吼。

直播间的主镜头是在播放外面执行任务的士兵们，画面的右下角开了个小窗口，播放被五花大绑的楚皙。

几个男嘉宾在铲除地雷、偷袭哨兵，场面紧张、惊险又刺激。楚皙则仰躺在凳子上，露出一脸生无可恋的表情。

观众纷纷调侃起楚皙。

哈哈哈，对比太鲜明了！

我好怕楚皙要睡着了。

刚才还被看守她的人给吼了，好委屈。

还想喝可乐，楚皙怎么这么可爱啊！

直播间的观众笑完，全都聚精会神地看着男嘉宾了，很少有人再注意右下角的楚皙。

楚皙偷偷地看着那个“恐怖分子”，又几次试着跟他套近乎，结果每一次还没开口就被他骂了回来。

楚皙从阳光的明暗变化感受着时间的流逝。

也不知过了多久，外面传来枪声和爆炸声。

楚皙正无聊，听到声音后顿时一个激灵：“他们攻上来了？”

“老实点！”“恐怖分子”吼道。

楚皙噘起嘴。

外面又安静下来了。

一个小房间里只有她和看守她的“恐怖分子”，楚皙等啊等，又不知等了多久，终于等到“恐怖分子”有事：内急。

楚皙看到那人焦虑的表情，翻了个白眼，心想：谁让你把两罐可乐都喝光，一口都不给我喝的？！

楚皙在心里幸灾乐祸，表面上笑嘻嘻地问道："你是不是想上厕所呀？"

那人被说中了，又瞪了她一眼。他现在很纠结，自己要是上厕所走了，这个"人质"谁来看？

楚皙故作无所谓地道："我知道你怕走了后我逃跑，但是你们绑得那么紧，我跑得了吗？"

"恐怖分子""哼"了一声。

楚皙："大不了你就在这个房间里当着我的面解决呗，反正我又不介意，你一个大男人肯定也不介意，嘿嘿。"她说完，还故意吹了两声口哨。

"你！""恐怖分子"被气得够呛，听到口哨声后，膀胱又是一紧，想干脆就在这间屋子里上得了。

他慢吞吞地走到房间的角落，正要解裤子，转过身，发现楚皙正直勾勾地看着他，一点儿也没有要回避的意思。

他尿不出来。

节目组怎么选了个女的来当"人质"啊！

楚皙做无辜状："你怎么不尿了？"

外面又传来枪声，这次的枪声比刚才清晰了许多。

大屏幕里，战士们已经逐渐接近山顶，"恐怖分子"也严阵以待，死守山顶。战士们每攻一次，"恐怖分子"就开枪，用火力把强攻的战士们给逼回去一次。

一时间，双方陷入胶着状态。

看直播的观众仿佛都置身于现场，紧张得不行。

快冲啊！

严准今天连续干掉了三个，太帅了！

能不能从后面绕过去啊？

那几个"恐怖分子"打中好几个人了，怎么办？

幸好是楚皙去当"人质"了，还是看男人们作战过瘾啊！

就是，要是楚皙跟着的话，大家还得保护她。

很少有人注意到生无可恋的楚皙和看守她的“恐怖分子”又有了新进展。

看守楚皙的“恐怖分子”试了好几次，实在不好意思在楚皙那直勾勾的目光下脱裤子，一边说她一个女孩子一点儿都不矜持，一边决定出去解决。

“恐怖分子”出去了，房间里只剩楚皙一个人。

楚皙默默地在心里数着数。

果不其然，等她数到二十的时候，看守她的“恐怖分子”突然冲进来，举枪对着她。一看就是他刚刚根本没走，而是在门口守着，想出其不意地回来，看她有没有要逃跑。

他看到楚皙乖乖地坐在凳子上，一点儿要逃跑的迹象都没有。

楚皙露出疑惑的表情：“你……你这么快就尿完了？”

“哼！老实点！”“恐怖分子”放下枪，又出去了。

等他这次出去，楚皙才终于行动起来。

原来今天大半天她不是光顾着跟看守她的“恐怖分子”斗嘴，一直悄悄地在椅子侧面的一颗微微凸起的钉子上磨着绳子。大半天过去，绳子已经被她磨得差不多要断了。

果然，等看守她的“恐怖分子”第二次出去时，楚皙微微地一用力，手上的绳子立马断开了。

手得了自由，她立马争分夺秒地俯下身，伸手解开绑着脚腕的绳子。

楚皙把身上的绳子全部解开后，站了起来。

注意力一直集中在主屏幕的观众们直到楚皙站起来，才发现右下角小屏幕里的异样。

楚皙怎么站起来了？

她身上的绳子怎么解开的？

怎么回事？啊，我错过了什么？

不少人的注意力移到楚皙的身上。

楚皙站起身，看了一眼门。她要是从门那里逃跑，指不定会跟看守她的“恐怖分子”正面撞上，况且这个废旧工厂里肯定还埋伏着其他“恐怖分子”，实在是太危险。

楚皙把目光移到窗户前。

她跑过去往下一看，还好，这里只是二楼。

不过，人从这里跳下去虽然摔不死，也很有可能摔伤。

怎么办？怎么办？楚皙急得不行，看守她的“恐怖分子”快回来了。

楚皙在屋子里打了一个转，突然看到刚才绑住自己的那条绳子。

绳子！

楚皙如同看到了救命稻草，抓起绳子，把一端牢牢地绑在窗户旁的空调架上，然后将另一端丢了下去。

楚皙爬上窗户，又往下看了看高度，然后咽了咽口水。

之前他们训练过爬绳和抓绳下降，她被班长盯着做过两次，完成得还不错。可是现在没有班长的指导，下面也没有缓冲的软垫……

枪声又响个不停，显然是战况更激烈了。

楚皙听到激烈的枪声，心一横，抓着绳子，脚踩房子的外墙，一步一步地滑了下去，最后稳稳地踩在地面上。

楚皙下来后，左右看了看，朝与枪声相反的方向奔跑了起来。

直播间的观众看着楚皙突然解开绳子站起来，接着从绳子上滑下来，脚稳稳地踩在地面，然后飞快地跑走，惊得目瞪口呆。

楚皙逃得意外地顺利。

战士们从南方攻了上来，“恐怖分子”将重心放在抵御战士的强攻上，其余的地方无人看守。楚皙从后偷袭，干掉了唯一在后门站岗的哨兵，抢来他的枪，一路逃跑。

另一边，战士仍在跟“恐怖分子”僵持不下。

他们商讨了一个又一个营救对策，誓要把“人质”从“恐怖分子”的手中营救出来。

众人商量好最后的方案，决定这次要是不成功便不再退回来，要跟“恐怖分子”决一死战。这次可能有去无回，大家的脸上都露出大义凛然、视死如归的表情。

刘班长给战士们做着最后的动员：“兄弟们，剿灭‘恐怖分子’，营救‘人质’，准备好了吗？”

“准备好了！”众人异口同声地说道。

大家说完，正要做最后的强攻，突然听到身后有动静。

楚皙一路端着抢来的枪，跑得气喘吁吁，终于在最后关头跑到了准备前去营救她的众人背后：“那个，我自己回来了。”

众人回过头，只见他们要去营救的“人质”安然无恙、毫发无损，甚至面带笑容地站在他们的背后，给了他们一个惊喜。

气氛突然有些尴尬。

观众乐了：“哈哈哈，皙姐厉害！”

本次的“人质”营救行动中，“人质”没有等到大家来救，自己已经跑回来了。那么，接下来他们该怎么办？

众人把目光投向刘班长。

刘班长经验丰富。虽然“人质”自己回来了，但是山顶的“恐怖分子”还没有被歼灭。他立马更改作战计划。

少了怕“人质”被“撕票”这一项顾忌，他布置作战计划时更加得心应手了。

楚皙被绑了一天，好不容易逃回来，也要上阵杀“敌”。

刘班长看着这个自己跑回来的“人质”，笑了笑，让楚皙跟着战士们。

没多久，最后的强攻正式开始。

“恐怖分子”居高临下，其中还有一个枪法极准的狙击手。刘班长让大家千万谨慎。

前几次大家没有攻上去，主要是因为这个狙击手射中了好几个战士，本次行动的关键就是要找准这个狙击手的位置。

刘班长低声喊了一句“上”，众人都按照计划，从各个方位向上包抄。

敌人的子弹如雨点一般噼里啪啦地砸下来。

楚皙跟在刘班长和两个战士的旁边，紧张到极点。他们这个方向的火力仿佛不是很猛，那个据说很厉害的狙击手也暂时未出现。四个人小心谨慎，眼看着要进入“恐怖分子”的工厂，楚皙更是做好了大显身手的准备。突然一声枪响，楚皙的胸口处传来疼痛感。

她还没反应过来怎么回事，刘班长锁定枪声传来的方向，立马冲那个方向开枪射击，一举击中敌人的王牌狙击手。

王牌狙击手被班长打中，所有人为之一振。楚皙本来也想跟着开心，突然有工作人员告诉她被击中后就是淘汰了。

楚皙低头一看，胸口刚刚疼了一下的地方有被子弹打中的痕迹。

作为一个“已死之人”，她就那么眼睁睁地看着刘班长带着其余几个战士进了工厂，一路杀敌，所向披靡。

事实证明楚皙就是被上天选中的人。那里有四个人，狙击手偏偏选中了她，然后暴露了自己的方位，被班长一举击毙。

楚皙实在太倒霉了。

实战训练结束，“人质”自己逃了出来，战士们完全歼灭了“恐怖分子”，取得最后的胜利。

王连长对今天的训练做出最后的总结，并选出三个可以加入护旗手队伍的“优秀士兵”。

第一名是严准，第二名是董为，两个人今天的作战表现极佳。至于第三名，王连长在剩余的四个人中看了看，然后宣布：“第三名，楚皙！楚皙同志身为‘人质’，努力与‘恐怖分子’周旋，克服艰难险阻，最终成功逃脱，为后来的胜利做出巨大的贡献！”

楚皙听到王连长的夸奖，害羞地笑了笑。她正想说声谢谢，突然听到刘班长喊了一声“恭喜楚皙”，还没反应过来，就被刘班长和五个男嘉宾冲过来抱住，一下子被抛到了天上。

节目快要结束了，这是他们为楚皙准备的惊喜。

楚皙是唯一的女嘉宾，其余几个男嘉宾作为圈内人，基本上都知道楚皙是一个脾气骄纵、矫情做作的人。

最初，大家都担心她在训练期间要脾气、闹别扭、拖后腿，最担心发生什么令她觉得不顺心的事情。如果她受了委屈，直接不录了，大家会很尴尬。

但这段时间相处下来，楚皙的表现令人刮目相看。她全程跟着男嘉宾们一起训练，再累也咬牙坚持，半句怨言也没有。

刚开始时，她是人人都在心里嫌弃的难搞女明星，现在已经变成了众人宠爱的小妹妹。

“啊！”楚皙尖叫一声，惊吓过后感到惊喜万分，被几个男嘉宾高高地抛向天空，又稳稳地接住。她高兴是高兴，不过再被抛起来时还是不忘喊道：“你……你们千万要接住啊！”

观众也为她开心，对她的印象也变好了。

在最后的检阅仪式中，楚皙作为“优秀士兵”，脱下平常训练穿的迷彩服，穿着军人举行盛典时穿的礼服，昂首挺胸地走在队伍的最前面。

以前那个娇弱爱哭的小姑娘已经不见了，现在的楚皙举着枪，步伐铿锵有力，眼神坚定。

不知道为什么，这一幕让很多人眼眶红了。

楚皙在节目里的表现被有技术的粉丝剪下来，做成了很多类型的视频，有的是宣传她美貌的，有的是宣传她努力训练的，有的是宣传她搞笑的，这些视频的播放量十分可观，不少人看了之后就喜欢上了楚皙。

第 五 章

单向热恋

节目结束，楚皙拿到自己的手机，看着自己多出来的“砖头粉丝群”，才恍然意识到自己好像真的有粉丝了。

她躺在床上，兴奋地踢着空气。

她从顾铭景买的公寓里搬出来，回了趟家，又托付白给她租了房子。随后，她收到了银行发来的短信，短信显示她参加《勇敢之心》所得的酬劳到账了。

楚皙安静地看着银行卡上的数字，鼻子酸酸的。这些钱还不够，她想多留一些钱给奶奶。但她离开顾铭景后，付白手中的资源有限，除了《勇敢之心》，影视和综艺资源都很少。付白说她参加《勇敢之心》后人气明显高了，让她不要操之过急，要等一个好机会。可是，她等不起了。

楚皙想到诊断书，眼眶瞬间湿了。她只剩不到半年的时间了，怎么等得起？但这些，楚皙没有跟付白说。

算了，她吸了吸鼻子，打算明天告诉付白她什么都不挑，网络剧、网络综艺都可以，她只想多赚钱，其余的都不在乎。

楚皙去洗了澡，然后扎着头发出来，贴了片面膜。

楚皙现在想着存钱，离开顾铭景后，也没有那么多大牌子的面膜给她用，于是又像两年前那样开始用便宜的护肤品。

楚皙揭掉面膜，洗了洗脸，意外地觉得这个面膜也很不错。

她照着镜子，镜子里的人扎着蓬松的丸子头，皮肤紧致而白皙，整张脸上一个斑点或痘印也没有，透着年轻的光泽，宛若上好的瓷器。

其实一个人皮肤的好坏最主要的还是取决于基因。有的人随随便便抹点儿便宜的乳液，皮肤照样好得令人羡慕；有的人用着昂贵的护肤品，每晚小心翼翼地涂抹着，却还是被各种皮肤问题困扰。

价格高昂的护肤品有时候更像是一种美丽的诱惑，吸引着女人大把大把地燃烧着她们的钞票。

楚皙拍了张面膜的照片，然后发到小号“老子今天也懒得化妆”上，配文：使用感不错。

她许久没登录小号，突然发微博，粉丝直呼“二狗诈尸了”“奶奶快看，您关注的博主终于发博了”。

粉丝惊喜过后，没想到素来以有钱著称的“二狗”竟然推荐了一款十块钱一片的面膜。

楚皙接着在评论区补充道：“不是在发广告，其实有很多便宜的产品也很好用，欢迎大家分享。”

粉丝反响热烈。

> “二狗”怎么可能接广告，搞笑！
>
> 我觉得 ×× 就很好用啊！
>
> ××× 便宜好用，“二狗”要不要替我们试用一下？

楚皙记着粉丝推荐的产品，准备选几个试试，然后看到了一条评论：“‘二狗’，你知道吗？乐珊最近在微博上推荐了她从法国定制的护肤品，据说超级贵，是当地机构检测完顾客的肤质后专门为顾客做的。你要不要也替我们试用一下？”

这个博主明显不差钱，所以粉丝有时候会让她试贵一点儿的东西。这条评论下面，有粉丝讨论起来了。

天哪，我看其他女明星用的东西也没有这么贵啊！

别试了，太贵了。

乐珊也没多红，这么有钱吗？

有多有钱？小目标是一个亿的那种有钱吗？

有人说乐珊的新东家是元景集团的老总，顾家的！

元景集团最近换了新老总，好像还不到三十。

帅吗？

元景集团的老总，姓顾的，年轻的——楚皙很快就猜了出来，无非就是顾铭景呗。

楚皙又想到了乐珊。上次金羽奖的红毯上，楚皙因为穿价格不到两百块钱的礼服而被营销号嘲讽，最后付白查出来，这件事就是乐珊那边曝光出来的。只是乐珊没想到自己会弄巧成拙，反倒让楚皙赢得了最佳着装奖，打了场漂亮的仗。

楚皙在脑海里想象了一下顾铭景和乐珊站在一起的样子，竟然觉得还挺和谐。

楚皙打了个哈欠。

那就……祝他们百年好合吧。

楚皙虽然对绯闻没什么兴趣，还是本着“业余美妆博主”的职业操守，点进了乐珊的微博，想看看乐珊到底用的是什么稀奇的宝贝，用了能变仙女吗？

没想到她一点进去，刚好看到了乐珊发的新微博。

乐珊：这两天我收到了许多恶意的揣度，对于这些无稽之谈本不愿理会，没想到流言变本加厉。谢谢大家对我私生活的关心，但请造谣、传谣的人自重，否则本人将采取法律手段维护自己的权益。

乐珊的这条微博发了大概有半个小时，评论和转发量已经破万。

楚皙看起了乐珊的这条微博的评论。

有许多网友鼓励了乐珊，但竟然有一批人在评论区嘲讽楚皙。这对楚皙来说，简直是无妄之灾。

原来，乐珊这段时间在接触元景集团下面的公司的好几个影视资源和产品代言，有人觉得她跟元景集团的总裁顾铭景关系不一般。

不过这些小道消息基本上是在论坛上传播，大多数人并不知道。直到乐珊今天晚上突然出来辟谣，很多人才知道这条绯闻。

提起顾铭景，大家又想起了楚皙。毕竟楚皙和他的关系似乎也不一般。

没过多久，伴随着“乐珊辟谣”这个话题，“楚皙”这个话题竟然也登上了文娱热搜榜。

楚皙没想到一晚上的时间，事情突然变成这个样子。

他们说她演技差，她认；说她有人捧，她也认。

她不是专业的演员，没有跟老师系统地学过表演，入行纯粹是因为当初在街边骑三轮车时被星探看中。她一个普通人突然被推到镜头前，原经纪公司又很穷，没有请老师系统地教她表演，她表现得自然很差劲。

后来没过多久她就和顾铭景的公司签约了。楚皙本来以为那之后肯定会有老师教教她该怎么演。结果她签下合约后，表演老师还不见踪影。她只能硬着头皮演着一场又一场的戏。

然而顾铭景好像并不在乎她演得怎么样，只要求她不停地演，演各种角色。楚皙本来就演技生涩，跟她对戏的又全是演技很好的演员，结果更是相形见绌。渐渐地，她就越来越放不开，不敢演。

两年过去，她演技上的长进微乎其微。

但是，当看到有人说她只有高中学历、学生时代行为不端时，楚皙闭目，那些被深埋着的不愿意再想起的记忆涌入脑海。

“啊！”楚皙突然抱着头缩成一团，仿佛又回到了过去。她浑身发抖，眼泪已落满了小脸。

床头的手机在这时也响了起来，来电显示是付白。

楚皙擦干泪，接起电话：“喂。”

她的声音中明显带着哭腔。

付白听楚皙在哭，急忙道：“你先别哭，我们现在想办法。”

楚皙哭着问：“付白，我是不是真的很令人讨厌？”

以前那些人讨厌她，所以欺负她；现在这些人讨厌她，所以恨不得让她永远消失；顾铭景讨厌她，让她不要妄想不属于自己的东西；老天爷也讨厌她，所以不想让她再活下去。

付白：“不是的，那么多人喜欢你，你现在不是有很多粉丝了吗？难道你忘了？”

楚皙想到她的粉丝。

其实那些骂她的网友说的也没错啊，她演技差，浪费了各种好机会。她不配有人喜欢。

楚皙挂了付白的电话。付白又打了过来，似乎怕她做傻事。楚皙一直没接。

突然，楚皙看到来电显示换了一个名字——奶奶。

电话是奶奶打过来的。

楚皙赶紧接了电话，努力让自己的声音听起来很平静：“喂，奶奶。”

“年年。”楚奶奶没有听出楚皙声音的异样，也不会用智能手机上网，只知道楚皙在演电影、电视剧，在当明星，“你睡了吗？小顾在不在呀？”

楚皙吸了吸鼻子，见奶奶提起顾铭景，像往常一样撒谎：“我还没睡呢，待会儿睡。

“顾铭景他……他不在，出差了。”

“哦，怎么老是出差！”楚奶奶道，“年年，奶奶想你呢，给你打个电话。你什么时候回家呀？”

楚皙：“我也想您。奶奶，我过几天有空儿就回家。

“我给您买了几件衣服，明天或后天估计就能寄到家了。您让陈姨去取一下，穿上试试。”

楚奶奶：“好。谢谢年年，我今晚想你呢，想听你的声音就给你打电话了。你快睡吧，工作也忙。”

楚皙甜甜地说道：“奶奶晚安。”

楚皙刚挂电话，付白的电话又打了进来。

这次，楚皙接了。

付白急道：“你千万不要做傻事啊！我现在就过来！”

楚皙跟奶奶打完电话，心情突然很平静。

即使所有人都不喜欢她，还有奶奶爱着她。相依为命的血亲，总能抚平内心的伤痕。

楚皙：“放心，我不会做傻事的，你别过来了，大晚上的。”

楚皙知道付白不信，立刻补充道：“我刚刚是想到了点儿不好的事情，现在已经没事啦。与其你现在过来看我，还不如想想现在该怎么办。”

楚皙的声音很平静，她似乎真的没事了。但付白仍不放心，半信半疑地说道：“你别骗我啊，真的没事了？”

楚皙：“用不用我跟你打个视频电话？”

付白这才放下心：“好好好，我信我信。”

她挂了电话，看了眼粉丝群。

群里的粉丝大多在安慰楚皙，还有一部分人很焦虑，不知道该怎么办。

这时，有粉丝激动地说道：“董为发微博了，在帮楚皙说话！”

楚皙参加完《勇敢之心》后，就跟其余几个男嘉宾在微博上互相关注了。

她看了眼董为的微博，果然有一条新动态。

董为：楚皙是很好的女孩儿。

这条微博有一张配图，是第一次训练时董为同手同脚，楚皙陪他练了一晚上的照片。

紧接着，赵敏聪也发了一条微博。

赵敏聪：楚皙是很好的女孩儿。

赵敏聪发的微博配图是他们在军营的第一天，班长发现私藏的化妆品，众人都以为是楚皙的，而楚皙也准备默默地当替罪羊的场景。

就跟说好了的一样，于一源、刘劲祥，甚至连全程为了避嫌都跟楚皙没什么互动的严准都发了微博：楚皙是很好的女孩儿。

楚皙在娱乐圈里向来没什么朋友，大家怎么也没想到参加过《勇敢之心》的男嘉宾竟然都为她说话，就连楚皙自己也没想到。

网友开始疑惑了。

一边是网上流传的楚皙不堪的过往，一边是数位圈内人的声援，所以楚皙到底是怎么样的人？

网上的气氛顿时有些尴尬。

今晚乐珊发的微博把楚皙的过往拉入了大家的视野。众人现在冷静下来，突然觉得有些奇怪。

这次怎么感觉跟以前不太一样了呢？

以前楚皙每次因演技差被骂，因在综艺节目上太矫情被骂，总会有一批人帮她说话。而这一次，几乎没人帮楚皙。

众人这才觉察出最近的楚皙好像有些不对劲。

《勇敢之心》是网络综艺节目，而且开播之前根本不能保证火不火。楚皙以前上的可都是热门的综艺节目。

而且，穿惯了顶级奢侈品牌高定款礼服的楚皙，上次去走红毯竟然穿的是售价不到两百块钱的礼服。还有，楚皙本来说好会参演的电影最近黄了，片方突然宣布不拍了。

网友们惊觉一个事实：楚皙的待遇，最近降了不止一点儿啊！

一时间，没人关心乐珊的新闻了，大家都将注意力转移到了楚皙的身上。

这令乐珊始料未及。

楚皙这边，先是在微信上给五位在微博上支持她的男艺人道了谢，然后托付白给她要到一个电话号码。

楚皙面无表情地拨通了电话，对方接了。

“喂？”

听筒里传来的女声听起来情绪很不好。

楚皙冷笑了一声：“自导自演了这么多，最后热度全给了我，正在发脾气吗？”

电话对面的人听后愣了愣，然后不可置信地问道：“楚皙？”

楚皙：“对啊，是我。

“谢谢你啊，托你的福，我现在热度这么高。”

楚皙说话的语气很轻松，似乎现在那些铺天盖地的新闻并未影响她的情绪，与对面接起电话后气急败坏的乐珊对比十分强烈。

楚皙察觉到乐珊接电话后的反应，知道自己是猜对了。

顾铭景和乐珊应该也不是全无关系。

乐珊在接触元景集团旗下产品的代言，自然不会放过顾铭景这个香饽饽。

要是乐珊真的跟顾铭景有什么，不说一步登天，但是拿下几个代言还是没问题的，怎么会才发个奢侈品。

看情况乐珊应该是失败了，本来在接触的代言也飞了。她有些不甘心，干脆一不做二不休，自己出来树立一个洁身自好的形象。

可惜她没想到，这次她做得过火了，楚皙被拉出来后，被挖出一个个劲爆的新闻，网友们看得不亦乐乎，还有谁去关心她呢？

楚皙这次霸占了各大新闻网站娱乐版块的头条，知名度明显提升了，乐珊竟然连杯羹都没喝到，怎么能不气？

乐珊本以为楚皙此时肯定正躲在家里哭，没想到她不仅没有哭，还给自己打来了电话。

乐珊憋着一肚子火，告诉自己不能输，阴阳怪气地说道：“都被人甩了还这么淡定？你没了人捧，接不到戏，还只能穿不到两百块钱的裙子，以后等着去给新人当配角吧。”

楚皙：“我好歹还被捧过，总比有的人送上门去人家都不要强，你说是吧？”

“你……”乐珊气得肺都快炸了。楚皙怎么知道她的事？

顾铭景有钱，又年轻，长得又好看，她要是能跟顾铭景在一起，自然比楚皙强千倍万倍。

楚皙听到乐珊气急败坏的声音，挂掉电话，然后呼出了一口气。

她突然扯着唇角笑了一下。

怪不得顾铭景看不上乐珊，她要是个男人，也看不上这种女人。

付白本来都做好了苦熬几天，好好处理楚皙相关新闻的准备，没想到第二天，仿佛有奇迹发生一般，所有和楚皙相关的负面新闻都消失了。就连和楚皙相关的热搜，也在一夜之间没了。

工作室里，付白用电脑打开之前保存的楚皙的负面新闻，显示全部已被删除。

他不可置信地道：“这……这是……？”

他扭头看了眼楚皙：“你知道是怎么回事吗？”

楚皙抬眸：“不知道。”

那些帖子被删了，热搜不见了，楚皙看起来仿佛并没有多么高兴。

付白看着楚皙，欲言又止。

其实帖子被删了、热搜被撤了又有什么用呢？现在一提起楚皙，大家就会想起演技烂、被人甩了的事。

楚皙本来准备在《勇敢之心》结束后去演一部网络剧，这部剧拍摄周期短，片酬还不错。

付白见她一直坚持要演这种剧，原本阻止了几次，可是楚皙表示自己不在乎。付白没办法，只能跟片方谈。

本来双方都谈得差不多了，合约已经签了，过几天楚皙就要进组了，结果没想到片方临时反悔，怕楚皙因演技太烂而影响全剧组，另外找了女主角。

这部戏是西柚视频的自制剧，片方临时毁约不占理，给了楚皙一个参加他们自制的综艺节目《我们是同学》的机会作为补偿。

《勇敢之心》虽然是网络综艺节目，但是好歹是大公司制作的，可以说是很不错的资源，而这档《我们是同学》就是正儿八经的小节目，官方发的每条微博的点赞数甚至都不过百。

《我们是同学》也是一档明星体验类真人秀节目，一听名字就与上学有关。节目也是采取全程直播的模式，将带领五个明星走进高中，让他们作为插班生重新体验高中生活，与班上的同学一起上课、一起休息，重温青春的青涩与美好。

付白看了嘉宾的名单，节目组说的是五个明星，但除了楚皙，剩下四个人中有两个是普通的网络红人，还有两个是圈里叫不出名字的新人。

付白顿时看穿了西柚视频的小把戏。

正所谓无商不奸，他们说是为了补偿楚皙才给了她参加综艺节目的机会，其实摆明了是看楚皙接不到通告，故意给她这个小综艺节目，想借她的热度。

不过这档节目就是体验高中生活，肯定比之前的《勇敢之心》轻松多了。付白本以为不挑通告的楚皙会一口答应下来，没想到她犹豫了好久才点头答应。

付白不由得联想到那些楚皙在高中时的流言，本想问一问，但是看楚皙似乎很不愿提起，便也作罢。

网友们纷纷在网上议论楚皙的下一个节目是什么，十分好奇。

没过多久，大家就知道了——不知名的视频网站自制的不知名的网络综艺节目《我们是同学》。

跟她一起参加节目的是四个大多数人连名字都叫不出来的“明星”。

这个资源比众人预计的还要差。

新综艺节目要过几天才开始录制，楚皙回了趟乡下的家里看了奶奶，在开拍的前一天才回到她租的房子里。

小区门口，楚皙正低着头在包里找门禁卡，突然感到身边有人靠近。楚皙警惕地抬头，然后看到对面的男人穿着笔挺的西装，皮鞋刷得锃亮，头发更是梳得一丝不苟，看她时面带微笑。

“高助理？”楚皙没想到竟然在这里碰到顾铭景的助理。

高助理笑着对楚皙点点头：“楚小姐好。”

楚皙以前跟高助理的关系还不错，只是不知道自己都跟顾铭景分手了，高助理还来干什么，便问道：“请问……你找我有什么事吗？”

高助理指了指马路边：“顾总正在车上等您，希望您能过去一下。”

楚皙顺着高助理所指的方向看去，马路边果然停着一辆黑色的车。

楚皙一听立马低头继续找门禁卡：“我不去。”

她从包的夹层找到卡，要刷卡进小区，高助理挡在她的身前：“楚小姐，请您别让我为难。”

楚皙看着挡在她身前的高助理，他还是面带微笑，文质彬彬。

顾铭景向来不允许别人违抗他的命令，她有预感，自己要是坚持不过去的话，说不定顾铭景会自己过来找她。

楚皙无奈，回头看了一眼那辆车，转身慢慢地往那边走去。

高助理体贴地为她打开车门，楚皙站在外面都能感受到车厢里那人强大的气场，真的很想逃跑。

然而，楚皙还是攥紧了挎包的带子，然后吸了一口气，像是奔赴刑场般坐了进去。

她刚坐下，车门被高助理关上。她还没有敢看旁边的人，那人突然就扶住她的后脑吻了上来。

车内的空间极为宽敞，中年司机素养良好，一直握着方向盘，眼睛直视前方，无论后排有什么动静，也绝不看一眼后视镜。

顾铭景的手劲极大，楚皙被扣着后脑，一时挣脱不开，呜咽着用拳头不停地砸他的胸口，拳头却像是打在了棉花上，男人没有丝毫的反应。

楚皙最后急了，在顾铭景的唇上一咬，男人顿时吃痛，这才放开。

接着车内传来“啪”的一声脆响。

顾铭景的头微偏，楚皙的掌心隐隐作痛。

一直目不斜视的中年司机听到这个声音，明显浑身一僵。

车里安静极了，楚皙的喘气声听起来格外清晰。直到自己的右掌开始疼，她才清楚地意识到自己刚刚做了什么，立马转身想要开车门离开，却发现车门竟然不知何时已经被锁上了。

“开门。”楚皙侧身对前座的司机说道。

司机却对她的话置若罔闻，笔挺地坐着，一动也不动。

楚皙又拉了拉车门，只是徒劳。她小心翼翼地转过身。顾铭景此时正看着她，眉头微皱，漆黑的瞳仁不见底，周身的气场强大到仿佛让空气都凝固了。

楚皙这才开始真正地害怕起来，一直往远离顾铭景的方向挪着，最后几乎将整个身体都贴在了车门上，一只手还不停地拉着车锁，仿佛在祈祷某一瞬间她能打开车锁，然后开门逃出去。

上次在酒店也就算了，只是逞口舌之快，这回，她竟然动手打了顾铭景。

顾铭景动了动身子。

楚皙立马绷得紧紧的，浑身僵硬，宛如一只面对敌人的小兽，明明眼里写满了恐惧，却不愿意示弱。

明明错的是他，他凭什么一上来就吻她？

顾铭景将身子轻轻地往楚皙的那边探了探。

楚皙立马不由自主地往后退，手紧紧地抓着身下的椅垫，竭力压住恐惧。

她以为顾铭景会越靠越近，却不想他又坐了回去，仿佛什么事都没有发生的样子，对司机淡淡地说了声："开车。"

车里很安静，两个人都无话，楚皙一路如坐针毡，最后车子停在一家私房菜馆门口。

楚皙对这个地方并不陌生。

这家私房菜馆她以前跟顾铭景来过几次，从外面看起来不打眼，然而全店不对外开放，仅接受提前预约，并且一天只接待那么几桌客人。没有预约，你拿再多的钱也没用。当然，这里的一杯柠檬水的价格都贵到让楚皙咋舌。

楚皙没想到顾铭景会带她来这里，只好硬着头皮进去。

两个人相对坐着，服务生把最后一盅鱼骨汤放在桌上："两位慢用。"

楚皙一直坐着不动，顾铭景已经拿起筷子："吃吧。"

于是楚皙彻底蒙了。

顾铭景蹲守在她的小区门口，然后把她带上车，挨了一巴掌也没反应，一路不言不语，吓得她心率飙升，结果他的最终目的就是带她过来吃饭?

顾铭景已经吃了一筷子菜，发现对面的楚皙仍愣愣地坐着，连筷子都没有拿起来。

他放下筷子，皱眉，问："不合胃口?"

楚皙摇头，想了想，还是拿起筷子，吃了一口刚刚顾铭景吃过的菜。

一顿饭下来，气氛诡异，楚皙只敢吃顾铭景尝过的菜。

她怕顾铭景在菜里下毒毒死她。

等他们吃完饭，要回去了，高助理才找楚皙单独说话。

"楚小姐。"高助理的笑容可亲，"顾总的态度想必您也看见了，顾总的意思想必您也明白了。"

他一边说，一边从身后跟变魔术似的变出一张纸，上面密密麻麻地写满了字。他将纸摆到楚皙的面前："这是顾总重新拟定的合约，您仔细看一看，如果没有问题的话就签了吧。

“顾总对您真的很上心，您看这一条，‘不排除日后成为公开女友的可能性’，就是顾总特意嘱咐加上的。”

楚皙先是一蒙，听到那句“不排除日后成为公开女友的可能性”后，突然笑出声来。

所以，顾铭景带她来吃饭也不是最终目的，这个合约才是最终目的。

“不排除日后成为公开女友的可能性”，这是顾总做出的多么大的让步啊！她是不是还要跪下来感谢顾总的恩德？

楚皙忍住想要掀桌的冲动，吸了一口气，看着高助理道：“高助理，您是不是觉得我很蠢？”

高助理一头雾水。

楚皙：“顾铭景是不是也觉得我很蠢，天生就不配得到你们的尊重？”

高助理会意，忙不迭地劝道：“楚小姐，你可能误会了，顾总不是那个意思，你再多考虑……”

“误会？那他要是跟你这么说，你答不答应啊？”楚皙打断高助理的话，问道。

高助理一时间哑口无言。

楚皙站起身：“谁爱签谁签，你去外面吼一嗓子，保证有数不清的人愿意签。”

楚皙头也不回地往外走，高助理追了两步：“楚小姐，楚小姐，楚……”

高助理拿着合约，看着楚皙的背影，着急地跺了一下脚。

楚皙自己打车回了家。

她回家的第一件事，就是打了通电话给奶奶，每次回家都要跟她念叨孙女婿的楚奶奶。

楚皙终于说出了那句让她解脱的话：“奶奶，我跟顾铭景已经分手了。”

两天后，星期一，《我们是同学》如期开始录制。

节目的录制地点在市里的一所私立学校。因为是周一，学校的门口停了不少私家车和电瓶车，穿着校服来上学的学生络绎不绝，叽叽喳喳地，十分热闹。

楚皙穿着节目组提前送过来的校服，背上书包，站在学校门口，抬头看了看学校的牌匾。

因为穿着校服，赶着上学的学生们都没怎么注意她，校门口有保安在查学生的证件。楚皙看见前面有一个染头发的同学被拦住了。楚皙走到门口，乖巧地把节目组发给她的学生证递给保安。

保安对她一摆手："进去吧。"

早上八点，第一节的上课铃打响，《我们是同学》准时开播。

相比于《勇敢之心》开播时的热闹，《我们是同学》开播时观看人数还未过万，甚至比不上一些网络红人的直播，十分凄惨。

弹幕更是寥寥无几，屏幕上方偶尔稀稀拉拉地飘过几条，还基本上是楚皙的粉丝发的。

但这样有一点好处，就是比起其他节目充满乌烟瘴气的弹幕，《我们是同学》基本上只有粉丝才会看，所以弹幕十分和谐。五个观众中基本上有三个是楚皙的粉丝，剩下两个一个是看热闹的，一个是其他嘉宾的粉丝。

楚皙的粉丝群里有人提前发了通知，让大家一有空就来看节目，给皙宝加油。

直播镜头一开，只见四个嘉宾并排站在讲台上，班主任正在讲话。

于是弹幕里有人问道："怎么回事？不是说一共有五个嘉宾吗？"

"据说因为这档节目不可能会火，有一个人临时毁约，不来了。"

现场，班主任赵老师对下面见到台上四个人有些躁动的同学拍了一下手："安静。"班主任的话一出，同学们立马像小鹌鹑一样安静下来。

赵老师："上个星期跟大家说过，这是我们班上新来的四个插班生，在接下来的日子里他们将和我们高一（3）班的同学一起学习、生活，成为我们三班的一分子。下面请让这四个同学跟大家做一下自我介绍，大家欢迎。”

同学们哗哗地鼓起了掌。

今天来的四个插班生有两男两女，男的一个是新人演员杜超，一个是网络红人韩邵文；女的一个是网络红人胡小星，一个是楚晢。

班里大多数同学的目光落在楚晢身上。

他们中学的校花也没这么好看啊。

楚晢剪着一头学生气的短发，脸上几乎没带什么妆，胶原蛋白很充足。她现在这个样子，跟上高中的学生走在一起，简直像同龄人。

很多网友夸楚晢是“班花”，说她看着跟高中生没什么两样。事实上，楚晢今年二十岁，高一的学生大概十六岁，楚晢确实比这些高中生大不了多少。就在这时，有个网友奚落楚晢道：“楚晢都没念过大学，跟这些充满希望的高中生可比不了。”

这条评论让粉丝心里很不舒服。可是人家说的是事实，你也不能再反驳什么，楚晢确实十八岁就出道了，没有继续读书。现在的粉丝都喜欢劝自己的偶像好好学习，业内越来越看重演员是否科班出身，粉丝也喜欢比较偶像的学历。

另一边，四个嘉宾依次做完自我介绍，分别坐到班主任提前安排好的位置上。楚晢的座位在中间靠右那一排，她的同桌是个戴眼镜的女孩子。

第一节就是班主任赵老师的课。赵老师教的科目是数学，见四个插班生各自落座，便从讲台上拿出试卷。

一见到试卷，底下的同学很不安，交头接耳地议论起来。

“第一节课就考试？”

“上周不是才考过吗？”

“老师不要啊。”

赵老师看着下面他一拿出试卷就开始惴惴不安的学生，摇了摇头：

“放心，今天没有考试。”

此话一出，整个班的同学顿时松了一口气。

楚皙入乡随俗，看到身边的同学松了口气，也跟着松了口气。

不料赵老师又接着补充了一句：“这是四个新同学的摸底试卷，这节课其余同学拿出练习册做题，请四个新同学来我这里领试卷。”

楚皙拿到试卷，回到座位上，在课桌上摊开试卷。

这是一张综合类摸底试卷，高一还没有分文理科，试卷考的内容包括语文、数学、英语、物理、化学、生物、政治、历史、地理，基本上每科都有两三道题。

其余同学已经打开练习册，开始埋头做题了，四个新同学拿到摸底试卷后的表现都很精彩。

杜超在试卷上写了个名字之后，就开始对着卷子咬笔头；韩邵文跑来上学，结果连一支笔都没有带，此时向周围的同学借笔；胡小星把试卷翻来覆去地看了看，然后就已经瘫在了椅子上。

楚皙从自己的笔袋里取出一支中性笔，先在试卷上写上了名字。

镜头拉近，观众能清晰地看到试卷上的每一个字。

最后镜头落在楚皙刚刚写下的名字和班级上。楚皙写的是工整、娟秀的小楷。

直播间为数不多的观众笑够了前面三个，这时突然眼前一亮。

啊，楚皙的字好漂亮！

她能写一手漂亮的字，是一个很大的加分项。好些男明星长得高大帅气，字却写得歪歪扭扭的，让粉丝看了哭笑不得。

众人本来也对楚皙的字没抱什么期待，不料屏幕上的字十分惊艳。

由于镜头放大了楚皙的字，这种程度的放大会更加凸显字的优缺点，使得美的更美，丑的更丑。只见镜头里楚皙的字娟秀工整，笔画有棱有角，看起来就赏心悦目。

粉丝惊喜得不行：“没想到皙宝不光人长得好看，就连字也这么好看！”

又有人质疑道：“不对啊，楚皙不是成绩很差吗？怎么字写得这么好看？”

教室里，楚皙粗略地扫了扫试卷上的题。

语文的两道题，一道是古诗词默写，还有一道是找病句。这两道题都不难，楚皙很快做完了。英语考的是一篇有三个问题的阅读理解，楚皙也做出来了。下面的数学题，一道是关于集合区间的选择题，楚皙回忆了一下以前学过的知识，还是做了出来；剩下的一道是关于对数和对数函数的题，楚皙认为这题也应该不太难，可是她两年多没怎么学习，现在死活想不起来相关公式，只能对着题干瞪眼。楚皙除了前面的英语和语文的题做得还算顺利，后面的题做得很吃力。好多相关公式、定理和概念她都给忘了，只能凭着感觉瞎蒙。

离下课还剩五分钟，班主任收走四个新同学的卷子。这张摸底试卷，除了语文有一个古诗词默写题，其余的全是选择题。班主任将身子靠在讲台上，拿起红笔，随即批阅起卷子。

班主任本来心情还不错，在第一份试卷上连续画了六个红叉的时候，还以为自己把答案的顺序对错了，又仔细对了一遍，结果显示自己没看错。

班主任每批一份试卷，眉毛都要皱得紧一点儿。批完第三份后，他长长地叹了口气，忧愁地看向讲台下面的几个明星插班生。

班主任摇了摇头，开始改手中的最后一份试卷。

一看到试卷的卷面，他就眼前一亮。

明明试卷大部分是选择题，但还是有人在试卷上乱涂乱画，弄得卷面十分脏。这一份试卷的卷面很干净，每个答案都整整齐齐地写在题号的左侧。

班主任一直紧皱的眉头舒展开来了。

课间休息时间有半个小时，其余同学去做广播体操了，学校里回响着颇有动感的音乐。高一（3）班的四个插班生今天没有去做广播体操，而是被叫到了班主任的办公室。

班主任喝了口菊花茶，看着面前的四个插班生，摇了摇头。

“我知道各位已经毕业很多年了，本来都已经做好了心理准备，没想到各位的表现比我想的还……唉！”

试卷的满分是一百分。班主任拿起第一张试卷，念道：“韩邵文，八分。”然后又看着韩邵文做的那张满是红叉的试卷摇了摇头，“你就是全选 C 也不至于拿这个分数啊，怎么考出来的？”

韩邵文尴尬地摸了摸头。

班主任拿起第二张试卷：“胡小星，二十分。”

胡小星一听自己考了两位数，明显地松了一口气。

班主任把试卷递给胡小星，看到她松了口气的样子，无奈地苦笑道：“运气不错，继续努力吧。”

班主任拿出第三张试卷：“杜超，五十分。”这本来是个都没及格的分数，但由于前两个分数太低，所以观众对这个分数已经很满意了。

班主任把试卷还给杜超，问：“其余的题我都看了，只是你那个语文的古诗词默写，‘巴山楚水凄凉地’，你后面为什么要接个英文‘responsibility（责任）’？”

杜超小声地答道：“因为押韵。”

班主任一时语塞。

弹幕上飘过一串串“哈哈哈哈”。

前三个人都领到了试卷，班主任手里还剩下一张，很明显，那就是楚皙的。楚皙听到杜超他们的成绩，心里已经开始紧张起来。

她有好多题不会做，没把握啊！

班主任故意卖了个关子，笑着问楚皙：“楚皙同学，你觉得你能考多少分？”

楚皙摇头：“我也不知道。”

直播间的观众也对楚皙的分数好奇得不行，尤其是联想到楚皙的那些传闻后，对她的分数更是好奇了。其实连粉丝也不怎么看好楚皙的成绩。

赵老师展开试卷看了一眼，满脸笑意，把试卷递给楚皙，然后字正腔圆地说道：“楚皙，九十二分。”

楚皙似乎没想到自己能拿这个分数，听到后倏地抬起头。

办公室内变得很安静。此外，原本很热闹的直播间也突然安静下来了。刚才还在赌楚皙的分数能不能超过二十的众人突然听到了“九十二分”，惊讶不已。

楚皙的粉丝也没反应过来，还在一边安慰楚皙，一边求观众嘴下留情，说楚皙没上过大学，高中学习又不努力，让大家见笑了。

结果他们听到了什么？

终于有一个考高分的嘉宾了！

节目组的工作人员这才敢把镜头拉近，对准楚皙的试卷，分数栏那里用红笔写着硕大的“92”。

楚皙不仅是四个嘉宾中唯一及格的人，更是唯一分数上九十的人。一个离开学校两年多的人突然重新去做高中的试卷，在同伴们都考得惨不忍睹的情况下一枝独秀，考了九十二分。

楚皙的表现简直让人惊喜！

快上课了，四个嘉宾领着各自的试卷回了教室。

广播体操的音乐还响着，班里的其他同学还没回来，教室里就剩四个插班生。

四个人回到各自的座位上。

韩邵文立马把自己的试卷胡乱地塞进了课桌；杜超坐在座位上打了个哈欠；胡小星从笔袋里掏出一面小镜子，默默地开始补起了口红；楚皙看了看试卷上的错题，嘴里似乎还念叨着什么，然后从桌子里抽出课本，开始对着课本改试卷上的错题。

楚皙知道自己这个九十二分根本不能算什么，节目组明显是考虑到嘉宾已经毕业很久了，知识点几乎都忘了，所以这张试卷上的题，基本上是每门课里面最基本、最简单的题。

楚皙坐的位置靠窗，教室里阳光明媚。突然有风吹过，一身校服的短发少女用手按住被风吹起来的试卷，低着头，神情专注地改着错题。镜头里楚皙的短发挡住了她的小半张脸，露出秀挺的鼻梁。

外面隐隐传来广播体操的声音，更衬得这个画面安静而美好。

这一幕立马被人截了下来。明明只是观众随随便便地截下来的图，仿佛是精心拍摄的画报。

如果说楚皙的好成绩只是让人颇有好感，这一幕就直接让观众无法自拔地喜欢上了她。

顾铭景知道楚皙拒绝了自己的要求，沉寂了两天。

顾铭景本就是个气场强大的男人，现在周身的气压更是低到极点。外人稍微靠近他一步，似乎便会喘不过气来。

这次就连高助理也不敢随随便便地靠近他。天知道他那天给顾总汇报楚小姐反应的时候，腿都是抖的，一场汇报下来后背已经被汗浸透了。

秘书去总裁办公室送个咖啡都觉得自己是要奔赴刑场了。

顾铭景冷静了两天，也想了两天，最后终于忍不住在手机里下了个西柚视频。他倒要看看，楚皙再次拒绝他，参加的是什么乱七八糟的节目。

宁愿跌到娱乐圈的底层，她也不愿在他的身边当集万千宠爱于一身的“公主”。

顾铭景进入直播间，看到了一间教室。那个总是穿着真丝吊带睡衣的小女人此时正穿着一身最普通的肥大的高中校服。她看见阳光透过窗户照进来，用手压住被风吹起来的试卷，低着头，在稿纸上一笔一笔认认真真地写着。

压抑了两天的顾铭景看到一身学生气的楚皙，突然没了脾气。

第六章

敬业女明星

顾铭景看着手机，用舌尖舐了舐左颊。

楚皙多大来着？

他恍惚记起两年前楚皙第一次被高助理领着来见他时的样子，怯生生的，穿着白T恤、牛仔裤和帆布鞋。他看到她时，脑子里冒出来的第一个词就是“小孩儿”。

接着对面的“小孩儿”便低着头说了一声“顾先生好”，然后慢吞吞地把自己的身份证推过来给他看，以示自己已经成年了。

既然她已经成年了，他便也没管那么多。顾家大少爷日理万机，哪会在一个小明星身上多费心思，于是将和小女人有关的所有事情，都交给手底下的顶尖艺人经纪团队去处理。

只是顾铭景记得后来他好像就没见楚皙那么穿过了。少女发育良好的身体开始被包裹在一件件价值不菲的时装里，脚下的帆布鞋也换成了细高跟鞋，走起路来嗒嗒地响，整个人看起来精致而美丽。她试了好几次，终于鼓起勇气挽起他的胳膊，温柔地叫“顾先生”，以至于让他忘了两个人第一次见面时，他曾经觉得她不过是个小孩儿。

顾铭景忽然又想到那一晚，楚皙穿着幼稚、夸张图案的卡通睡衣。

他低头揉了揉眼睛。

那是他第二次看到她时想起了那个词——“小孩儿”。

可是在这么长时间的相处中，他一直把她当作成熟的女人。

顾铭景从心底生出一种负罪感。

学校上午一共有四节课，第一节是班主任的数学，后面分别是物理、地理、英语。《我们是同学》节目组给四个嘉宾出的摸底试卷考的题目特别基础，但是老师们上课时是按照普通高中生学习的进度走的。楚皙一边聚精会神地听着课，一边不停地在笔记本上写着笔记。老师讲的好些知识点她都忘了，现在再听一遍她又能想起来，很多地方有温故而知新的感觉。

她以前觉得在学校里最快乐的时候就是上课了。课堂上，大多数人只顾做自己的事，没有人会来打扰她，她只用听课就好。

物理老师在黑板上出了一道题，楚皙跟着老师的思路在草稿纸上飞快地计算着。

放眼望去，不说其余几个嘉宾了，楚皙甚至比高一（3）班的许多同学都认真。

众人不解，只是做个节目而已，又不是真的高中生，更没有升学压力，就当玩玩罢了，楚皙用得着这么一本正经吗？你看看，同样是来做节目的韩邵文，摸底考试才考了八分，现在却正趴在课桌上昏昏欲睡。

楚皙这种走到哪学到哪的人，像极了那种高考后觉得将空白的卷子扔掉了是种浪费，就决定顺手把卷子给做了的“学霸”。

为什么楚皙总给我一种“学霸”的感觉？

楚皙本来就是学霸，摸底考试考了九十二分好吗？

可楚皙只有高中学历，连大学都没考上……

万一人家有什么难言之隐呢?

这边，直播间里观众吵吵闹闹，另一边，下课铃声响了。老师喊完“下课”，楚皙前后左右的同学都围了过来。

虽说楚皙在网上被骂得很惨，但楚皙身边的同学基本上是第一次在现实生活中见到明星，十分激动，也很友好，不仅夸奖楚皙漂亮、字写得好，还邀请楚皙中午跟他们一起吃饭。

面对周围这么多热情的同学，楚皙有些受宠若惊，接着一个一个地回应同学的话，脸上丝毫没有不耐烦的表情。

楚皙的粉丝隔着屏幕投去羡慕的目光，纷纷表示想跟楚皙做同学。

《我们是同学》拍摄的是一所寄宿制高中，大多数学生是周一至周五在学校，周末回家。四个嘉宾既然是来体验高中生活的，晚上便也要住在学校的宿舍。楚皙上了两天学，已经很快适应了，如果不是背后有麦克风，有时甚至都忘了这是在做节目。

她感觉自己又回到了学生时代。要是以前上学的时候也是这样，那该多好啊！楚皙忍不住想。

虽然节目开播时的热度低，但观看的人数从开播后便一直呈上升趋势。几个嘉宾特色鲜明，意外地很有看点。最令人意外的是楚皙，明明是一个只有高中学历的人，竟然在节目里变成了刻苦努力的“学霸”。

有人说，她不会是在娱乐圈混不下去了，想考大学吧?

对于这种调侃，众人基本上也只是笑一笑。哪有人出道两年多了，又跑回去上学的?再说了，楚皙自身条件也不差，过上不缺钱的小日子还是没有问题的。

周三的下午有一节体育课，体育老师带同学们做完热身运动后就叫了解散，把时间留给大家自由活动。男生全抱着球奔向篮球场和足球场，两个男嘉宾杜超和韩邵文的眼珠子都快跟到篮球场上去了。可是没办法，他们四个都被留下来——学做广播体操。

四个插班生转学过来，自然要跟同学们一起做广播体操，不会的话，站在班级队伍的中间很是显眼。广播体操不整齐的话，班级的量化分还会被扣。于是，班主任特意让体育委员在体育课的时候带四个插班生学做广播体操。

众人没想到赵老师不仅对四个插班生的学习十分负责，现在还要关心他们的体育运动。看着韩邵文一边心不在焉地摆动胳膊，假装学着体操，一边羡慕地看男生们打篮球的样子，观众们都笑开了花。

四个插班生站成一排，体育委员站在他们的前面，一边喊着“一二三四,五六七八”，一边做完了第一节伸展运动。

体育委员示范完，扭头道：“大家看到了吗？下面跟我一起做一遍，第一个八拍，双手平举，像这个样子，折回来，绕一圈……”

背后的几个插班生跟着体育委员做起来，姿势奇特。楚皙看体育委员做了一遍，自己一边回忆，一边做完了第一节。

旁边的胡小星看到楚皙在体育委员示范一遍后就自己做完了第一节，惊讶地问道：“楚皙，你自己会做广播体操啊？”

楚皙回忆着大致的动作，慢吞吞地说：“我上学的时候好像做的就是这一套广播体操，现在想想，还能记起来一点儿。”

胡小星：“好吧，我老了。”

《我们是同学》开播后的热度一直很低，毕竟平台小、投资少，嘉宾除了楚皙，全都没什么知名度，观众十分有限。但是楚皙令人意外的表现十分招观众喜欢，无论外面的传言怎么样，现在镜头下这个长得好看、热爱学习的楚皙小同学，又有谁不喜欢呢？而节目组的官方微博几乎没有给节目宣传，仅有的这批观众颇有些关起门来玩的意味。

四个插班生大概学了半节课时间的广播体操，体育委员一说剩下的时间大家各自练练，然后自由活动，韩邵文就跟兔子似的一溜烟地跑到了篮球场上。

众人扑哧一笑，楚皙跟胡小星，以及班里的几个女生一起盘腿坐在足球场的草地上聊天。

“楚皙姐姐、小星姐姐，你们要在我们班待多久啊？”有女同学好奇地问。

楚皙听后想了想：“编导说到月底，将近一个月呢。”

“那不是还要跟我们一起期中考试？”另一个女生说。

“啊？”胡小星一听有考试就哭丧起脸，“不会吧？老师应该不会留我拉低班级的平均分吧？”

“哈哈哈哈。”众人笑成一团。

“楚皙那么用功，肯定没问题。”有人笑着说。

“楚皙，你上学的时候成绩好吗？”另一个女生又问。

楚皙低头抿唇，想了想，然后抬头笑着答道：“嗯，当时还行，挺好的。”

“那你为什么那么早就出道了呀？你要演戏的话，怎么不考电影学院呢？”那个女生接着好奇地问。

楚皙被问得愣了一下，刚才还笑盈盈的，突然有些尴尬。她沉默了一阵才开口：“嗯，因为我家里的条件不太好。”

“你家里是没钱供你读书吗？这个时代应该不会发生这种事吧？你爸爸妈妈呢？”立马有同学好奇地问。

这是楚皙暴露出“学霸”属性后第一次在镜头面前提起上学的事。

又被问了几个问题后，楚皙没有回答，而是默默地低下头看鞋面。

气氛倏地尴尬起来。

就在这时，突然有人大声问道：“楚皙，你上高中的时候是不是校花？”

此话一出，原本有些尴尬的气氛被打破了，众人不由得笑了起来，肯定地道：“肯定是校花！”

楚皙本来正难过，听到“校花”两个字，“扑哧”一声笑了出来，道：“没有啦！”

观众：“楚皙，你骗人！”

“废话，皙宝这么好看，肯定是校花！”

“好想看楚皙以前上学时候的照片！”

《我们是同学》这档节目虽然不火，但是还是有很多人关注楚皙的动态。

她在节目上首次提及学生时代未能继续求学的原因，还是引起了不少关注，相关话题上了文娱热搜榜，观众点进去就会看到楚皙这几天听课、读书、写作业的视频。

播放量最多的那个视频里，楚皙低着头说自己因为家庭条件不好才早早出来挣钱。在这条视频的评论区，楚皙的粉丝在列队发着“心疼楚皙”。

热搜话题在话题榜上升了几个位置，不少人看了楚皙在节目里努力学习、提及辍学原因的视频后也很感慨。

本来这件事的热度都快过去了，不料第二天晚上，论坛上突然出现一个帖子：是因家境贫寒而辍学的“学霸”，还是因成绩太差而主动退学的“学渣”？请某女明星别再谎话连篇了！

帖子指出：“某女明星资源变差后，一直在想怎么翻身，于是决定在综艺节目里走苦情路线，博取观众的同情。明明是自己不想念书，主动退的学，她非得说是因为家里条件差才读不了书，真是撒谎成性。”

这帖子就差指名道姓地说主人公是楚皙了。

帖子上还称，楚皙高中时就读的学校是当地一所普通学校，生源差、老师差，每年高考能考上本科的学生都没几个。试问从这个学校里出来的楚皙到底是成为混混的可能性大一些，还是成为“学霸”的可能性大一些？她该上学的时候不好好学习，退学后进入娱乐圈，现在没工作机会了，想翻身，竟然说自己是“学霸”，这简直是在把广大网友当猴耍。

有人发了楚皙就读的高中和班级，还有人曝光了楚皙父母的身份，说他们都不是好人。

《我们是同学》这档节目顿时受到很大的关注，直播间观众的人数涨了好几十倍。顺着新闻赶过来的观众从视频中看到楚皙待在教室里，纷纷刷起抵制楚皙的弹幕。

楚皙正在教室里写作业。高一的学生没有晚自习，不过老师白天会留作业，所以晚上的时候，大多数同学会到教室里写作业。作为一名高中生，他们的手机每个星期会被收走，楚皙现在还不知道发生了什么。就在这时，节目组的编导突然站在教室门外敲了敲窗子，示意楚皙出来一下。

楚皙看到编导后合上书，走出去，手里还拿着笔，不明所以。她被带到位于教学楼角落里的导播间，见编导的表情不太好，谨慎地问：“那个……有什么事吗，编导？”

节目组的编导掩唇轻咳了两声，看了楚皙一眼，还是说：“楚皙，要不咱们这个节目……你就不参加了吧。不过你放心，钱照给。”

楚皙动了动唇，手里的中性笔“啪”的一声掉在地上。

楚皙坐在家里的沙发上，身上的校服还没脱。

付白气到一直在房间里来回走，看了又看表情木然的楚皙，思虑再三，终于忍不住问道：“楚皙，帖子里说的是真的吗？”

楚皙像个被抽掉了提线的木偶，记忆回到那个下午。

楚皙闭上眼，不愿意再回想那些事。

其实，她不怎么在意那些言论，只是没想到连自己的父母也被牵扯进来了。

楚皙从未公开谈起过父母。

她自己活得不光彩，但是绝不允许任何人恶意抹黑家人。

父亲是她永远的骄傲。

楚皙抹了抹眼角的泪，起身从加了锁的柜子里取出一个红盒子。

楚皙打开盒子，里面安安静静地躺着一枚 99 式银白色的警徽。

付白吓了一大跳：“这……这……”

楚皙用指腹在警徽上轻轻地摩挲：“这是我爸的，他在我十一岁的时候出任务去世了。后来，我妈太伤心，忧思成疾，得了肝癌，也去世了。”

她说话时语气很平静，仿佛是在说别人的故事。

付白先是震惊，最后沉默下来。

楚皙用手机给警徽拍了张照片，然后又翻出手机里那张她一直存着的照片。照片里的小楚皙被穿着一身制服的高大男人抱在怀里，扎着两个羊角辫，小胳膊圈着他的脖子，对着镜头笑得很甜。

楚皙抿了抿唇，最终还是把照片传到微博的大号上，只配了两个字：骄傲。

她可能不是父母的骄傲，但是父母永远是她的骄傲。

帖子出来后，一直安静的楚皙突然半夜发微博，众人都以为会是声明或者是道歉，没想到是这两张照片。

所以，楚皙的爸爸是警察？

一个当警察的爸爸怎么会教出这种……？

众人看到躺在锦盒里的警徽才明白过来，一般只有牺牲了的警察，他的警徽才会被家人存在盒子里。

天哪……

楚皙的家庭到底是什么情况？

那些乱七八糟的传言是怎么回事？

有人注意到楚皙上的高中。就跟之前那个爆料帖里写的一样，这所高中在小地方，教学质量很差，全校一年没几个人能上本科。

显而易见，一个美丽而勤奋的女孩子在普通高中或者重点高中里可能会受到欢迎，在那里却成了众矢之的。

接着不停有人出来爆料：楚皙的同学、楚皙的同乡、楚皙的邻居。

据说楚皙的母亲生病后，治疗费用几乎掏空了家底。母亲走后，楚皙跟奶奶生活得很拮据。

据说楚皙本来能上城里的高中，因为没钱交择校费，才留在当地读书。

少女和年迈的奶奶相依为命，受了欺负，没有父母为她出头，才让那些人越来越肆无忌惮。

楚哲确实是自己退学的，不过是被逼的。

她奶奶的身体也不好，楚哲一直在打工照顾奶奶。

真相一层层被揭开，惊得众网友回不过神来。

这些乱七八糟的所谓知情人的爆料，听起来好像很玄乎，但是细细一分析，全都说得通。

楚哲也太惨了吧！

就这样她还一直被传是不良少女，遭受各种嘲讽，换个人不知道抑郁多久了。

只是楚哲为什么不说啊？

楚哲就是不想提啊！她不想用这些事情来做文章。这次，她不也是在父母都被诬蔑了之后，才忍无可忍公开发了父亲的警徽吗？

接着楚哲又发了一条微博。

她发布了一封律师函，警告在网上造谣、诽谤她及她家人的营销号，将追究其法律责任。

我竟然看哭了！

楚哲加油！

她看起来柔柔弱弱的，竟然经历过这些。

楚哲是很好的女孩子啊，走在路上扶老大爷过马路，上次参加过《勇敢之心》的嘉宾全都为她说话。

楚哲的表情包我现在还在用呢。

在楚哲把父亲的警徽和照片发出来后，网友基本上就已经偏向她了，“心疼楚哲”这个话题也上了文娱热搜榜。

随后，大家回过头一看，楚哲其实没做什么坏事。这段时间以来，她扶陌生人过马路，这证明她本性不坏。她资源一落千丈后，不仅没有怨天尤人，变得颓废，反而认认真真地上节目，穿不到两百块钱的裙子走红毯，参加不火的综艺节目也永远保持着积极向上的一面。这简直太励志了！

元景大厦内，总裁办公室里的灯一直未关，顾铭景皱着眉，手里握着一沓资料。

这是一个人从出生到现在的相关资料，文件的封面上写着“楚皙”两个字。

顾铭景现在才看这些资料。

商人对待利益总是慎之又慎。签合约前，楚皙的所有背景资料都被顾铭景手底下的人调查得清清楚楚，但顾铭景太忙，并不关心一个小明星的生活经历，楚皙的父母姓甚名谁，家里有几口人，有几亩地，他都不关心，他只需要知道一个结果。

只不过，他现在后悔了。

他本以为自己再也不会关注楚皙的消息，却因为最近的风波，发现了楚皙不为人知的过往，心难以抑制地疼了起来。

男人那修长的手指在楚皙的资料上轻轻地摩挲着。

顾铭景心疼之余，有些蒙。

资料首页的照片是楚皙十八岁刚入娱乐圈时拍的，照片里的女孩儿明眸皓齿，笑容干净到让任何人都不会把她跟那些凄惨的经历联系到一起。然后他又想到楚皙，想到了那个帖子里说的内容，眉宇间突然有了一丝戾气。

高助理很会察言观色，看到总裁的表情就知道有情况，立马体贴地走上前，表示自己这就去找这些欺负楚小姐的人。

顾铭景“嗯”了一声。

高助理离开，轻轻地带上了房门。

顾铭景听到高助理的关门声，突然反应过来，自己可能已经对这个一心想逃离他的“小可怜”产生了一点儿说不清道不明的感情。

工作室里，付白被各种消息狂轰滥炸了一天，也是第一次知道楚皙竟然有那些过往，惊了好半天才缓过来。

他以前一直以为楚皙只是家庭条件不太好，现在看着楚皙惨白的小脸，终于忍不住问道："以前……欺负你的那些人，你不恨她们吗？"

楚皙脸一沉，然后弯了弯唇，道："你说呢？不过人都坐牢了，也就算了。"

付白："坐牢？"

楚皙抱着抱枕，靠在沙发上说："去年听说的。她们在酒吧里闹事，结果伤了人，得蹲个十多年。"

付白："好吧。"

"心疼楚皙"这个话题在热搜话题榜上挂了一天，付白和楚皙两个人的电话都快被媒体打爆了，只是两个人一通都没有接。

《我们是同学》的节目组那边打完了电话又发邮件，想让楚皙回去继续录制节目。

付白皱着眉头看节目组那边发过来的邮件，问楚皙："那边让你回去继续录节目，你还去吗？"

楚皙沉默了一会儿。她最舍不得的是节目里的校园生活，然而晚自习时编导突然让她不用来了的场景还历历在目。

可惜这辈子是上不了学了，楚皙有些挫败地叹了口气，然后摇摇头："不去了。"

付白立马会意，一边噼里啪啦地打起字来，一边说："这破节目活该不火，咱不去就不去了，看你有负面新闻就立马要你下车，现在你澄清了又要你回去，哪有这样的道理！常言道，今天的我你爱理不理，明天老娘就让你高攀不起！"

楚皙听到付白口中铿锵有力的"老娘"两个字，眉毛跳了跳。

她登录自己的微博大号。

这两天她涨了不少粉丝，那条发父亲警徽的微博下面第一条评论来自"楚皙全国粉丝团"，评论内容只有两个字：抱抱。

下面的粉丝纷纷表示心疼楚皙。

楚晳很感动。

其实她已经从那段糟糕透了的经历里走出来了，最近突然被揭开伤疤，心里最多也只是感到遗憾没能继续读书。

楚晳还发现自己收到了比平常多很多的私信。她点进去看了看，很多陌生人给她发来一大段鼓励的文字。

楚晳几乎把自己翻到的所有私信都回了，用得最多的一个词就是“加油”。

其实她最开始被逼辍学的那段日子，也很绝望，后来奶奶生病了，又开始打工，每天早上起来就骑着三轮车挨家挨户从水厂给居民送饮用水，后来就在送水的时候遇到了星探。

收到楚晳回复的粉丝发来消息。

> 楚晳竟然回复我了！
>
> 加油！我们一定要越来越好，让以前欺负我们的浑蛋睁大眼睛，好好看一看！
>
> 晳宝加油，虽然某个男人不要你了，但是我们还要你，你还是最好的晳宝。穿再便宜的衣服参加再不火的节目演再烂的剧又怎样？凭自己的努力老老实实地赚钱，你就是最棒的！我看好你！

楚晳心想，这话怎么听起来那么别扭？

现在她不回去参加《我们是同学》，后面的档期就空了。付白回复完给节目组的邮件，又开始头疼起了楚晳接下来该怎么办。

付白其实一直想给楚晳接戏，然而楚晳因为以前在大片里拖后腿的表现被人骂得很厉害，演戏的口碑很差，除了顾铭景的公司筹备的项目，很少有制片方愿意用她。现在，她离开了顾铭景，已经有段时间接不到戏了。

虽然楚晳最近因为身世曝光的事，赢得了不少好感，在网上的热度很高，吸引了几档之后要录制的综艺节目的关注，然而，一直没有剧组找上门来。

付白以前当助理时看过不少业内的新人演戏——瞪眼、噘嘴，台词都说不清，觉得楚皙的演技被骂成那样挺冤枉的。

她那么年轻，长得又美，简直是老天爷赏饭吃。以前观众总是嘲笑她是“老鼠屎”，坏了一锅好粥。可是，他们怎么不看看跟楚皙搭戏的都是谁呢？

楚皙合作的都是圈里鼎鼎有名的实力派演员，她一个非科班出身的小屁孩儿，肯定接不上人家的戏啊！不仅楚皙接不上，圈里和她同龄的女明星有谁敢拍胸脯保证自己跟那些实力派演员演戏时不会显得很青涩？

网友常说，明星的业务能力都是同行衬托出来的。刚出道没多久的楚皙在那么多前辈的衬托下，演技生涩的毛病自然就更突出了。

付白现在都开始怀疑，顾铭景以前根本不是在捧楚皙，而是在害楚皙，简直是揠苗助长啊。

楚皙的下一个综艺节目很快就定下来了——某电视台最近播出的一档收视率稳居同时段第一的综艺节目《我们的小屋》。

节目组邀请楚皙去当一次嘉宾。

之前邀请楚皙的都是一些小型的网络综艺节目。这次，收到这档综艺节目的邀请时，楚皙自己都十分意外，在问了节目组后才知道缘由。

原来之前录制《勇敢之心》时跟楚皙一起受过罚的董为现在是这档节目的三位常驻嘉宾之一，是董为向节目组推荐楚皙来录制一期的。

节目组收到董为的建议，又看楚皙最近很有话题度，随即向楚皙发出邀请。

楚皙录制《我们的小屋》的行程出来后，外界十分关注，一是因为这档节目本身很火，每期去录制的嘉宾本来就会被讨论一番；二是因为这是楚皙发生这么多事，还被前一档综艺节目劝退后，在公众面前第一次露面。

这次露面很重要。

别的不说，楚皙的身世是真的很悲惨：烈士子女，孤苦伶仃地跟奶奶相依为命，最后还被迫退学。

《我们的小屋》这档综艺节目没什么挑战任务，三位常驻嘉宾住在风景秀美的小农庄里，和来访的嘉宾一起吃饭、聊天、干农活。尤其是每当傍晚时分，众人围坐在小院里吃饭聊天，就是最适合煽情的时候。

于是，有粉丝在节目的官方微博下面列队评论起了“楚皙加油”“楚皙不哭”。

楚皙在经历风波后首次露面，会不会对着镜头含泪讲一讲自己的过往？会不会声泪俱下地控诉自己之前遭受的网络暴力？会不会一边掩面哭泣，一边讲述自己的不易，以博得大家的同情？众人纷纷猜测起来。

《我们的小屋》是录播的，但这并不妨碍偶尔会有当地人在网上提前发一些照片，因为嘉宾经常会去山下的小镇里买东西。

节目组有时候也会在官方微博更新当天嘉宾录制节目时的照片，吸引观众关注。

观众和楚皙的粉丝都蹲守在电脑前，观众已经准备好了“同情楚皙”的评论，楚皙的粉丝更是已经编辑好了“皙宝加油”“抱抱皙宝”的评论，准备等到节目组提前放出录制照片时第一时间发布。

果不其然，在楚皙录制节目的当天晚上，节目组的官方微博准时发了今日录制嘉宾的照片。

照片一被放上来，正当粉丝看也不看就留下准备好的评论时，突然有人发现不对劲。

楚皙流泪的照片呢？

众人同情她的照片呢？

以及，楚皙人呢？

楚皙人在哪里？

众人定睛一看，仅有的一张照片里，青山绿水，乡间弯弯绕绕的水泥路上，行驶着一辆农用机动三轮车。三轮车拉了很多玉米，跟玉米在一起是一脸生无可恋的节目常驻嘉宾肖兴宁。而在这辆三轮车的驾驶座上坐着穿着浅色防晒衣的女子握着车把手，上身微微前倾，眼睛直视前方，几缕碎发被风吹到脑后。

面对这个开着三轮车的女子，大家都已经准备好的“抱抱”“加油”“不哭”的话突然发不出来了。

楚皙真是女明星中的一个异类。

M市，顾铭景从顾家的主宅出来。

他每周会回家一趟，看看顾老头，只不过大多时候父子俩见了面也相顾无言，有时候会一起吃个晚饭，有时候连饭也不一起吃。

司机已经将车开了过来，稳稳地停在了顾铭景面前。

高助理给顾铭景拉开车门。

顾铭景坐在后座，高助理坐在副驾驶的位置上。

车里很安静，只有发动机微弱的声音。

顾铭景收起手机，突然看向前面正开车的中年司机。

司机被身后一道目光盯得浑身发毛，通过后视镜一看，跟顾铭景的视线撞了个正着。

“顾……顾总。”

司机不知道顾铭景为什么会突然看他，赶紧收回视线，看着前方，如坐针毡。

顾铭景看着驾驶座上老实巴交的中年司机，突然问：“你会开三轮车吗？”

司机吓得差点儿方向盘都没握紧，满头雾水。

什么？顾总问他什么？会不会开三轮车？

我现在正开着你那价值千万的豪车，你却问我会不会开三轮车？

“不……不会。”司机实在摸不着头脑，只能如实回答。

顾铭景没说话，车里又变得安静了。

只有坐在副驾驶位置上的高助理在听到顾总这个问题后似乎想到了什么，然后摇了摇头。

顾总要恋爱了。

山里的空气很清新，风吹过时有草木的香气，午后传来几声蝉鸣和远远的犬吠，衬得四下更为安静。

只是这份安静被一阵由远及近的发动机的轰鸣声打破，然后便传来字正腔圆的女声：

“倒车，请注意。

“倒车，请注意。

“倒车，请注意……”

《我们的小屋》的拍摄地——农庄的院子里，楚皙一边扭头看后方，一边控制着车把手，踩下刹车。

载满了玉米和一位节目常驻嘉宾的三轮车已经端端正正地停在了院子里。

一直坐在车后面的肖兴宁被这个突然的刹车直接从左边甩到了右边，整个人晕晕乎乎的，等回过神来的时候，楚皙已经把车子停好了。

肖兴宁跳下车，憋了半天才对楚皙来了一句：“车开得真不错。”

楚皙笑道：“嘿嘿。谢谢。”

蹲守在农庄里的摄像师和编导在看到楚皙开着三轮车把肖兴宁和玉米载回来时，集体沉默了。

他们确实大意了，千算万算算不到这个平时娇滴滴的女明星能把三轮车开得像赛车。尤其是楚皙最后那个倒车，没点儿技术是做不到那么利落的。

这种综艺节目会有粗略的剧本的，节目组特意安排楚皙和年龄最小的肖兴宁去地里把玉米搬回来，本来想拍一拍两个人辛勤劳作的场景，由此让楚皙联想到自己凄惨的过往，对着镜头倾诉一番，最好说说自己以前辍学后打工养家的经历，后期再配上点儿煽情的音乐，简直完美。

编导的如意算盘在楚皙看到一个大爷开着三轮车经过，便成功地把车借了过来时落空了。

肖兴宁不会开这种车，楚皙理所当然地坐上了驾驶座。

然后她就在众人瞠目结舌的表情中，一路载着玉米回来了。

董为和另外一个常驻嘉宾程老师不久也从集市上买了肉回来。

董为看到满院子摆好的玉米后惊喜不已，问肖兴宁："小肖，你运回来的？"

肖兴宁指了指正在一边劈柴的楚皙："楚皙开三轮车拉回来的。"

两个人一看，楚皙正高举斧头挥向一根块头不小的木柴。

一斧头下去，木柴顿时被楚皙劈成好几块。

两个人又看向楚皙身边已经被她劈好的像小山一样的柴垛。

…………

他们第一次见到这么能干活的女嘉宾。

晚饭照旧是程老师下厨，剩下的人打下手。

楚皙坐在院子里跟肖兴宁一起洗菜、切菜，董为和程老师看着这两个年轻人笑了笑。

董为来取楚皙洗好的菜，笑着问："楚皙，忙了一天不累呀？"

楚皙笑道："比咱们之前参加《勇敢之心》时轻松多了，我现在一想起连长都害怕。"

董为："你今天把肖兴宁的活都干完啦，你瞧那小子笑得多开心。对了，你怎么会开三轮车？"

楚皙一边择四季豆，一边答道："我以前打工送过水，就是水厂的那种大桶的饮用水，开着三轮车，挨家挨户给人送过去。"

她说得十分简单，没有一点儿要煽情的意思。

"哦。"一旁的肖兴宁恍然大悟，点着头。他跟楚皙年龄差不多。

大家都知道这肯定是楚皙辍学后去打工的经历，听她这么平静地说出来，都不知道怎么接话。

一旁正炒菜的程老师听后抬起头：“没事，以后都好了。”

楚皙听到程老师口中的“以后”两个字，微微地低下了头，认真地择着菜。

大家都还有“以后”，她没有“以后”了。

盯着监视器的编导终于嗅到了一丝不寻常的气息。

这是终于要开始煽情了吗？

几个机位的镜头都对着楚皙，她却突然抬起头，微微地笑了一下，然后端着一盆择好的四季豆，跑到程老师正炖着肉的锅前，深吸了几口气：“好香好香。”

众编导十分无奈。

楚皙闻着肉的香气，心想不管自己有没有以后，至少两档综艺节目录制下来，自己已经赚了不少钱留给奶奶，也已经跟顾铭景分手。现在大家提到她，已经不再只会想到那个被人怎么捧也捧不红的小明星了，也没什么人在网上质疑她了。

她得知自己生病的那天，哭了整整一天，后来心里也差不多能放下了，尤其是试图跟顾铭景谈感情失败了之后。

楚皙觉得自己就算现在死了，也没什么遗憾了。

今天的晚餐中，一道大菜就是四季豆烧肉。

程老师本来都准备听楚皙倾诉苦楚，然后开导她了，没想到刚刚还挺失落的楚皙又恢复了活力四射的样子。

他笑着摇摇头，看锅里的五花肉已经煮熟了，可以穿得进筷子了，于是把肉改切为小块的，再放进择好的四季豆，做成了一道大菜：四季豆烧肉。

天色渐晚，四个人坐在院子里的小凉棚里，吹着凉风，一边聊天一边吃饭。

楚皙今天干的活多，明显是饿了，一开饭筷子就没停下来过，吃得不少。肖兴宁在节目里又是出了名的能吃，两个人坐在一起，直勾勾地看着程老师做的那盘四季豆烧肉。

“程老师做的菜真的太好吃了。”楚皙尝了程老师做的菜后不住地夸道。

做饭的人听到自己的菜被夸很开心。程老师又把那盘四季豆烧肉往楚皙的面前推了推：“好吃就多吃点儿，今天你肯定累了。兴宁，你不许跟楚皙抢啊。”

肖兴宁吃的肉多，楚皙吃的四季豆多。

晚上的时间过得很快，他们吃完饭洗完碗后，已经将近九点。

今天的拍摄快结束了，编导和摄像师都回山下镇子里的酒店了，几个嘉宾也打起了哈欠，准备洗洗就睡了。

楚皙单独睡一间客房。这个房间是一个大通铺，有时候嘉宾多的话能睡好几个人，不过今晚就只有楚皙一个人。

她洗完澡后换了睡衣，然后钻进被窝。她白天累，所以很快就睡着了。

这本该是一个平静的夜晚，开始也确实是如此的，直到楚皙半夜突然醒来。

她缓缓地睁开眼。房间里黑漆漆的，她感觉脑袋和胃非常不舒服。

楚皙的意识都有些不清明了。

她只觉得胃里一阵翻涌，想吐又吐不出来；然后就是头，前额沉得她差点儿连眼睛都睁不开。

她艰难地从被子里伸出手，想摸摸自己是不是发烧了，却发现自己的掌心和额头一样烫，摸不出来什么。她下意识的反应就是自己要死了。

医生不是说她还有半年吗？

现在还没过半年，她怎么就犯病了？

明明她白天还好好的，一点儿症状都没有。

楚皙挣扎着从床上坐起来，按亮房间的灯，嗓音虚弱：“董大哥，程老师……”

她想下地穿鞋，结果脚一踩到地上，腿就软了，眼前一黑，晕了过去。

楚晳从 M 市去外省录制一天《我们的小屋》，再到回 M 市，一共要花三天时间。

除了官方微博发的那张楚晳开三轮车的照片，再无新的照片流出来了。

楚晳开三轮车的照片转发、点赞、评论的数量惊人。再次出现在镜头前的楚晳，非但没哭，还在田野上乘风开起了三轮车，这让众人更喜欢她了。

> 本来都准备哭了，看到这照片又忍不住笑出来了！
>
> 楚晳冲！
>
> 所以楚晳真的会开三轮车吗？
>
> 这才是她真实的性格吧！
>
> 这期节目什么时候播出啊？好想看！

虽然节目组的官方微博放出来的照片只有一张，但是旗下产业无数的元景集团总裁顾铭景还是通过某种特殊渠道，一早就拿到了很多张关于楚晳的照片。

这些照片还没来得及做处理，但并不妨碍照片里的人美丽动人。

楚晳开三轮车的、挥着斧子劈柴的、挽起裤腿下泥地捉泥鳅的、傍晚跟几个嘉宾一起在小院里吃饭聊天的……

这些照片充分证明了楚晳在节目录制期间的活动丰富多彩，且每一张照片里的楚晳都面带笑容，让看到照片的人也不由自主地勾起唇角。

只是，顾铭景笑着笑着就笑不出来了。

他发现楚晳好像从来没在他面前那样笑过。

楚晳当然对他笑过许多次。

楚晳以前每次见他都笑脸相迎。

然而他现在回想起来，发现楚皙以前的笑跟这种一看就是发自内心的很开心的笑明显不一样。

尤其是最后一张照片中，楚皙看着那个年轻的男嘉宾时露出的笑容，顾铭景怎么看都觉得刺眼。

楚皙今天早上结束录制，下午就会飞回M市。

顾铭景打了通内线电话给高助理，准备告诉他，自己今晚要去找楚皙。结果高助理一接通电话就慌慌张张地道："顾总，不好了。"

"怎么了？"顾铭景皱眉问。

高助理作为顶级助理，具备的最重要的职业素养就是遇事永远临危不乱。他在老板面前喜怒不形于色，无论外界发生了什么大事，脸上的严肃表情都不会更改分毫。

现在出了能让见过大风大浪的高助理都如此慌张的事情，顾铭景也不由得有些紧张。

高助理："楚小姐……楚小姐出事了，现在在医院。"

电话那头，高助理第一次犯结巴时就后悔了。

他是不是表现得太慌张、太急躁了，万一惹得顾总不高兴怎么办？

他应该组织好语言再汇报的。

可他听到这个消息时，确实是急了。

高助理话音刚落，顾铭景便迫不及待地问："什么事？哪家医院？我马上过去！"

高助理放心了，看来，顾铭景比自己更急！

第七章

只谈事业

医院。

办公室里，《我们的小屋》的编导和楚皙的主治大夫正谈论着楚皙的病情，他们旁边还站着一个中年男人。

这个男人穿着一身黑色正装，头发梳得一丝不苟，看样子仿佛是刚从哪个跨国企业的董事会上赶过来的。

此人正是高助理。

“再住两天院，观察一下就行了，好好休养，饮食清淡些。”大夫叮嘱完，将签字笔插进胸前的衣兜里，离开了。

编导和高助理：“好的。谢谢大夫。”

编导和高助理同时从医生的办公室里出来。

编导看了一眼旁边西装革履的中年男人，又想到那个跟中年男人一起来的气场强大的年轻男子。她甚至连年轻男子长什么样都没看清，只看到了个背影。

编导不由得想起了之前关于楚皙的那些传言。

高助理转身笑眯眯地看向编导，道："你好，楚皙小姐这里有我们照顾就可以了。"

"啊？"编导回过神来，正想说他们也留在这里照顾楚皙，但看到高助理的表情后又愣了一下。

这个人说话听起来是在商量，其实是在下逐客令，根本没给自己拒绝的余地。

"那好吧。"编导点了点头，"这次实在是很抱歉，没什么事的话我们也就先走了。"

农庄那边的录制仍在继续，下一批客人已经到了，编导也确实得回节目组那边。

本次事件的罪魁祸首就是昨晚的那碗四季豆烧肉。因为菜里的四季豆没有彻底炖熟，楚皙吃进去后食物中毒了。

半夜，几个男嘉宾听到楚皙的声音，发现她直接晕在了床边，都吓坏了，赶紧联系节目组的人一起把楚皙送到了医院。

接着，其他几个人多多少少出现了中毒反应，只是其他人吃得少，到医院检查后没什么大碍。而楚皙吃的四季豆最多，加上她的身体底子最差，胃又不太好，所以中毒反应最强烈，要住院观察。

节目的录制还得继续，今天一早三个男嘉宾就直接从医院回了农庄，继续录制节目。

楚皙留下来住院，还没有醒过来。

节目组本想让付白和编导照顾楚皙。但过了没多久，某个男人出现了。

病房门外，付白看着毕恭毕敬地守在门口、全身散发着"生人勿近"气息的高助理，白了他一眼，然后没好气地"哼"了一声。

高助理收到付白的白眼，仍然面带微笑。

顾总在里面谈感情，闲杂人等是不可以进去的。

病房里很安静，空气中飘着淡淡的消毒水味，营养液一滴一滴地往下落。

顾铭景一直盯着病床上脸色苍白的楚皙。

好在她没什么大碍。

他是坐在私人飞机上时才恍然反应过来自己在做什么的——他听说自己的前任女友生病了，立马翘了班，马不停蹄地往她那里赶，现在还守在她的病床前。

她只是他的前任，还是一个把他甩了几次的女人。

顾铭景的心情开始变得微妙起来。

只是这种微妙的心情并没有持续多久，当他看到躺在病床上虚弱的楚皙时，这种情绪立马消失了。

也不知过了多久，楚皙一直紧闭的眼皮动了动。

顾铭景的第一反应是“她好像还没死”。

楚皙只觉得这一觉睡得很甜，眼睛微微地睁开一条缝，眼前的画面逐渐由模糊变得清晰。

她看见顾铭景坐在她的床边，低头优雅地削着苹果。

楚皙刚刚睁开的眼睛又闭上了。

她想：我做噩梦了！

她定了定神，重新睁开眼，映入眼帘的还是刚才那个画面，还是刚才那个男人。

这不是噩梦！

楚皙惊得胳膊上的汗毛都倒竖起来了，只是身上还软绵绵的，没有力气，便挣扎着往床头坐了坐，顺便离顾铭景远了一点儿。

他怎么会在这里?

顾铭景察觉到床上的人苏醒过来了，手中原本削得很长的苹果皮立马断了。他有些不自然地看向床上，发现床上的人也正睁大了眼睛看着他。

“醒了？”顾铭景把削好的苹果放到床头柜上的盒子里。

大夫说楚皙的胃不太好，有些浅表性胃炎，再加上刚刚食物中毒，还不能吃这种硬而凉的水果。他只是闲得无聊，削着打发时间罢了。

楚皙感觉自己的右手臂酸胀发凉，这才注意到手背上的针头和头顶上两袋挂着的液体。

她“嗯”了一声，算是回答顾铭景的话，然后往左右看了看，没有在病房里找到付白和其他人。

她咬咬唇，吸了一口气，还是问顾铭景道：“你为什么会在这里？节目组的人呢？付白呢？”

顾铭景看着对他一脸防备的楚皙，突然想起了刚住进公寓时的楚皙。

那时，她也这样坐在床上抱着被子防备地看着他。他没理会她，她可能以为他生气了，过了一会儿又慢吞吞地走过来，主动圈住他的脖子，然后红着脸叫他“顾先生”。

顾铭景想到这里，心情缓和了一些。

不过，他还是说不出“听到你出事了，我就撂下工作飞过来了”这种话，于是避开了楚皙的第一个问题，答道：“我让节目组的人回去继续工作了，你好好休养，不用再去，后天出院了就跟我一起回去。”

楚皙大概猜到节目组的人已经回去继续工作了，将关注点落在顾铭景的最后一句“后天出院了就跟我一起回去”上。

顾铭景说得风轻云淡，但是他说的话对于楚皙来说，起码对于以前的楚皙来说，向来都是命令。

楚皙看向头顶滴答滴答的液体，又想起自己是在录制节目的晚上晕了过去。

她半夜突然发病，被送到医院了，一定做了检查。那么顾铭景和送她来的节目组的人肯定都知道她的病情了。

胰腺癌，患上这种病的人痛苦得要死还无药可救。

楚皙自嘲地笑了笑。

她本来还准备自己安安静静地去死呢，现在还是被发现了。

她不想要别人的同情和怜悯，尤其是顾铭景的。

这是两个人分手之后，顾铭景第三次出现了。

上上次在海市，她跟顾铭景彻底摊了牌，说她是装的，说她对他都是虚情假意。他似乎生气了，但最后还是没有揍她，而是把她拐到床上去了。

上次是他在她家的小区门口堵她，强吻了她，最后自己走了，让高助理替他拿出合约。她明确地拒绝了他。

她本以为上次肯定是最后一次了，没想到现在他又突然来找她，估计还是特意坐飞机来的，然后命令她跟他一起回去。

楚皙甚至有预感，不知道什么时候，顾铭景就会从身后变出一份合约让她签。

她苏醒后尚有些晕乎乎的脑子里此时正疯狂地盘旋着一句话：顾铭景还是不放过我！

楚皙顿时绝望了。

顾铭景就这么喜欢纠缠她吗？

这到底是哪里出了问题？

他每次出现都会提醒她，她有一段多么令人羞愧的过往。她真的不想再跟他纠缠在一起了。

而且，那天男人说的冷漠又残忍的话还在耳边。

“不要妄想得到不属于你的东西。”

她再也不妄想得到他的感情，也从来不敢妄想。

两个人有云泥之别，他含着金汤匙出生，她却连大学都没上过。他们明明应该好聚好散，他却不肯放过她。

楚皙使劲摇着头拒绝，将背后的枕头抱在胸前，道：“不要，我不跟你回去。”

顾铭景看到楚皙抗拒的反应，蹙起眉，心里有些不悦。自己特意飞过来看她，她一句好话都没有，反而如此抗拒自己。

“楚皙。”

顾铭景沉下嗓子，以示自己不悦。

楚皙知道顾铭景又不高兴了。

她好累，真的好累，都躺在医院了，顾铭景还不放过她。她之前都不要命地顶撞他两次了，却一点儿用都没有。

楚皙简直快哭了出来:“顾铭景，算我求你，你放过我好不好？你去找别人，我不想再跟你有关系了。

“我不就是在你面前装柔弱、扮乖巧，假意奉承你吗？那两年我也一直有好好装，从来没有让你发现啊！你不要再跟我计较了行吗？别再来找我了！

“你知道的，我都快死了，没剩多少日子了。我求你让我干干净净地去地下见父母，好不好？”

楚皙一边说一边用手背抹了一把眼泪。

顾铭景听到楚皙一连串的话，眉头皱得更紧。

“谁告诉你，你快死了？”

“啊？”

楚皙抬起头，眼角还挂着泪，一脸蒙。

《我们的小屋》的嘉宾由于吃了没煮熟的四季豆而中毒的事情闹得并不大，除了楚皙的情况严重些，其余人的症状都很轻，他们休息休息就缓过来了。

众人很快将关注点转移到那个飞过来看望楚皙的男人身上。

节目组的工作人员也好奇得很。只是这事不能提，更不能播出来。

然而还是有消息从医院流出来了，应该是去换药的护士爆料的，说见到了楚皙的男朋友，是一个年轻的男人，很帅。

只不过这个爆料没多少人相信，传播的范围也很小，看到的人对此都是一笑而过。

且不说大家都知道楚皙早就分手了，这个人竟然还说楚皙的男朋友“年轻”“很帅”，一看就很不靠谱。

现在的人简直连编都不会编，当这是拍偶像剧呢？

楚皙又去做了一次全身检查，拿到检查结果之后手都在抖。

她坐在病床上，看着自己手中的化验单，动了动唇，似乎想要说些什么，然而话还没说出口，眼泪就落了下来。

与此时的激动和喜悦相比起来，她之前被误诊的愤怒显得如此微不足道。

一个浅表性胃炎愣是被误诊成了胰腺癌，让她以为自己只有不到半年可活，折磨了她这么久。

楚皙把脸埋进枕头里，哭得比得知自己得了胰腺癌的那天还要伤心。

她这才明白，原来这个世界上没有什么词语比虚惊一场更美好了。

她以后的日子还很长。她不用死了。

顾铭景看着趴在那里喜极而泣的楚皙，心想，所以说楚皙这些日子的反常行为都是因为这个?

顾铭景回想起在公寓那天，她眼圈红红的，整个人像只可怜的小兔子，用小手扯着他的衣角，带着哭腔问他能不能跟她拍个假结婚照，然后去见见她的奶奶，满足奶奶最后的愿望。

她跟他说了自己活不了多久了，想让他帮帮忙。

他却以为她是在胡闹。

他做了什么呢?

他拉开她抓着他衣角的小手，对着她哭得梨花带雨的小脸冷冷地警告了她。

他让她不要妄想得到不属于她的东西。

可是现在他才发现，楚皙好像从来没有妄想过那些东西。

她应该是失望了，走得很干脆利落。

顾铭景瞬间万分懊恼。

她明明跟他说过的，他却没有相信。

楚皙哭够了，在枕头上擦擦眼泪，然后直起身子，鼻头红红的，一边打着嗝，一边用手指梳了梳乱糟糟的头发，然后破涕为笑。

不过她觉得这次误诊事件自己其实也不是完全没有收获的，起码由此知道了自己在顾铭景的眼里什么都不是。

也正因为这次乌龙事件，她才可以那么坚定地跟顾铭景提分手，否则说不定会一直顾忌这顾忌那，到现在还在原地踏步。

顾铭景现在恨不得把她直接抱在怀里，不过怕吓到她，于是坐到楚皙的床边，想伸出手拍拍她的后背。

楚皙看到顾铭景伸过来的手，条件反射般向后躲了一下，顾铭景伸出去的手落了空。

楚皙抽了张纸把鼻涕擦干净，面对着旁边的顾铭景，突然有些头疼。

她之前是以为自己要死了，才破罐子破摔，在顾铭景面前那么肆无忌惮的，甚至还打过他一巴掌。

现在，他要是真的追究起来，她怎么办？

顾铭景放下落空的手，神色认真地看着楚皙，问：“你要当我的女朋友吗？”

楚皙嘴巴微张：“嗯？”

顾铭景确定自己的确是对这个前任放不下，不仅放不下，还被她套得死死的。

于是他又问了一遍，面带微笑。

楚皙的大脑此时正飞速地运转着，最后似乎连处理器都炸掉了。

她的第一反应是她听错了。

等他问第二次的时候，她又排除了听错的可能，开始觉得顾铭景疯了。

楚皙的脸涨得通红。

她憋了好半天，终于缓缓地问道：“你不是说，让我不要妄想得到不属于自己的东西吗？”

顾铭景没想到她会回这个，整个人一怔，错愕不已。

虽然他当时说的这话形容他俩的处境好像也没错，但是楚皙现在想起来还是挺失落。

她低下头，说道：“谢谢你来看我，只是我的事业正处在上升期，我不谈恋爱。”

顾铭景动了动唇，没说出话来。

他心里意识到一件事，他又被甩了。

付白发现食物中毒事件之后的楚皙就像换了一个人似的。

从外表上看，她跟以前没什么差别，但他就是感觉她整个人的精神面貌不一样了，眼睛都亮了许多。

她最大的改变体现在工作上。

以前，楚皙一心只想着赚钱，只图赚快钱，不图口碑。

现在，楚皙把钱放到了后面，竟然跟他讲起了“可持续发展”的问题，说当艺人不能只图赚快钱，眼光要放长远一些。

回去的飞机上，美丽的空姐正推着小车过来询问乘客需要什么饮料。

付白要了杯咖啡，楚皙的病还没好全，她只能喝白开水。

付白喝了一口咖啡，然后扭头看了看身旁正捧着水杯乖乖地喝白开水的楚皙，终于忍不住问道：“你昨天跟顾……？”

楚皙听到那个“顾”字时，喝水的动作顿了顿。

付白察觉到她的动作，欲言又止。

他不知道昨天在病房里楚皙跟顾铭景发生了什么，反正顾铭景从病房里出来的时候脸色不太好。

付白当时被吓得不轻，生怕楚皙在里面被顾铭景怎么样了，结果进去一看，楚皙还好端端地坐着，除了脸红了一点儿，什么事也没有。

当晚，顾铭景就走了。

要说付白不好奇楚皙到底是怎样不损伤一根毫毛全身而退，把千里迢迢赶过来的顾铭景成功地气走，那是不可能的。

楚皙知道付白好奇什么、想问什么，但是要她说顾铭景让她当女朋友这种话，她说不出口。

而且就算她说出口，别人也不会信。

楚皙叹了一口气，道：“我跟他没什么。”

下了飞机，楚皙看见出口挤了不少人，好多人举着相机，似乎是来接机的粉丝。

她当然不会以为这些粉丝是来接自己的，只是感叹，看这架势，估计是来接哪个大明星的。

楚皙戴好了帽子和墨镜，跟在付白的身后往外走，结果走着走着从背后被人撞了个正着，趔趄了两步。要不是付白挡着她，楚皙就摔倒了。

“对不起，对不起。”撞到楚皙的那个人赶紧过来道歉，问，“你没事吧？”

撞楚皙的人是个年轻的女孩儿，背着双肩包，头上还戴着发箍。她旁边还有一个女孩儿，应该是跟她一起来的。

楚皙站稳后，摇摇头，道：“没事。”

“走吧。”付白对楚皙说。

那个女孩儿一直仔细瞅着楚皙戴墨镜的脸，在楚皙转身前突然反应过来，惊喜地问道：“你……你是楚皙？”

女孩儿的同伴也一脸惊喜地指着楚皙。

付白吓得赶紧冲两个女孩儿比了个“小声”的手势。

女孩儿立马捂住嘴。

好在其他人都在等着偶像出现，没有注意这边。

女孩儿赶紧从背后的双肩包里掏出纸和笔，小声地说道：“楚皙，可不可以给我签个名啊？谢谢。

“你本人比电视上还要好看。”

楚皙回头看了看付白，然后笑着对两个人说：“好。”

楚皙签了名，那两个人又问能不能合一张影。

楚皙也没拒绝。

两个小姑娘拿到合影后高兴得不行，背双肩包的女孩儿说：“楚皙，你人真的好好。”

楚皙看了看她俩身后的一群粉丝，问：“你们今天是接谁啊？”

“孙辰啊。”女孩儿提到偶像的名字时满脸幸福，“本来得到的消息说他坐的是早上的航班，我们一大早就在这里等了，结果到了后才知道辰辰下午才来。”

楚皙笑了笑，没说什么。

刚才离开的付白此时也回来了，手里拿着几杯饮料。

他把饮料递给两个女孩儿：“等那么久，喝点儿东西吧。”

两个女孩儿看着饮料，感动得不行。只是她们还没来得及接过饮料，那边突然有人道：“辰辰出来了！”

下一秒，两个女孩儿直接跑了过去，所有粉丝都拥了过去。楚皙看着付白手中没送出去的饮料，又笑了笑。

很快，楚皙隔着粉丝，依稀看见了孙辰。

他被围在众人中间，把手揣在兜里，一直往前走。他戴着墨镜，个子没有想象中高。

孙辰的助理、保镖、经纪人黑着脸为他开路，不停地挡着那些举着手机、相机的一脸兴奋的女孩儿。

楚皙摇摇头，正准备走远点一些，脚下突然滑过来一个东西——一部手机。

谁的手机掉了？

付白从地上捡起手机，发现屏幕已经裂开了。

他四处张望了一下，有两个女孩儿牵着手跑过来。正是刚才那两个女孩儿。

付白把手机递过去：“是你们的？屏摔碎了。”

一个女孩儿接过手机，情绪似乎有些低落：“谢谢。”

付白把刚才没送出去的饮料递过去，道：“没事，换个屏就可以了，饮料拿着。”

两个女孩儿接过饮料，看了看楚皙和付白，道：“谢谢，真的谢谢你们。”

此时，她们的脸上明显没有才见过偶像的那种激动和兴奋。

楚皙有些疑惑，但也没问，直接跟两个女孩儿说了“再见”。

楚皙回到家，摇摇脑袋，试图把顾铭景从脑海中抛开。

她想到了今天遇见的那两个女孩儿。

她们今天是去看谁来着？

孙辰？

楚皙打开微博，随手搜了孙辰的名字，发现孙辰的工作室刚刚发布了一条微博。

工作室批评了粉丝，表示为了保护孙辰的安全，希望“粉丝不要拥挤，理智追星”。

楚皙有些疑惑，今天来接机的粉丝有那么拥挤吗？情况似乎没有这条微博里形容的那么夸张吧。

此外，楚皙发现这条微博还特意提起了她之前的接机事件。虽然微博里没提到她的名字，但明显说的是她。

楚皙被气得不行。

很快，“孙辰机场”这个话题挂在文娱热搜榜上，位置很靠前。

几个账号“搬运”了孙辰的工作室发的微博，还发了今天孙辰的粉丝热情地接机的照片。

> 人气爆棚，孙辰今天下午现身机场，粉丝热情接机，险造成事故，发文呼吁粉丝理智追星。

那几张照片明显是特意找了角度拍的。

从图上看，孙辰身边确实围满了来接机的粉丝。

这些微博的评论区里大多是孙辰的粉丝，他们一方面号召其他粉丝理智追星，让大家给孙辰私人空间，一方面感慨孙辰太红了，另一方面批评起了楚皙。

很快，就跟提前商量好了一样，有人将两次接机事件进行对比，夸孙辰不仅人气高，而且有安全意识，对粉丝和机场的路人负责，顺便添油加醋地批评了楚皙及其粉丝。

不一会儿，“孙辰呼吁粉丝理智追星”这个话题就来到了文娱热搜榜榜首的位置。

网友本着看热闹不嫌事大的态度，一路围观。

楚皙自己已经被骂惯了，然而孙辰的粉丝不光攻击她，还攻击维护她的粉丝，说出的话难听至极。楚皙气得浑身发抖。

付白的电话在这时打了过来，楚皙一接通就听见付白愤怒地咆哮道："老子从业这些年，就没见过这么不要脸的人！"

楚皙被付白吼得把手机拿远了一点儿，等了片刻才回道："我也没见过。"

付白接着懊恼地说道，"早知道今天我们在机场就该拍几张照，让大家看看他说的'人山人海'到底有几个人。"

楚皙跟这个姓孙的无冤无仇，连工作上的交集都没有。这种似乎看准了她好欺负就踩她一脚的人，简直可恨。

楚皙逼自己冷静下来，道："付白，你先帮我在粉丝群里跟粉丝说一声，让他们不要为了我跟孙辰的粉丝吵。"

喜欢明星应当是件令人快乐的事，楚皙不希望他们因为自己而与别人争吵。

付白随即理解了楚皙的用意，答应先去粉丝群里安抚粉丝。

楚皙挂掉电话后吸了一口气，逼自己想办法。

楚皙突然想到今天下午那两个来接机的孙辰的粉丝。

要是自己能找到她们就好了，她们的手机里肯定有今天接机的照片。

只不过，这个想法立马被楚皙否定了。

找不找得到那两个女孩子另说，即使她找到了也没用，因为她们是孙辰的粉丝。

楚皙抓了抓头发，感到头疼。

正当她愁眉不展之际，突然收到了付白发来的微信消息，还附带了一条微博链接。

付白："我们今天下午碰到的那两个女孩子联系了这个营销号，你快去看！"

楚皙立马点进微博看了看。

那个博主发了两条微博，一条是一个短视频，另一条是粉丝私信内容的截图。

楚皙先点开截图，看见了聊天内容。

“博主你好，我之前一直是孙辰的粉丝，今天下午也去了机场。看到他的工作室的那则声明，我真的很失望。有些话我想说出来。

“今天下午去机场的根本没有那么多人，大家其实都很有秩序，现场也根本没像照片里那样混乱。

“我本来只想默默地不喜欢他了，却发现这件事牵扯到了楚皙。我觉得，我应该站出来说些什么。

“今天下午我跟朋友一起去机场，一不小心撞到了一个人，没想到是楚皙。她根本没跟我计较。我认出楚皙后，还跟她要了签名和合影，她都答应了。

“她的经纪人也很好，听说我们在机场等了很久，还给我们买了饮料。我当时特别感动。

“后来孙辰出来了，我们跑去拍照。人不算太多，大家都怕挤着孙辰，没有往他跟前挤。然而他的经纪人和助理对我们态度很不好，推了好几个女孩儿。

“不过我还是很激动，举着手机给孙辰拍照。我不知道是不是我做错了什么，又或者哪里碍着了离我有两米远的孙辰了，他的经纪人经过我旁边的时候什么话也没说，直接把我的手机给打到了地上。我当时都惊了。然后，我看见孙辰往我的方向看了一眼。

“看到他的经纪人推搡粉丝，看到他的经纪人无缘无故地打掉粉丝的手机，孙辰什么也没说，直接走了。

“我只想说，孙辰比我想象中差，楚皙比我想象中好。我不想让楚皙这么被人诋毁，思考再三，决定说出真相。希望博主能看到我的私信，把我的私信内容发出来。

“以下是证明我说的话是真的的证据。”

这个人发了自己买的与孙辰相关的东西，然后发了几张在机场拍的照片和一条视频。

楚皙又点开那条视频看了看。

十几秒的小视频里，人们可以看到现场的真实情况。

看完这两条微博的人都惊了。

刚刚还“张牙舞爪”的孙辰的粉丝在看到微博后突然安静了。

这就是孙辰？

一时间，仿佛有什么东西碎了。

网友感慨完孙辰的团队偷鸡不成蚀把米后，突然发现这好像不是楚皙第一次遭遇这种事了。

然而每一次，楚皙都逢凶化吉。

过了一段时间，楚皙发现自己的名字又出现在文娱热搜榜上了，网友纷纷称“皙姐厉害”。

楚皙满头雾水。

从《勇敢之心》播出起，她的微博的关注人数就一直在上涨，今晚她的粉丝群“砖头别动队”更是收到了不少入群申请。

管理员忙得晕乎乎的，最后设置了入会问题：请问你为什么喜欢楚皙？

付白有个微博小号，也成了“砖头别动队”的管理员，看其他几个管理员忙不过来，便加入了审核的队伍。

楚皙凑在旁边看他审核了不少入群申请，粉丝对于入会问题的回答真是五花八门。

“我迷上了楚皙的脸、身材。”

好吧，通过。

“楚皙人美心善，还对粉丝好。”

楚皙都被夸得不好意思了，通过。

“性格好，不矫情，我看了《勇敢之心》之后就喜欢上她了。”

这个也通过。

楚皙高兴之余，内心很是感动。

她很幸运，虚惊一场过后知道自己的路还很长，现在还有那么多人喜欢她。

她决定，以后一定要更努力，报答粉丝对自己的喜欢。

粉丝多了，粉丝群也更热闹了。

有粉丝在群里讨论起了楚皙接下来的工作安排，目前已知的是她参加了一期《我们的小屋》，节目还没播，然后好像就没了动静。

于是有粉丝到付白的工作室下面留言，或者发私信问工作室。大家都很关注楚皙接下来的动态。

没办法，有的人爱操心。

付白查阅完几份今天新收的邮件，看到对面一脸期待的楚皙，然后摇了摇头。

楚皙看到付白摇头，噘了噘嘴，垂眸道："还是没有吗？"

付白："没有。"

"好吧。"

楚皙耷拉着脑袋。

她不可能永远都只录制综艺节目，也没有那么多综艺节目可让她参加。

然而一直没有剧组主动找上门来。

付白的手上虽然没有现成的资源，不过他的消息还是灵通的，帮她往几个班底不错、靠谱的剧组投了简历。如果简历通过的话，她就能去试镜。

然而付白帮她往剧组投的每一份简历，要么石沉大海，要么收到拒绝的回信。

付白看到楚皙颓丧的样子，安慰道："没事，招人的剧组还多着呢。"

楚皙低头抠手指："不用安慰我，是我自己的演技、口碑太差了，没有靠谱的剧组愿意用我是正常的。"

毕竟我曾经是公认的毁了大片的"老鼠屎"，楚皙心里想。

"而且……其实我也不太想演戏。"楚皙又说。

其实最开始的时候，她对演戏并没有这么抗拒，反而觉得还挺有意思。

只是后来，她发现，在顾铭景投资的戏的片场，好像不管她怎么演，导演都说“好”。导演都没话说，跟她搭戏的演员自然就更没话说。

楚皙是非科班出身的演员，演的时候一头雾水，片子出来后，演技自然被知名演员们衬托得很是不堪，因此，她经常遭到众人的嘲笑。

看到那些嘲笑和讥讽的话语，她还没来得及难过，顾铭景又让她接着进组了。

下一部戏往往比上一部的投资更大。

楚皙陷入了拍戏——被嘲笑——拍戏——被嘲笑的死循环里，后来就对演戏这件事越来越抗拒。

每次在片场的摄像机前，面对对她百般纵容的导演及对她侧目冷笑的演员，想起那些讥讽和嘲笑的话语，她就想逃跑。

付白想到之前顾铭景的公司的做法，看到她对进组拍戏这件事抗拒的样子，摇了摇头。

这孩子被吓怕了。

不过她现在在付白手下……

作为一名有野心、有抱负要大干一场的经纪人，付白看着对拍戏有抵触情绪的楚皙，道：“你不是之前还跟我说要把目光放长远吗？

“戏都不演，本职工作都不做，光等着参加综艺节目，怎么可持续发展啊？”

楚皙耸了耸肩。

付白：“你这就息影了？

“以后你的名字被人提起来，大家记得的永远都是你那些失败的作品。你连一部拿得出手的作品都没有，多不好看。

“科班出身又怎么样，不还是有好多科班出身却因演技太烂成了母校之耻的演员吗？

“圈里没学过表演的人多的是，叶苏就是非科班出身的，不照样拿奖拿到手软吗？

“她以前也演技差，演过不少烂剧。但是人一定要进步，有进步才是最关键的。你看现在提起她，大家想到的都是‘三金’奖项获得者、儿女双全的人生赢家，还有谁关注之前那些烂剧呢？”

楚皙抬起头，觉得付白说得好像有点儿道理。

付白又给楚皙往各大剧组投简历，最后终于有一个剧组有了回音。

这是一个古装偶像剧，投资很大，班底也不错，男一和女一都已经定了，剩下几个配角的人选还没定。

付白给楚皙争取的角色是这部剧里男主的妹妹，角色很不错，单纯、善良又柔弱，跟女主角是好朋友，楚皙的外形也很符合角色的要求。

楚皙之前走清纯路线，演过的角色也都是这一类型，现在继续演这种类型的角色比较保险。

楚皙看到剧组回复邮件上的试戏时间、地点和部分剧本时，紧张得不行。

说实话，她出道两年，还从来没有正儿八经地试过戏。

试戏的地点就在星辉影视公司。

楚皙收到邮件和部分剧本时，离试戏的时间只剩两天。

这个角色的台词不多，她背得滚瓜烂熟。付白甚至还给她从自己的工作室里拉了个男模特，让他过来陪她对戏。

三个人一句台词一句台词地对，一个表情一个表情地试。

最后，付白看到楚皙的表演满意极了，告诉她演得很好，一定没问题。

试戏当天，付白把楚皙送到星辉影视公司的楼下。

楚皙抬头仰望着星辉的大楼，握着挎包的带子，紧张到差点儿哆嗦，脸皱成一团：“我怕……”

付白颇有一种家长送孩子进高考考场的感觉，鼓励道：“加油，没问题的。”

再不去就真的迟到了，楚皙一步三回头，忐忑地走进了影视公司的大门。

她到达试戏的场地，看到已经有很多来试戏的演员等着了。

楚皙默默地签了到，找了个角落里的凳子坐下，观察了一下周围的环境，然后深深地吸了一口气以缓解紧张的情绪。

她前面坐着的几个来试镜的女孩子在聊天，谈话的内容全部进了楚皙的耳朵里。

“你们知不知道，元景集团的新总裁今天好像来星辉了。”

楚皙本来没想着听别人聊天，但是那个“元景集团的新总裁”让她愣了一下。

前面的女孩儿继续聊着。

“真的吗？据说有人见过真人，特别帅！”

“你们知道吗？前段时间，乐珊跟他传了绯闻，闹得很大，结果惹怒了人家。现在，她所有元景投资的影视资源和代言都没了，彻底没了工作机会，还在家里歇着呢！”

“真的吗？好想看看他到底长什么样。”

“他今天来星辉做什么，我们会不会见到他呀？”

“大概就是生意上的那些事吧！我说你别痴心妄想了，人家什么样的美女没见过，看到了你也不会记得你。”

“那我想想都不行啊？”

几个女孩儿笑成一团，嬉闹中有人回头看了一眼，突然发现了坐在一旁低着头看剧本的楚皙。

“你们看，后面的人是谁？”

楚皙听见前面的几个女孩儿压低了嗓音，然后看到她们悄悄地回头看自己。

“这不是楚皙吗？”

“真的是楚皙，她竟然会来试戏？我没看错吧？”

“就是楚皙！她现在没资源了。”

“对啊，她以前演了那么多电影，有那么多好演员给她当配角，现在竟然跑来跟我们一起试戏。这也太惨了！”

“活该，以前不是仗着有人撑腰就目中无人吗？就她那‘老鼠屎’般的演技，哪个剧组敢用她？”

“哎呀，别说这个了。元景的新总裁今天真的也在星辉吗？我好想看啊！”

她们把说话的声音压得很低，但是这些话还是一字不漏地进了楚皙的耳朵。

楚皙没什么表情，只是把手中的剧本合上，然后轻咳了一声。

前面几个人知道自己被发现了，立马安静下来。

楚皙站起身，看了看前面几个人，淡淡地说道：“我不知道元景的新总裁看不看得上我，但是知道他一定看不上你们。”

“你！”

有一个人直接站了起来，指着楚皙，气氛变得很紧张。

楚皙一个人应对几个人，脸上倒也没有露出惧怕的神情。

双方正僵持着，突然有挂着工作牌的人出来，说“试戏要开始了”。

那个女人狠狠地瞪了楚皙一眼，这才散去。

今天是配角们统一试戏的时间，导演亲自来选人，在场的每个人都有各自要试的角色。

楚皙吸了一口气。

总导演就坐在那里，戴着一副银边眼镜，看着演员一个一个地试戏。

很快就轮到楚皙了。

她深吸了一口气，走了过去。

这场试镜的戏，她已经练过无数遍了，相信自己没问题。

果然，她今天发挥得不错，跟之前练的分毫不差。

楚皙演完，如释重负地笑了一下，对导演鞠了一躬：“谢谢导演。”

导演看了看她，对身边的助理说了什么。

楚皙看到两个人耳语，有些手足无措，咬着唇，不知道导演怎么评价她。

导演跟助理耳语完，楚皙就看见助理挥挥手示意她可以了。

她这……这就要走了吗？

楚皙没想到自己竟然等来的是这个结果，导演连句话也没有。她错愕不已，迷迷糊糊地走了下去。

下一个演员接着试戏了。

楚皙看到她们一个一个进去，心里有种说不出的难过感。

这样的话，她基本上已经是没有希望了。

她自认已经发挥得很好了，付白也说这是最适合她外形的角色，是她最熟悉的那一类角色。

然而有些事情可能真的要看天赋吧？

楚皙自嘲地笑了笑。

这时，刚才跟导演耳语的助理经过，楚皙鼓起勇气叫住他，问："您好，我想问问，我还有希望吗？"

助理看见楚皙，也没隐瞒，说："其实你演得不错，只是导演觉得你跟整个角色的感觉不太对。

"怎么说呢，就是没有一种让人眼前一亮的感觉。"

"哦，谢谢。"

她试完戏，本来准备走了，看到旁边的房间也有演员在试戏，就停下来看了看。

这个人试的好像是个反面角色，说的台词很明显不同。

导演偶然抬头，突然发现不远处的楚皙站在另一堆演员里看着这边的人试戏。

导演被楚皙的侧脸吸引了。

他终于反应过来刚才为什么自己老感觉不对了，立马推了推旁边的助理。

"快去，叫楚皙先别走，让她再试试剧里那个妖妃！"

第八章

妖妃琉璃

“试试哪个角色？”

排练厅的走廊里，楚皙在听完跑来拦住她的导演助理的话后，还以为自己听错了。

导演助理眉目带笑，再一次重复道：“妖妃琉璃，那个祸国殃民的反派。”

楚皙：“嗯？”

付白给她的部分剧本里有大致的角色介绍和故事梗概，妖妃琉璃在剧中的戏份不算太多，却是一个不可或缺的、十分复杂的角色，祸国殃民、心狠手辣，跟楚皙以前演过的角色风格差别很大。

除了演技，一个演员的外形对于角色的塑造至关重要。

演员在外形上就符合角色的形象了，最后呈现出来的效果往往事半功倍；如果在外形上就不符合角色的形象，除非少数演员能用演技力挽狂澜，大多数情况下演出的效果很难使人满意。

就好比说演绝色美人的女演员的外形不能普通，演正派的主角的人不能长得贼眉鼠眼。

楚皙从最开始被星探发现时，那人就说她长了张清纯的脸。她被顾铭景签下后，经纪团队给她接的所有戏里，她也是演形象清纯的女主角，被恶毒的女配角陷害了后，不知道解释，只知道哭，遇到坏人只知道等男主角救。

除此之外，楚皙几乎没有尝试过其他类型的角色。

所以当导演助理来让她去试妖妃这个角色的时候，楚皙一万个不敢相信。

刚才来试戏的女演员都明显分成了两类，试男主的妹妹这个角色的女生一看起来就清纯天真，试妖妃琉璃这个角色的女生个个妆容浓艳、气场强大。

而她无论从哪里看，明显都是属于前一类，怎么可能去演祸国殃民的妖妃呢?

导演助理看出了楚皙的怀疑和犹豫，只好说道："我骗你做什么?的确是导演让你去的。

"这么跟你说吧，男主的妹妹那个角色落到你身上的可能性几乎为零，现在导演又给了你一个机会，你不想去试试吗？"

"去去去，我去！"楚皙忙应道。

管他什么妖妃不妖妃的，只要有机会，她都要去试试。

导演助理把楚皙带到试戏的排练厅里。

导演已经坐在那儿了，里面有一个女孩儿正在试戏，楚皙站在旁边看。

那个女孩儿长相明艳，演戏时的气势更是拿捏到位，举手投足都是风情，哪里都比楚皙像妖妃，看得楚皙心里很没底。

女孩儿试完戏之后就出去了，导演看到了已经被带过来的楚皙。

导演姓陈，在电视剧圈里很有名气，隐约知道一点儿关于楚皙的那些八卦，不过并不关心。

既然你来试戏了，那导演对待你就跟对待别人一样，不给你优待，也不会因为你没落了而瞧不起你。说一千道一万，演员适合角色才是最重要的。

导演助理给了楚皙一份关于妖妃琉璃的剧本，楚皙看了两遍就被催着上场了。

楚皙来之前练了很多次男主妹妹的戏，每一个动作都细细地打磨过，演起来熟练流畅。现在导演突然让她演妖妃，她就暴露了自己演技上的缺陷——念台词时有气无力，手不知道往哪儿放，甚至连表情都不知道该怎么做，一场戏演得甚是失败。

楚皙演完，先是看到导演助理摇了摇头。

又没戏了，楚皙挫败地想。

导演助理在摇头，至于导演……

楚皙看到导演用手托住下巴，一直皱着眉看她。这眼神倒没有任何不良的意思，就只是看她，仿佛要把她给看穿了似的，就差再让她转个圈。

“我……”楚皙握紧手，正准备回去。

结果，导演突然开口对旁边的助理说：“算了，带她去后面换身衣服，把琉璃的那套戏服让她穿上试试，头发也弄弄，不急。”

导演助理本以为楚皙没戏了，没想到导演又让她去试戏服，显得有些诧异，不过随即点头答应，带楚皙去后面的试衣间试装。

戏服很笨重，头饰很烦琐，化妆师给楚皙简单地盘了个头发，也用了将近半个小时。

她换好衣服之后拖着戏服宽大的后摆重新走进排练厅。导演正低着头看文件，没听到她进来。楚皙微微俯下身，轻声细语地说道：“陈导，那个……我换完了。”

导演抬头，看到正老老实实地站在她面前的楚皙后，先是愣了一下，随即一拍桌子，激动地说道：“就你了！”

陈导指着眼前已经换好衣服的楚皙，激动之情溢于言表。

他果然没看错，她太适合这个角色了！终于有人的感觉对了，他要的就是这个效果！

这种角色，形象对才是最重要的，其余的都得靠边站。

大多数影视剧的妖妃往往化着烟熏妆，飞出太阳穴的眉尾和眼线恨不得直接告诉观众“我变坏了”“我是个反派”。然而这样的表现方式往往只突出了一个字“坏”，却没有把握住妖妃琉璃这个角色最关键的特征——妖。

陈导越看越满意。

助理说楚皙以前一直是走清纯路线的，这种老掉牙的形象不知道是谁最先给她定的，简直是暴殄天物。

这姑娘明明只是乍一看清纯，然而细细看来完全不是那个味道。她五官精致，骨相极佳，鼻梁秀挺，最主要的是那微微上翘的眼尾，笑起来时的柔媚和风情简直是浑然天成的。一眼望过去，她简直就是清纯和妩媚的完美结合体，肯定能把昏君迷得七荤八素。

与纯粹的妖媚感相比，清纯到极致的脸庞和妩媚的眼尾的结合，反而有四两拨千斤的效果。

重要的是，楚皙还有得天独厚的好身材。

楚皙直到换下戏服准备回家时，还是晕晕乎乎的。

导演就这么干脆地直接定她了？

接着她又意识到，导演好像是直接拍板定她了。

在大型古装偶像剧《桃花诺》中，她将出演妖妃琉璃。

楚皙还是不敢相信，导演竟然把这么有难度的角色直接给她，难道不怕她搞砸吗？胆子也太大了吧！

于是她掐了自己的手背一把，疼得倒抽了一口气。

好吧，我没有做梦，是导演胆子大。

楚皙进了电梯，按下一楼的键，然后迫不及待地掏出手机给付白发短信。

短暂的失重感过后，电梯停了下来。

电梯里也没其他的人，楚皙以为到一楼了，一边发着短信一边闷头往前走，然后“砰”的一声撞到人身上了。

身后的电梯门已经关上，楚皙先看到的是那人身上的藏蓝色西装。

“对不起，对不起。”楚皙赶紧道歉，那人对她的道歉似乎没有反应。

楚皙抬头，看到了一张熟悉的脸，道：“高……高助理？”

“楚小姐。”高助理笑着跟楚皙点头。

楚皙感觉自己的背部一凉，突然想起试戏前那几个女的聊天时的话。

她们说，元景集团的总裁今天来了星辉公司。

既然高助理在这里……

楚皙咽了一口口水，往高助理的身后看过去。

顾铭景就站在那里，优雅而挺拔，看到她后没有任何反应，仿佛不认识她一般，脸上依旧是那副高傲的表情。

他的身后还跟了好几个人，也穿着笔挺的西装，应该是来接待他的星辉公司高层。

楚皙自觉地往旁边站了站，一行人进了电梯，顾铭景跟她擦肩而过。

“楚小姐，您下楼吗？”

楚皙听到有人叫她，一回头就看见高助理正用手拦着电梯门，笑眯眯地问她。

楚皙立马摇了摇头：“不用了，谢谢。你们先下去吧，旁边这部电梯也快来了。”

电梯门缓缓地关上，楚皙松了一口气，往电梯里瞟了一眼，却发现顾铭景虽然脸上依旧没什么表情，眼睛却一直看着她。两个人四目相对，直至电梯门完全关上。

楚皙的一颗小心脏怦怦地跳。

电梯里，高助理表情复杂地看了一眼顾铭景。

顾铭景明明是不打算来星辉的，结果看到星辉新剧的试戏名单上有楚小姐的名字，立马眼巴巴地跑来了。

他来了之后又不去跟人家见面，开会时心不在焉，把做汇报的人吓得够呛。

两个人明明就在同一栋楼里，他一直憋着不去见她，开完会了也一直憋着，似乎不打算见了。

刚才两个人好不容易偶遇了，他还是摆着那张臭脸，仿佛那个眼巴巴跑来的人不是他一样。

不就是上次表白又被拒了吗，他至于吗？

这样能追得到女生？

鬼才信。

电梯到了一层，众人跟顾铭景道别后散去，司机已经把车开了过来。

顾铭景坐上车，没说话。

他没说去哪里，司机就没开车。高助理转过身，问："顾总，回公司还是……"

车窗被顾铭景摇开了一点儿缝，两个男人的谈论声传了过来。

是刚才和顾铭景一起坐电梯的两个星辉的高层在讲话。

"刚才电梯里的那女的不是楚皙吗？"

"模样确实漂亮，真是可惜了。"

"可惜什么啊？现在她后面没人了，你不是正好可以试试吗？"

"哈哈哈哈哈哈哈。"

两个人的笑声传入车内。

顾铭景的手指一下一下地点着座椅的扶手。

高助理已经默默地记下了那两个男人。

当晚，两个人同时收到解聘书。

顾铭景今晚回了楠静公寓，这是楚皙住过的地方。

本来楚皙走后他就不怎么过来了，今晚不知道为什么，鬼使神差地又来了。

手机屏幕亮了一下。

他收到了高助理的短信，说今天下午冒犯楚小姐的那两个星辉的高层已经被教训了。

顾铭景把手机扔到沙发上，去浴室洗漱。

他洗完澡，穿着浴袍出来，发梢上的水珠一颗一颗地滴到了他的胸膛上。

顾铭景捞起肩上的毛巾擦了把头发，然后看向卧室里的那张床。

他又想起下午那两个男人的话，恼怒之余笑了一声。

那丫头明明什么也不会，除了哭就是哭，这也不让，那也不想，两年了一点儿长进都没有。

可是，为什么他就是……离不开她？

顾铭景坐在床上，打开微博。

他自己申请了一个微博账号，关注了楚皙、楚皙的工作室，还有楚皙的粉丝团。

粉丝团刚刚转了一条微博，是电视剧《桃花诺》的官方微博发的——妖妃琉璃的定妆照，扮演者：楚皙。

众人看了官方微博公布的人选后觉得不靠谱。

就算抛开楚皙那“老鼠屎”一般的演技不谈，清纯美女专业户楚皙竟然跑去演妖妃，她妖得起来吗？

直到众人打开定妆照，看到这个跟以前风格截然不同的楚皙，惊得下巴都要掉了。

这……这是楚皙？

这的确是楚皙，尝试了新风格的楚皙——既纯又妖，祸国殃民。

人们从来没想到，楚皙竟然还能有这样的一面。

怪不得以前老有人说她的脸并不清纯，明明是典型的小狐狸精脸。现在楚皙要真的演狐狸精了，谁还能把持得住？

顾铭景看到这里，突然有一种自己一直严严实实地捂着的宝贝被公之于众的感觉，心里堵得像是塞了团湿棉花。

这是楚皙？

这定妆照太有感觉了！

楚皙跟人分手之后，突破真的好大！劈砖、开三轮车，现在又演妖妃。

最近确实有点儿惨，都去电视剧里演配角了。

定妆照看起来确实是不错，可是就楚皙那演技……

别说了，我这辈子做过的最后悔的事情就是花了三十块钱坐在电影院里看她演的电影。

我不是楚皙的粉丝，这次定妆照真的挺不错的。希望她能觉醒，努努力吧！

楚皙看着官方微博发的定妆照下面的评论，心里直打鼓，然后咬了咬唇。

不管怎么样，这个角色完全是导演信任她才让她演的，她就是死也不能让导演失望，不能让喜欢她的粉丝失望。最起码，她要交一份及格的答卷。

定妆照发布之后，这部戏马上要开机了，楚皙现在报表演班也来不及了。

楚皙也不知道自己以前在哪里听过一句话“表演的最开始就是模仿”，于是找了好多跟她的角色相似人物的经典影视剧，先看看人家是怎么演的。

楚皙先看的是部电影，里面演妖妃的女演员凭借这个角色还拿了奖。

她发现这部电影里女演员的眼神很有意思，无论看谁都带着三分情意、七分轻蔑，眉梢、眼角明明都带着笑意，但是给人一种不知道什么时候她就会轻描淡写地说出“杀了你”这类话的感觉。

楚皙点了暂停键，对着镜子，试着模仿人家的神态。

楚皙看到镜子里的自己露出了和那个女演员一样的表情，虽然她的表情显得很刻意，但好像真的有了那么点儿感觉，起码看起来不再是呆呆的了。

她开心之余立马用笔在笔记本上把这段觉得不错的片段记了下来。

楚皙的学习能力很强，她不一会儿就记了不少电影里演得很出色的片段。

她正记得起劲，放在旁边的手机突然响起了铃声。

楚皙以为是付白打来的，头也不抬地直接按了拒接键。

结果没过两分钟电话又打来了。

铃声响得欢快，似乎有种她不接电话就不罢休的架势。

楚皙只好拿起电话，看了一眼来电显示，发现竟然不是付白打来的，是个陌生的电话号码。

她犹豫了一下，还是点了接通键："喂。"

"楚皙。"电话那边的男人开口。

楚皙听到这熟悉的声音后脸就黑了。

怪不得是个陌生的号码，她好久之前就把顾铭景的电话从通信录里给删了。

"下楼，我在你家楼下。"顾铭景说。

楚皙听到后鸡皮疙瘩都起来了，立马联想到楼下高助理带着几个黑衣人举着大麻袋，等她出门就立马把她罩住，任她在里面苦苦挣扎，直接把麻袋口一系，然后提起来扔到顾铭景面前的样子。

"我不要。"楚皙想也不想就拒绝。

她要是下去，就是个傻子。

顾铭景："那么我上去找你吧，0804 是吗？"

他不光查出她住哪个小区，竟然连门牌号都查出来了！楼下虽然有门禁，但是晚上进出的人很多，顾铭景想要跟进来根本不是什么难事。

楚皙差点儿骂脏话，只好随便套了件衣服下楼。

她走出小区的门口，一眼就看到路灯下站着的男人。他穿着一身便装，独自一人。

楚皙微微皱眉，谨慎地四处张望了一下。

只有他一个人吗？

高助理呢？

黑衣人呢？

这是她很少见到的景象——顾铭景独自出现。

顾铭景已经看到她了。

楚皙不情不愿地走过去，拉了拉外套的拉链，把小半张脸埋进去，怕被人认出来。

“那个……有什么事吗？”

顾铭景没有说话。

他看到定妆照后就直接开车到这里来了，也不知道是为什么。

他好像真的没什么事。

两个人尴尬了半晌，楚皙终于忍不住了，小心翼翼地抬头看着顾铭景。

她虽然演戏时木了点儿，却不是个木讷的人。

“顾铭景，”楚皙谨慎地开口，“你不会是喜欢上我了吧？”

她说完立马就后悔了。

顾铭景肯定又要觉得她脸皮厚、想太多了。她被羞辱一次还不够，现在还上赶着等他羞辱第二次？

楚皙懊恼得想跺脚。以前她是恨不得他瞎了，现在是恨不得他聋了。

顾铭景听到楚皙的问题后，脑子有些蒙。

不喜欢？

不喜欢的话，他大晚上跑到这里来做什么？

他想让楚皙别演那个什么妖妃，可是好像没有立场这样要求她。

喜欢？

顾铭景的脸有些红。

他这人从小沉默、内敛，很多话说不出口，上次那句让楚皙做女朋友的话已经是他深思熟虑后能说出的最露骨的话。

他看了看表情古怪的楚皙，突然上前。

他不知道怎么说，只想吻一吻楚皙，用行动表达心意。

于是楚皙就看到顾铭景走上前，又朝她的脸伸出手，俯下身，闭上眼。

楚皙顿时回想起上次在车里被他扣着后脑吻，便伸手使劲推开凑上前的男人，把他推得往后趔趄了两步。

这次她不敢打他的脸，上上下下哪也不敢打，最后心一横，抬腿使劲地踩了他一脚。

楚皙也忘了她在踩了顾铭景之后怎么平安上楼回家的，反正顾铭景没有追上来。

她躺在床上望着天花板，长长地叹了一口气，然后抓起枕头蒙住头。

她自我安慰道：算了，不想了，现在演好戏才是最重要的。

楚皙迷迷糊糊地睡着了。

第二天一早，她就被电话铃声吵醒。

楚皙从枕头底下摸出手机，闭着眼睛懒洋洋地问："喂？"

付白十分激动："是谁？那个男人是谁？是不是上次我找来跟你对戏的那个男模？"

什么东西？

楚皙被付白的三连问弄得清醒了一点儿，揉了揉眼睛，从床上坐起来："什么男模？"

上次那个男模，她连他长什么样子都快忘了。

付白："我就说你那个小区不安全。你被偷拍了知不知道？"

楚皙听后一个激灵。

什么？她被偷拍了？

付白："今天的头条就是你。"

楚皙退出通话界面，看到手机一早就推送给她的今日最新娱乐资讯。

今日八卦：楚皙再爆恋情！小狼狗深夜苦等两个小时，撒娇索吻惨遭拒绝！

楚皙一脸震惊之色。

元景大厦的总裁办公室内，高助理低头看了一眼正坐在办公椅上黑着脸看手机的顾铭景。

在圈里一向低调到过分，神龙见首不见尾，连个记者采访都婉拒的顾家太子爷、元景新任总裁，第一次上新闻了。

然而他不是以以上任何一个身份出现在新闻上的，甚至可怜到连姓名都没有，娱乐记者对其身份的形容为“楚皙的小狼狗”。

这还不是最戏剧性的，最戏剧性的是标题后面的那一部分——撒娇索吻惨遭拒绝。

现在的娱乐记者都是些什么人才啊！

高助理想到这里差点儿笑出声，但是又瞅了一眼脸黑得跟锅底似的顾铭景……

作为一名专业助理，高助理又硬生生地憋住了。

可是，憋笑真的太痛苦了。

其实这也不能怪那些娱乐记者。他如果不是知道些顾总和楚小姐之间的爱恨纠葛，看了这条新闻，也不会把夜里在某个普通居民楼下眼巴巴地等了两个小时最后还被拒绝的男人，跟高傲的顾总联系在一起。

他都联系不到一起，那些偷拍的娱乐记者就更联系不到一起了。

这次明显是有娱乐记者每天在盯着楚皙，蹲了那么久终于等来个男人。

晚上黑漆漆的，路灯又不亮，对方看不清男人长什么样，只知道身形很好。男人在楼下等了将近一个小时，才等到楚皙从楼里慢吞吞地出来。

其实娱乐记者看到顾铭景的身形，不是没有怀疑过这个男人就是楚皙之前的男朋友，可是转念一想，这怎么可能呢？

以前楚皙跟男朋友被拍到时，哪一次不是挽着人家的胳膊，摆出一副小鸟依人的样子？男人在前面走，她踩着高跟鞋在后面小跑着跟上。男人的脸色稍微不好看，她立马吓得大气也不敢出。

现在这个大晚上在人家楼下眼巴巴地等了将近一个小时的男人，怎么可能是之前的那个呢？

等到娱乐记者拍到两个人的互动时，几乎是更确定了这一点。

这个男人不可能是楚皙的前任，而且跟楚皙相比怎么好像地位不太高？

他说了什么之后就去亲人家，直接被楚皙推了一把，又被踩了一脚，最后一个人默默地离开时一瘸一拐的。

自从楚皙被人甩了后，大家对她的感情动向一直很关注。

记者直接把照片发了出去，想要博一把关注。

为了使新闻能够吸引人的眼球，记者们往往会对事实进行一定的艺术加工，所以一个小时变成了“苦等两个小时”，地位不太高的男朋友摇身一变成了“小狼狗”。至于那个“撒娇索吻惨遭拒”，除了“撒娇”这个词与事实略有出入，剩下的“索吻惨遭拒”，那可是事实。

于是，今天顾铭景一上班就发现楚皙好像被爆出了绯闻。

他正不悦，点开新闻看了正文内容和被偷拍的照片之后，心情变得很复杂。

另一边，工作室里，楚皙正对着这条该死的绯闻头疼。

这些娱乐记者也真是的，偷拍就偷拍吧，起的这新闻标题真是太夸张了。

还有，顾铭景那种老男人，哪里看起来像“小狼狗”了？

付白把那几张偷拍照翻来覆去地看，就差拿着放大镜细细对比，确定不是他工作室里的那个男模，好像真的是顾铭景。

楚皙推了推付白，愁眉苦脸地说道：“怎么办啊？”

现在那条新闻下面的评论已经没法看了。

有人说这明明是小情侣打情骂俏，楚皙确实谈恋爱了的；也有人说记者拍照的角度刁钻，说话不负责任，毕竟记者怎么证明人家等了两个小时，又怎么证明那就是撒娇索吻呢？万一人家只是普通朋友呢？但是大多数人觉得是她被人甩了之后，找了个帅气的小狼狗，抚慰自己受到创伤的心灵。

楚皙的粉丝都很淡定，女明星被爆出恋情没有男明星被爆出恋情对粉丝的影响大。楚皙以前吃了那么多苦，他们只希望以后她能找个对她好的男人。

照片里的男人看上去气质什么的还是不错的，勉强配得上他们家楚皙。

付白："还能怎么办，又不是真的男朋友，只能不承认啊。"

楚皙："不回应是吗？"

付白点头。

以不变应万变。她不回应，大家讨论两天也就没热度了。大不了之后大家提起楚皙，会想到她有个男友就是了。

楚皙这边不回应，那么顾铭景那边更不可能有什么动静了。

这条绯闻，除了他真的出镜了，可以说跟他完全没有关系。人家压根就没往他身上想。

所以一向低调且从不露面的顾大总裁出来承认什么？是承认"小狼狗苦等两个小时"，还是承认自己"撒娇索吻惨遭拒"？

不过虽说是这样，为了保险起见，楚皙还是给顾铭景打了个电话。

这是他们分手之后，她第一次给顾铭景打电话。

楚皙自知理亏，说得结结巴巴的，但是把意图表达得十分清楚。

她准备不回应这件事，所以麻烦他也不要回应，反正照片里他的脸也看不清，大家都不知道那个人是谁。连知道他长什么样的狗仔都不信是他。而且他要是现在跑出去承认，就等于承认他是她的小狼狗了，他肯定不愿意吧。

顾铭景听后吸了一口气。

两个人出了绯闻，他竟然连个姓名都不配拥有。

楚皙没有回应，“小狼狗撒娇索吻惨遭拒”的新闻也慢慢平息下来。

她把自己关在家里看之前找的各种影视资料，关于妖妃琉璃的笔记写了一大本。

以前她总是被催促着从这一个剧组到那一个剧组，这次是第一次有时间好好想一想角色。

由于楚皙的戏份不多，她进组的时候《桃花诺》已经开机有一些日子了。

楚皙在片场见到了这部剧的男主角、女主角。

女主角是最近刚火起来的夏乔，家里有上市公司，网友调侃她要是不好好拍戏就要回家继承家业。

男主角则是古装偶像剧专业户贺峰。

除此之外，楚皙还见到了剧里跟她的对手戏最多的男演员，饰演大周国昏君的李远新。

贺峰饰演的男一号是王爷，跟昏君是同父异母的兄弟。

昏君钟情于楚皙饰演的妖妃琉璃，为她整日不理朝政、沉迷于酒色，被妖妃牵着鼻子走。

妖妃琉璃在内心深处喜欢昏君的弟弟，也就是本剧的男一号。她看到王爷和女主角在一起后由爱生恨，本着我不好过你们也别好过的心态，借用昏君的权力，给男女主角使了不少绊子。

楚皙最开始拿到剧本，看到这错综复杂的三角关系时头都大了，但是偶像剧就是这样，剧情越狗血，观众可能越爱看。

楚皙跟演昏君的李远新打了招呼。

李远新三十多岁，已经结婚生子了，私下里很和气。

打完招呼，她又捧着剧本去找夏乔对戏。

楚皙进组的第一场戏就是跟女主夏乔的对手戏。

女主角跟男主角的感情线大概就是“霸道王爷爱上我”的戏码，被喜欢王爷的妖妃视为死敌。

楚皙以前也经常跟和她搭戏的大咖们对戏。

她找到夏乔时，夏乔正跟男主贺峰坐在一起组队玩游戏。

得知楚皙来对戏，夏乔抬头看了她一眼，随后竟然“扑哧”一声笑了出来。

楚皙被夏乔笑得摸不着头脑，心里不太舒服。

她咬咬唇，又说了一遍：“夏乔，今天下午是我俩的对手戏，你现在要是没事的话我们对对词吧。”

“快点儿快点儿，要输了。”跟夏乔组队的贺峰在旁催促道。

他们之前已经合作过一部剧了，是老搭档，关系很好，搭起戏来十分默契。

“来了来了。”夏乔立马继续埋首于游戏。

考虑到楚皙还在等她，夏乔头也不抬地说：“要不你跟我的助理对戏吧？她帮我对。”

楚皙：“助……助理？”

夏乔的助理站起身说：“我跟您对吧。”

“啊？”楚皙愣了一下，然后低头看了眼继续打游戏的俩人，“算了，不用了。”

楚皙转身走了，隐约听见那两个人的对话。

“原来她演戏还要对戏，我以为她从来不对戏的。”

“你跟她对了也是白对，浪费时间。她害了那么多剧组，现在又来害我们剧组。我一看演员表，最讨厌的就是她，也不知道导演是怎么想的。”

“听说前段日子还养了个小狼狗，我要笑死了。”

“哎呀，快别说了！那边有人！快点儿，我要死了！”

楚皙的眼眶红了。

她愣愣地回到自己的座位上，低着头，没有说话。

“皙皙，怎么了啊？”助理小严刚去接了水回来，一回来就看到情绪低落的楚皙。

楚皙进组了，付白不可能跟着她进组，于是给楚皙请了个助理小严，办事很踏实。

“没什么。”楚皙吸了吸鼻子，翻开剧本。

演昏君的李远新看到楚皙从夏乔那边回来了，虽然不知道两个人说了什么，但是猜到夏乔应该跟楚皙低落的情绪有关。

其实他猜也能猜出来大概发生了什么。

李远新叹了口气。

娱乐圈很残酷，私底下目中无人的人不在少数。他拍戏十几年了，虽然一直不火，但什么类型的合作对象都见过。

李远新拉了把椅子坐到楚皙旁边，道：“咱们对对戏？”

李远新虽然这些年一直没有大火，但是演技是圈里有口皆碑的，所以一直不缺戏拍。

两个人对了一会儿戏，他很快就找出了楚皙台词上的问题：中气短，有时候喜欢吞字。

虽说现在的电视剧好多用的是配音，但是台词这种东西一般就是演技的体现，台词好的演员，演技一般不会太差。

“我当年读戏剧学院的时候，全班人早上七点就到排练室开始吊嗓子、练台词，没什么诀窍，就是敞开了练。全班人练台词的声音隔老远就能听得到，我觉得你可以试试。”李远新说。

楚皙若有所思地点头。

李远新：“还有我发现你的表演有时候看起来有些奇怪。嗯，怎么说呢，就是有时候感觉像是一个人，有时候感觉又像是另一个人。”

楚皙“啊”了一声，把自己在家里看了很多影视资料学别人怎么演妖妃的事说了。

李远新点了点头：“这样啊。”

他看楚皙似乎比想象中更好学，于是愿意跟她多说点儿。

“模仿的确是表演里最基础的方法，这个方法其实是很不错的，也很有用。

“但是你在模仿的时候有没有想过，你看过的每部影视剧，模仿的每一个角色，他们虽然看起来演的都是妖妃这个角色，但其实不同的剧里同样类型的角色都会有不同的遭遇和背景。

“就好比说，妲己是听了女娲的吩咐要灭掉商纣王；杨贵妃一个普通的女性，是唐玄宗自己沉迷于酒色，昏庸无度，把过错都推到女人的身上，所以她背上了红颜祸水的骂名。她们的经历不一样，演员表演时就要用不一样的演法，你不能从这家裁一点儿，那家剪一点儿拼凑成你的角色。你应该想想你的角色，她到底是什么样的呢？跟她们又有哪些不同呢？如果剧本上没有说，你可以给自己的角色进行补充啊！

“你试试给角色写写人物小传，结合你自己的角色背景，把这些学到的东西融会贯通，这样演出来的才是你的角色。”

李远新说了一大通，楚皙嘴巴微张，听得一愣一愣的。

她演戏两年多了，从来没有人跟她说过这些。

以前的大导演只会对她说“好好好”“是是是”，合作的大咖也对她只是以礼相待，从不与她深交，仿佛从心底就瞧不起这种被人捧红的女明星。

虽说是师父领进门，修行靠个人，但是首先你要有一个把你领进门的师父。否则即使你拿到一本武功秘籍，再努力，没有人点拨，也就像只无头苍蝇一样乱撞。

“谢谢，谢谢李前辈！”楚皙感动极了，忙不迭地站起来鞠躬道谢。

李远新这么好的演员，拍了这么多年戏，勤勤恳恳的，竟然一直不温不火，简直太没天理了！

楚皙当晚回去就照着李远新所说的，好好琢磨起了自己的角色。

琉璃在剧里是个反派人物，喜欢男主角，利用喜欢她的昏君做了不少坏事。

剧本里关于这个角色的介绍也只有这么多，但是她作为饰演这个角色的人，可不可以多想一点儿呢？

楚皙咬着笔头，心想，人总不能一生下来就那么坏，说不定琉璃有过一个凄苦的童年，备受欺凌和蹂躏，甚至因为别人的欺凌失去了什么最重要的东西。所以后来她为了不再过这样的日子，只要有机会就不择手段地往上爬，久而久之，性格有些扭曲。大家只看到琉璃向昏君进谗言杀戮忠臣，却看不到那个被杀了的忠臣，前两天正指着明明什么也没做过的琉璃的鼻子，骂她是祸水。

楚皙越想越激动，提笔唰唰地给琉璃写起了人物小传。

怪不得陈导说琉璃这个角色很复杂，就像一座冰山，剧本里面写到的只是冰山露出海面的小部分，隐藏在海面下的大部分则需要演员自己去领悟和挖掘。而最好的表演方式就是入戏，相信你就是你演的那个角色。

她在自己给琉璃的角色设定里找到了共鸣——两个人同样是童年凄苦，受过欺凌，琉璃因此失去了她最重要的东西，而她也因此被迫退学。

楚皙写完了小传，看着纸上密密麻麻的小楷笑了，姑且认为琉璃就是一个“黑化”后的自己。

《桃花诺》的拍摄地点在古东市，楚皙进组后一直住在剧组包下的酒店里。

她跟小严勘察一番后，发现酒店后面有一个很不错的公园，环境清幽，早上全是些老年人在里面打打太极、做做健身操什么的。她于是每天都早起，太阳刚出来，就开始对着公园里的小湖练台词。每一个停顿，每一个重音，她都在剧本上做了标记，练了将近一个小时。七点四十五分的时候，她再坐剧组的车去影视基地。

楚皙在这部剧里，十场戏里有九场是跟李远新的对手戏。她每天早上在公园练台词，晚上回去琢磨剧本，在片场李远新也经常点拨她。两个人一个是昏君，一个是妖妃，配合得十分默契，经常是一条过。尤其是楚皙，仿佛找到了窍门，一天接着一天，演技肉眼可见地有了进步。

她本来就聪明，很多东西一点就通。

陈导乐得直称找对了人。

他本来挑楚皙的主要原因是她的扮相符合角色设定，没想到她演起戏来也如此让人惊喜，就连平常围观的工作人员都觉得不可思议。这还是那个演戏只会噘嘴瞪眼的楚皙吗?

她没资源之后，竟然开始奋发图强了?

啧啧啧，果然，人还是在困境中才会知道努力。

和楚皙演对手戏的主要是李远新，所以楚皙在片场跟夏乔和贺峰两个人都没什么交集。等到下一场楚皙和夏乔演对手戏时，她的进步已经很明显了。

楚皙第一天跟夏乔演对手戏的时候，被夏乔压制得厉害，无论是台词还是表情动作都是被吊打。今天，夏乔明显已经吊打不了了。而且，夏乔不仅吊打不了楚皙，楚皙无论是台词还是表情上，都隐隐有了要压制夏乔的意思。

其实夏乔的演技也没多好，她演了那么多戏，几乎所有的角色都是千篇一律，不同的角色都用同一种演法，经常让观众看着看着就跳到另一部戏里去了。

一场戏因夏乔忘词而没过，导演喊了“cut（停止拍摄）”，让两个人都休息一下，调整调整情绪。

小严给楚皙递过去一杯水，小声说：“皙皙，我觉得你刚才演得好好。我也说不出来，但就是感觉很好，跟以前一点儿都不一样。”

楚皙喝了口水：“谢谢。”

休息得差不多了，楚皙正疑惑导演怎么还不喊“开始”，却发现剧组隐隐地骚动起来，特别是那几个女场务，一直偷偷往导演的监视器方向看，表情难掩兴奋。

怎么了?

楚皙往导演的方向看去，一回头发现导演拉了把椅子坐在监视器旁边，另一个人正坐在监视器前看刚刚的回放。

楚皙看到监视器前的人，顿时吓得不轻。

顾……顾铭景!

他来片场做什么?

高助理也来了。

这时，副导演开始拿着小喇叭让大家归位，马上要开拍了。

楚皙心里想的全是顾铭景怎么突然出现在她的片场，开机后试着调整情绪投入演戏。

然而，一想到顾铭景也坐在监视器前看着她怎么演，她就有一种小时候的日记被同学偷看的感觉，无法入戏。

本来刚才两个女人演戏时还是楚皙占上风的，现在楚皙入不了戏，夏乔却演得不错。

“Cut！”陈导不知道今天这两个女演员是怎么了，一个接一个出问题，只好叫停。

“对不起导演。”楚皙向陈导鞠了个躬赔罪。

夏乔睨着鞠躬赔罪的楚皙，白了一眼：“没见过投资商吗？”

楚皙一听投资商这个词就反应过来，也是，顾铭景出现在片场的身份也只有投资商。

楚皙一时懊恼。她之前想的都是能有戏演就不错了，哪里会在意投资商是谁。

顾铭景来了，楚皙深呼吸了好几次，重新调整情绪，努力让自己不要想起他的存在，总算入了戏，把这场戏给演完了。

这场戏演完后，今天大家也差不多要收工了。

顾铭景坐在监视器后面一句话也不说，高助理则跟导演说了些什么。

楚皙正收拾着东西，听到那边说投资商来看了后觉得满意，今晚请剧组的主创们吃饭。

“配角就不用去了吧？”夏乔在陈导身边说，“人多，顾总肯定不喜欢。”

陈导听后皱了皱眉，谁都知道夏乔指的是楚皙。

但是今天下午楚皙也看到顾总过来了，晚上顾总请吃饭，他们如果不叫上楚皙也不好啊。

陈导摇摇头：“没事的，多一个人而已。”

他刚说完，楚皙就走了过来，看了一眼夏乔，然后对陈导说：

“导演，我先回酒店去了。我明天那场戏的台词多，想早点儿回去背背词。”

陈导：“顾总请剧组主创吃饭。

“楚皙，你也是主创，一起去吧。”

楚皙笑了笑：“谢谢导演，只是少我一个人，不要紧的。我真的先回酒店啦。”

“那好吧。”陈导只得答应，然后觉得楚皙有点儿傻。

楚皙松了口气，跟小严搭车回了酒店，点了一份晚饭，然后就开始背明天的台词。

顾铭景的饭谁爱吃谁吃去，她都吃吐了。

不一会儿，房门被敲响了。

楚皙以为是她点的晚饭到了，忙不迭地放下剧本跑去开门，结果一打开门就看见顾铭景站在门口。

顾铭景皱着眉问：“你为什么不去？”

她做贼心虚地往酒店走廊的左右两边瞧了瞧，知道把他直接赶走或者关在外面不现实，害怕有路过的人发现，赶紧让顾铭景先进了房间。

没想到第二天，还是不知道是从哪里传出来的消息，说昨晚有人看见一个年轻帅气、高大挺拔的男人去敲楚皙的房门，而且进去了之后就没出来。

一个剧组的人都住在同一个酒店里。

于是，这个消息几乎全剧组的人都知道了。

大家都看过新闻，知道楚皙有了“小狼狗”男朋友。昨晚元景的总裁顾铭景请大家吃饭，楚皙竟然不去，敢情是急着回去密会“小狼狗”呢。

众人想到昨天出现在剧组，直接引得无数群演和女场务脸红的顾铭景，摇了摇头。

没想到在楚皙的心里，那么多女明星抢着讨好的顾总竟然比不上一个跟她撒娇索吻的男人。

这种小道消息往往传得最快，先是在剧组传遍了，然后就有人开始忍不住在八卦论坛上爆料了。

真爱！小狼狗深夜探班，二字女明星无视投资商，恩爱一夜。

这种帖很容易分析出主人公是谁。圈里的二字女明星有很多，但是跟“小狼狗”这三个字有关系的人就不多了，再加上“探班”二字，矛头直接对准了楚皙。

上次的偷拍照里，那个男人被拍得黑不溜秋的，只有背影，看不到脸啊！

只有我觉得挺甜的吗？你甘当我背后的男人，千里迢迢来探班，我为你连投资商的饭局都不去。

我也觉得很甜。

当事人的粉丝对于这些消息当然是更敏感。一大早，楚皙的粉丝群“砖头别动队”也坐不住了。

很多粉丝希望楚皙奋发图强。

女明星谈个恋爱没有男明星谈恋爱的影响那么大，所以上次的“小狼狗撒娇索吻惨遭拒”的新闻爆出来，粉丝还勉强能接受，看样子“小狼狗”还很听话，对楚皙好。然而这一次的新闻让事业粉们忧心忡忡。

人家女主角夏乔、男主角贺峰，以及其余几个配角都去了，导演、副导演、制片人也去了，全组就你一个人没去，这样会不会显得太不合群？

而且，你不去就不去吧，低调点儿不行吗？

再怎么不想去也得去啊！人脉在这个圈里是多重要的东西，

她难道不知道吗？

唉，没想到皙宝这么“恋爱脑”。

简直是色令智昏。

所以那个男人到底是谁？

对啊，到底是谁？我倒要看看他长什么样！

求楚皙专心发展事业！

《桃花诺》片场，楚皙拿着手机，看到自己的粉丝群里全是“色令智昏”“求楚皙专心发展事业”之类的言论，嘴角不由得抽搐了两下。

幸好顾铭景没在她的粉丝群里。

不，顾铭景说不定都不知道粉丝群是什么东西。

所以，现在她该怎么办啊？

楚皙把脸埋到剧本里。

楚皙想到昨晚。

顾铭景最后终于给了她一个突然出现在她酒店房间门口的理由：“我是你的粉丝，行吗？”

楚皙只好面无表情地纠正他：“你这不叫粉丝，叫跟踪我。”

楚皙正郁闷着，那边副导演已经举着小喇叭在喊“准备开工”了。

楚皙平常都是跟李远新演对手戏的，今天是跟男主贺峰演。

楚皙演的角色琉璃虽然喜欢王爷，但是跟王爷的对手戏很少，今天是为数不多的几场之一。

楚皙想到今天她跟贺峰的戏，眉头微微一皱，脸一红，然后咬了咬唇。

妖妃琉璃喜欢昏君的弟弟王爷，昏君无条件纵容琉璃，她也越来越肆无忌惮，竟然在一次王爷进宫时趁机灌醉了王爷。

王爷醉醺醺地趴在桌子上，琉璃跑到他怀里去诉说爱意，说到最后竟然情不自禁地吻了王爷。

王爷醉酒后把琉璃看成了女主角，于是搂着她回吻，这一幕恰好被女主角看到，造成了很大的误会。

楚皙出道两年多，顾铭景给她接的戏里基本上感情戏不是主线。所以楚皙别说吻戏了，连最简单的和男演员搂搂抱抱的戏都很少拍。

楚皙深呼吸了几下，给自己做心理建设。

不就是个吻戏吗？女明星拍吻戏是正常的事情。

夏乔跟贺峰在戏里的吻戏有好几场呢，前几天就有一场，那亲得叫一个缠缠绵绵。两个人亲完了直接擦擦嘴，毫不脸红，又开始说说笑笑起来。

别的不说，楚皙打心底佩服两个人的专业性，一个劲地告诉自己："我也是专业的演员。"

再说了，这又不是她的初吻。

拍戏而已，她有什么可矫情的？

只是楚皙越给自己做心理建设，就越心虚、头疼，因为这场戏一开始是要她饰演的妖妃去主动吻贺峰演的王爷。

楚皙看着剧本上那句"琉璃凑上前，深吻王爷"，耷拉着脑袋。

让她被别人亲还好，她只要把眼睛一闭就完事，可是这次是要她主动去深吻人家。

她好像不会。

另一边，酒店里，顾铭景正在玩手机。

没多久，高助理走过来，跟顾铭景汇报今天剧组都在传楚皙昨晚放投资商的鸽子、跑去与男友约会的事。

高助理说起男朋友的时候表情十分正经，一点儿想笑的意思都没有，不愧是专业助理。

"请问顾总您今天还去片场吗？"高助理汇报完后问。

顾铭景捏了捏眉心，说："去。"

第九章

男友粉

顾铭景跟《桃花诺》剧组的主创住在同一家酒店。他走出酒店大门，司机已经把车停在门口了。

顾铭景正欲上车，突然听到身后有人娇滴滴地叫了自己一声。

“顾总。”

嗯?

顾铭景和高助理同时回了头。

顾铭景看到一个瘦一点儿的女人带着一个胖一点儿的女人朝他们走过来，前面瘦一点儿的女人穿的是现代的衣服，不过是古装剧的发型，脸上的妆也已经化好了。

瘦女人快步走到顾铭景身前，先是看了看高助理，然后抬头笑着对顾铭景说：“顾总，您现在是去片场吗？我错过剧组的车了，现在赶着去拍戏，您能不能载我一程，我们一起过去？”

顾铭景先是看了看瘦女人，然后将视线挪到她背后的胖女人身上，停留了两秒。

瘦女人以为他是觉得一辆车加上她跟助理两个人会坐不下，赶紧补充道："我的助理可以自己过去，她不急。"

顾铭景将视线从胖女人的身上收回来，又落到瘦女人的身上。

他看到她脸上期待的神情，不由得皱了皱眉，然后吐出三个字："你是谁？"

夏乔自认为得体至极的笑容僵在脸上。

高助理这时干笑一声，赶紧道："顾总，这个是《桃花诺》这部剧的女主角夏乔小姐。"

夏乔没想到顾铭景会不记得她的名字，甚至连她长什么模样、在演他投资的戏都没有印象。

不过，她也只是一瞬间有些错愕，随即又露出得体甜美的笑容："顾总，我能搭您的车一起去片场吗？"她双手合十，做了个拜托的动作，可怜巴巴地撒娇道，"我快赶不上了。"

高助理悄悄地抖了抖胳膊上的鸡皮疙瘩。

顾铭景似乎还是没有要答应夏乔的意思，而是反问了一句："你拍戏经常迟到？"

夏乔动了动唇："我……"

顾铭景接着道："嗯？"

夏乔的脸飞速转红。

她退后了两步："顾总，我先赶去片场了。您忙，谢谢顾总，顾总再见。"

夏乔带着助理逃跑了。

高助理先是看了看夏乔跑开的背影，然后看了看一脸淡定的顾总，敬佩之情油然而生。

"楚皙小姐每天早上先去后面的公园里练台词，然后七点四十五分准时搭剧组的车到片场。"

两个人上了车，高助理不知道为什么突然说了这么一句话。

"嗯。"顾铭景似是随意地应道。

高助理勾唇笑了笑。

影视基地，《桃花诺》的片场。

今天夏乔又迟到了，到现在还没来，导演的脸色很难看。

《桃花诺》从发布定妆照开始热度就很高，今天组里特意安排了记者来探班半天。

这场是楚皙、夏乔还有贺峰三个人的戏，可谁知都快开工了，夏乔还没来。

导演只好先让已经来了的楚皙和贺峰两个人对对戏、走走位。

贺峰在剧组一般只跟女主角夏乔玩，跟楚皙没怎么说过话。他拍了那么多偶像剧，对于今天的吻戏淡定得不能再淡定，已经坐在了拍戏用的桌子前。

化妆师正在给他画醉酒妆。

反观楚皙，她紧张得昨晚一晚上都没睡好，脑子里想的全是今天的戏。

她又找了好几部女性角色主动深吻男性角色的戏观摩，但看了之后心里还是没底。

陈导看出楚皙紧张，问："以前拍过吻戏吗？"

楚皙抱着剧本猛摇头。

"荧屏初吻啊。"陈导点头。

他打心底里喜欢楚皙，这个他一看造型就相中了来演琉璃的女演员。

这些天她有多踏实，进步有多大，他都看在眼里。

他笑道："没事，待会儿我给你示范一下怎么演，你别紧张。"

"谢……谢谢导演。"楚皙点头。

探班的娱乐记者和摄像师尽职尽责地记录着导演给演员讲戏的场景。

"你就像这样搂住他，对，眼神，注意眼神，一定要有含情脉脉的感觉。"

陈导正给楚皙讲妖妃向醉酒的王爷告白的戏，一边说一边把头靠在了贺峰的怀里，然后抬起头，用含情脉脉的眼神看向贺峰。

被当成人形道具的贺峰感受到导演投向他的眼神，表情变得有些僵硬。

“把头靠在他的怀里后就可以开始说台词了，不要干巴巴地说，要搂搂脖子什么的，注意互动啊，要有互动。”

陈导把头靠在贺峰的怀里蹭了蹭，然后伸手搂住贺峰的脖子。

“说完后再深情地对视，注意眼神还是要含情脉脉的，然后就可以开始主动上去亲了啊。”

陈导将贺峰的脖子一点点往下拉，两个人的脸越凑越近。

本来面无表情的贺峰看到逐渐靠近的导演，睁大眼，身子不由自主地往后仰，又不好直接推开导演。

只是，两个人之间的距离越来越近，看得楚皙都开始绷紧了弦。

探班记者脸上的笑容有些僵硬。

最后，在两个人的嘴唇就剩一个栗子的距离时，陈导终于睁开眼，胳膊还挂在贺峰的脖子上，然后若无其事地扭头看向已经呈呆滞状的楚皙。

“看到了吗？就这么演！只要前面情绪渲染到位，后面你自由发挥就可以了。”

贺峰松了一口气。

探班记者也松了一口气。

“哦，好的。”楚皙忙不迭地点头，心想，导演还是不要亲自给她示范该怎么亲了。

她合作过的知名导演有很多，有严肃的、幽默的、脾气暴的，今天是第一次看到这么……生动的。

陈导给楚皙讲完戏，夏乔才赶来，神色不太自然。

夏乔匆匆换完衣服后，过来简单地走了走位，准备开拍。

“1，2……”

开拍令下，楚皙回忆着刚才导演讲过的内容，深情地凝视着饰演醉酒王爷的贺峰，然后把头靠在了他的胸膛上。

片场里安静极了。

顾铭景跟高助理一前一后地走过来，远远地就看到楚皙靠在贺峰的怀里。

顾铭景眉头微皱，走到监视器前。

正拍着戏呢，陈导发现顾铭景来后也没出声打招呼，只是点了点头，然后继续盯着监视器的屏幕。

楚皙已经说完了词，开始圈着贺峰的脖子要吻了。

导演突然出声："Cut。"

演员都望向导演。

楚皙好不容易做好心理建设，要献上自己的荧屏初吻了，没想到突然被打断。

陈导又好气又好笑："楚皙，你的脸怎么那么红？你自己看看监视器里你的脸红成什么样了。"

妖妃偷吻王爷，只会得意，不会脸红。

楚皙被导演这么一说，脸更红了，不停地道歉："对不起导演，对不起导演。"

陈导："别脸红啊，没什么好害羞的，再来一条。"

"好的，谢谢导演。"楚皙答应着，然后又往导演的方向看了一眼，表情突然一僵。

又要开始了，楚皙浑身僵硬地回到拍戏的位置上。

监视器前，顾铭景隐约觉得不对，问了一句："今天拍的是什么戏？"

导演随即解释道："今天是楚皙跟贺峰的吻戏。他们两个第一次合作，又是楚皙主动吻贺峰，她应该是有点儿紧张。"

他说完，没等顾铭景回复，继续拍摄。

楚皙继续搂着贺峰的脖子要吻，这回倒是不脸红了，然而导演还是叫停了。

"楚皙，眼神！你含情脉脉的眼神去哪儿了？"

楚皙小鸡啄米似的道歉："导演，对不起。"

一想到顾铭景在这里，她就浑身不自在，演得更不自在，自然忘了要注意眼神。

一场吻戏由于楚皙的失误拍了三条，连头都没开始。

陈导摇了摇头，正欲接着来，身边的顾铭景突然开口道："这就是你们拍的戏？"

"嗯？"陈导疑惑地看向顾铭景。

顾铭景皱眉盯着镜头下的两个人，目光落在楚皙的身上，眼里满是不悦之色。

片场的气温又陡然降了好几摄氏度。

众人在心里暗叫不妙。

顾总难道因为昨晚的事生气了？应该是的。

现在这场吻戏，楚皙又总是犯错，还没正儿八经地开始，就被叫停了好几次。

作为投资商，顾铭景自然是想看到现场拍摄顺利，而不是像现在这样。而让拍摄过程不顺利的罪魁祸首还得罪了他。

片场，众人的目光落在了楚皙的身上。

有人心想，楚皙得罪了投资商，戏拍得还不让人家满意，估计惨了。这顾总是打算骂她一顿，给她个下马威，还是直接换人呢？总之，无论哪样，楚皙都很惨。

楚皙感受到一道道目光，整个人手足无措起来，都快哭了。

顾铭景昨天不是已经来过了吗，今天为什么又来了？

顾铭景撂下一句"这场戏用替身"，然后看向楚皙道："让她跟我过来。"

顾铭景说完就走了。

众人向楚皙投以同情的目光。

楚皙太惨了，平常表现得很好，今天表现得不好，就被投资商抓住了。

此时，最激动的是探班记者。

他连今天的新闻标题都写好了：性感导演激情讲戏，楚皙再次表现不佳惹怒投资商，疑陷入换角风波。

楚皙突然有种上学的时候犯了错，下课后被老师单独叫到办公室的感觉。

她茫然地看了看周围，众人也正在看她。

旁边的贺峰直接站起身走了。

楚皙也站起来，一步一步地走向导演："我……"

陈导看着楚皙的样子，叹了口气："去好好跟顾总道个歉吧。"

旁边的夏乔笑了一声，一副准备看好戏的样子。

顾铭景那男人，油盐不进，楚皙惹怒了他，一定落不着好。

楚皙应了一声，然后看了看顾铭景离开的方向，叹了口气，跟着走了过去。

楚皙的替身来了。

替身要重新化妆、换衣服，剧组休息半个小时。

夏乔的助理走到记者身旁，说了两句话，大概是让他不要写夏乔迟到的事。

"好的，没问题。"

记者正对着摄像机回放刚才在片场拍到的素材，点了点头，心想：今天的新闻素材已经够丰富了，谁还在意一个"迟到大王"迟不迟到？也不知道楚皙现在被投资商骂成什么样了！

然后他打开娱乐记者常逛的八卦论坛，发现论坛的首页上已经有了一个帖子："今晨，某二字女明星片场惹怒投资方，当场被换角，替身上位！"

帖子里还附上了一张替身演员在化妆间里的照片。

《桃花诺》的摄影棚外溜过几个鬼鬼祟祟的身影。

这几个人的脖子上都挂着工作证。他们一溜进片场就靠边走，怕在人多的地方被发现。

"今天主演都在，通告单上还有吻戏，咱们看到就赚大发了！"其中一个人说。

大家都十分激动。

他们一路东躲西藏，就怕被人发现。片场东西多，除正式布的景外，化妆间、器材间有很多，比较好隐藏。

几个人一路往片场走去，正好路过了一个化妆间。

突然，其中一个人透过化妆间的窗子往里瞧了一眼，仿佛看到了什么，瞬间睁大眼，惊得直拍同伴的胳膊，却死死不出声。

接着，他掏出手机，还示意同伴千万不要出声。

记者看到首页那个帖子，表情凝重。

这到底是谁爆出来的？是群演还是有心之人？反正这人真够缺德的。

他刷新了一下，又发现了一个帖子。

“某二字女明星情难自禁，在片场化妆间激吻，小狼狗的正脸照曝光！”

记者气到挠头。

今天怎么这么多二字女明星出事？

上一个爆料帖里只有一张照片，这个爆料帖的楼主连动图都发出来了，还发了几张。

只见动图里，高大的男人把某个穿着古装戏服的女子按在墙上，一手紧紧掐着她的腰，一手抓住她的手腕，亲得她毫无反抗之力。

之后男人终于放开女子，一手搂着她的腰，另一手则轻抚着她的耳垂，似乎在低声说着抚慰她的话。

动图是从女子后方的角度拍的。

两个人分开之后，镜头里终于出现了男人的正脸，帅得让人隔着屏幕都屏住呼吸，只想尖叫。

男人的长相本来偏清冷，然而他在面对对面的女子时，表情极为温柔，揉耳垂的动作充满了暧昧的气息，看得人骨头都酥了。

动图的结尾，一直背对镜头的女子推了男人一下，然后转过身，用手背抹了一把嘴唇，眼角还隐约有泪痕。

女子抬头，正对着镜头。

她是……楚皙。

当看到楚皙的脸出现在屏幕上时，所有人都惊了。

这个叫不出姓名却帅得人想尖叫的男人应该就是楚皙的“小狼狗”。

在之前的新闻里，他没有清晰的脸。今天，他清晰的正脸照终于出现了。

啊啊啊，楚皙的男朋友也太帅了吧！

我终于能理解楚皙为什么不去投资商的饭局，要回去陪男朋友了！这么帅谁不陪？

上次没有亲上，这次就直接强吻了！

亲的时候那么酷，亲完了又那么温柔！

正当大家沉浸在楚皙的男朋友的美貌中，并为他的美貌而狂欢时，突然有人反应过来。

不对啊，今天怎么有两个爆料楚皙的帖子？

两个爆料帖均被讨论得热火朝天，飘在论坛首页，以肉眼可见的速度盖起高楼。

一个帖子说楚皙在片场得罪了投资方，被换角，然后被拖去教育了；一个帖子说楚皙在片场的化妆间被小狼狗强吻了。

这到底是怎么回事啊？

他们该信哪一个帖子？

两个帖子都说得有鼻子有眼，尤其是第二个，动图都出来了，铁证如山！

难道是两件事情发生的时间不一样？

难道楚皙被投资方骂是今天的事，被男朋友强吻是之前的事，只不过今天才被爆出来？

然而双方都信誓旦旦地表示，楚皙被投资方拖走骂是今天发生的事，被拍到和小狼狗在化妆间激吻也是今天发生的事。

并且也有证据证明两件事是同一天发生的，因为第一个爆料帖贴出的照片里，替身穿的戏服和头上的发饰跟第二个爆料帖里楚皙身上的一模一样，而且按时间线来说，楚皙被小狼狗强吻是发生在被投资方叫走之后。

可是楚皙明明是被投资方叫走教育了，怎么会转眼又被小狼狗强吻了呢？

就在众人摸不着头脑之际，突然有人道："那个，你们说有没有可能……其实楚皙的地下小狼狗……就是这部戏的投资方？"

此话一出，全场安静。

然后大家恍然大悟。

有没有可能，其实这部戏的投资方就是动图里那个帅得让人想入非非的年轻男人？

这么一说，所有的事情就立马解释得通了。

楚皙不是因为拍吻戏失误太多次惹怒了投资方，人家根本不是怒，是不想看到楚皙跟别的男人拍吻戏，是吃醋！

众人又突然想到上一条新闻——"小狼狗深夜苦等两个小时，撒娇索吻惨遭拒"。

众人原本以为他只是一个有几分姿色的男人，没想到是投资方。

投资方为了楚皙，为了爱情，甘当"小狼狗"，和楚皙保持地下恋情。

要不是今天的事，楚皙连个名分都没给他。

除了尖叫，大家已经不知道该怎样表达此时的心情了。

不一会儿，"楚皙小狼狗"这个话题登上了文娱热搜榜。

《桃花诺》片场。

演员休息室内，顾铭景坐在沙发上，面前摆着一杯还冒着热气的清茶。

他在手机上看着微博话题，没有说话，表情淡定，只是一旁的高助理默默地擦了一把汗。

顾铭景一向低调，从不在公众面前露面，接任元景后连采访都很少接受。

这样的顾总，正脸照在今天被人公之于众了。

现在，网友都在疯狂地猜这个男人是谁。

结果时间越久，大家越是发现这个男人身份神秘。

大家查不出他是谁，只知道他是一个为了爱情，甘愿陪在楚皙身边的帅气总裁。

片场，《桃花诺》剧组的人这才反应过来。

怪不得楚皙不去吃饭，原来她推掉饭局要去酒店陪的人，就是顾总。而顾总连续两天亲自来片场，不是多在乎这部剧，而是为了来看楚皙。

顾总刚刚面露不悦之色，所有人都以为是楚皙得罪了他、惹怒了他，然而人家只是在吃醋而已。他把人叫走是为了“亲自教学”，告诉她吻戏要怎么演。

顾总连个吻戏都不乐意让人拍，可见占有欲极强。

大家的表情精彩纷呈，夏乔脸上青一阵白一阵，难看极了。

另一边，楚皙正在跟付白打电话，想办法处理这件事。

付白也没想到自己不在几天，楚皙在片场竟然出了那么多事，在看到热搜后吓得不轻。

“怎么办啊？”楚皙哭丧着脸问。

付白定了定神，在电话里问：“顾铭景呢？他在哪里？”

楚皙想到休息室里的顾铭景：“他在休息室里。”

“那你呢？”付白又问。

楚皙看了看左右：“我在道具室的墙角蹲着。”

付白一时无言。

这毕竟是楚皙和顾铭景两个人的事，他作为经纪人也不好说什么。

付白："你别在道具室蹲着了，去跟顾铭景商量啊，问他该怎么办。

"这是你们两个人的事情！

"我不知道你们现在是什么关系，而且你们的关系我想插手也插手不了，所以你只能自己去跟他谈，明白吗？"

楚皙"哦"了一声，若有所思地点点头。

随后，她跟助理小严一起敲门进了休息室。

顾铭景似乎正在等她。

此时，网友正在查《桃花诺》的投资方，讨论得热火朝天。

有人根据多方信息推断楚皙的男朋友应该就是元景集团的那位新任总裁。

这个人还认为，那个把楚皙甩了的男人也是他。

网友们各执一词，有人表示相信，也有人表示不相信。

怎么可能，现在这个人连名分都没有，这是元景的总裁做得出来的事？

可是《桃花诺》明明是元景投资的！元景新总裁的年龄和外形都跟今天那个男人对得上！

别的不说，他真的好帅，不进娱乐圈太可惜了！

楚皙看着这些评论，急得坐立不安。

她收到了无数条消息，全是问她跟顾铭景到底是什么关系。

反观顾铭景，一直十分淡定，仿佛已经被扒出身份的人根本不是他一样。

"我们……？"楚皙终于开了口。

她心里有气，后悔被吻完后没有给他一巴掌，只是推了他一下，结果在动图里看起来像欲拒还迎。

顾铭景看向楚皙，打断她的话，认真地道："公开吧？"

楚皙怔了一下："公开……关系吗？"

顾铭景点头："嗯，你直接发微博，怎么样？"

楚皙咬了咬唇，最后点头："好。"

楚皙准备发微博。

顾铭景似乎有些错愕，她竟然这么干脆就答应公开？

他随即又摇头笑了笑，然后拿出自己的手机。

这种事情，他不能让楚皙一个人回应。

顾铭景直接注册了一个大号，名字就叫"元景顾铭景"，认证的信息是元景集团的总裁。

正当众人讨论得热火朝天之际，双方都发了微博。

> 演员楚皙："我们不熟。"
>
> 元景顾铭景："男女朋友。"

楚皙和顾铭景互相看到对方发的微博，再次陷入了沉默。

外面搓着手等当事人回应的网友更是被这突然的回应杀得措手不及。

这两位的微博内容是不是发反了？

网友以为楚皙在自导自演，楚皙却发了一条撇清关系的微博——"我们不熟"。

顾总裁向来低调，最讨厌女明星拿自己炒作，此时却发了一条承认恋情的微博——"男女朋友"。

所以你们当事人发微博之前都不商量的吗？

休息室内，当事人楚皙快要抓狂了。

"为什么？"顾铭景紧紧盯着楚皙发的"我们不熟"那四个字，终于艰难地开口问道。

楚皙看了看他，露出一脸"我还想问你为什么"的迷茫表情，道："我还以为你要我公开的就是这个关系啊。

“人家猜照片里的男人是元景的总裁，我说我跟元景的总裁不熟，不就把你撇干净了，以后大家不就不会再猜到你了吗？”

楚皙噘了噘嘴：“而且，以前不一直都是这样吗？”

即便顾铭景带她去参加了许多私人宴会，即便他身边的朋友都认识她，她跟他的关系也绝对不能被公众知道。

即使这次他们被拍到了，顾大总裁以前又从未公开露过面，所以完全可以不承认那就是他。

无论别人怎么猜，她只要坚持说那个亲她的是某个无名的小狼狗就行了。

结果顾铭景自己上赶着承认照片里的人是他了，他发的那个“男女朋友”，把楚皙吓了一跳。

她跟他早就分手了，什么时候又成男女朋友了？

她怎么不知道？

难道他要她公开的是男女朋友关系？

顾铭景听到楚皙的想法后心梗了，怪他没有说清楚。

“楚皙。”他压迫性地逼近她，看她的身子不由得往后仰，便低声质问道，“我们真的不熟吗？”

楚皙从沙发上拿了个抱枕抱在胸前，然后低下头。

他们怎么可能不熟？

她要是真的跟他不熟就好了。

楚皙突然把抱枕推到顾铭景的怀里，直起腰：“我都已经发了，现在删也来不及了，你想怎么样吧？”

无论他想怎么样，她都认了。

顾铭景丢掉被楚皙推到他怀里的抱枕，看到她挺直腰板，一脸要英勇就义的样子。

他用大手扣住楚皙放在沙发上的手，看着她的眼睛问：“那我们什么时候能成为男女朋友？”

楚皙一脸蒙：“嗯？”

自从上次的偷拍事件之后，女明星楚皙和元景集团的顾总裁两个人之间的关系就变得扑朔迷离起来。

男女双方各执一词的情况让人不禁疑惑，这两个人中到底谁想撇清关系，谁想承认关系？

虽然说从字面意思上来理解，楚皙是想撇清关系的那个，顾总是想承认关系的那个，可还是有人不相信。

这怎么可能呢？

那条说“男女朋友”的微博一定是楚皙拿顾铭景的手机发的！

很多人是这么认为的，直到某天，顾铭景接受了一档财经节目的采访……

由于偷拍事件，他被迫公开了照片，所以现在索性不再藏着掖着了，就任元景总裁以来第一次接受了需要露脸的采访。

应该是因为顾铭景的外形太出众了，这档财经类访谈节目播出当天的收视率极高，就连网络播放量也一路飙升，竟然超过了当时的大势热门综艺节目的播放量。

虽然财经方面的专业问题大家都听不懂，但是男人回答记者提问时沉稳而自信的样子还是让人的小心脏怦怦直跳。

在节目的最后，饶是财经节目的记者也很懂大家最好奇的是什么，一本正经地提出大家都想问的问题。

“请问对于您和楚皙小姐的关系，您有什么需要回应的吗？”

顾铭景似乎预料到记者会问这个问题，道：“我跟她确实不是男女朋友。”

财经记者露出了然的微笑。

谁知顾铭景面对镜头，继续说道：“我是她的粉丝。”

他似乎觉得还不够，又继续补充道：“‘男友粉’。”

财经记者目瞪口呆。

电视机前的观众瞠目结舌。

顾铭景亲口承认自己是楚皙的“男友粉”。

什么叫男友粉？

就是喜欢楚皙，想要当她的男朋友，却当不上男朋友，只能当粉丝的人。

与此同时，不知道是巧合还是什么，《桃花诺》的片场，身为主演之一的楚皙也正在接受探班记者的采访。

记者怕被经纪人挡话，所以没有直接问她上次被偷拍的事，而是问她对于感情方面有没有打算。

楚皙表情淡定："谢谢大家关心，以后我会好好拍戏的，在事业上升期不谈恋爱。"

有网友把两个人的回应拼在一起。

所以折腾了半天，原来这两个人的真正关系是专心拼事业的冷酷的女演员和一心想要名分的"男友粉"。

怪不得上一次被拍到吻照后，顾总裁迫不及待地发微博宣布两个人是男女朋友的关系，原来是"男友粉"想趁机上位。

然而该"男友粉"想上位的小算盘被他冷酷偶像的一句"我们不熟"给亲手打破了。

"楚皙男友粉"这个话题上了热搜话题榜。

楚皙的粉丝中有不少"男友粉"，看到顾铭景的新闻后肺都快气炸了。

他们这些"男友粉"，对楚皙从来都是默默地喜欢着。顾铭景不过是财大气粗一点儿，凭什么能亲楚皙？他是不是还准备仗着自己是投资方，逼迫楚皙就范？他哪儿有资格被划到我们"男友粉"的行列？

从那天之后，顾铭景的那个认证过的微博账号慢慢有了一千多万粉丝。

尽管他只发了一条微博。

顾铭景倒是不在意他那一千多万的微博粉丝，但是既然已经有了认证过的微博账号，自然要打理。

他先是关注了楚皙，然后关注了一些元景集团的官方账号，以及生意上的朋友，最后在"楚皙男友粉"这个话题里看到"楚皙全国粉丝团”这个账号，便点了关注，却发现没有关注成功。

他又试了几次，还是不行。

为什么？

顾铭景微微皱眉，然后看到私信界面的系统消息：楚皙全国粉丝团拒绝您的关注，并已将您加入黑名单。

影视基地，《桃花诺》的片场还没正式开工，楚皙坐在她的专属折叠椅上看剧本。

贺峰笑眯眯地带着剧本过来找她对戏。

楚皙抬头看了看他：“哦，好。”

自从上次事情过后，剧组很多人对她的态度就变了。

化妆师给她化妆更上心了，灯光师给她打的光也更好了，就连发盒饭的大爷都在她的盒饭里多加了个鸡腿。现在连贺峰也不跟夏乔打游戏，主动跑过来找她对台词。

楚皙反而不习惯这种被特殊对待的感觉，甚至想拿剧组的大喇叭吼：你们没看见吗？我跟你们的投资方不是男女朋友关系，只是明星和粉丝的关系而已，你们讨好我一点儿用都没有。

她正准备这样做，就看到乐得像朵花一样的剧组财务出现在片场——投资方又追加了一笔投资。

算了。

楚皙只能安慰自己这片子的拍摄已经到了后期，也快杀青了，之后自己再接戏，一定要先看清楚顾铭景有没有投资。

贺峰跟楚皙对好戏后似乎还想跟她聊点儿什么，但见楚皙一脸疲惫，没有跟他聊天的意思，便走了。

楚皙拿出自己的彩笔，在剧本上做起了标记。

她每天早上还是会去酒店附近的小公园练台词，久而久之，几个经常来晨练的大爷都认识她了。

他们每天到了之后都会和她打个招呼，问她是不是在附近的影视基地拍戏的演员，听到楚皙肯定的回答后，立马竖起大拇指。

一个大爷说：“现在像你这样认真的演员不多了呀，我老头子看个抗战片，都有人在里面滥竽充数。”

今天她和夏乔有对手戏，两个人都有一大段台词。

夏乔在顾铭景出现之前就不怎么搭理楚皙，在顾铭景出现之后看她的眼神更是不怎么友好，所幸两个人整部戏里的对手戏不多，所以一直相安无事。

夏乔今天一直不见人影，快开拍了才姗姗来迟。

楚皙本着把戏拍好最重要的想法想找她对台词，结果得到的答复又是“你跟我的助理对吧”。

楚皙很生气，转身走了。

另一边，灯光师在调试灯光。

灯光下站着两个穿着跟楚皙和夏乔一模一样的女孩儿，她们是楚皙和夏乔的替身，在替两个人试光。

是否使用替身不关乎敬业不敬业，因为剧组的剧务繁杂，有时候一部戏还分好几个组同时开拍，演员分身乏术，所以每个剧组的主角基本上都有替身。

他们会在开拍前替演员走位，让演员有时间去对台词、听导演讲戏。

楚皙休息了一会儿。那边，夏乔终于补好妆了，正站在镜头前等她。

以前都是别人等夏乔，今天竟然破天荒碰上夏乔等她，楚皙赶紧跑过去。

两个人走了走位，开拍。

今天的戏拍得意外地顺利。

楚皙演戏时情绪饱满，进步很大，陈导把这一切都看在眼里，心里很是赞赏。夏乔竟然一句台词都没忘，虽然仍用着那一套万年不变的表演方式，但是导演也没有提出别的要求，就让她通过了。

楚皙很高兴自己跟夏乔的对手戏拍得顺利，这基本上可以说是两个人在这部剧里最后一场单独的对手戏了。

也就是说，楚皙以后不用再跟她拍了。

拍这部剧，楚皙收获很大，陈导和李远新都教了她很多十分受用的东西。付白已经开始给她安排《桃花诺》杀青之后的通告了。

今天收工收得晚，楚皙回到酒店，洗了个澡，擦着头发出来，发现自己的手机里有未接电话。

付白打来的。

他有什么事吗？

楚皙打开微信，又收到好几条付白发来的消息——几张微博截图。

楚皙片场玩手机，用替身和夏乔对戏！

楚皙吃了一惊，营销号发的几张照片，一张是楚皙坐在凉椅上低着头玩手机，还有一张是夏乔站在阳光下拿着剧本，在和一个打扮得和楚皙一样，明显是替身的女孩儿交流着什么。

第二张照片里，夏乔妆容精致，神情专注。在她的衬托下，当替身的女孩儿黯然失色。

几个营销号一起发出讨伐楚皙不敬业的微博，再配上照片。

楚皙看到后气得差点儿摔手机。

到底是谁每天迟到、耍大牌？是谁让助理跟别人对台词？

怪不得今天夏乔比她先站到镜头前，原来是要跟她的替身对戏。

夏乔嫌她演技烂、口碑差，不跟她对戏，她可以忍，因为她以前确实演得很烂；夏乔让营销号夸自己敬业、努力，她也没意见，她没那么多闲工夫在意别人的事。

但是，夏乔做这样的事，她实在是忍无可忍。

可是这种事情空口无凭，她不能直接说夏乔才是每天迟到、耍大牌的那一个，起码要有点儿证据。

她也不可能在剧组拉个人来做证，说了别人也不会信，毕竟照片里的夏乔可是在跟她的替身对戏。而且，她本来口碑就不是很好，光说没有证据，别人是不会信的。

楚皙简直想撸袖子去找夏乔打架了。

夏乔估计也是看《桃花诺》快杀青了，索性与她直接撕破脸，来了这么一招。

楚皙要想对策。

顾铭景很快得知了消息，将嘴唇抿紧，心想：养这些营销号的工作室是想被改成养殖场吗？

他正准备打电话给高助理，让高助理想办法让营销号把这些微博删了，突然又想到什么，停了下来。

他现在如果直接找人删掉有关楚皙的负面消息，表面上风平浪静，网友积压的愤怒却并未消失。

他要做的不应该是堵住悠悠之口，而是做些别的。

顾铭景想到那个在酒店门口说自己迟到，想要坐他车的女人。她叫夏什么来着？

不一会儿，网上出现几条监控视频。

这应该是《桃花诺》剧组的人所住酒店门口的监控视频，右下角的时间显示演员们什么时候出的酒店。

早上七点四十五分，李远新还有其他演员在门口搭大巴了。

早上八点半，有时候是早上九点，或者更晚，夏乔打着哈欠带着助理出现。

另一边，楚皙看到被公布出来的监控视频之后惊喜不已。

这是哪里来的？真是太让人感动了！

她不是没有想过调监控视频这个方法，但是这个方法要实现起来实在是困难。

《桃花诺》剧组的人住的是影视基地当地最好的酒店，很多明星来拍戏时会住在这家酒店。

由于入住的大多是公众人物，所以酒店对于住客隐私的管理十分严格，除非发生了刑事案件，警察要求去调监控视频，一般而言，没有人可以拿到这些监控视频，毕竟监控视频里不知记录了多少东西。一个普通艺人想要人家的监控视频只怕是难于登天。

所以夏乔才这么有恃无恐，先把锅扣到楚皙的头上再说。

楚皙的口碑本来就不好，锅一背上就很难翻身。

可她万万没想到，不知是谁竟然拿到了酒店的监控视频，发了出来。

监控视频被剪辑过，明明白白地记录了剧组所有人出入的时间。

众人看着右下角的时间，突然震惊了。

剧组爆出的通告单上明明写着全体演员早上七点四十五分从酒店搭大巴到片场。

夏乔总是很晚才出现在酒店门口，然后直接钻进自己的保姆车，而且不只一天是这个样子，十天里有九天都是如此。

算算时间，等她到片场，剧组都已经至少开工一个小时了。

不管她和不和楚皙的替身对戏，就每天出门的时间来看，全剧组的人都得等她，她才是真正的耍大牌的人吧。

众人看着夏乔的出门时间，又想到不敬业、耍大牌新闻里的主角楚皙。

夏乔八九点才出门，那么楚皙岂不是比她还要晚?

这《桃花诺》的剧组是造了什么孽，请了这两个女演员。

然而众人细看监控视频，发现楚皙不仅没有在夏乔后面走，甚至没有在统一时间跟剧组的其他演员一起走，而是在监控画面里还冷冷清清的时候，一个人背着包出了酒店。

监控视频的右下角显示，楚皙出门的时间是早上六点二十分。

一连几天，她都是在那个时间出酒店的，风雨无阻。

所以楚皙这么早出去干什么?

她年纪轻轻的，不睡懒觉，那么早就爬起来，背着包就跟去上学似的。

从早上六点二十分出门到七点四十五分搭大巴去片场的这段时间里，她是去做了什么事？

好奇心一旦被激发，大家往往就有了一种刨根问底、不达目的誓不罢休的力量，于是将注意力从夏乔不敬业转移到楚皙提前出门的事上。

大家纷纷开始猜测那一个小时，楚皙去干吗了。

大家的猜测五花八门，有人说她是去跟人幽会了，有人说她早起是为了美容养颜，可是哪种说法的说服力好像都不太强。

猜到最后，终于有人爆料——

> 我是古东市本地人，我爷爷每天早上去公园晨练，见到一个年轻女演员每天早上都带着剧本去练台词。我刚刚把手机给他看了，他说那个女演员就长楚皙这样。

众人震惊了，正要说“你这个故事编得也太假了，不是在搞笑吧？”的时候，突然有眼尖的网友找出来一条视频。

爆料是真的！

古东市一直在大力发展旅游业，最近拍了一部城市宣传片，其中一个长镜头就给了每天早晨在公园里锻炼的老人们。

几个打太极的大爷背后，小湖边上有一个模模糊糊的女孩儿的身影，她的手里还拿着书。

当时就有粉丝觉得这个女孩儿的轮廓像楚皙，可是谁都没往她身上想，觉得不可能，结果今天竟然有人说楚皙在公园练台词。看过宣传片的人立马就回想起了湖边的那个身影。

她身上的衣服跟监控视频里楚皙出酒店时穿的衣服一模一样！

所以楚皙每天早上六点二十分出门，是跑到公园里对着小湖练台词？

她在那里不仅结交了去晨练的大爷大妈，还误入了古东市城市宣传片？

她真是既可爱又努力啊！

一边是迟到、耍大牌的夏乔，一边是每天一大早就去练台词的楚皙，事情总是有太多变数，孰是孰非一目了然。

楚皙一大早就去公园练台词，而夏乔，每天迟到，让全剧组的人等。

全剧组最不敬业的，恐怕就是夏乔！

接着，便有自称是群演的人说，楚皙在片场不是看剧本就是背台词、对戏，待人也很和气，没有见过比她更好相处的女演员了。

反观夏乔，一下了戏就开始打游戏，周围有两个助理轮流伺候，架子比谁都大。

夏乔每天迟到、耍大牌的事情可以说是引起了众怒，楚皙对此一点儿也不同情。

不过《桃花诺》还没播，事情闹大了对剧的影响也不好，一切最终渐渐平息下来。

楚皙也总算知道那个监控视频是谁帮她调的了，因为视频出来没多久高助理就给她打了电话，邀功之意十分明显。

楚皙这才发现，他们这些日子住的酒店竟然也是元景旗下的产业。她要不到的监控视频，顾铭景作为老板，要过来简直易如反掌。

又过了几天，《桃花诺》杀青。

杀青宴上，楚皙因为要跟陈导和李远新分别，难受了好一阵，敬了两个人一杯酒，感谢这些日子他们的照顾和教导。

夏乔从耍大牌事件后在剧组就安静下来，但还是来杀青宴了，只是没怎么说话。

楚皙去了趟洗手间，出来时看到夏乔竟然也在洗手间，正对着镜子补妆。

楚皙不想理她，准备洗完手就走。

夏乔看到她出来，把口红扔进手袋，看着镜子里低头洗手的楚皙，突然开口道："你以为自己跟顾铭景有点儿关系就很了不起吗？跟他在一起两年，感觉怎么样？”

夏乔笑了一声：“我劝你还是别得意太早。他能甩你一次，就能甩你第二次，看你到时候还剩什么！”

楚皙洗完手，用擦手纸仔细地擦着手上的水珠，听着夏乔说出的难听的话。

楚皙把擦过手的纸轻轻扔进废纸篓，转身看着夏乔，脸上丝毫不见有愠怒的痕迹。

之前对戏的事她没有再说什么，现在夏乔又来招惹，她真的无法忍下去了。

楚皙抬了抬下巴：“别的我不说，但是你要知道，我们之前是和平分手。又或者说，是我甩了他。我不知道他跟我会走多远，但以我对他的了解，他跟你根本不会有开始的可能。”

楚皙说完，头也不回地走了。

“你……”

夏乔听蒙了，反应过来之后在原地止不住地跺脚。

第二天，楚皙坐在回程的高铁上，思来想去还是给顾铭景发了一条短信说“谢谢”，当欠了他一个人情。

“不用谢。”顾铭景给楚皙回了短信，放下手机，笑了笑。

这有什么好谢的？

这都是“男友粉”该做的。

第十章

一掷千金

《桃花诺》杀青后，楚皙先是回了一趟家，傍晚时跟楚奶奶、陈姨三个人一起正坐在沙发上看电视。

电视里正在放综艺节目《我们的小屋》，而且刚好放到楚皙去录制的那一期。

楚奶奶看到电视里楚皙开着机动三轮车奔驰在田野里的样子时满脸笑意，露出一副“我孙女最棒”的表情；再看到楚皙因半夜食物中毒被紧急送去医院时吓坏了，拉着身旁的楚皙翻来覆去地看，然后问她住院怎么不告诉奶奶。

楚皙握着奶奶的手：“哎呀，这是好久之前录制的节目了，都过去很久了。再说了，我就是吃坏了肚子而已，早就好了，您看我现在不是一点儿事都没有？”

楚皙对奶奶向来是报喜不报忧，当时吃坏肚子住院也没有跟奶奶讲，怕老人家担心。

楚奶奶叹了一口气，摸了摸楚皙的头。

她老了，又不太会用智能手机，对娱乐圈的事情更是搞不清楚。

当初她住在医院，手术成功后快出院时，孙女才突然告诉她自己已经退学去娱乐圈当明星了，还交了个男朋友。

孙女明明从小成绩就很好，怎么会为了进娱乐圈而退学呢？

她总觉得楚皙有什么事情瞒着她，但是又问不出口。

楚皙把头靠在奶奶的膝盖上。

电视上开始放广告了，楚奶奶想着刚才在电视里开着三轮车意气风发的孙女……

她跟她爸爸当年的样子像极了。

楚奶奶回忆着儿子还在世时的模样，说："要是你爸爸还在就好了。"

要是他还在，这个家不知道有多幸福；要是他还在，他肯定不会同意楚皙去当明星。

楚皙眼圈一红，低声说道："奶奶，爸爸走了。"

楚奶奶用手抹了抹眼泪，又想起一件事："年年，你上次打电话说你跟……分手了，真的吗？"

楚皙心想，奶奶果然还惦记着顾铭景呢。

楚皙在奶奶的腿上蹭了蹭，撇了撇嘴角，道："我跟他早就分手了，奶奶。"

"哦。"楚奶奶点头，然后又拉着楚皙的手说，"没事，年年还小，不着急，以后肯定能遇到个更好的。"

"嗯。"楚皙点头。

"不过……"楚奶奶又问，"你欠他的钱，还完没有？"

楚皙跟奶奶说过，当初奶奶住院时，自己跟男朋友借了点儿钱，这才能付清医药费。

楚皙"扑哧"一声笑了出来，道："已经还完啦。"

楚皙只在家住了一个星期就回了市区的房子里，付白本来说她拍完《桃花诺》后可以休息两个星期，但临时接到一个广告代言，就让她回来了。

楚皙之前有过一两个广告代言，不过都没有挣钱。

楚皙激动得不行，好奇到底是什么产品找了她代言，以为是零食、化妆品之类的，结果看到合同上自己要代言的产品后两眼一黑。

为什么是卫生巾呢?

付白掩唇轻咳一声：“我觉得这个牌子的产品真的挺好的。”

楚皙听后一脸震惊地从合同上抬起头：“你用过？”

付白脸一红：“我之前去你家时看到过，你不是在用吗？”

这回换楚皙脸红了。

她确实在用这个牌子，而且东西真的挺好用的。

付白看楚皙似乎在犹豫，劝道：“你仔细看看合同，他们开出的代言费真的很不错，而且这种日化类产品的代言在女明星中很吃香的，到时候厂家会在电视上投放广告，还能把你的头像印在包装上，没有一定的国民度和人气还当不了代言人呢。那个体验官的活动也很简单的，两天的时间就可以了。”

楚皙咬着笔头：“我又没说不签。”

卫生巾就卫生巾吧，好歹是正规产品。

楚皙看好合同，然后签下名字。

因为该品牌最近推出了一个新系列“绵绵瞬吸”，所以需要找代言人宣传，合同上签的代言时间是一年。

这两天，楚皙需要给品牌方最新推出的“绵绵瞬吸”系列卫生巾拍广告，担任他们的“绵绵体验官”。

“绵绵瞬吸”系列是品牌方大力推出的新产品。

品牌方为了推广产品还搞了一些活动，有“抽奖免单”，有“买就送楚皙的海报”。

其中最大的一个活动就是，限定时间内在官方旗舰店里消费最高的两位用户可以跟他们的全新代言人，也就是楚皙一起当“绵绵体验官”，共同走进“绵绵瞬吸”系列卫生巾的棉花来源地和棉花工厂，一起参观用来造卫生巾的优质棉花从采购到加工的全过程。

楚皙很快就拍好了平面广告。

她开心地抱着一大包卫生巾的样子已经在品牌的官方微博和某宝官方旗舰店里放出来了，众人参加活动的方式也已经公布了。

楚皙的粉丝没想到楚皙突然有代言了，激动得不得了。

啊，皙宝有代言了，超棒！

那个，大家可以在网上买啊，在官方旗舰店买能抽奖呢，还有机会跟皙宝一起当“绵绵体验官”，参观工厂。

那得买多少卫生巾啊？

大家按需购买。

三天的活动结束了，活动期间消费最高的两位用户已经选出，获得跟代言人楚皙一起担任“绵绵体验官”并参观棉花种植基地的福利。

这两位幸运儿一个叫“爱买东西的老高”，另一个叫“砖 love 皙”。

楚皙看着这两个粉丝的昵称陷入沉思。

那个叫“砖 love 皙”的昵称还好理解，一看就是她的粉丝。

但是那个叫“爱买东西的老高”是什么情况？

这昵称、这头像，怎么看都像是男的啊，而且是个年纪不小的男的。

楚皙一度怀疑这是有人在整她。

可她合同都已经签了，无论这个叫“爱买东西的老高”是个什么样的大叔，她也只能硬着头皮上了。

很快就到了楚皙作为“绵绵体验官”带领粉丝参观棉花种植基地的那一天。

整个活动全程在品牌方的官方微博上直播，并且出乎品牌方意料，当天观看“绵绵体验”活动直播的人数很多。

早上九点，活动正式开始。

楚皙跟主持人一起站在棉花种植基地大门口，先是对着镜头跟看直播的粉丝打了招呼，然后就开始等待两位幸运粉丝的到来。

主持人：“让我们有请幸运粉丝‘砖 love 皙’！”

话音未落，一个年轻的姑娘就跑入镜头。

这个姑娘体形微胖，径直冲向楚皙："皙宝！"

直播间的粉丝看到奔向楚皙的粉丝，都倒吸了一口气。

她要是扑到楚皙的身上，楚皙那小身板怎么受得了。你再怎么喜欢人家，一出场就抱也太不好了吧。

楚皙看到径直朝她扑过来的粉丝也吓了一跳，躲也不是，不躲也不是，正不知道该怎么办时，粉丝却乖巧地停在她的面前。

粉丝朝她伸出一只胖乎乎的手，眼里仿佛闪着星星："皙宝，可以握个手吗？"

楚皙看到伸向自己的那只手，松了一口气，笑着握上去，道："你好啊！"

两个人友好而亲切地握了手。

其他粉丝也很满意，纷纷道："尊重皙宝，粉丝才不会做越界的事情！"

握完手，粉丝乖巧地站在楚皙的身边。

主持人："感谢热情的粉丝'砖 love 皙'，让我们接下来有请幸运粉丝，'爱买东西的老高'！"

主持人念出此人的名字，楚皙的一颗心都提了起来。

到底是谁啊？

直播间粉丝的好奇心也到达了极点。

与刚才那个跑着出场的热情的粉丝不同，此时只见镜头里缓缓地驶来一辆黑色轿车。

车缓缓地停下，驾驶座竟然还有个司机走了出来，给车后座的人打开车门。

他开门，下车，关门。

随后，镜头从下而上扫过那个从车后座下来的男人。

楚皙："……"

主持人震惊了。

顾铭景。

所以楚皙跟他到底……

楚皙的粉丝很头疼。

楚皙终于知道那个人为什么要叫“爱买东西的老高”了，老高老高，这明显就是高助理下的单。

楚皙硬着头皮走上前，告诉自己把他当普通的粉丝就好，主动伸出手，挤出一丝笑容：“谢谢支持！”

顾铭景握上楚皙的手：“你好。”

他们仿佛不认识一样。

粉丝已经到齐，尽管顾铭景的出现有些出人意料，不过接下来的参观活动还是正式开始了。

楚皙本以为顾铭景或多或少会尴尬，结果发现是自己想多了。

顾铭景面对工作人员的讲解听得十分认真，并且由于气场强大，不知不觉这个明星带粉丝参观的活动被他硬生生地搞得像领导巡视自家的工厂，一行人都围着他转。工作人员忙着给他开路，讲解员更是点头哈腰。

观众也很吃他那套。

> 呜呜呜，好帅！
>
> 顾总一点儿都不尴尬，感觉好正经啊。
>
> 为什么要谈之色变呢？难道男人家里都没有妻母吗？
>
> 同意楼上这位兄台的观点。
>
> 对对对！上学时最讨厌那些看到女生拿卫生巾就大呼小叫的男生，神经病！

讲解员讲解“绵绵瞬吸”系列卫生巾采用的是优质棉时，提到有很多黑心商家用黑心棉生产假冒伪劣产品，然后销给农村地区的留守少女；更有些贫困地区，女孩子到了年龄，来了例假，因为家庭条件窘迫，连卫生巾都用不上。

人们对于这个现象，大多数时候是避而不谈的，即使是扶贫，也很少有人考虑到贫困地区女孩子的这一困境。

所以品牌方做了一个名叫“绵绵的爱”的公益活动，为贫困地区的女孩子们提供贴心的温暖，受援助地区的女孩子们每个月可以免费领到“绵绵”系列产品。

只不过这个活动刚开始，只在部分地方推广。

“这个活动好棒啊！”一起听讲解的名叫“砖 love 皙”的女孩儿感叹道。

楚皙也点点头。

顾铭景今天带的不是高助理，是另一个男秘书。他听到此话后走过去，跟品牌方的经理说了些什么。

秘书说完后，经理立马一脸激动地走到顾铭景身前跟顾铭景握手，道：“谢谢顾总。”

顾铭景点头一笑。

观众：“怎么了？”

“这个笑容，好帅”

楚皙不知道他们说了什么，也扭头一脸疑惑地看向顾铭景。

她身前有个摄像师，此时正扛着机器后退，眼看着机器要撞上楚皙的头。

顾铭景说了声“小心”，然后牵起她的手腕，把楚皙拉了过来。

楚皙转了个圈后，发现自己已经站在顾铭景的身边了。

在场的人都是一愣，继而心照不宣地点点头。

“不好意思，不好意思。”摄像师发现自己差点儿撞到人，赶紧道歉。

“是我不好，您辛苦了。”楚皙也给摄像师赔罪，是她自己光顾着扭头看顾铭景，没看前面。

楚皙突然有一种偷看人家被抓包了的窘迫感。

发现自己的手腕还被人牢牢地握着，楚皙噘了噘嘴，悄悄地把手腕从他掌中抽出来，然后又站得远了一点儿，撩了撩头发，一副若无其事的样子。

然而这一拉一转的动作，把屏幕那边的人也迷得不行。

整个参观活动进行得很顺利，只是大家都很好奇，参观期间顾铭景的秘书和经理说了什么，经理那么高兴。

品牌方很快就给了答案。

直播结束后，品牌方的官方微博又发了一条微博，宣布与元景集团达成合作，由元景集团出资赞助“绵绵的爱”公益活动，以代言人楚皙小姐的名义，将这份温暖的爱传递给更多贫困地区的女孩子。

啊，好棒！

顾总有爱心！

只有我注意到那个“以楚皙小姐的名义”了吗？

好甜。

第 十 一 章

恋情曝光

活动结束，楚皙把自己包里的银行卡翻出来，查了查余额，准备把给顾铭景转钱。这种追星方式她承受不起。

结果钱还没转过去，她就听到经理一脸激动地跟她说，元景决定跟品牌方合作，以代言人的名义支持“绵绵的爱”公益活动。

于是楚皙彻底抓狂了。

这又得要多少钱？

楚皙下了节目，直接跑去问顾铭景带来的那个男秘书，说：“到底花了多少钱？你们说个数，我楚某人就是砸锅卖铁也要把这钱还给你们。”

结果男秘书一本正经地答道：“楚小姐，您误会了，顾总花这些钱并没有别的企图，更不需要您额外的‘补偿’，这只是一个粉丝在用实际行动支持偶像的事业而已。

“考虑到顾总的经济情况，他除了支持的数额比普通的粉丝要大一些，本质上他的行为跟普通的粉丝并无太大差别。”

“好吧。”她吸了一口气，“那我想问一下，你们买的那些卫生巾到货了吗？用得完吗？谁用？”

“这个……”男秘书掩唇轻咳一声，“公司的女性员工很多的。”

现在别的公司洗手间提供卫生纸，元景的洗手间不光提供卫生纸，还提供免费卫生巾。

众员工一看到外包装上的头像就了然于心。楚皙什么时候再代言点化妆品、珠宝首饰就好了。

楚皙很无语，怪不得她这几天在微博上收到好多问她什么时候代言珠宝首饰、化妆品的私信。

这事看来跟秘书是说不通了，楚皙思来想去，还是跑去找了顾铭景。

顾铭景正在跟经理谈些什么。

经理一看到她来，立马起身说你们先聊，退出去时笑得一脸狡黠。

楚皙看到经理出去，心一横，把自己的银行卡推到顾铭景的面前，别过头，道：“我这些日子赚的钱都在里面，给你，你不要再买我代言的产品了。”

顾铭景看到眼前的银行卡，似乎并不诧异。

楚皙以为他出于礼貌也应该会推辞，至少也要跟她客套一下，结果他只是拿起卡看了看，然后就顺理成章地将卡揣进自己的兜里，道：“好。”

楚皙看得眼皮直跳：“你就不问……里面有多少？”

顾铭景：“不用。”

两个人干坐了一阵，楚皙才组织好语言：“那现在钱也还你了，我能不能恳请你一件事？”

顾铭景：“什么事？”

楚皙一脸诚恳地看向他：“你别喜欢我了行吗？我一不会唱歌，二不会跳舞，关键是演技还差，一看就没有发展前途，不知道什么时候就混不下去了。你追的人一点儿前途都没有，唯一能看得过去的可能就是这张脸，但是你看娱乐圈里有那么多漂亮的人，你随便挑一个追，如何？而且追星这事情真的很烦的。你那么忙，何必呢？”

顾铭景看着一脸诚恳的楚皙，摇头笑道：“没关系。”

楚皙：“嗯？”

顾铭景：“这些事情可以让助理帮忙做。”

楚皙脸一黑：“那你这算什么追星？”

顾铭景没有说话。

楚皙见他誓死不变的样子，生气了：“你脱不脱？不脱粉就把钱还我！”

她冲顾铭景伸出一只手：“你把钱还给我！代言产品是你自己要买的，不是我要买的！公益活动是你出钱要做的，不是我要求的！”

顾铭景将卡拿出来，指腹在卡的尖角上摩擦，淡定地说道：“送出去的东西哪有往回要的道理？”

“我不管，你把钱还我！”楚皙继续伸手，“要么脱要么还钱！”

顾铭景又把卡揣到衣兜里。

楚皙又急又气，伸手去抢。

“你还给我。”她左手插进顾铭景衣服的左口袋，右手插进顾铭景衣服的右口袋，果然摸到了自己的卡。

卡被他握在手里，楚皙正要抢，突然听到头顶传来低笑声。

她这才发现自己现在的姿势近乎整个人扑在顾铭景的怀里，头顶是他的下巴，眼前是他的衬衫扣子。

这个动作暧昧不已，她甚至能感受到男人的体温。

楚皙对于这份暧昧翻了个白眼，抬头，脑袋正撞上顾铭景的下巴。

“嗞——”男人顿时吃痛，手一松，楚皙立马趁机把银行卡从他的手里拿了回来。

男人捂着下巴看她，似乎想说她怎么这么不解风情。

“不脱算了。”楚皙揣好自己的银行卡，抱怨道。

楚皙出门，看到大门外站了乌泱泱一群人。

名叫“砖 love 皙”的粉丝、顾铭景的秘书、她的助理小严，还有几个品牌方的工作人员。

楚皙被吓了一跳："你……你们……"

她发现外面的人看她的眼神似乎有点儿不对，神神秘秘的，仿佛发生了什么事情。

只是当时大家也没有说出口。

楚皙在返程的车上提起来，助理小严才红着脸问道："皙皙，你跟顾总在里面吵的那个'脱不脱'，是指的脱衣服吗？"

"咯咯！"楚皙被自己的口水给呛着了。

"绵绵体验官"的活动占用了楚皙一个星期的休息时间，之后她就要正式开始工作了。

最近没有什么合适的戏，付白在之前就给她接了一档综艺节目，名叫《明星大挑战》。

节目一共有十二期，每次录制两期，一个月录制两次，每次录制两天。

楚皙除录制节目外，剩下的时间给自己报了个表演培训班。虽说拍《桃花诺》时李远新和陈导教了她不少，她也进步了不少，但是作为一名专业的演员还是缺乏系统的训练和学习。

所以，她打算一有时间就去上课。

付白看着楚皙的脸上露出了老母亲般慈祥而欣慰的微笑，没有什么比手底下的艺人好学、有上进心更令人开心的事了。

《明星大挑战》是阳光台的一档综艺节目，采用的是每期五位常驻嘉宾加一位嘉宾的形式。

楚皙发现四位节目常驻嘉宾里还有熟人，就是和她一起录制过《勇敢之心》、有着战友情的严准。

严准的女粉丝多，为了避嫌，楚皙录制《勇敢之心》时没怎么跟他接触，两个人连话都很少说。

楚皙以为严准对她应该没什么好印象，结果他后来竟然发了微博，说“楚皙是很好的女孩儿”。

另外三位也是在圈里有一定知名度的人，分别是国际排名前五十的男模赵宇，少女唱跳明星艾雯雯，以及业内一致看好的新人演员许嘉凡。

节目的嘉宾阵容公布后，网友一片期待。

节目名为《明星大挑战》，每期都会有一个挑战主题。第一期的挑战主题是“勇敢”，录制地点在市里一家以惊险刺激著称的逃生恐怖屋。

楚皙看到节目组发来的台本，直摇头，哆哆嗦嗦地道：“不……不行。”

付白：“怎么了？”

楚皙：“我胆子小，夜路都不敢走。那个恐怖屋很有名的，我不敢。”

付白：“那我合同都签了，你不去得赔违约金。这个数呢！”他冲楚皙比了个手指。

他一提到钱楚皙就心疼，什么时候她也能像顾铭景那样实现经济自由就好了。

她看到付白比出的数额后，哭丧着脸道：“好吧。”

第二天，付白把楚皙送到节目的录制场地。

这是第一次录制，几个嘉宾都还没有见面，节目组准备让大家在第一期节目录制时互相熟悉。

楚皙化好妆，戴好麦克风，站在恐怖屋门外。

不同于门口挂满了獠牙的鬼屋，恐怖屋的门很简单朴素，就是一扇微微脱漆的木门。但是楚皙知道，外面看起来越普通，里面的内容就越“丰富”。

编导发现楚皙似乎有些胆怯，安慰道：“没事的，前面几个人已经进去了，不会一上来就开录，让你一个人去挑战的。你们见面后还要抽分组任务呢。”

"好。"楚皙点点头。

编导在她背后一拍，示意她进屋。

楚皙咽了一口口水，走过去。

编导看着她的背影，然后跑到监视器前。

第一天开始录制，节目组送了每个嘉宾一个"见面礼"——嘉宾一进门就是一条铺着红地毯的长走廊，走廊的光线很暗，身后时不时会出现几声恐怖的脚步声，一回头却没人。

就在人被脚步声吓了几次，心开始打鼓时，地上会悄悄伸出一只手，突然抓住嘉宾的脚腕。

这个"见面礼"的效果明显很不错。

由于气氛烘托得很到位，前面进去的几个嘉宾要不就是吓得一边尖叫，一边不要命地狂跑；要不就是直接腿软，跌坐在地。最胆大的人也是贴在墙上，直冲那只突然伸出来的手大喊"别过来"。

楚皙一看胆子就小，她的反应一定很精彩。

编导笑眯眯地看监视器。

楚皙一推门进去，就发现编导骗了她。

什么不会一开录就让她一个人，明明就是她一个人。她面前是一条阴森森的长廊，连个影子都没有。

楚皙想后退，却发现进来时的门已经从外面被关上了，出不去。她只能往前走。

楚皙咽了口口水，似乎已经腿软了，贴着墙磨磨蹭蹭地往前走，警惕地观察四周。

她走了没两步，背后就传来脚步声。

"是谁？"楚皙立马回头。

她身后空荡荡、阴森森的，什么也没有。

她缓了缓心神，又继续往前走，可背后还是有脚步声。

"到底是谁？"楚皙又回头，发现照样什么也没有。

楚皙转过身，继续贴着墙走。她虽然知道这是在录制节目，但是现在就她一个人在这阴森的地方，还是被两次脚步声吓得心提到了嗓子眼。

走廊的尽头有一扇门，楚晳继续贴着墙朝门走，走了没两步，突然觉得脚上有异物，抬不动脚。

她的脚腕仿佛被什么东西给死死地钳住了。

楚晳浑身一僵，然后缓缓地低下头。

一只骨瘦如柴、宛如枯树枝的手从地下伸出来，紧紧地抓住她的脚腕。

“啊啊啊！”

她的尖叫声快要把人的耳膜刺破了。

众编导听到尖叫声放声大笑，聚精会神地盯着监视器，也不知道楚晳会给节目贡献什么绝佳的后期素材。

然而，监视器里尖叫的楚晳一没有吓得直接跑走，二没有被吓得跌坐在地，而是……

众编导看着这个画面愣了一下。

只见楚晳吓得把眼睛死死地闭着，一边尖叫着，一边抬脚狠狠地踩那只抓她脚腕的手。

她左脚踩了右脚踩，右脚踩了双脚踩，双脚踩完还不够，最后跳起来踩。

尖叫声和她脸上的恐惧是真的，然而踩起道具来毫不留情的动作也是真的。

众编导：“……”

楚晳不知道自己尖叫了多久，也不知道自己踩了多久，只是等停下来的时候，身上已经全是冷汗。

她喘着气，扶着墙，低头看了一眼。那只丑丑的手已经四分五裂了，里面的金属零件碎了一地。

楚晳松了一口气。

她本来准备继续往前走，走到走廊尽头的门前时，猛然想起这好像是在录制节目。

那么，刚才被她踩的……

楚皙回头看了一眼地上那只被她踩得四分五裂的手，咽了咽口水。

她还没正式开始录制节目好像就踩坏了人家的道具，要不要赔啊？

这个把前几个嘉宾吓得魂飞魄散、落荒而逃的罪恶之手就这么悲惨地碎在地上。

导演在屏幕上看到被楚皙踩坏的道具，一时语塞。她不是说自己胆子小吗？现在看来，她胆子小的同时力气可不小啊。

楚皙抬头看了眼墙角的摄像机，表情委屈，似乎在隔着镜头跟节目组说抱歉。

导演隔着屏幕，被她委屈的样子逗乐了。

楚皙打开走廊尽头的门，里面是一间没有窗户的小屋，倒是十分亮堂。

其余四个常驻嘉宾和一个飞行嘉宾都已经到了，她是最后一个。

“你好，你好。”楚皙挨个跟大家握手、打招呼，在握到艾雯雯的时候，艾雯雯一脸关切地问：“怎么样，被吓坏了吧？我们在里面都听见你的尖叫了。”

楚皙立马点点头：“嗯，是被吓坏了。”

艾雯雯露出一副“我都明白”的表情。

监控室的编导们听到这两个人的对话，也是一脸无奈。

楚皙，你看看外面的道具都被你踩成什么样了！你这是被吓坏的样子？你的良心不会痛吗？

嘉宾各自打过招呼，编导通过放置在房间里的小喇叭给大家宣布任务。

六位嘉宾接下来将会被分成两组，房间里有两扇不同的门，里面对应不同的挑战任务。

两组嘉宾选择不同的门进入，哪一组先找到线索逃出去则胜利。

楚皙、艾雯雯和严准三个人被分成一组，赵宇、许嘉凡、本期的飞行嘉宾被分到另一组。

分好组后，大家商量着给自己的组起名字。

不知道节目组的分组用意是什么，本来按理说应该一组一个女生才对，结果现在对方组里全是男生，楚皙这组里有两个女生，而且这两个女生在见到走廊里的手时，尖叫声一个比一个大。

“我们叫必胜队！”对方组已经商量好了名字，斗志昂扬地把手叠在一起，信心满满。

“我们叫什么？”严淮看向艾雯雯。

艾雯雯看向楚皙：“你说呢？”

楚皙想起自己刚才被那只手吓得半死的样子，刚开始就这么可怕，不知道这两扇门后还有什么可怕的东西。

严淮再厉害，也带着她跟艾雯雯两个拖油瓶，他们别说赢了，能有命活着出去就不错了。

楚皙提议：“他们叫‘必胜’，那要不我们就叫‘活命’，如何？”

三个人目光交会，除了严淮有些犹豫，瞬间都读懂了彼此的想法。

“嗯，就叫活命组了。”

必胜组和活命组各自选了一扇门，向里面进发。

活命组打开门后，进入另一间屋子。

不同于刚才那间宽敞明亮的屋子，这一间屋子的光线很暗，只有一个铁架床和一个柜子，墙漆脱落。

最诡异的是天花板上缠绕着一根根红色的线，线上挂着很多小铃铛，墙壁上的壁灯发出幽微的光，站在一起的两个人要很费劲才能看清楚对方的样子。

明明什么都没有，但这阴森森的气氛还是让人不寒而栗。

楚皙一进门就跟艾雯雯抱在了一起，严淮挡在两个人的身前：“没事。”

编导们看到这个画面才松了一口气。

这就是他们想要的效果。

刚才走廊里的那个楚皙一定是意外。

他们要找到线索才能找到通往下一站的出口。严准把两个女生安顿在墙角，自己开始认真找起了线索。

楚皙跟艾雯雯本来今天才见面，但由于一样恐惧，一下子变得亲近了。

两个人抱了一会儿，楚皙发现这屋子除了光线暗点、破旧点，似乎也没什么其他的东西，比走廊里那只突然冒出来的手好多了。于是，她哆哆嗦嗦地说："要不，我们也去帮严准找找线索吧？"

艾雯雯环顾一圈这间屋子，点头："好。"

两个人手拉着手来到屋里的那个柜子前，这柜子刚刚严准已经找过了，但楚皙还是觉得这里面肯定有问题。她们颤抖着伸出手，一个人拉一扇柜门，轻轻地拉开一条缝。

里面没什么东西蹦出来。

于是两个人缓缓地把柜门全部拉开，光线虽然暗，但也能看到里面空无一物。

搞个这么大的柜子在这里干什么？楚皙在心里嘀咕。

忽然，她感到掌心里艾雯雯的手似乎有些发凉："雯雯，你的手怎么这么冰？"

艾雯雯："你的手也好冰，不仅有点儿冰，还变得有点儿粗糙。"

楚皙正想自己的手明明很暖，一点儿都不冰啊，突然一顿，缓缓地向下看去。

只见一个穿着囚服的男"鬼"从地里钻了出来，上半身在地上，下半身在地下，不知道怎么就分开了楚皙和艾雯雯一直拉着的手。

他抓着楚皙和艾雯雯一个人一只手，正抬头咧起猩红的嘴冲两个人笑。

他一笑，仿佛触发了什么开关，天花板上的铃铛急剧作响。

"啊啊啊啊啊啊——"

"啊啊啊啊啊啊——"

严准正在另一边搜床底，突然听到令人毛骨悚然的铃铛声及身后两声惨厉的尖叫。

他的心一抖。

严准知道肯定是两个女人碰到了什么东西，正转过身准备英雄救美，却看到了了不得的一幕。

两个人还是尖叫着，只不过艾雯雯已经躲到了楚皙的背后，猫着腰缩成一团，浑身发抖。

而楚皙正一边尖叫，一边四处搜寻着什么。然后，她抄起墙上的壁灯，作势要跟从地里爬出来的男“鬼”决一死战。

囚服男“鬼”见过被他吓得屁滚尿流的，也见过不害怕他蹲下来问他这妆是怎么化的，但还是第一次见这种一边被他吓得半死，一边要抄家伙来决一死战的。

囚服男“鬼”眼看着楚皙带着壁灯杀来了，顿时吓得像只地鼠一样又钻进了地底。

男“鬼”消失，楚皙抓着被她徒手掰下来的壁灯大口地喘气。

房间暂时安静下来，只剩头顶的铃铛不时地传来几声轻响。

“没……没有了吗？”一直躲在楚皙背后的艾雯雯小心翼翼地探出头问。

艾雯雯已经被刚才突然钻出来的男“鬼”吓得带了点儿哭腔。

话音刚落，房间里就“嘀”了一声，三个人又是一抖，以为又有什么可怕的东西，结果却听到节目组的广播。

“楚皙，不许破坏道具！

“楚皙，不许破坏道具！

“楚皙，不许破坏道具！”

艾雯雯和严准看向楚皙手里的壁灯。

楚皙“啊”了一声，似乎在说：这东西怎么跑到我手上了，我一点儿也不知道啊。

她干笑了两声，把壁灯放到原来的位置，但灯座已经坏了。

艾雯雯看着那个被楚皙徒手掰下来的壁灯，咽了口口水：“楚皙，你真的胆子小吗？”

楚皙：“我的胆子超小的！”

严准语塞。

你的胆子小，战斗力可不小。

三个人从囚服男“鬼”消失的地方找去，才发现这间屋子的出口在地下，被衣柜挡着。

他们一个挨着一个，刚从地下爬出这间屋子，房顶上就又突然飘下来个白衣女“鬼”。

严准即使胆子再大，也被这突然出现的女“鬼”吓得不由得向后退了一步。艾雯雯立马腿软，抱头蹲在地上。楚皙尖叫着，闭眼给了女“鬼”一拳。

女“鬼”捂脸叫了一声。

编导：“怎么回事？！”

接下来的流程里，编导千算万算也没想到，本来应该走英雄救美路线的活命组最后越走越偏，变成了严准找线索，楚皙负责武力输出，艾雯雯则负责躲在后面给他们加油助威。

这个组名所说的“活命”，不是指他们三个要活命，而是指恐怖屋的工作人员能够在楚皙的武力输出之下活命。

编导的监视器里，一边是必胜组三个男人被吓得抱头缩在一起，哭天喊地地叫“妈妈”，一边是活命组的楚皙抄着刚才不知道从哪个“鬼”手里抢过来的狼牙棒，见了“鬼”就一边闭着眼睛尖叫，一边四处乱挥，带领严准、艾雯雯大杀四方。

戴着面具的工作人员再一次被吓得抱头四处逃窜。

监控室里的几个编导已经瘫在椅子上，面如死灰。

台本白写了。

这……就是口口声声说自己胆子小，以前在综艺节目里见到只蟑螂都快要把房顶掀翻的楚皙？

她的尖叫可能是真的，但是看样子以前那节目的剪辑师肯定没把后半段，也就是楚皙尖叫后一掌拍死蟑螂的画面剪进去。

编导没想到楚皙柔弱的外表下，竟然隐藏着这么暴力的一面，纷纷感慨“上当了！”。

楚皙全程提心吊胆，一遇到对手就使用武力，却发现他们活命组莫名其妙就找到了出口。

出口处一片光亮。

三个人跑到出口，发现编导和摄像师已经在外面等着了。

“吓死我了，呜呜呜……”艾雯雯总算见到了活人，一出来就找编导哭诉。

楚皙也在里面吓得浑身冷汗，正想学艾雯雯抓个编导哭诉，却发现自己手里还拿着东西——一根不知道怎么就出现在她手里的狼牙棒。

“啊，这……这个是怎么……”

楚皙的手一抖，狼牙棒掉在地上。

她又想起刚刚导演组的广播，慌忙摆手解释道：“我……我没有破坏道具。”

编导看看掉在地上的狼牙棒，然后抬头看看一脸不知所措、一直把狼牙棒往身后踢的楚皙，一脸冷笑。

呦，你是不想承认了？

活命组在出口等了好一会儿，必胜组才连滚带爬地出来，一边跑，一边涕泗横流地吼道：“呜呜呜呜，太可怕了。”

“救命，妈妈！”

“你不要追我！不要过来！”

活命组的三个人冷静地看着他们。

导演组全体万分无奈。算了，节目的台本只能重新写了。

必胜组的三个人正准备庆祝从恐怖屋死里逃生，却看到活命组已经在外静静地等候。

一边是出发前信心满满、声称必胜的必胜组，一边是出发前畏畏缩缩、只求活命的活命组。

“你们……还没进去吗？”

“我们已经出来了。”

气氛突然尴尬。

总导演按下计时器，拿起小喇叭：“我宣布，活命组获胜！”

“哈哈！”活命组的三个人举手。

“恭喜恭喜。”必胜组的三个人拍手庆祝。

场务过来打板，恐怖屋的拍摄任务结束，工作人员已经开始收拾起了东西。

楚皙思来想去，然后默默地走到编导的身边：“编导。”

编导吓了一跳：“怎……怎么了？”

楚皙鼓了鼓腮：“今天恐怖屋的工作人员，没事吧？”

她哭丧起脸：“我就是太害怕了！他们扮得太逼真了，我一害怕就……就控制不住我自己啊！”

编导听到她说这个就笑了：“没事啦，他们都很有经验的，什么类型的客人都遇见过，你伤不了他们的。对了，还有那个狼牙棒，他们已经决定送给你当纪念品啦。”

“嗯？哦。”

楚皙一愣，没想到自己最后还被送了个纪念品。

那边几个嘉宾聚在一起，聊起今天在恐怖屋里的场景仍然心有余悸，尤其是必胜组三兄弟，“死里逃生”之后感慨良多，说个不停。

“输了，输了，你们活命组太厉害了。”

“你们组刚刚在里面有没有遇到一个舞着狼牙棒的女‘鬼’？太凶残了，太可怕了。”

“对，最凶残的就是她，一边尖叫一边向我们追过来，我吓得腿都软了。”

“而且他们两拨‘鬼’还在打架，那个狼牙棒女‘鬼’一对多，战斗力爆表。”

“哎哟，真的吓死我了。”

赵宇看到楚皙走过来，想到开始之前楚皙在走廊里遇到手时掀翻房顶的尖叫声，想她一定是被吓坏了，笑着问：“楚皙，你说是吧？你们组看到那个狼牙棒女‘鬼’没有？怕不怕？”

楚皙刚凑过去，一听到那个“狼牙棒女‘鬼’”，就仿佛被人揪住了小辫子，掩耳盗铃一般捂住耳朵："我没看到，不知道，什么也不清楚！"

必胜组的三个人没想到楚皙的反应这么大，面面相觑，正不知道怎么回事，那边收拾东西的场务人员提着一根狼牙棒冲楚皙喊："楚皙，你的狼牙棒还要不要啊？"

必胜组的三个人满脸震惊。

楚皙恨不得立马消失。

节目录制完后，时间已经不早了。

助理小严开车，楚皙今天紧张了一天，再加上活动比较消耗体力，上车后怀里抱着纪念品狼牙棒，整个人瘫在后座上。

晚霞如画，车子汇入高架上的车流中。

楚皙开了一点点车窗，傍晚的凉风吹在人脸上，让人轻松了不少。

楚皙本来准备直接回家，在车上却突然接到一通电话。

手机屏幕上有三个字：高助理。

楚皙看到这三个字后鼓了鼓右腮。

高助理打电话来，肯定又是说顾铭景的事。

她有点儿不想接，可是电话铃声一直响着，似乎并没有要停下的意思。

驾驶座上小严忍不住问："皙皙，你怎么不接电话呀？"

楚皙"嗯"了一声，一手抱狼牙棒，一手接通电话："喂。"

高助理："楚皙小姐。"

楚皙一听到高助理的声音就忍不住去想那个"爱买东西的老高"，定了定神，问："有什么事吗，高助理？"

高助理："是这样的，楚皙小姐，我有件事情想请您帮个忙。"

楚皙："哦，什么事您说吧。"

高助理："这事是关于顾总的。他从昨天起情绪一直很不好，喝了酒，一直闷着自己。

"我很少见顾总这个样子，我们给他打电话也不接，所以想请您过来看一看。”

楚皙：“什么？”

她觉得这肯定又是顾铭景在要什么阴谋诡计，拒绝道：“这样不太好吧！我不去。”

高助理知道她是不相信，忙道：“是真的，楚皙小姐，请您相信我。不是顾总让我请您过来的，他这两天一个人都没见，是我自作主张给您打了电话，想让您帮帮忙。”

楚皙实在想不通顾铭景这种已经实现经济自由的男人，除了破产，还会有什么事情能让他情绪低落，疑惑地问道：“元景破产了？顾总变穷光蛋了？”

可是这不应该啊，元景这么大的企业，如果真的破产了，应该是爆炸性的新闻才对，难道还只是在破产的边缘？

高助理：“跟元景没有关系的，楚皙小姐，元景一直发展得很好，是顾总的私事。”

楚皙“哦”了一声，又想她跟顾铭景现在顶多就是偶像与粉丝的关系，连朋友都算不上，既然是私事，那她就更无权过问。

于是她推托道：“那个，对不起高助理，要不您去找找别人吧，你们顾总肯定有其他朋友，我觉得我去真的不太好。”

高助理：“如果能找别人，我就不找您了，楚皙小姐。

“这次不是公事，是私事，我跟您也认识两年多了，就当您私下帮我高明一个忙，也帮顾总一个忙，好吗？他真的很不好。

“他虽然没有说，但我想他现在最想见的人是您。”

高助理过去两年跟楚皙的关系也还不错，一直很尊重她。他说得恳切，楚皙反倒不怎么好拒绝了。

只是一想到顾铭景，她就觉得心里怪怪的。

她现在倒是没有之前那么怕他，也没有之前那么排斥他了。但要说其他感觉，她又说不上来。

高助理把顾铭景形容得就像要死了一样，怪吓人的。

楚皙想到上次顾铭景帮她调酒店的监控视频为她辟谣的事，她确实是欠了他一个人情。

楚皙看了看自己怀里的狼牙棒，料想有这东西在手，顾铭景也不敢对她乱来，沉默了好半天才开口：“那我过去看一眼。”

“太好了，谢谢楚皙小姐。”高助理开心地说道。

楚皙让小严更改了行车路线，去顾铭景家。

她之前跟顾铭景在一起时，住的是楠静区的公寓。

顾铭景平常还会住一栋位于市中心的环境清幽的别墅。楚皙知道地址，他以前带她去过两次。

楚皙拎着狼牙棒站在顾铭景的家门前，等了几秒，做好思想准备，然后按了按门铃。

她在心里告诉自己：我是因为善良才过来的。只要看到顾铭景没死，我就马上走。

门没开。

楚皙噘了噘嘴，给顾铭景打了个电话。

电话通了，却没有人说话。

楚皙：“喂，你在家吗？我在你家门口。你在家的话能不能开一下门？”

她说完就挂了电话，果然过了没一分钟，门便从里面打开了。

楚皙还没见到人，就闻到一股酒气。

她皱了皱眉，看见顾铭景站在屋里，穿一身灰色的居家服，眼睛里布满很明显的血丝，神色比往日憔悴了不少。

不过这副模样的顾铭景有了一种颓丧阴郁的美，仿佛换身衣服就能直接去演《王子复仇记》。

楚皙暗暗翻了个白眼——这不还好好地活着吗？

顾铭景一直站在门口，似乎也没有让她进门的打算。

不过不进去也正好，楚皙看着他说：“有人托我来看看你，看到你没事就好，我先走了，拜拜。”

小严还在车里等她呢。

只是她刚转身，手腕就被人从后面抓住。

顾铭景哑着嗓子道："等等。"

然后他就看见楚皙举起了狼牙棒。

楚皙："有话说话，不许动手动脚。"

顾铭景的别墅内部装修不错，低调而不乏奢华之感，只是一看就是个男人的住所，冷冰冰的，没什么人情味。

楚皙给小严发了条微信消息，让她别等了，先回家。

小严一个女孩子在外面等，太晚了也不安全。

楚皙发完微信消息，看到吧台上几个空的洋酒瓶，摇了摇头。

顾铭景打开冰箱，给楚皙在冰箱的角落里找了盒果汁。这盒果汁还是楚皙上一次来的时候放进去的，好在还没有过期。

楚皙一直把狼牙棒放在身旁，似乎随时要抄家伙打人。她接过顾铭景递过来的果汁后，说了声"谢谢"。

楚皙坐在沙发上喝果汁，一边喝，一边问顾铭景："你喝那么多酒做什么？"

她讨厌烟，对酒也没什么好感。

顾铭景微微垂眸："没什么。"

楚皙："哦。"

一小盒果汁很快就被她喝完了，吸管吸得盒子呼呼作响。

顾铭景什么也不对她说，楚皙觉得自己这样待着也挺没意思的。

她从没见过顾铭景这个样子，以往的他一站在那里，就自带一种高贵的气场。

可是这世界上的伤心人那么多，谁没有情绪低落的时候呢？

楚皙觉得顾铭景已经十分命好，一有什么不对劲地方，高助理就想尽办法，最后还把她弄来了。

可是她当年那么难过，奶奶在医院，自己退学，夜深人静的时候，只能一个人撑过来。

"你别喝酒了。"楚皙还是好言劝道，"你吃饭了没？要不要我给你叫个外卖？”

顾铭景：“不用了。”

楚皙对顾铭景这副油盐不进的样子十分无奈。

高助理把她叫来明显是个错误的决定，什么“就你能行”“顾总想见你”，全都是骗人的。

她从沙发上站起身：“那你没什么事的话，我就走了。”

她正欲走，坐着的顾铭景突然开口：“今天我过生日。”

“啊？”楚皙听后一愣，生日？

她没有给顾铭景过过生日，也不知道顾铭景的生日是什么时候。但是以她对他的了解，顾铭景这种人过生日，应该是一堆朋友聚会。他怎么会一个人把自己关在家里借酒消愁呢？

楚皙一时有些手足无措。不管怎么说今天也是他的生日，高助理也不告诉她，她就空着手来了。

她是不是也得送个礼？可是她现在去买礼物也来不及了。

楚皙左思右想，突然看到自己手里还拎着的那根狼牙棒，眼睛一亮，试探着把狼牙棒递过去：“要不，这个送你？”

楚皙看顾铭景似乎有些嫌弃她的狼牙棒，愤愤不平地说道：“你不要看不起它，这是我今天第一天录制节目赢的纪念品，独一无二，很有意义的。我敢说你从小到大就没有收到过这么别致的礼物！”

顾铭景看到楚皙递过来的狼牙棒，听到“别致”两个字，眼皮跳了跳。

他还是缓缓地伸出手，逐渐靠近那根狼牙棒。

楚皙似乎嫌他慢，把东西往他的怀里一丢：“拿去！”

顾总裁怀抱狼牙棒，一时语塞。

送完狼牙棒，楚皙看到顾铭景还是一副闷闷不乐的样子，完全没有收到礼物的喜悦之情，不由得嘀咕：“你是过生日，又不是忌日，怎么这个样子？”

楚皙只是悄悄地嘀咕，根本没想过顾铭景会回答。

结果顾铭景听到她的话，突然说了声：“是我妈的忌日。”

楚皙抬头："嗯？"

她反应过来顾铭景说了什么，立马慌忙地道歉："对……对不起，我不是故意的。"

顾铭景自嘲似的笑了笑："没事。"

楚皙沉默了一会儿，算是知道顾铭景没心情过生日，以及高助理要死要活地把她骗过来的缘由了。

自己的生日和母亲的忌日撞到一起，换谁也不会有心思过生日。

楚皙看到顾铭景怀里抱着的狼牙棒。

人家都这么惨了，她还送这种乱七八糟的东西给人家。

楚皙冲顾铭景伸出手："要不……你把狼牙棒还给我吧？"

顾铭景满脸疑惑。刚才似乎还有些嫌弃这根狼牙棒的男人立马把它握得紧紧的。

俗话说"天大地大，寿星最大"，楚皙原谅了顾铭景刚才油盐不进的样子。

看他这副模样，楚皙隐约觉得顾铭景可能从小就没有过过生日。他也是挺惨的，再怎么说，她每年生日时奶奶都会给她做碗长寿面。

楚皙看到吧台上的几个酒瓶，知道顾铭景肯定没吃饭，又嫌外卖不卫生。

她打开冰箱，发现里面被塞得满满当当的，蔬菜、肉类等食材都有。家里请了家政阿姨，每隔几天就来打扫卫生，肯定会定期给冰箱补货。

楚皙望着满满当当的冰箱，摇了摇头。

正好自己也空着肚子，楚皙决定好人做到底，一边挽袖子，一边在厨房找围裙。

顾铭景："你这是……？"

楚皙把围裙穿上，手在背后把带子系了个蝴蝶结："做饭啊。你不饿吗？"

她瞟了顾铭景一眼，闻到他身上的酒味，有些嫌弃地说道："你去洗个澡，换身衣服吧。"

“好。”顾铭景知道自己身上的味道让人不舒服，抱着楚皙送的狼牙棒走了。

等他洗完澡、换好衣服回来，厨房里飘出来的香味已经让人饥肠辘辘。

顾铭景站在厨房门口，看到楚皙穿着米黄色的围裙，已经长得半长不长的头发被绑在后脑处。

她正低着头用汤勺尝锅里的汤。

他从来不知道楚皙还会做饭，并且从现在闻到的味道来看，她的厨艺很不错。

以前楚皙跟他在一起时，两个人基本上都是出去吃，他没让楚皙做过饭，楚皙也没主动提过。

楚皙听到顾铭景来了，放下汤勺，像是等他很久了一样，抓着顾铭景的衣袖将他往厨房里拉：“过来过来。”

她把手机递给他，然后自己把袖子往上推了推：“终于来了，快给我拍个照。”

顾铭景一举起手机，刚刚还温馨平静的厨房立马热闹起来。

“轰”的一声，炒锅里升起了熊熊火焰，热浪烤得人脸颊发烫。

顾铭景被这突如其来的变化吓得手机差点儿没拿稳，赶紧按下快门。

接着，火焰消失，楚皙已经一手拿铲，一手拿锅，气势磅礴地在锅里翻炒起来。

一份爆炒牛柳出锅！

楚皙在围裙上擦擦手，翻看顾铭景刚才拍的照，发现他把最精彩的火中颠勺的画面完美地拍了出来，满意地点了点头。

三菜一汤做好了：爆炒牛柳、清蒸黄花鱼、清炒小青菜，还有一份鸡蛋番茄汤。

顾铭景只不过盯着多看了两眼，楚皙就冲过来，连忙阻止：“先别动！”

她举起手机，对着桌上的菜一个劲地拍，拍完了，一边低头选照片一边说：“我发微博用的，现在可以吃了。”

难得今天的菜炒得令她这么满意，楚皙把顾铭景拍的自己炒菜的照片，还有自己做出来的成品的照片加了个美食滤镜，发到微博号“演员楚皙”上，配文：“请你吃饭啊。”

她好一阵子没有发微博了，主要是不知道发什么比较好，然而粉丝每天都在催。

今天她终于找着了发微博的素材。

发完微博，楚皙才心满意足地拿起筷子。

菜的卖相很不错，刚才她也发了微博，但是真正能吃到菜的只有两个人而已。

便宜顾铭景了，楚皙默默地想。不过他今天生日，也就算了。

她被高助理连蒙带骗地哄过来，看顾铭景过生日没人陪还留下来做饭给他吃，简直就是人美心善。

两个人对坐着，顾铭景尝了一口牛柳。

楚皙满怀期待地问：“味道怎么样？还不错是吧？”

她又不是偶像剧的女主角——东西做得不好吃就算了，起锅前自己尝都不尝就端给男主角，结果菜难吃得要死，男主角还要硬夸好吃——这些菜她刚才尝过了，虽然比不上星级酒店的水平，但跟普通小饭馆比还是没有问题的。

顾铭景点头：“嗯。很好吃。”

楚皙又拿起小碗给顾铭景盛了一碗鸡蛋番茄汤：“你再尝尝这个。”

顾铭景很给面子地把楚皙盛给他的一碗汤喝完了。

楚皙把三菜一汤挨个让顾铭景尝过了，每道菜都得到他的肯定评价，心情十分欢快，才让他好好地吃饭。

两个人一时无话，顾铭景一直低头吃菜，突然发现楚皙没动筷子，正默默地看着他，眼神略显奇怪。

顾铭景抬头“咦”了一声。

两个人目光交会，楚皙动了动唇，突然说：“你有没有觉得，我这个样子好像你的一个什么人？”

顾铭景看着她白皙的小脸，微微怔住了。

他想起在厨房里她穿着围裙，低头做羹汤的样子，确实很像一个人。家里难得有了烟火气，她像是女主人。

顾铭景似乎正要说什么，楚皙“扑哧”一笑：“今天我是不是很像你妈妈？你有没有开心一点儿？”她说完朝他一挑眉。

顾铭景硬生生地把想说的话给憋了回去。

两个人吃完晚饭，楚皙打开微博看了看。

她刚才发的那条做饭的微博反响很不错。

无论什么时候，会做饭、做饭好吃都是一个人的优点。这条微博的点赞数很快破了十万，楚皙被网友的评论夸得有些飘飘然。

> 皙宝真是贤妻良母！
>
> 皙宝竟然还会做饭，太能干了吧！
>
> 这一桌菜的卖相好好，想吃皙宝做的饭。
>
> 我以前到底错过了一个什么样的宝藏女孩儿啊？

楚皙一脸欣慰，翻了翻评论，结果再一看时间，发现已经到了晚上十点多了。

做饭、吃饭花的时间着实不少，但她也没想到时间过得这么快。楚皙突然站起身：“太晚了，我要回家了。”

顾铭景没想到这么晚了楚皙还要回家，微微皱了皱眉：“你怎么回去？”

楚皙也在想她该怎么回去。

地铁已经停了，小严刚才已经回家了。

打车？

楚皙想到那些单身女子夜间打车却发生不测的新闻，打了个冷战。

顾铭景：“这么晚了，你的助理不是已经走了吗？打车、叫代驾也都不安全。我喝了酒，没办法送你，你留下来住一晚吧。”

他见楚皙犹豫，又补充道：“或者说我把我的车钥匙给你，你可以自己开车回去。”

楚皙咬牙切齿，在心里骂道：顾铭景，你明明知道我没有驾照，还让我自己开回去？明天我就去驾校报名，气死你！

好在顾铭景的家里有备用的洗漱用品，楚皙睡客房。

她没有睡衣，白天录制节目时身上出了汗，又没办法穿自己的衣服，本来准备借一件顾铭景的睡衣凑合一下，却在衣柜里发现了别的——角落里有两条女款真丝吊带睡裙。

楚皙突然有些不舒服，本能地想皱眉，却又突然记起来，那睡裙……好像是她的。

楚皙心情复杂地拿了睡裙，洗完澡后穿上，然后躺在床上，关了灯，在黑漆漆的夜里望着天花板出神。

她摸着身上这件触感宛如第二层皮肤的真丝裙子，想到无数个夜里他脱下它后的场景。

人生真的很奇怪，曾经那么亲密的两个人，现在却睡在一栋房子的不同房间里。

楚皙蓦地红了脸，然后把自己的红脸埋进被子，迷迷糊糊地睡着了。

与此同时，楚皙今晚发的那条微博的转发量也越来越多。

在众多昼伏夜出的“砖头”在感叹“皙宝真能干”的同时，突然有眼尖的粉丝发现了异常情况。

楚皙今天发的照片也有地方反光，而且，反光的地方好像还真的有东西可挖：第二张图片中，汤碗里的不锈钢小汤勺反光；第五张图片中，明亮如镜的大理石桌面也反光。

众人放大反光面，仔细地琢磨了起来。

楚皙第二天一大早就被电话铃声吵醒。

她颇为烦躁地按掉电话，翻了个身继续睡。

没过半分钟，电话铃声又锲而不舍地响了起来。

楚皙没办法，从枕头下摸出手机，闭着眼睛按了接听：“喂。”

付白的声音响起。他难得这么正经地质问道："楚皙，你昨晚在谁那里？"

楚皙一听这个，瞌睡立马跑了一大半，立马从床上坐起来，睁开眼："我……我在……"

楚皙犹豫着要怎么跟付白说，付白才会相信她昨晚虽然睡在顾铭景的家里，但她跟顾铭景一晚上清清白白的，什么也没做。

付白一听楚皙现在这个犹豫的声音，觉得现在网络上的猜测基本上是对的。

付白痛心疾首，发出了四个质问："什么时候的事情？你跟他什么时候开始的？我怎么一点儿都不知道？你为什么没有告诉我？"

楚皙被这四连问问得手足无措，急忙摆手否认："没有，我……那个……"

付白："你发微博之前，难道就不自己先检查一下吗？你知不知道勺子、大理石桌面都反光啊？"

反光？

楚皙听付白这么一说，心一悬。

她给照片加了个滤镜就发了，还真的没有注意反光的地方。

这种地方普通人看都懒得看，但是拿着放大镜追星的粉丝就不一定了。

粉丝不会在勺子里看到了顾铭景的倒影吧？那她真的跳进黄河也洗不清了。

付白又十分严肃地问道："你跟他什么时候开始的？你不是才跟记者说了事业上升期不谈恋爱吗？那些都是假话吗？你现在谈恋爱，让粉丝怎么想？你让外面的人怎么想？你这样不是把脖子伸到别人的刀下吗？"

楚皙急得捶枕头："没有，我跟他没开始，真的什么也没有。我只是昨晚给他做了顿饭而已。"

付白："什么？没有开始？那粉丝挖出来的那些是真的还是假的？"

楚皙："当然是假的，我跟他真的没有什么。"

付白："你没骗我？"

楚皙都快哭了："我骗你做什么！怎么办啊？"

付白舒了一口气："那就好，你先别急，我跟严准的经纪公司商量商量。"

"谢谢付……"楚皙感谢的话还没说完，听到付白的话后突然愣了一下。

什么？

楚皙谨慎地问道："付白，你刚才说和谁商量一下？"

付白："严准的经纪公司啊。"

楚皙："谁？"

楚皙挂了电话，一脸茫然地打开微博。

热搜话题榜的榜首"楚皙严准"。

楚皙糊里糊涂地点进去，看到该话题的第一条热门微博。

楚皙昨晚发布六张做饭的照片，有眼尖的粉丝发现照片里的反光处有一男子的倒影。根据粉丝推测，该男子疑似昨日与楚皙一同录制节目的严准。两个人深夜在爱巢做饭，疑似曝光恋情。

楚皙的脑子里现在只飘浮着"我怎么不知道"这几个字。

她一脸疑惑地打开这条微博的配图，发现每一张照片的可疑点都用红圈给圈了起来，不仅有昨天她发的照片，还有很多其他节目里的截图，一张张全都是红圈。

网友发现，在勺子和大理石的反光处，隐约能看到一个男人的身影；楚皙家的厨房跟严准家的厨房装修一模一样；楚皙上次在机场穿了双黑色的运动鞋，没过多久，严准上节目也穿了同款的鞋子，一看两个人就是穿着情侣款；《勇敢之心》这个节目里，严准一脸深情地看着楚皙；严准前些日子在网上发的自拍照的背景是酒店，疑似在古东市探班正在拍戏的楚皙。

一张张可疑的照片，一点点蛛丝马迹全都指向了一个事实——楚皙跟严准在一起了。

别看两个人上节目时没多少交流，一直在避嫌，可是有句话叫“此地无银三百两”，两个人越是避嫌，反而越有猫儿腻。

尽管评论区严准的粉丝和楚皙的粉丝一直在解释，否认两个人的恋情，但是仍挡不住网友疯狂的八卦之心。

怎么办？我觉得好甜！

他们有这么多同款，说没在一起的肯定是自欺欺人。

现在去看《勇敢之心》，感觉细节里全是糖啊！他俩表面上装不来电，实际上已经火花四射了！

呦，楚皙不是说在事业上升期不谈恋爱的吗？

楚皙的回复明显是针对顾铭景啊。面对顾铭景，她就说在事业上升期不谈恋爱；面对严准，她就在家里做饭，然后发微博，暗暗地秀恩爱。你们说，甜不甜？

甜！

心疼顾总。

楚皙生无可恋地看完热门微博和评论，一头栽在床上。

房间的门被人敲响。

楚皙看了看门，来找她的除了顾铭景没有别人。

楚皙又从床上坐起来。

如果她发声明说照片里的人不是严准，那么那个人又是谁？

顾铭景肯定已经看到今天早上的新闻了。他是要让她承认那个倒影里的男人其实是他？可是这样，不就等于承认她昨晚在顾铭景的家里了？

楚皙烦躁极了。

敲门声一直响着，她有气无力地说：“请进”。

顾铭景沉着脸开门进来。

楚皙见男人脸色不好，往后缩了缩身子："你……你冷静，我觉得我们需要先商量一下，付白已经在跟严准的经纪公司沟通了。"

顾铭景坐到楚皙的床前，看到她刚醒时乱糟糟的头发、慌乱的神情，以及仿佛被抓包一样手足无措的样子。

顾铭景闭了闭眼，一想到网上那些消息，心就开始隐隐作痛。

他抓住楚皙的手腕，问："你到底有几个男人？"

楚皙先是一惊，随后，看顾铭景的眼神变得十分疑惑，最后由疑惑变成无奈。

他不会真的信了吧？

楚皙觉得这也不是完全没有可能。

楚皙似乎想说什么，最后却将话咽了回去，冷笑了两声，反问一句："你说呢？"

顾铭景被她问住了，一怔。

楚皙气呼呼地把自己的手腕从顾铭景的手掌中抽出来，下了床，道："有多少个也跟你没关系。"

付白还在跟严准的经纪公司商量怎么回应，而现在文娱热搜榜的第一名已经从"楚皙严准"变成了"心疼顾总"，然后变成了"严准VS 顾铭景"。

甚至有人还开了投票，问大家支持谁。

双方的票数咬得很紧，你追我赶，战况一时进入白热化阶段。

顾铭景好歹是光靠脸就能有一千万粉丝的男人，如今眼睁睁地看着自己喜欢的女人跟别的男人传出绯闻，立马引来无数网友的同情，许多人开始为之不平。

甚至有人把顾铭景自称"男友粉"，然后陪楚皙做公益的照片放在一起，配文：这些年的爱与时光，究竟是错付了。

魔安 著

下册

第十二章

心疼顾总

顾铭景看到自己那组“终究是错付了”的图，眉毛都跳了跳。

顾铭景之前发的那条微博下面更是热闹。

顾总，请问您现在什么感受？

顾总不哭！您哪点比不上严准？凭什么楚皙让他捷足先登？加油，去把楚皙抢回来！

顾总您好，您喜欢楚皙，而我喜欢严准。您现在很难过，我也很难过。所以，请问您可不可以把楚皙抢走，还严准一个单身的身份？

顾铭景看到那条要他把楚皙抢走的评论，露出嫌恶的表情。

昨晚跟楚皙在一起的男人，明明是他顾铭景好吗？

楚皙洗漱完，从洗手间走出来，脸上不施粉黛，看起来却格外清新动人。

顾铭景将身子靠在门框上，见她出来，立马收起手机，低下头道：

"那些是假的。"

楚皙"哼"了一声，白了他一眼。

他似乎还想再说什么，楚皙的手机铃声这时候响了，付白打电话过来了。

楚皙是当着顾铭景的面接的电话，顾铭景能隐约听到付白的声音。

付白质问道："昨晚那张照片里的人不是严准吗？那到底是谁？你在谁家？"

楚皙看了一眼身旁的顾铭景，道："朋友家。"

付白："朋友？哪个朋友？普通朋友还是男朋友？"

付白越来越激动："你是不是背着我在外面做了什么？"

楚皙："就是普通朋友。"

顾铭景薄唇微抿。

付白听到"普通朋友"四个字后语气缓和了一些，继续问："谁？我认识吗？"

楚皙顿了一下，说："顾铭景。"

付白暴跳如雷："原来是这条狗！"

即使楚皙没有开免提，付白激动的声音还是清晰地传入了顾铭景的耳中。

楚皙干咳两声，示意付白赶紧终止这个话题，随后谨慎地看了旁边的顾铭景一眼。

然而付白还在气势汹汹地"声讨"顾铭景，无论楚皙咳了多少声都没用。

她正准备直接挂掉电话算了，顾铭景突然凑到手机旁，用阴森森的语气质问付白道："我是什么？"

顾铭景的声音传到了电话那头。

那边，刚刚还滔滔不绝的付白安静了。他握着手机，张了张唇，却什么都说不出来。

自己刚刚说了什么？

他骂了顾铭景……

付白不禁打了个寒噤，眼前仿佛出现自己的工作室被某人收购了的画面。

此时，楚皙绝望的声音通过手机听筒传来。她似乎在对别人解释什么。

“不是我说的，关我什么事？

“谁说经纪人的话就代表了我的话？嗯……浑蛋！”

付白听得心惊胆战，再看一眼手机，通话已经中断了。

他咽了咽口水，又试着打过去，想要跟顾总好好解释一下自己刚才说那番话的真实用意以及其中包含的深刻的内涵。

然而电话通了，一直没人接。

付白不知道楚皙现在正经历着什么……

付白下午再见到楚皙时，姿态可以说是低到了尘埃里。

工作室里，付白把水杯端到楚皙面前，赔笑道：“嘿，嘿嘿，嘿嘿嘿。”

楚皙抄着手，表情十分不爽，从下往上看了他一眼。

付白手一抖，杯子里的水洒在他的手背上，好在水不烫。

他坐到楚皙身边，道：“我跟严准的经纪公司准备的联合声明已经写出来了，马上就可以发。”

他仔细地观察着楚皙的反应，然后小心翼翼地道：“至于顾总那边，咱们……”

楚皙否认了跟严准的恋情，那么也该对照片里的男人给个解释。楚皙当然不能承认那个人是顾铭景，但不承认的话，顾铭景会生气吗？

这事情十分棘手。

听到顾铭景，楚皙扭头看他。

付白立马噤声。

楚皙的表情颇为不自然：“就说那个人是你或者助理就行了，不用说是他。”

“真的？”付白喜出望外，“他同意了？他怎么肯同意的？”

楚皙静静地看着付白，眼里似乎散发着幽怨的光。

付白看着楚皙，想起上午那个电话被突然挂断的事情，似乎明白了什么。但他不敢问。

“好的好的。”他干笑两声，然后站起来跟严准的经纪公司一起发声明了。

没过多久，针对今早那些与恋情相关的新闻，楚皙和严准的团队联合发布声明，坚决否认他们的恋情，表示双方现在都是单身状态，只是普通朋友，希望大家不要再以讹传讹。

网友没想到双方否认得这么快，觉得有些扫兴，又将目光投向楚皙照片里的那个神秘人。

那个人是谁?

对于那个人的身份，众人各执一词。

有人说是她身边的工作人员，有人说是她的朋友，还有人说是楚皙的远房表哥，不过大多数人还是认为那是楚皙的地下男友。

于是，楚皙的工作室又发了一个声明，表示那个男人是楚皙的经纪人付某。昨晚，他们只是在工作之余，在家里聚个餐而已，谢谢大家的关心。

为了使声明更有说服力，付白还特意发了一张自己对着镜子凹造型的全身自拍照。

众人：“这是什么神经病经纪人？”

“有话好好说，不许发自拍照！”

风波算是过去了，楚皙安安心心地去上她的表演课了。

她上的是电影学院开设的表演课，授课的都是电影学院的表演老师，跟她一起上课的还有几个准备进影视圈的唱跳类明星。

相比之前在《桃花诺》片场李远新和陈导的随时指导，电影学院表演老师的教学更具有理论性和系统性，追求逐层递进，有很多地方让人豁然开朗。

楚皙的笔记本上记满了东西。

楚皙上完课，背着包到了学校的大门处。

那几个与她一起上课的人要么开车，要么打车先走了。

电影学院里最不缺的就是明星，没人注意到楚皙。楚皙掏出手机看了看时间，然后在校门口张望了一下，似乎在找什么。

一辆停在路边的黑色轿车冲她闪了闪灯。

楚皙小心翼翼地瞟了瞟左右，担心有人会注意到她。

那车还在冲她闪灯。

楚皙从包里掏出棒球帽和口罩戴上，低着头走过去，打开车门，飞快地坐了进去。

一上车，坐在驾驶座上的顾铭景就问："怎么了？"

楚皙上车后把口罩和棒球帽都摘下来，没好气地瞪了他一眼，道："你能不能开辆低调点儿的车过来？还嫌不够引人注意吗？被人拍到了怎么办？"

顾铭景："这……已经很低调了啊。"

楚皙瞪着他，不说话了。

顾铭景摸了摸鼻子："好吧，下次换一辆。"

车启动了，顾铭景开着车，用余光瞄了一眼旁边低着头看手机的楚皙。

其实他想跟她说被拍到就被拍到，怕这些做什么？以前他们被拍到的次数也不少。

但是他又想到楚皙让他换车时认真的神情，以及她上车时鬼鬼祟祟生怕被人认出来的样子，最终笑了笑。

他是该庆祝的，自己终于从粉丝升了一级，成为男友了，并且获得了来接女友放学回家的殊荣。只不过，应楚皙的要求，他这个男友只能是地下男友，不能对外公开。

楚皙放下手机，看了看车窗外，问："这是送我回家的路吗？"

顾铭景打着方向盘，道："是的。"

"那就好。"

楚皙看了眼驾驶座上的男人，鼓了鼓腮。

她从一开始就不应该答应高助理去顾铭景家，不去他家就不会给他做饭，不给他做饭就不会发微博，不发微博就不会闹出跟严准的绯闻，不闹出跟严准的绯闻付白也不会骂顾铭景，最后也就不会……便宜了顾铭景。

那天她好像稀里糊涂就答应了顾铭景，重新成为他的女朋友。

回过神的时候，她后悔已经来不及了，只能补充了条件：他们的关系不能让别人知道，顾铭景在明面上只是“男友粉”而已。

顾铭景看着她那副“你不答应，我就咬你”的样子，立即应允。

他怎么也没想到，自己和楚皙之间会发展成这样。

然而他除了答应，别无他法。

车最后停在楚皙家的小区门口。

上次跟顾铭景在小区楼下被偷拍到后，她迫不得已搬了家。现在这个小区的房租更高，但安保措施十分好，楚皙住起来放心。

楚皙解开身上的安全带，道：“我走啦。”

“等等。”顾铭景叫住她。

楚皙转身看他：“嗯？”

顾铭景看着她道：“地下男友也是男友，能亲一下再走吗？”

楚皙听后愣了一下，然后抬头看他，面露惊讶之色。

顾铭景缓缓地凑过来，楚皙不由得向后退了退。

她没有说可以，也没有说不可以，只是坐在那里。

男人离她越来越近，她听到了他的呼吸声。

顾铭景已经闭了眼。

就在他快要吻到她的那一瞬间，楚皙突然“哼”了一声，伸手推了他一下：“才不要。”

她推开顾铭景之后，转身开车门，想赶紧跑，却发现这车门竟然打不开。

车门被锁了。

楚皙回过头，一脸哀怨地看着顾铭景。这个男人……真坏。

顾铭景似笑非笑，慢慢地凑了过来。

楚皙只好闭上眼，心想：失策了。

楚皙没敢把自己跟顾铭景重新在一起的事告诉付白，这件事，目前只有她、顾铭景及高助理知道。

楚皙实在心虚，叮嘱顾铭景以后一定要低调行事。

她的意思很清楚——我和你谈恋爱可以，但你不准影响我的事业，更不准插手我的事业，不准抱怨，不准心生不满。

顾铭景全都答应了。

但因为顾铭景逐渐低调了，所以坊间有了传闻：顾铭景肯定是不喜欢楚皙了。

网上议论得火热，但现实生活中，付白对这件事压根儿不感兴趣。只要自己的工作室没有被顾铭景收购，付白就放心了。

这天，付白找到楚皙，一脸骄傲地跟她说，自己帮她接到了一个很不错的工作机会——国内顶尖时尚杂志《悦秀》副刊的内页拍摄和专访。

《悦秀》是国际大刊，正刊里要么是国际名模，要么是拿过很多大奖的明星，一般明星是上不了的。所以，就连每期副刊的位置也让各路想进军时尚界的明星虎视眈眈。

进军时尚圈不能给演员带来影视类的资源，却与明星的商业价值息息相关。一般来说，时尚资源越好，商业价值就越高。商业价值高的明星，能拿到更好的代言资源，进而提升个人知名度。

那些在时尚圈混得风生水起的明星，会更容易受到各大品牌厂商的青睐，即使做不了品牌代言人，做个品牌挚友也是好的，所以这里几乎是明星的必争之地。

巧的是，付白手下的影视资源虽然少，但由于工作室签了几个模特，所以时尚资源还不差。于是，付白在一众竞争者中把这个名额抢了过来，交给楚皙。

楚皙以前上过一期四大时尚杂志之一的封面，那是她刚将经纪合约签给顾铭景的时候。

结果，封面出来后，外界一片哗然。

且不说她是一个名不见经传的新人演员，就说她的封面照吧……实在不够时尚。

当时，楚皙的表现力差，照片拍得像影楼作品，她举手投足间都很小家子气。

从那之后，楚皙就再也不上时尚杂志了。即使每次电影上映的时候，经纪团队都跟她说可以拍一次杂志，顺势进行宣传，她也总是拒绝。

楚皙想起了第一次拍那个杂志封面的情景。

那时她刚出道，连穿高跟鞋都不习惯，走几步就会崴脚。她在摄影棚里换上一身又一身不知价值几许的不合身的衣服，被迫站到被镁光灯照着的布景前。

她不怎么喜欢拍照，手机里连自拍照都没几张，摄像师却不停地让她摆这个造型摆那个造型。楚皙第一次被那么多人看着拍照，感觉自己像被人扒光了一样，浑身僵硬。

她摆着摄像师要求的动作，紧张全写在脸上，一张小脸板着，除了惊惧和紧张，挤不出其他表情。

经纪人面无表情，而杂志社的工作人员脸上都藏着讥讽的笑。摄像师则皱着眉，直摇头。

她不知道自己最后是怎么拍完的，只知道那天拍完之后就躲起来哭了。

晚上，顾铭景看到她的眼眶红了，还问："怎么了？有人欺负你了？告诉我。"

这种话，自从父亲去世之后，她就再也没听过了。

楚皙听得心里发酸，恨不得直接扑到顾铭景的怀里哭一场，最后却硬生生地忍住了。

现在，她又要拍杂志照片了。

这是付白好不容易争取来的机会，她就是硬着头皮也得上。

拍摄当天，付白一早就开车，跟楚皙一起去了《悦秀》杂志的摄影棚。

付白先去跟杂志社的人接头了。

摄像师还没来，楚皙直接被带到了化妆间，没一会儿，就听到那边好像有争执声，其中有付白的声音。

楚皙皱了皱眉，这是怎么了？

她刚想开口问问什么情况，付白就走了过来，手叉着腰，气冲冲的。

他示意化妆师停一下，然后拉着只化了底妆的楚皙走到角落。

楚皙有种不太好的预感，问："发生什么事了？"

付白先骂了一声，接着道："你今天的拍摄主题和摄影师本来都已经定了，结果他们临时竟然搞这一出。"

楚皙今天的拍摄主题和摄影师都很不错，付白跟杂志社也沟通好了，谁知道他们今天一来却被告知计划临时有变。

原来，楚皙之前谈好的那个拍摄主题和摄影师被另一个女明星苟美如看上了，她要拍那一套。

苟美如这次上的是正刊。

她成名很早，拍过几部大热的影视剧，拿过一些不大不小的奖，影视资源比许多同龄的女明星好得多。不过这几年，她没出什么作品，人气大不如从前。

《悦秀》这次给楚皙定的拍摄主题是"玉兔"，样片风格空灵、唯美、仙气飘飘，非常适合楚皙。

可这个主题不知道怎么被苟美如给看上了。

苟美如的团队平时就很强势，这次如果换作以前的楚皙，说不定苟美如的团队还会忌惮一下，然而现在的楚皙不比以前了……

杂志社夹在中间左右为难。

如果楚皙和苟美如拍摄的时间差不多的话，编辑跟楚皙沟通一下，让两个人交换主题也不是不可以。然而，苟美如的拍摄时间定在下个星期，拍摄企划还没完善好，根本没法儿跟楚皙换。

杂志社只好拿出另一个之前被搁置的拍摄企划。这个企划方案也是精心准备过的。

编辑问付白愿不愿意换一下，劝他和气生财，不要跟苟美如的团队杠上。

付白看到新方案的样片，立刻将眉毛皱了起来，问："这……这怎么换？你看我们家的艺人适合吗？"

楚皙听到此处倒有些好奇，问："换给我的是什么？"

付白一听就来气，道："你知道那个希腊神话吗？他们要让你拍海妖塞壬。"

海妖塞壬是希腊神话中一个半人半鱼的女妖，长相极其美艳。传说她住在海中的一个岛上，每天坐在礁石上唱着歌，用美妙的歌声吸引来往的航海者，蛊惑人心，使水手听歌失神，航船触礁沉没。塞壬的海岛上堆满了白骨。

这个方案的拍摄风格有些暗黑，并且由于海妖的设定，拍摄的尺度不会太小。之前有几个女明星考虑过这个方案，再三斟酌之后还是拒绝了，所以这个企划案才会被搁置下来。

付白："咱们就拍咱们的，凭什么她想抢就抢？"

话虽这么说，但是他们真正做起来，哪有这么容易？

而且，杂志方应该是站在苟美如那边的。他们希望楚皙能退一步，卖他们一个人情，以后也好继续合作。

楚皙没说话，思忖一阵，把"海妖塞壬"的拍摄方案要过来看了又看。

她想起之前在《桃花诺》剧组试镜时，陈导给她换的角色。

那时候，妖妃琉璃的定妆照出来后，反响很不错。

艺人不能被自己的外形局限，甚至有时候，你一直坚持的风格并不是最适合你的。

楚皙穿过那么多条仙气飘飘的裙子，最后反倒是在金羽奖颁奖典礼上穿的黑色紧身吊带裙给人的印象最深。

如果她这次非要拍"玉兔"主题，可能会跟苟美如结下梁子。虽然这次是楚皙占理，但说不定会得罪杂志方。

《悦秀》是国内顶尖的时尚杂志，楚皙可得罪不起。

楚皙想到这儿，突然笑了笑，对付白说："苟美如想拍'玉兔'，咱们就让她拍吧，没事。”

付白：“那你呢？”

楚皙：“我们拍海妖。”

付白一愣：“真……真的？”

“嗯。”楚皙点头，问，“不可以吗？”

付白看她眼神坚定，立马点头：“好。”

确定好后，楚皙回到了化妆间。

她刚才只化了个底妆就被付白叫走，改变主题后化妆风格也直接变了。

楚皙以前的妆容都偏甜美，而企划里海妖塞壬的风格是美艳的。于是化妆师先找了一副灰色的美瞳给她戴上，把眉峰微微地往上调了一些，为她增加了几分凌厉之色。

她的眼妆则是另类却不夸张的烟熏妆，眼角处贴了几颗黑色和银色的水钻，唇上涂了浆果色的镜面唇釉。

为符合海妖的水系设定，化妆师在她的脸上大面积地扫上了高光，楚皙若是微微地一转头，脸上的光泽就如同美人鱼的鳞片在阳光下闪烁一样。

楚皙之前为录制《勇敢之心》剪了短发，现在头发刚长到肩膀处。造型师给她贴了假发片，把她的头发延长至腰部，之后先是用卷发棒烫卷，又将水喷在她的头发上，让头发微微湿润起来，宛如海妖塞壬刚从海里出来一样。

指甲也是要做的。化妆师先是把她的指甲接长，再为她涂上带着细细的亮片的墨蓝色指甲油，之后在她的无名指指甲上贴了水钻。

楚皙做完造型，站起身，在一旁等待的付白直接看傻眼了。

站在他眼前的是楚皙，却又不是楚皙。他从没想过楚皙能驾驭这种风格的造型。

楚皙淡妆时眉眼清澈，楚楚动人，化上浓妆后整个人的气质都变了。她没有开口，别人也似乎忘了该怎么出声。

不知是不是眼妆的原因，楚皙的眼里夹杂着疏离和凌厉之感，仿佛她坐在礁石上轻轻地唱着歌，眼睛看着远方，样子迷倒了无数的航海者。她唱得累了，眼神倏地变得凌厉，一艘艘航船立马沉入海底，刚刚还为之倾倒的航海者，转瞬间变成岛上的白骨。

楚皙看付白一直没反应，于是问："好看吗？"

付白回过神，眼中全是惊艳之色，猛地点头。

接着楚皙就要换衣服了。

神话插图里美艳的塞壬都是上身赤裸的，楚皙当然不能那样拍照，服装师为她准备的是肉色的上衣。

拍摄时，楚皙会一手护在胸前，到时候再用后期修图技术把她身上的服装痕迹给处理掉。

楚皙本来还觉得会害羞，但是真正穿上衣服后感觉还不错，光是造型师给她接的又长又多的头发，垂下来几乎就能挡住大半个身子。

摄影棚里，摄影师清了场，只留了几个人。付白都出去了。

造型师是个女的，看到楚皙出来后还是忍不住感叹："身材好好呀，怎么保持的？"

谁也想不到楚皙的身材这么好，腰肢纤细，锁骨突出，小腹平坦，就连肩胛骨都宛若蝴蝶。

楚皙想了想，道："晚上少吃一点儿。"

造型师摇头笑了笑。

摄影棚里有空调，温度很合适。楚皙穿一身肉色的内衣，坐在礁石道具上，一手轻轻地护在胸前，听摄像师的话轻轻转头看向远方，仿佛已经看中了一艘即将为她触礁的航船。

"太美了！

"好，就这样，非常棒！

"很美，眼神再深情一点儿。"

自从楚皙进摄影棚后，快门声就没有停下来过。

摄像师夸尽了自己能想到的词语。

他本来知道是楚皙拍这个海妖主题时，心里还有些打鼓。在他心中，楚皙的外形和气质跟海妖差了十万八千里。

然而，这种担心在楚皙出现在他面前时立马消失，他眼里除了惊艳还是惊艳。

他觉得，没有比楚皙更适合这个拍摄主题的人了。

楚皙五官清丽，但配上微微上翘的眼尾，风格一下就变了。

她之前的造型师只看到了表面，把她往清纯的方向打扮，造型好看，却缺了些味道。如今，楚皙换了风格，仿佛憋在胸中的那口气一下子就顺了，让人眼前一亮。

楚皙发现拍杂志跟演戏有些相似。最近的表演课上，老师一直强调，要让自己融入角色，想象自己就是那个角色。今天拍杂志，楚皙一化完妆便入了戏，把自己想象成海妖塞壬的样子。

再站到镜头前时，楚皙脸上的表情和肢体语言都表明，她已经自然而然地变成了塞壬。

两年前，楚皙面对镜头时只觉恐惧、无助。

如今，楚皙面对镜头时已经很放松了。她沉浸在海妖塞壬的世界里，跟随着相机变换着姿势。

拍摄进行了整整一天才结束。

楚皙一拍完就跑去穿好衣服，卸了妆。美艳女妖摇身一变，成了清纯的小女孩儿，差距之大让人甚至开始怀疑，这到底是不是同一个人。

楚皙的美甲没来得及卸。次日，顾铭景看到后还好奇地问了一句。他记得楚皙平时不爱做指甲。

楚皙回了他一个“关你什么事”的眼神，最后还是跟他解释了，称这是给杂志拍照片时做的。

顾铭景知道楚皙去拍了杂志照，点了点头，没多问。

杂志上市前，楚皙又录制了一期《明星大挑战》。

半个月后，《悦秀》的正刊、副刊同时上市了。

虽说楚皙临时被换拍摄主题这件事已经过去了，但是坊间还是流传出了消息，称这期《悦秀》中的两个女明星为争抢同一拍摄主题吵了起来，搞得场面十分难看。

很快就有人猜这两个女明星是楚皙和荀美如，看起了热闹。

当日晚上八点，《悦秀》杂志的官方微博放出荀美如的“玉兔”主题照。

照片里的荀美如穿着一身大牌纱裙，站在宛如月宫的仙气飘飘布景下，身旁还有两只毛色雪白的兔子当道具。

众人看了这组照片，觉得虽然挺好看的，但是总感觉哪里怪怪的。好看的是拍摄主题和造型，让人感觉奇怪的却是荀美如。

荀美如已经出道很多年了，这类比较“仙”的主题放在她的身上，总让人感觉缺了一份轻盈和灵气，显得有些别扭。

照片里的荀美如，造型和衣服都很年轻化，她的脸上也没有一丝皱纹，但就是不对劲。

有网友说荀美如“太不服老”了，还有人说“有一种在看中老年偶像剧的感觉”。

有好事者将照片里荀美如的脸换成了楚皙的脸，随后发到网上，违和感立马消失了。

不过网友的这一举动也引起了许多人的不满，他们觉得荀美如的表现力比楚皙好，网友应当对年龄大一些的女明星友好些。

两个小时后，也就是晚上十点，《悦秀》杂志的官方微博放出楚皙“海妖塞壬”主题的照片。

顾铭景一直在关注《悦秀》的消息，第一时间看到了他们发的微博。

顾铭景先是看到了文案。

海妖塞壬？

他在脑子里过了一遍海妖塞壬的故事，随后将目光落在文案下配的图片上。

顾铭景点开第一张大图，手上的动作停下来了。

他们怎么能给楚皙拍这样的照片？他现在就要把这个杂志社买下来！

“海妖塞壬”系列照片与“玉兔”系列照片形成了强烈的反差。

与仙气飘飘的“玉兔”系列照片不同，“海妖塞壬”系列照片散发着神秘、危险的气息。

“海妖塞壬”的背景是墨蓝色的汹涌的海洋。天空黑云密布，仿佛下一秒就会掀起巨大的风浪。

巨大的礁石上，一个女子侧身坐着，蓬松、微湿的长发垂了下来，遮住了她大半的胴体。她将一只手轻轻地搭在胸前，宛如某种正在狩猎的大型猫科动物，看得人微微一怔。

《悦秀》杂志的官方微博一共发了六张楚皙的照片，每一张都带有强烈的故事感。

网友们看到这组照片后，一时间找不出任何词语来形容此时内心的感觉。

网上有很多楚皙的照片，她给人的感觉一直是清纯可人的，甚至有点青涩、稚嫩。然而令人怎么也想不到的是，清纯的“小白花”化上烟熏妆，小露身材，立马气场全开、大杀四方，活生生像换了一个人。

没想到是这种风格的照片！

这哪里是“小白花”，明明是“霸王花”！

她走这种风格竟然一点儿也不违和，驾驭得太好了！

她素颜的时候显小，没想到化了浓妆这么性感。

这个眼神、这个脸、这个锁骨、这个胸、这个腰，她是怎么长的？太好看了！

不一会儿，“楚皙海妖塞壬”这个话题就登上了文娱热搜榜，并且势如破竹，一路朝顶峰奔去。

无数网友本着好奇心点进来，在看到照片后被深深吸引，保存了图片。

此次拍摄直接刷新了众人对楚皙的认知，让人对她好感倍增。

另一边，顾铭景被这组照片气得七窍生烟。

不得不承认，无论从哪个角度来看，楚皙的这组照片都是好看的。照片里的楚皙极富故事感和时尚表现力。

但是，这样的楚皙本该只有他顾铭景能看见，现在这样算怎么回事？

顾铭景此刻的感觉就像是自己辛辛苦苦一手种的水灵灵的小白菜，从前只能自己一个人看、一个人吃的小白菜，现在不得不和别人分享了。

顾铭景吸了一口气，然后缓缓吐出来，忍住了要把这个杂志社买下来改成养殖场的冲动。

毕竟，开养殖场事小，惊动楚皙事大。

顾铭景给高助理打了个电话，冷冷地吐出两个字——“买断”。

高助理：“买……买断？”

顾铭景：“买断。”

顾铭景所谓的“买断”就是把这一期的《悦秀》副刊全都买下来。

高助理愣了一下，然后立马点头答应：“好的，顾总。”

高助理挂了电话，又看了看楚皙的照片，对顾总的做法心领神会。

啧，醋坛子炸了。

高助理突然想到自己第一次见到楚皙的时候，她还是一个懵懵懂懂的少女，双眸中有着同龄女孩儿很少见的清澈。

他看到楚皙的第一眼就觉得这个女孩儿将来是要干大事的。现在看来，他是对的。

楚皙小姐能将顾总拿捏得死死的，果真厉害啊！

另一边，她上完表演课，得知照片的反响好，总算放心了。

她正准备再看一下评论，突然收到杂志社的消息，说有人要买断这期杂志……

买断？谁那么离谱？

楚皙瞬间想到一个人，有些生气。

他是不是有病啊？

楚皙正准备打电话给顾铭景，突然看见了顾铭景的车。

顾铭景来接她了。

她将手机收好，上了车，立刻恶狠狠地瞪了驾驶座上的男人一眼，随后“哼”了一声。

顾铭景看了看她，不懂她怎么又生气了。

楚皙深呼吸，尽量让自己的语气平静一点儿，问：“你为什么买断杂志？”

顾铭景了然，心想楚皙的消息还挺灵通的。

他握着方向盘，一边稳稳地开着车，一边道：“你知道啦？以后，不许再拍这样的照片！”

楚皙觉得自己似乎在车厢里闻到了一股酸溜溜的气味。

“我拍什么照片关你什么事？这是我的自由！

“你现在就给高助理打电话，让他赶紧停手。”

顾铭景没有说话。

楚皙泄愤似的踢了一下他的车：“快点儿。”

顾铭景本来满腔怨愤，结果不知道为何现在一见到楚皙，怨愤就全成了委屈。

他说：“地下男友也是男友，你有没有考虑过我的感受？”

“嗯？”楚皙疑惑地看着他。

车厢里的酸味越来越浓，楚皙觉得浑身不自在。顾铭景现在真是越来越爱撒娇了。

闻着这酸味，楚皙原本的那点儿怒气也没了，她解释道：“照片拍得很正常啊。外面的反响也很好，都是夸我的！难道我就不能偶尔性感一点儿，非得把自己打扮得像个小学生？”

顾铭景不说话，用沉默表示抗拒。

“至于吗？”楚皙解释了一大通后，看着沉默不语的顾铭景，觉得自己像是在对牛弹琴，十分无奈。

她突然想到了什么，抓着胸前的安全带，双颊微红，转过头，看向车窗外，小声道：“反正你该看的不该看的，都看了。”

楚皙说完这句话就开始后悔了，自己为什么要把话题扯到这上面来啊？

好在顾铭景没有立刻接话。

楚皙低头往车椅里缩了缩，仿佛刚才自己什么也没说过，什么也没发生一样。

车里安静得过分。

顾铭景用手指轻轻地点着方向盘。

他承认自己被这句话哄好了，像是只刚被捋顺了毛的猫，浑身上下每一处都熨帖不已。

楚皙被车厢里的安静憋得脸热，“哼”了一声，然后大声说：“喂，听到了吗？不许买断！”

她说完，伸手抓住顾铭景的手腕。

顾铭景终于缓缓地道：“好。”

楚皙这才松了口气。

楚皙录制的《明星大挑战》到了第三期，第一期在本周六晚上九点正式在阳光台开播。

这个节目会在电视台和网络平台上同步播出，楚皙为了看网友的评论，特意选择在网上看。

节目一开场便是六个嘉宾出场时被走廊里的怪手吓到的场景。

楚皙是第一次看到其他几个嘉宾的反应，没想到大家都被吓得那么惨，有爬墙的、逃跑的、腿软的，让人既好笑又心疼。

当楚皙出场时，屏幕上飘着“心疼楚皙”“呜呜呜，我们家崽崽得被吓成什么样子”“楚皙看到蟑螂都要掀翻房顶，现在不会被直接吓晕吧”之类的评论。

然而，出乎观众意料的事发生了——

楚皙当时也被手抓住脚踝，但她一边尖叫，一边用脚对那只手发起了反击，左脚踩完右脚踩，右脚踩完跳起来用两只脚踩，动作一直持续到道具四分五裂了才停止。

众人惊呆了。

这个女人，厉害！

哈哈哈！大家还心疼楚皙吗？还是先心疼那只手吧！

她不是说自己胆子小吗？我看她战斗力可一点儿都不弱！

于是在接下来的九十分钟里，拿了“小白花”剧本的楚皙，一个人扛起了他们“活命组”反击的重担，一边被吓得连声尖叫，一边手持狼牙棒挥舞。

在恐怖屋里尖叫的人有很多，在恐惧中发动武力攻击的人也有，但是一边尖叫一边发动武力攻击的人十分罕见。

楚皙的举动让经验丰富的恐怖屋的工作人员都吓得仓皇逃窜。

更有意思的是，楚皙从恐怖屋出来后，看到手中的狼牙棒，似乎还不知道自己做了什么，完全不承认自己在恐怖屋里的所作所为。

节目全程精彩，收视率一路飙升，最后稳坐同时段播出节目第一的宝座。

众人先回想了一番杂志上魅惑众生的海妖，然后抬头看了看视频里那个挥舞着狼牙棒的女人。

这竟然是同一个女人？

众人心情复杂，又莫名地觉得楚皙有点儿可爱。

节目的第一期开了个好头，不仅收视率第一，网络播放量更是遥遥领先。

这个节目成为近期最热门的综艺，每一期的录制都格外引人关注。

第三期节目的录制地点在古东市的影视基地。

这期的飞行嘉宾是唱跳明星谢源。他有不少粉丝。

而《明星大挑战》的四个常驻男嘉宾中，严准的人气最高，粉丝同样不少。

谢源和严准，一个是唱跳界的红人，一个是演艺圈的红人，两个人在同一期节目中碰见，引起了不少人的关注。

第 十 三 章

迷雾深渊

终于到了第三期节目的录制时间。

五个常驻嘉宾经过前两期的录制，互相已经很熟悉了，尤其是楚皙跟艾雯雯。她们在录制第一期节目时就建立了深厚的友谊，关系十分好。

等人员到齐后，六个嘉宾在古东市休息了一天，第二天正式开始录制节目。

《明星大挑战》第三期的主题是“皇权挑战”。

导演跟大家宣布游戏规则。

本次的故事发生在古代的宫廷中，两个女嘉宾分别饰演“女帝”和“太监”，剩下的四个男嘉宾饰演“女帝”的“大臣”。

已知四个“大臣”中有三个是奸臣，只有一个对“女帝”忠心耿耿。“女帝”要在接下来的挑战里辨别出谁是奸臣、谁是忠臣，成功辨别出来则挑战成功，辨别失败则奸臣获胜。

节目里的四个男嘉宾饰演的都是“大臣”，没什么好争的，但“女帝”和“太监”的饰演者则需要分配。

“等一下！”艾雯雯立马举手示意。

导演：“怎么了，艾雯雯？”

艾雯雯：“报告导演，为什么这个‘太监’要在我和楚皙两个女嘉宾中产生？男嘉宾都是‘大臣’，偏偏我们中间的一个人要当‘太监’，这不公平！

“再说了，我们女的好不容易能当‘皇帝’，当的还是个倒霉‘皇帝’。总共才四个‘大臣’，三个都是‘奸臣’，这也不公平！”

楚皙在一边猛地点头：“对，凭什么？”

导演顿了一下，看着这两个女人，问：“到底我是导演，还是你是导演？”

艾雯雯答得干脆：“您是导演。”

导演：“那不就得了？我是导演，我说了算。

“楚皙、艾雯雯猜拳，谁赢了谁当太监。”

楚皙：“……”

艾雯雯：“……”

为什么这个“太监”还得是赢了的人当？

两个女人反抗失败，在四个男嘉宾和导演组幸灾乐祸的目光下猜拳。

艾雯雯拉着楚皙，悲愤不已：“不管你我谁是‘太监’，我们都是一体的，荣辱与共。”

楚皙同样热泪盈眶：“对，荣辱与共。”

两个人猜拳，楚皙输了。

她正准备哀号一番，忽然想到导演之前说，是赢了的人当“太监”……

楚皙别过眼，正好看到艾雯雯撸起袖子说：“当就当！”

六个嘉宾换好符合各自身份的衣服，“皇权挑战”正式开始。

向来抠门的节目组这次给嘉宾租的衣服倒是花了不少钱。

楚皙“龙袍”加身。虽说她当的是个倒霉“皇帝”，但龙袍做工不错，她忍不住自拍了两张。

楚皙穿着“龙袍”出场后，发现艾雯雯的“太监”服也不普通，上面还有精致的刺绣。

楚皙：“你这衣服也不错。”

艾雯雯一脸骄傲：“那是，我是首领‘太监’。”

两个人正说着话，四个男嘉宾换好了“大臣”的衣服，同时出场，旁边还配了台鼓风机。

艾雯雯：“天哪。”

刚才还说衣服不错的两个人立马看出导演组有多偏心了。

四个男嘉宾，个个都穿着绣蟒的朝服，那刺绣的精致程度和衣料的质感把楚皙身上的“龙袍”比得像二十块钱穿一次的影楼款。

四个大臣中，严准和许嘉凡长相帅气，赵宇是男模，气质这一块自是不必赘言的，飞行嘉宾谢源站在那里仿佛自带光环。

节目组把四个人这么一打扮，颇有“朝堂四美”的味道。

“皇权挑战”的第一幕就是楚皙坐在朝堂的龙椅上，接受文武百官的朝拜。

节目组这次肯定是下了血本，除了四个男嘉宾，还请了十几个群众演员来扮演官员。

刚上朝，各大臣就针对朝政问题展开了激烈的辩论，四个人都向龙椅上的“皇帝”楚皙表明自己为这个国家殚精竭虑，请求她罢免其他三个人的官职并打入天牢，秋后问斩。

“皇上，微臣对您忠心耿耿的啊！”四个人跪在地上，异口同声地喊道。

楚皙一时间头都大了。

“退朝！”她带着“太监”小雯子溜了。

上完朝，楚皙跟艾雯雯走在御花园，身后跟着仪仗队。

楚皙："雯雯，你觉得刚才那四个里面哪个是'忠臣'？"

艾雯雯还没适应自己的"太监"身份："微臣……啊呸，奴才……不知道啊。"

她似乎觉得这样说有些敷衍，赶紧给楚皙分析了一番"朝堂四美"的动作、语言、微表情，最终得出结论——自己真的分不出来谁忠谁奸。

"不过皇上您放心，奴才对您始终忠心耿耿。"

楚皙"扑哧"一声笑了，摇了摇头，道："朕知道了。"

她们在御花园里走着，迎面走过来三个穿着华丽古装的男子。

他们见了楚皙，都俯身道："'臣妾'参见皇上。"

楚皙："啥？"

身后一个宫女赶紧走上前给楚皙介绍："启禀皇上，这三位都是您的后妃。这位是李贵人，那位是陈嫔，另一位是柳妃。"

节目组请的三个群众演员都是帅哥。

楚皙还没反应过来，身旁的艾雯雯已一脸艳羡："呜呜呜，我也想当'皇帝'。"

此时，两个人的耳机里突然响起导演组的提示。

"皇帝"的"后妃"中有人跟前朝的"奸臣"勾结在一起，给"奸臣"传递情报，"奸臣"也为"后妃"出谋划策，试图刺杀"皇帝"。

"皇帝"在揪出"奸臣"的同时，也要揪出跟"奸臣"勾结的"后妃"，否则"皇权挑战"照样失败。

楚皙看了看眼前的三个"后妃"，然后想起刚才朝堂上的四位大臣，突然抽了抽嘴角，有些震惊地道："他们是怎么勾结上的？"

艾雯雯："……"

导演组："我们说勾结就是勾结，你不需要知道他们勾结的方式！"

楚皙被导演凶了，委屈地噘起嘴。

节目组设置了不少剧情点和游戏环节，工作人员紧盯着楚皙和艾雯雯，尤其是楚皙。

他们一路对她严防死守，严格按照规则来，就怕楚皙不按常理出牌。

这一期录制很受关注，今天影视基地里也有不少粉丝和群众演员，不一会儿网上便有了很多现场的照片。

其中，最火的一张照片是六个人的合照——京城，热闹的大街上，穿着“龙袍”的楚皙大步走在前面，身旁是“太监”小雯子，身后跟着四个玉树临风的男嘉宾。

楚皙领头，六个人抬头挺胸、气宇轩昂，引人瞩目。

众人看了照片，对这期节目好奇极了。

明挑（《明星大挑战》的缩写）天团！

皙宝穿“龙袍”太惊艳了！

这一期到底是什么主题啊？楚皙怎么当“皇帝”了？艾雯雯是“太监”吗？楚皙身后的四个人又是什么身份？

好羡慕楚皙！

这个设定一出，四个男嘉宾的粉丝反应都十分微妙。

艾雯雯当“太监”还好，楚皙竟然是“皇帝”，还被四位帅哥众星捧月般地围在中间。

难道楚皙又像以前一样走小公主路线，所有男嘉宾都得捧着、宠着她？

是不是看楚皙红了，节目组就让所有的男嘉宾捧着她啊？

楚皙，不许碰谢源！

就在此时，又有人上传了新的照片。

那应该是游戏环节，在场地中央，赵宇正背着许嘉凡做热身运动。

看到这张照片，严准和谢源的粉丝同时心一揪。

这是什么游戏？需要嘉宾背着人完成吗？

楚皙会不会让严准背啊？

楚皙会不会让谢源背啊？

有在现场的粉丝发回照片——赵宇背着许嘉凡在场地中央守擂，而严准背着的是谢源。

至于楚皙……

她此时正背着“太监”艾雯雯站在旁边，满脸笑意地盯紧了守擂的赵宇、许嘉凡，随时准备偷袭。

众人：“……”

影视基地现场，一天斗智斗勇的录制结束，楚皙要做出最后的选择，判定谁是“忠臣”、谁是“奸臣”。

她站在台子上，头顶有一口大锅。

她要选出唯一的忠臣，如果选错了，就要被头顶的锅砸，然后在剩下的人里接着选，直到选出正确的人为止。

楚皙看着眼前四个十分养眼的男人，头开始大了。

她观察了一天还是分不出来。

“太监”艾雯雯走到楚皙的身边，握住她的手，跟她一起站在锅下。

两个人十分默契，明显是约定好了，一同坚定地看向导演。

楚皙：“导演，我不要这江山了，要带着小雯子‘私奔’！”

“朝堂四美”没想到“皇帝”竟然直接放弃，都一脸茫然。

导演愣了一下，看着眼前目光坚定的“皇帝”和“太监”，慢悠悠地举起小喇叭，吐出一个字：“砸！”

话音刚落，锅立马落下，毫不留情地砸向站在锅底的两个人。

“啊——”

“啊——”

楚皙和艾雯雯同时抱着头叫了一声。

导演露出一副“别跟我耍花样”的表情，说：“快点儿选。”

好痛，导演好过分，开个玩笑也不可以吗？

楚皙捂着头，委屈地看着“朝堂四美”。

她正想问问艾雯雯的意见，突然发现身边已经空了。

人呢？

艾雯雯已经弃楚皙而去，抱着头悄悄地站到了台下：“这个太疼了，我先走了。”

楚皙：“绝交！”

楚皙重新看向面前的“朝堂四美”，然后深吸了一口气，心想，随便蒙一个吧，总不可能那么倒霉吧？

接着，录制现场传来三下头跟锅底碰撞发出的响声，十分响亮。

楚皙被砸蒙了，身子摇摇晃晃，眼前金星乱飞。

她连选三个，全是“奸臣”，唯一的“忠臣”严淮露出一副生无可恋的表情。

严淮心想，这个女人竟然把参加《勇敢之心》时的霉运一直延续到了现在，真不愧是她。

本次的“皇权挑战”以“皇帝”失败告终。

节目录制结束后，时间已经不早了，大部分人决定在古东市休息一晚，明天再各自忙接下来的工作。

除了谢源赶时间坐飞机离开了，剩下的五个嘉宾晚上一起聚了餐。

他们本来想吃完饭后一起去酒吧喝点儿酒，但楚皙惦记着上次表演老师布置的作业，于是跟艾雯雯提前回了酒店。

楚皙来到房间门口，用卡刷开房门，意外地发现房里的灯是开着的。

她感到奇怪，怎么回事？自己走错房间了？

可是她都已经刷卡进来了啊。

她正准备退出去看看房间号，顾铭景就从套间里走出来了。

他皱了皱眉，问："怎么这么晚才回来？"

楚皙看到突然出现的顾铭景，惊讶地问："你……你回国了？"

前些天顾铭景去国外出差了，楚皙没问他什么时候回国，没想到他会突然出现在自己的房间里。

"嗯。"顾铭景伸手关上门，"今天刚回来。"

楚皙点头，"哦"了一声，然后又问："那你是怎么进来的？"这家酒店竟然私自放人进顾客的房间。

顾铭景："你可以问问付白。"

"好吧。"楚皙耸耸肩。

顾铭景见楚皙看到自己出现并不是很高兴，挑眉问："你不想我来？"

楚皙鼓了鼓腮："我明天就回去了，你来干什么？倒时差不累啊？"

顾铭景听到她后半句关心的话后，心情还不错，慢慢地吐出两个字："想你。"

楚皙觉得自己的牙都快被酸倒了，肉麻得起了一身鸡皮疙瘩。这个男朋友实在是太可怕了。

她把顾铭景推到沙发上坐着，问："你自己肯定还有房间吧？坐一会儿就回去吧。"

顾铭景哀怨地看了她一眼："只坐一会儿？"

楚皙叉腰，问："那你还想做什么？"

他想做的可多了，只是现在都还不被她允许。他可怜巴巴地问："那亲一下总可以吧？"

楚皙思来想去，顾铭景刚回国就跑来找她，虽说肉麻了点儿，但还是不让人讨厌的，于是她凑过去闭上眼，说："一下。"

顾铭景伸手轻轻地托住楚皙的后脑勺，她感受到顾铭景的呼吸越来越近，打在她的脸上。

楚皙的脸上泛起了红晕。

下一秒，就在他们的双唇即将相触时，不合时宜的敲门声响了起来。

楚皙本来就紧张，每次跟顾铭景在一起都像做贼一样，现在被敲门声吓了一跳，立马从顾铭景的身前跑开，问："谁？"

"是我。来拿东西。"艾雯雯的声音在门外响起。

楚皙这才想起刚刚艾雯雯说要来找自己拿面膜，松了口气。

"好，那等……等一下。"楚皙冲门外喊，然后急忙观察屋里是否有空间大一点儿的藏身地方。

顾铭景一脸不爽，看着在屋里跑来跑去而不去开门的楚皙，问："你做什么？谁在敲门？"

楚皙正趴在地上看着床底，突然抬头道："给你找个藏身的地方。"

顾铭景："……"

艾雯雯还在外面敲门，楚皙观察了一番，觉得床底最好，拉着顾铭景走过去："这里，你快藏进去，快点儿。"

顾铭景的太阳穴突突地跳："不可能！"

楚皙龇牙咧嘴地拖着他："快点儿，快进去。"

顾铭景微怒，抓起楚皙的一只手腕质问道："我就这么见不得光？在朋友、同事面前也要东躲西藏？"

楚皙对他做了一个嘘声的手势，道："你小声点儿！"随后哀求道，"你藏进去，就这一次。"

顾铭景别过头："不。"

"你……"

楚皙生气了。

两个人正僵持着，门外的艾雯雯已经等得不耐烦了，贴在门上听里面的动静，竟然听见了男人的声音。

艾雯雯惊讶地道："楚皙，你好不够意思！"

楚皙隔着门问："啊？"

艾雯雯："我都听到了！你的房间里藏了谁？"

此话一出，屋里顿时没了动静。

艾雯雯在门口等了半天，门终于被打开了。

楚皙把门拉开一个小缝，探出脑袋，伸出一只手，把面膜递给了艾雯雯：“给你。”

艾雯雯接过面膜，伸长了脖子，使劲往屋里瞧，彻底被勾起了好奇心：“你里面到底藏了什么见不得人的东西？”

楚皙：“男的。”

艾雯雯：“不会是真的吧？”她一脸怀疑，然后作势要进去，“快给我看看。”

楚皙挡住艾雯雯，将她的脑袋往外推：“真的真的，他害羞，下次给你看，快回去吧！”

楚皙费力地把艾雯雯的脑袋推了出去，然后赶紧关上房门。

她转过身，刚准备松口气，却发现顾铭景站在她的旁边。

楚皙吓了一大跳，后背紧紧地贴着房门，抱怨道：“你怎么没声音，吓死我了。”

顾铭景的脸色很难看。他似乎在生气，发自肺腑地质问道：“你们刚刚在说什么？什么男的？”

楚皙暗叫“不妙”，噘起嘴：“谁让你不钻到床底下的！”

顾铭景被她这话一堵，满腔的情绪找不到发泄的地方。

这个女人，他打也打不得，骂也骂不得，真是拿她没办法。

最后，他索性揽着她的腰，完成了刚才那个被打断的吻。

楚皙倒也没抗拒，将拳头抵在他的胸口，闭着眼睛，生涩地回应着他。

两个人的呼吸交织在一起，唇舌缠绵，亲密无间。

以前他们不是没亲过，只是大多数时候是在床上亲的，以至于楚皙的吻技一直没什么长进。

现在他们才吻了一会儿，她就开始缺氧，脑子发晕了。等顾铭景松开她的时候，楚皙晕晕乎乎的，差点儿摔倒。

顾铭景稳稳地把她捞住。

楚皙不知是害羞还是怎么了，扶着顾铭景的胳膊，眨了眨眼睛，然后使劲地摇头，似乎想甩掉眼前冒出来的金星。

顾铭景消了气，摸着她的脑袋柔声问："怎么了？"

楚皙那晕乎的脑子好不容易才清醒一点儿。她咂了咂嘴，说："我下午被锅砸时也是这个感觉。"

顾铭景的脸又黑了。

《明星大挑战》的收视率一期比一期高，节目一期比一期火。楚皙在人气暴涨的同时，表演课也上完了。

他们表演班最后有个学员汇报演出的环节，楚皙拿了第一名。

就连表演老师都没想到，一开始最令她恐惧的学生，那个被称为"娱乐圈的老鼠屎"的女明星最后给了她最大的惊喜，令她感动得热泪盈眶。

楚皙的人气暴涨之后，不少制片方主动将剧本递给她，并且几乎全是请她当女主角。

付白跟楚皙在这些剧本里挑选一番，觉得这些剧本都不太好。

这些制片方似乎没将心思放在打磨剧本上，只是看中了她最近的高人气，想靠她将片子卖出去，根本不在乎质量。而质量好一点儿的影视剧，此时又轮不到楚皙，毕竟现在楚皙"演技糟糕"的形象已经深入人心了。

她之前演的《桃花诺》还没播出，导演大胆选用楚皙的行为被人称为"业内一大壮举"。

即使楚皙在拍摄期间每天早上去公园练台词，表现得越来越好，楚皙的口碑依旧没有好转。众人最多只是说她"比较敬业""态度很好""很努力"，但对她的演技依旧心存怀疑。

楚皙和付白每天为戏的事情挠破了头，粉丝则一边分享着楚皙的照片，一边剪辑着楚皙在《明星大挑战》里的各种搞笑片段。

业内最近要开拍的剧不多，付白主动给楚皙接洽了一些班底还不错的剧组。

楚皙自己也在找，最后在看到一部主角未定的待拍剧时愣了一下——根据大热的同名小说改编的都市悬疑推理剧《迷雾深渊》，女主角韩宜，职业是警察。

《迷雾深渊》主要讲述了作为警察的女主角韩宜和作为法医的男主角白深，两个人携手破解一桩桩悬案，为人民伸张正义的故事。

楚皙的目光在“警察”两个字上停留了很久。她想起家里那身永远被母亲熨得笔挺的警服，以及那枚被母亲小心翼翼地珍藏着的99式银白色警徽。

既然楚皙成不了自己最崇拜的那类人，演一回自己最崇拜的人也好啊。

楚皙把《迷雾深渊》的备案信息发给付白，说：“我觉得这部不错，你看我们能争取一下吗？”

“哪一部？”付白看到楚皙给他发过来的资料，吓得倒吸一口凉气。

这部剧的出品方是业内有口皆碑的影视公司深海影视。

深海影视出品的每一部剧几乎都是精品，没有一部剧的评分低于7分。他们选演员的标准也是出了名的严苛，剧里就没有一个演技不好的。

这部《迷雾深渊》是深海影视今年的重头戏，选角自然也是重中之重。

深海影视连普通的当红明星都不考虑，更别提演技令人闻风丧胆的楚皙了。

别人争取争取说不定还有个试镜的机会，楚皙恐怕连试镜的机会都没有。

付白没有直接拒绝，只是说：“要不……咱们再看看别的？”

“嗯。”楚皙有气无力地趴在桌子上，“好吧。”

付白又给她发了几部戏的选角信息。

楚皙没有仔细看，而是一下午坐在工作室里，一口气把《迷雾深渊》的小说看完了。

然后，她对韩宜这个角色多了一份执着。

韩宜是一个平凡的基层刑警，坚守着内心的正义，沉着冷静，心细如发，为了一桩桩悬案不知疲惫地奔波着，并在所有人沉默的时刻站出来，只为还原真相，为受害者和家属讨回公道。

楚晢想到小时候父亲穿制服的样子。

那时她的愿望是将来要么当警察，要么嫁给一个警察。

她以前都是被安排演什么角色就演什么角色，这是第一次发自内心地想演一个角色、喜欢一个角色。

付白见她仍然念念不忘，便将她的简历发到了深海影视的邮箱，结果当天就收到了拒绝信。

楚晢本来还抱有一点儿期待，结果当天收到拒绝的邮件，眼睛里的光顿时消失了。

付白见她丧气的样子，又想到一件事情，谨慎地道："你最近跟顾铭景……？"

楚晢听到顾铭景的名字后一个激灵。

她没敢把自己已经将顾铭景升级成地下男友的事情告诉付白，以为付白觉察出了什么，立马矢口否认道："什么也没有，什么也不是，我跟他现在相看两生厌，关系很差。"

"之前还去给他做饭，怎么现在就相看两生厌了？"付白嘀咕。

楚晢见付白似乎没有察觉，松了一口气，耷拉着眼皮，问："你问他做什么？"

付白不答反问："那顾铭景还是你的粉丝吗？"

自从楚晢跟严准的绯闻曝光后，顾铭景已经很久没有公开表示自己喜欢楚晢了。

楚晢的眼神有些躲闪，她吞吞吐吐地说："我……我不知道，应该不是了吧。"

"好吧。"付白似乎有些遗憾，"我想说的是，元景集团最近收购了深海影视百分之五十的股份，顾铭景现在是深海影视的大股东。如果现在你跟顾铭景的关系还不错的话，你可以跟他说一声。那边应该会给你一个试镜的机会。”

楚皙：“嗯？”

她心中希望的小火苗又开始燃烧起来。

楚皙跑到顾铭景家，炒了一桌子的菜。

事出反常，必有古怪。顾铭景没有立刻动筷子，而是挑了挑眉，问：“有什么事吗？”

楚皙脸憋得通红，从身后掏出一个信封：“这个。”

顾铭景笑了一下：“给我的情书？”

“不是！”

楚皙生怕顾铭景把信当情书拆了，连忙道：“我想请你帮我转交一下。听说你收购了深海影视的股份，我想请你，不，请高助理或者是你的秘书帮我把这个转交给《迷雾深渊》的导演，可以吗？

“我想试试《迷雾深渊》里的一个角色，所以写了封信给导演。”

信里有她对《迷雾深渊》这本小说的见解，有她对女主角韩宜这个角色的剖析，以及她有多么喜欢这个角色的情感。

她真心希望能得到一个试镜的机会。

顾铭景拿着信问：“你喜欢的话，为什么不直接跟我说？”

楚皙鼓了鼓腮：“不是说好了你不插手的吗？”

她低下头，慢慢道：“我想自己试试。

“只要有个机会就好，不管试镜结果如何，我都接受。成功更好，不成功，说明我真的不适合这个角色。但是我现在连试戏的机会都没有，所以我想让你帮帮忙，行吗？”

她说完在顾铭景的唇角飞快地亲了一下。

顾铭景看着楚皙亮晶晶的眸子，点了点头：“好。”

没过多久，深海影视的年度大戏《迷雾深渊》开始选演员的消息传了出来。

有小道消息称，最近因盛世美颜和综艺节目而人气暴涨的楚皙也在女主角的备选名单当中。

听到这一消息的人均是一惊。

楚皙要演深海影视的剧？她是想去砸人家的招牌吗？

在大家看来，以楚皙的演技，她可以演偶像剧。

但《迷雾深渊》是一部悬疑推理剧，对演技的要求很高，楚皙完成得了吗？

另一边，托顾铭景的福，《迷雾深渊》的导演看到了楚皙的亲笔信。

其实，自他从业以来，为了角色给他写信的演员不少，一封亲笔信并不能打动他，但令他惊讶的是楚皙在信中对剧本的感悟和对角色的分析。

如果不是代笔的话，楚皙就是下了功夫的，导演这才愿意给她一个试镜的机会。

楚皙打开粉丝群，看到粉丝的留言。

你好，演员楚皙！我们都知道你很努力，试镜一定要成功啊！

皙宝以前的表现是不好，但是我相信现在的你一定不会让我们失望的。

皙姐在拍《桃花诺》的时候就答应过我们要好好演啊，她什么时候骗过我们？

皙宝，你能看到吧？我知道你爱偷偷看我们的消息，无论你做什么，我们都支持你，这次一定要加油！

我们的励志皙是最棒的！

楚皙看了一会儿，捂住嘴，感动得热泪盈眶。

粉丝追逐着光，那么她就更应该发光发亮。

试镜的地点定在深海影视的总部大厦里。

楚皙来得很早，坐在休息室的角落里等待试戏。

她坐下来，从包里掏出一个红色的盒子，里面是父亲的警徽。

楚皙伸手细细地摩挲着警徽，顿时有了信心和勇气，然后关上盒子，信心满满地放回包里，掏出剧本熟悉要试演的剧情。

深海影视是业内出了名的不近人情的公司，无论你多有名气，都得跟所有的竞争者一起试戏，没人会有特殊待遇。

不一会儿，楚皙就在等待的人里看到许多熟悉的身影。

大家都很安静，有的在补妆，有的在看剧本，还有的不知道对着手机在忙些什么。

楚皙环顾四周，突然发现有个“老熟人”也在里面——乐珊。

这次试镜机会，乐珊应该是好不容易才拿到的。

楚皙看她的样子好像变了一点儿，鼻子、脸形都有了些变化，美是美了，但是美得千篇一律，没有特色。

女演员外形中最致命的一点其实不是丑，而是没有辨识度，让人记不住。

试镜时间还没到，楚皙起身去洗手间，结果在走廊里碰到了刚从洗手间里出来的乐珊。

楚皙没理她，径直走过去，乐珊却堵到楚皙的身前。

楚皙换了个方向，乐珊又挪了过去。

“你怎么好意思来试戏？”乐珊挑衅道。

楚皙深吸一口气，告诉自己今天要试戏，保持好状态最重要，不能被这个人气坏了身子，只回了一句：“与你无关。”

她侧身想走，乐珊还是挡住了她。

楚皙告诉自己要冷静，莫与傻子争高低。

乐珊比她矮半个头，楚皙站直身子，目光向下：“有事吗？大半年没通告，你还没安生下来？”

她说完径直向前，用肩膀撞开乐珊。

楚皙上完洗手间回来，试镜已经开始了，大家依次被叫进去，时间有长有短。

楚皙排在中间的位置。

过了一段时间，站在门口的楚皙听到助理叫她的名字，握紧了拳头，抬头走了进去。

房间里，楚皙面前坐着导演和制片人，跟她配戏的是深海影视旗下的年轻演员。

如果说她上次试镜《桃花诺》时，是把每一句话、每一个表情都设计好了，那么这一次，她一直处于一种“放空”的状态中。

就像表演老师说的，她不去想是在演一个角色，而是告诉自己，她就是那个角色。她要充分地感受角色的气息，让自己和角色融为一体。

…………

楚皙演完，房间里很安静。

过了一会儿，导演才点了点头：“楚皙？挺好的。”

楚皙一笑，深深地鞠躬：“谢谢导演，谢谢制片人。”

她走出试镜室，浑身轻松。

不管结果如何，她已经为之尽了全力，即使这个角色最后不是她演也没关系，至少她努力过了。

对于自己向往的东西，她最遗憾的不是没有得到，而是明明有机会，却没有去试一试。

楚皙轻快地走回了休息室。

她去试镜时把包放在自己坐的椅子上，但现在回到自己的座位，发现包的拉链被人拉开了。

她微微蹙眉，伸手往包里探了探，里面竟然湿乎乎的。

楚皙立马敞开包口，发现自己的包里竟然被人倒了茶水，所有东西都被水浸泡着，剧本、唇膏、钱包、手机，还有父亲的警徽。

楚皙赶紧把警徽取出来，打开盖子检查，好在没什么事。手机浸水后已经彻底开不了机了。

楚皙把包一倒，水直接淋了一地。

她看着这一片狼藉的场面，气得浑身发抖。工作人员正在叫下一个试镜演员的名字，楚皙听到了“乐珊”这两个字。

乐珊走到试镜室门口，突然被人一把揪住后衣领，大力一拽，整个人立马往后踉跄了好几步。

“干什么？！”乐珊好不容易才站稳，大叫一声，转过身。

旁边的工作人员也吓了一跳：“怎……怎么了？”

楚皙冷着脸，把自己满是水的包提到乐珊的眼前：“你给我解释一下。”

乐珊看到楚皙的包后突然笑了：“哟，这是怎么啦？怎么这么不小心，把包弄成这样了？”

楚皙沉着脸道：“给我一个解释。”

乐珊理了理衣服，说：“跟你解释什么？你的包变成什么样子，关我什么事？”

她转身准备走，楚皙又抓住她的手腕，咬牙切齿地问道：“你不承认是吗？”

旁边的工作人员看到两个人之间的气氛不对，赶紧打起了圆场，对楚皙说道：“楚皙小姐，现在乐珊小姐要进去试戏，你们有什么问题的话，可以待会儿私下沟通，不要耽误时间好吗？”

“听到了没有？快放开！”乐珊试图挣脱被楚皙握住的手腕。

不知道是楚皙力气太大还是乐珊力气太小，乐珊一时竟挣不开。

楚皙看了看旁边的工作人员，又看了看面容扭曲的乐珊：“你今天不把这件事给我解释清楚，就别想进去。”

“你……”乐珊先是瞪眼，然后哑然一笑，“好啊，那你说是我，有什么证据吗？我告诉你，没有证据，你就是诽谤！”

乐珊提高了音量：“你有本事去调监控！找不出证据，就不要在这里发疯，讨厌你的人可多了。”

一提到监控，工作人员为难地说：“这个……休息室里是没有监控的。”

楚皙眉头微蹙。

乐珊得意地扬起唇角。

乐珊久久不进去试镜，又跟楚皙在外面吵架，惊动了屋里的人。

导演还有两个制片方的人一脸不悦地走出来：“这是怎么了？”

“对不起，导演，”工作人员看到导演出来，立马鞠躬道歉，“两位发生了误会，马上就好了。”

导演：“什么误会？”

工作人员凑到导演的耳边，耳语道：“楚皙的包好像被人倒了点儿水，她非说是乐珊小姐弄的，不让乐珊小姐进去试镜。我刚刚劝了也没用，两个人正在吵呢。”

他的声音很小，但四周很静，他说的话还是清清楚楚地落入楚皙和乐珊的耳朵里。

乐珊背对众人，面向楚皙的脸上扬起属于胜利者的微笑，一挑眉：“放手，听到没？”

她说完转身，立马恢复成平时那副甜美无辜的样子，鞠躬并连声道歉道：“对不起，导演，我马上就进去试镜。”

导演看了一眼乐珊，然后看向楚皙。

楚皙站在那里，脸上没有胆怯或者心虚之色，跟他对视。

乐珊趁机甩开楚皙的手，准备进去试镜。周围的人也转身准备进去了。

楚皙孤零零地站在那里，仿佛跟刚才那个工作人员说的一样，一切都是她无理取闹。

她攥起拳头，看到乐珊马上要消失在门口的背影，心一横，突然快步走上前，拉住乐珊的一只胳膊：“你以为休息室里没有监控，你做了什么事就没人知道了吗？”

众人停下来，回头看向楚皙。

找出往包里倒水的人并不难，楚皙只去试了个镜，不到二十分钟的时间里，包里就被人恶意地倒了水。

时间线很明显。

她包里被倒的是茶水，跟休息室对面茶水间里给大家提供的茶水的气味一模一样。

只要她找到在那期间去茶水间接了茶水的人，便找到了倒茶水的人！

楚皙说着自己的想法，乐珊听到这里又笑了一声："那照你这样说，大家只要喝茶，就都成害你的嫌疑人了？凭什么去接了茶水的人就是往你的包里倒水的人，那么多人之前就已经接了茶水，坐在休息室里，根本不用去接什么水。"

楚皙瞥了一眼自己的包："我的电子设备都浸坏了，东西湿透了，回来时包里积了半包的水，一杯水弄不成这个样子。"

她看着乐珊，淡淡地说："你不会满屋子找人借水往我的包里倒，我看你也没有带自己的杯子，茶水间提供的都是纸杯，容量不大。倒水的人倒了不止一杯水进去，休息室里没有监控，但是走廊里有。如果要查的话，这二十分钟里可能有不少人去茶水间接水，但大部分只是去一次。

"在二十分钟内去接了两次或者更多次水的人，应该只有你。你接水也不是为了喝，不是吗？

"难道你就不觉得这种举动很幼稚很无聊吗？"

楚皙说完，乐珊明显慌了起来。

楚皙抓住她的一只胳膊："走吧，我们去看监控，看看到底是谁那么爱喝水。"

"你放开我！"乐珊用尽全力甩开被楚皙抓住的胳膊。

楚皙："不敢了吗？去啊，怎么不去？"

在场的人都在静静地看着，乐珊的脸憋得通红："你以为你是谁，我有那工夫陪你去调监控？做梦！"

她甩下这一句，立马扭头跑开，看来是不打算试戏了。

孰是孰非已经一目了然。

楚皙松了一口气，看着乐珊仓皇逃开的背影，然后转身给在场的人轻轻地鞠了一躬。

“实在对不起，给大家添麻烦了。”

试镜结束，楚皙没想到顾铭景知道这件事的速度比她想象中还要快。

手机坏了，她刚买了一部新的换上卡，顾铭景的电话就打过来了。

他问她今天下午的一些细节。

楚皙耸了一下肩：“怎么，觉得我咄咄逼人、不依不饶？我早就跟你说过了，以前的温柔善良、胆小顺从都是装的，你要是觉得现在的我跟你心中的样子不一样的话，我劝你早点儿放手。”

顾铭景听到她的话，笑着摇了摇头：“没有，我是想说你还忘了点儿事情。”

楚皙：“什么事？”

顾铭景：“包里那么多东西被浸了水，你应该让她赔你的损失才对。”

“让她赔啊！”楚皙想到这一点，立马赤脚踩在沙发上跳了起来，“现在还能去报警吗？哎呀，我没有保护案发现场！我损失好大，好多东西都坏了，我的化妆品被水一浸也基本报废了。还有我的包，肯定还要拿去保养一下，还有……”

楚皙越想越气，气得挂了顾铭景的电话。

她记得自己有乐珊的电话号码，便从电话簿里翻了出来。坏女人得赔她的损失！

楚皙打过去，语音提示“您拨的用户暂时无法接通”。

她肯定是被乐珊拉黑了。

楚皙暗骂一句，坐在沙发上，默默地生气。

过了一会儿，门铃突然响了。

楚皙打开门，看到顾铭景提着东西来了。

她从鞋柜里找了拖鞋给顾铭景，鼓了鼓腮：“你这么晚来做什么？”

顾铭景笑了笑："不能来吗？"

楚皙做贼似的看了看外面，问："来的时候没有被别人发现吧？"随后关上了门。

顾铭景一想到自己见不得光的身份就十分头疼："没有。"

楚皙："那就好。"

顾铭景的手上拿着一个袋子，楚皙探着脖子好奇地问："你买了什么东西？"

顾铭景牵着楚皙的手在沙发上坐下，把购物袋递给她："给你的。"

"是什么呀？"楚皙接过购物袋，看到袋子上的 Logo（品牌标识）时顿了一下。

她从购物袋中取出盒子，把东西从盒子里取出来。

这是个挎包。

楚皙想到之前自己在顾铭景的公寓里满柜子的包，然后摸了摸手上的这个。

顾铭景知道她的包被水浸了，她不开心，所以这个时候送包来安慰她。

楚皙现在的心情十分复杂。她道："我今天的包没这么贵。"

顾铭景送过她很多东西。

每一季，他的秘书都会给她发来很多衣服、首饰的照片，各大奢侈品牌的当季新品随便她挑，还有专门的造型师帮她搭配服饰。

有一次，顾铭景跟她一起出去，路过某家珠宝店，见她往里面多看了两眼，就摸了摸她的头，让她进去选自己喜欢的珠宝。经理把镇店的东西全都拿了出来。

楚皙被店里那么多人注视着，硬着头皮随便指了几个。楚皙还记得他们离去时，店员看她的目光中充满了艳羡之色。

楚皙却并不怎么高兴。

她知道，这些与其说是顾铭景给她的"礼物"，更不如说是给她的"奖励"。这就跟你的小宠物今天表现得好，你会奖励它各种好吃的零食一样。顾铭景喜欢她听话、安静，一高兴便会给她各种他认为她会喜欢的“奖励”。

但是今天这个包应该是礼物吧，楚皙摸着眼前的包想。

这个包是他给女朋友的礼物。

楚皙想到这里开心了不少，拎起包，发现这个包比她想象中要重。

里面有东西吗？

她把包放在腿上，拉开拉链往里面看了看，一看就没有忍住笑——大到手机等电子设备，小到唇膏、面巾纸等化妆用品，各种女性的包里常见的东西都有。

只是包里的东西看似齐全，但细节不太到位。

楚皙掏出包里的那支口红，打开盖子，发现果然是正儿八经的死亡芭比粉色。

楚皙把唇膏递到顾铭景的眼前：“你挑的？”

顾铭景“嗯”了一声，问：“怎么了？”他似乎并不觉得这颜色有什么不妥。

“好吧。”楚皙把唇膏扔回包里，心情好得很，“没什么啦。”

没有女人收到礼物后心情会不好，尤其是现在这种礼物。这无关价格，她更在意的是他用了心。

楚皙抓住顾铭景的手，龇牙笑起来：“谢谢。我今天真的超级生气，本来想跟她打架的，但是那么多人看着，我觉得那样太难看了，就放弃了。”

楚皙跟顾铭景回忆自己今天的心路历程，道：“我使用了文明些的方法，一路推理出罪魁祸首就是她。其实，我也不知道走廊上有没有监控，随便说说就把她吓到了。她最后跑得像只老鼠，这才让我光顾着看，忘了索赔。”

楚皙一提到自己忘了索赔，连叹了好几声气。

顾铭景摸了摸楚皙的头。

楚皙抱着包，在沙发上不安分地摇晃着小腿。

顾铭景察觉出她内心的躁动，问：“怎么了？”

“没什么。”楚皙赶紧答应，然后表情变得有些凝重，依旧不安分地晃着腿。

她收到这样的礼物，现在心里直发痒。

普通的女孩子收到男朋友的礼物后，都可以发一条朋友圈，或者将消息分享给闺密。然而顾铭景是她的地下男友，他们的关系只有他们自己和高助理知道。她发不了朋友圈，发不了微博，甚至连身边的朋友也不能说。

楚皙思来想去，自己能与之分享的好像只有高助理。

那还是算了吧。

楚皙又看了看手机，想要发微博，猛地想起自己那个已经被遗忘很久的小号。

她还有两万个粉丝呢！

楚皙打开微博，切换到自己的小号。

她很久不更新微博，掉了一千多个粉丝，还有不少粉丝在她最近发的那条微博下留言，催她更新。

她还收到了很多私信，问她："'二狗'，你去哪儿了？怎么不发微博了？"

楚皙惭愧，自觉十分对不起粉丝，想了想，简单地发了条微博："大家好呀。"

陆陆续续有粉丝评论。

奶奶，您关注的博主发微博了！

呦，二狗终于想起微博密码了？

二狗，你死到哪儿去了？

叮，您的年更博主已上线！

楚皙看到评论后自知理亏，然而心里实在太痒了，把顾铭景送的包拍了张照片，然后编辑了一段文字，又发了一条微博。

她没有说自己跟乐珊的矛盾，只说今天她的包被水泡了，手机坏了，有人知道后晚上就送了她一个新的包，不仅送了包，包里该有的东西都有。

众粉丝："……"

粉丝立刻将注意力放在文字中的那个"有人"上。

> 我要取消关注！
>
> 二狗，你竟然背着我们谈恋爱了……
>
> 啧，这恋爱的酸臭味。
>
> 原来你爬上来就是为了秀恩爱，哼。

楚皙看着粉丝的评论，鼓了鼓腮。

好吧，一上线就这样，她确实不太厚道。

她摸到包里顾铭景买的手机，凑到顾铭景身边，眨着眼睛问："这个手机，我能送给别人吗？"

顾铭景听到后道："送吧，给你的就是你的。"

"谢谢。"

楚皙欢喜地坐回去，然后在刚刚的微博下留言道："好久不见，回来给大家带了礼物！在这条微博的评论者中抽一个粉丝，送一部手机，再抽二十个人一人送 ×× 元。"

评论区突然变了风格，粉丝纷纷留言："祝'二狗'和'狗哥'百年好合！"

楚皙对于自己"二狗"这个称呼已经接受了，但是在看到"狗哥"两个字时，愣了一下。

然后，她抱着手机默默地回头，看了一眼不知道正在拿着手机干什么的顾铭景。

男人穿着一身黑色西装，头发梳得一丝不乱，此时正慵懒地坐在沙发上。他微低着头，鼻梁挺拔、五官精致，简单地坐在那里也难掩优雅的气质。

楚皙想到这里差点儿没忍住笑，看顾铭景好像已经发现自己在看他，立马别过头。

“笑什么？”顾铭景抬头问，觉得楚皙笑得十分古怪，肯定没什么好事。

“没……没什么。”楚皙慌忙否认，看顾铭景明显不信，于是又问道，“顾铭景，你小时候有什么小名、乳名吗？”

顾铭景想了一下，然后轻轻地摇了摇头：“没有。”

“哦。”楚皙应道。

顾铭景挑眉：“你有吗？”

“我？”楚皙看了他一眼，骄傲地仰起头，“我当然有啦。”

顾铭景往她身边靠了一点儿：“叫什么？”

楚皙想了想，乳名还是家里的长辈叫得比较多，父母走后就只有奶奶那么叫她了。

如果顾铭景叫她的乳名，听起来她就像低了辈分。她又不是小孩子。

顾铭景对楚皙的乳名十分有兴趣，追问道：“是什么？”

女孩子比较常用的乳名有哪些？恬恬？贝贝？宝宝？

顾铭景想到这些可爱又肉麻的叠词可能是楚皙的乳名，仿佛看到了楚皙小时候的样子，唇角带笑。

楚皙清了清嗓子，看着顾铭景，终于十分正经地吐出了两个字：“翠花。”

顾铭景：“……”

楚皙“咯咯”直笑。

顾铭景拉着脸，把楚皙的小脸掰过来，问：“到底是什么？”

楚皙的两腮被他用一只手掐着，嘴唇像条小金鱼一样噘起。

她对顾铭景这种攻击人脸的做法非常不满，有骨气得很，说：“不说。”

顾铭景将手收紧了一点儿，楚皙的嘴就又翘高了一点儿，他凑近问：“那以后就是楚翠花？”

楚皙无奈，竟然被自己起的名字土到了，而且这样被捏脸，实在太没有尊严了。

楚皙扯着顾铭景的手臂，含含糊糊地嘟囔着，似乎生气了："你才是翠花，放……放开我！"

顾铭景不想惹恼她，识趣地放开手。

楚皙只觉得腮帮子酸，还没来得及松一口气，嘴唇便被一片温热的东西包裹住了。

"嗯……"楚皙用拳头捶了他的胸口两下，无果，只好闭上眼睛，浅浅地回应。

他今天的吻似乎格外激烈，也更有占有欲。顾铭景一点点地逼近她，楚皙慢慢地向后退，退到最后身子卡在沙发扶手和椅背的角落，无处可退。

空间逼仄，楚皙晕晕乎乎的，有些缺氧，不由得呻吟了一声。

顾铭景闻着她身上的香味，看到她双颊微红、眼神迷离的样子，揽住她的腰，准备把她往卧室里抱。

楚皙还没明白到底发生了什么，只感觉身子被人抱了起来。

算了，她闭着眼睛想。

顾铭景抱起怀里异常温顺、正犯迷糊的楚皙，正要离开之际，房间中传来一阵不合时宜的手机铃声。

伴随着嗡嗡的振动声，楚皙的手机屏幕亮了起来。

下一秒，楚皙睁开眼，一跃而下，跑到沙发前拿起手机。

楚皙抓着手机，脸颊通红，心脏扑通扑通地跳动着。要是没有这突兀的手机铃声，她怕是已经稀里糊涂地进了卧室。

她咽了咽口水，看到来电显示是"付白"，趴到沙发上，背对着现在不知是什么表情的顾铭景，接通电话："喂。"

付白兴奋的声音立马传来："恭喜恭喜！太好了！"

楚皙不由得把电话拿得离耳朵远了点儿："怎……怎么了？我中彩票了？"

"没有中彩票，不过比中彩票还好！"付白的语气中难掩激动，"片方刚刚通知我，《迷雾深渊》的试镜结果出来了，女主角已经定了，是你。”

“我？”楚皙整个人一顿，难以置信，浑身的汗毛都竖起来了，“真的吗？不对，怎么会这么快？”

她心虚极了，仿佛下一秒就会被人告知今天是愚人节。

电话那头，付白深吸了两口气，终于平静下来：“当然是真的，已经定了，过两天就去签合同、拍定妆照，然后深海影视会对外公布主角人选。我们没有走后门，导演和制片方今天一致同意，女主角是你。你太棒了，我就知道你没问题！”

“哦，好。”

楚皙呆呆地挂了电话，回味了半分钟，然后才激动得捶起了沙发。

她激动得差点儿哭了，不停地捶着沙发，强忍着尖叫，迫不及待地想要找人分享喜悦，然后回头看到顾铭景，立马冲过去紧紧地抱住他。

顾铭景从两个人的对话中猜到了大概的情况，拍了拍楚皙的背：“恭喜。”

楚皙整个人感觉轻飘飘的，过了好久才平复心情，缓缓地松开顾铭景，看了一眼墙上的挂钟，低着头问：“你什么时候走啊？”

很晚了，她要睡觉了。

顾铭景听到逐客令后有些无奈，刚想伸手，楚皙就往后躲了两步：“你不要乱来。”

她现在的模样跟刚才在他的怀里乖巧的模样判若两个人。

这都是因为那通不合时宜的电话。

相比于楚皙眉梢、眼角都是喜色，顾铭景一脸阴郁。

那个叫什么白的男人，出现得太不是时候了。

第十四章

正当关系

半个月后，深海影视的官方微博发布了其年度大剧《迷雾深渊》的男女主角定妆照。

外界最好奇的莫过于女主角韩宜的人选。

据说有不少女明星去试镜了，其中还包括楚皙。

就在所有人翘首以待时，女主角的定妆照终于出现了。

一身警服、英姿飒爽的楚皙出现在众人眼前，她身边写着角色名：韩宜。

这一消息在网上掀起了热议。

> 本来都快喜欢她了，现在算了。
>
> 我没看错吧？这不是在开玩笑吗？
>
> 不是说有很多女演员去试镜吗？陈××、何××、张××，都挺好的啊。

楚皙关掉手机。

她知道公布选角后外界的反应会很大，但是没想到会这么大。

她有些挫败地叹了口气，低下头。

楚皙问过导演为什么会选她，导演听后笑了笑，对她道："如果那天没有你跟乐珊的事，我们应该不会选你。

"这倒不是因为你试镜时表现得不好，而是即使你表现得再好，我们也不敢冒这个险。

"但是，那天你面对乐珊刁难时那头头是道的分析，还有眼底那股不服输的倔强劲让我们看到，你就是女主角韩宜。

"希望你不要让我们失望。"

楚皙想到导演的鼓励，握紧了拳头。

她好不容易才得到这个角色，才不会因为外界的否定而轻易放弃。那些被无数网友质疑的日子她都挺过来了，现在还怕这点儿闲言碎语？

在众人的质疑声中，《迷雾深渊》如期开机了。

这部剧是都市剧，拍摄地点在H市。

除了楚皙，其他角色的选择看起来十分令人放心，男主角是出道多年的颜值、实力兼具的男演员李峥旭，女二号则是苟美如，一个贯穿全剧的受害者家属。

楚皙在演员表上看到苟美如的名字时微微蹙眉。

上次拍杂志照片，苟美如抢了她的"玉兔"企划案，她没有跟苟美如计较，而是去拍了"海妖塞壬"，结果"海妖塞壬"系列照片大火，"玉兔"系列照片却因苟美如与年龄不符的装扮而遭到网友嘲笑。她没想到这次要在剧里跟苟美如合作。

苟美如出道这些年来资源向来不错，但是年龄上去了，再在偶像剧里跟小她十几岁的男演员谈恋爱十分违和。最近，苟美如似乎在考虑转型。

然而她不愿意在一般的影视剧中演配角，看《迷雾深渊》是深海影视的剧才接下了这个角色。

开机仪式上，楚皙第一次见到李峥旭和苟美如。作为晚辈，她主动去跟两个人打招呼。

李峥旭在剧里演的是一名法医，跟女主角韩宜一起合作，破了不少案。

剧里，男主角比女主角大了十岁，一直以前辈自居，跟女主角处于一种暧昧的状态，直到最后才有那么点儿要捅破窗户纸的意思。

李峥旭人不错，对楚皙点点头，笑道："以后好好合作。"

苟美如今天一直戴着一副遮住半张脸的大墨镜，身旁跟着两个助理。

楚皙见到她后点了点头："苟前辈。"

苟美如略显敷衍地应了一声，墨镜后面的眼睛从下到上地把眼前的人扫了个遍，态度冷淡。

如果不是在女主角定下来之前，苟美如就已经签了合同，这次怎么会甘心给这个人做配角？

同样令她妒忌的还有女孩儿满脸的胶原蛋白，这是她怎么保养都做不到的。

苟美如想着冷笑了一声，年轻又如何？演技烂就是原罪！

这次网上有这么多骂声，到时候剧播出后，质疑女主角演技的人不会少。

第一天是开机仪式和开机宴。

宴席上，众人推杯换盏，楚皙难免喝了点儿酒。

她被助理送回家后直接瘫在沙发上发呆，感觉自己脸颊发烫，脑子不太灵光。

她待了一会儿，放在身旁的手机振动了起来——来自顾铭景的视频通话邀请。

楚皙接通电话。

屏幕上出现男人的脸，他身后是湛蓝的天。

顾铭景又去国外出差了，两个人之间有时差。

顾铭景看到楚皙脸红而无精打采的样子，不由得皱起眉：“怎么了？脸这么红！”

楚皙使劲眨了眨眼，想清醒一点儿：“今天喝酒了。”

顾铭景听说她喝酒了，眉毛皱得更紧了。

楚皙酒量不好他是知道的，她以前跟着他参加过几次宴会，他跟生意上的伙伴说话，让她在茶水区休息，结果没一会儿就看到她坐在沙发上举着酒杯，小脸通红，旁边还有个男人在跟她搭讪。

顾铭景：“跟谁喝酒了？

“以后我不在，你不许喝酒！”

楚皙抓了抓头发：“剧组开机宴，就喝了一点儿。”

她似乎不满男人的态度，质问道：“凭什么你……你不在，我就不能喝？我自己想喝就喝，干吗听你的？”

见男人拉下脸，她又傻笑起来，道：“你生气啦？你什么时候回国？我们到时候一起喝。”

顾铭景看着屏幕里楚皙犯糊涂的样子，本着保留证据的想法，开始录屏。

屏幕里，楚皙小手一挥，十分豪迈：“你一杯，我一杯！你一杯，我一杯。”

顾铭景：“嗯。”

楚皙的思绪有些混乱，她想到什么说什么：“你……你知道吗？我们都有情侣超话了，也不知道是谁建的，叫什么……嗯……惊喜夫妇！我觉得这个名字好土，人家都叫什么五分钟夫妇、纪录夫妇。你知不知道啊？”

顾铭景：“我知道。”

并且，他对此很满意。

楚皙打了个酒嗝，又说：“那你知不知道超话里面……有好多……以我们为主角写的小说？”

顾铭景挑眉：“哦？写的什么？”

录屏的小红点一直亮着。

楚皙："就是写那个……那个……我跟我的男粉丝在一起了。我看了，觉得写得好奇怪……"

顾铭景："怎么奇怪了？"

楚皙摇头："想不起来了。"

顾铭景："那我去看看，回来后亲自告诉你怎么样？我们还可以按他们写的'故事情节'发展发展，好不好？"

楚皙乖巧地点头："好。"

第二天，剧组正式开工。

楚皙头痛欲裂地从床上爬起来，一边对着镜子刷牙，一边努力回想昨天晚上喝醉后的情景。

她昨晚干什么了？

她好像跟顾铭景开视频了……

对，他们是开视频了。

他们开视频时说了什么？她忘了。

算了，管她说过什么。她不想了。

楚皙洗漱完毕，被助理小严开车送往片场。

今天拍的第一场戏是《迷雾深渊》第一集的第一幕，内容是楚皙饰演的刑警韩宜在第一天上班的路上，看见抢劫犯抢了苟美如饰演的家庭妇女的提包，挺身而出追了上去，最后追到抢劫犯，将其送到警察局里，给了警察局的同事一个别开生面的见面礼。

拍摄地点在一条幽静的居民街，周围被人用警戒线围了起来，有很多早上起来买菜的居民在警戒线外看热闹。

导演跟楚皙和几个群众演员说完戏，摄像机准备就绪，导演举着小喇叭喊"开始"。

清晨的居民街上，楚皙和苟美如两个不认识的人一前一后地走着。

突然，有人像风一样从苟美如的身旁经过，轻而易举地抢了苟美如的提包。

目睹全程的楚皙一抬手，喊了声“别跑”，追了上去。

楚皙提步狂奔，马尾在脑后甩来甩去，摄像师架着摄像机坐在传送带上，跟着她迅速地往前移动。

两个人刚跑了没几步，导演突然喊：“Cut！”

楚皙向前缓冲了两步才停下来，转身有些迷惑地看向导演。

导演：“注意表情，你是在追嫌疑人，不是在参加跑步比赛，不要一脸‘我一定要拿第一’的样子。”

“好的，导演。”楚皙赶紧点头答应。

她跑的时候没注意脸上的表情，准备好后，回到刚才的位置准备重新拍。

第一场戏拍得十分艰难，来来回回地拍了许多条，楚皙在镜头下狂奔多次。

导演不愧是深海影视的王牌导演，对每个镜头、每个细节都很在意，一旦有一丁点儿不合适的地方，就要重拍一条。

最后有一个主角韩宜抓到抢劫犯时累得直喘气的镜头，那完全是楚皙当时的真实反应。

剧组的工作人员看到楚皙一条接一条地拍，任劳任怨，跑得满脸通红，有些惊讶。

他们还以为楚皙很娇气呢，没想到她还挺能吃苦，大概是真的很想证明自己吧。

这场戏拍完后，楚皙感觉自己像是跑了一场马拉松，累得双腿发软，气都喘不上来。

助理小严有些心疼：“为什么拍了这么多条？皙皙，你还好吧？”

楚皙咽下喉咙里的腥甜味，道：“还好。”

在接下来几天的拍摄中，楚皙总算明白深海影视为什么有那么多口碑优秀的精品剧，为什么能在业内独树一帜了。

相较于拿天天迟到的夏乔没办法的《桃花诺》的导演，《迷雾深渊》剧组里的每个人都不敢有丝毫懈怠，工作人员严谨又专业，演员们也丝毫不敢逾矩，一切以导演为中心。

楚皙白天在剧组拍戏，晚上回家背台词、揣摩角色，在剧本上用标记笔写满了各种分析、感悟。

楚皙的表现令剧组的人震惊。

主角团里，她资历最浅、口碑最差，剧组的工作人员大多是深海影视的人，拍过深海影视的很多戏，本以为让她当女主角意味着有一场硬仗要打，没想到她在跟男主角李峥旭的几场对手戏里，不仅没有怯场，反而表现得很好。

演戏是一件跟搭档密切相关的事，搭戏的演员演技相当最好，搭起戏来对观众、对演员本身都是一种享受。

如果是一个演技好的搭一个演技差的，运气好的话，演技好的人能带动演技差的人的情绪，让对方超水平发挥；运气差的话，演技好的人会被搭档拖累，最后成片的效果惨不忍睹。

不过这次，《迷雾深渊》是运气好的那类。

李峥旭的好演技带动了楚皙，她竟然演得不错，被导演夸了好几次。

剧组的工作人员看着楚皙那些为求真实，拳拳到肉的打戏镜头时，心中默默地希望她这次能凭口碑翻身。

楚皙拍文戏时有李峥旭带，拍武戏时自己很拼，在成片中的表现应该不会差。只是在拍楚皙和其他演技一般的演员的对手戏时，众人都为楚皙捏了一把汗。

楚皙跟苟美如有一场对手戏。这是两个人自开机以来第一场单独的对手戏。

苟美如出道多年，大多演的是偶像剧，这些年得过一些奖，但都不是主流的奖项。

苟美如在圈里摸爬滚打多年，演技不算差，否则也没法演深海影视的剧，但是要说多好，也绝对说不上。

有的工作人员觉得楚皙之前表现得那么好，肯定是靠其他演员带的，现在遇上演技普通的苟美如，估计是要原形毕露了。

然而更不巧的是，拍这场戏的日子刚好是《迷雾深渊》开拍以来第一次开放媒体探班的日子。

剧组的人为楚皙感到惋惜，楚皙之前表现得那么好，媒体没来探班，偏偏跟苟美如演对手戏的时候就有媒体来探班了。

楚皙的口碑本来就不怎么好，她被那么多业内人士看着，演不好该多丢人啊！

总算到了媒体探班的这天。

苟美如今天来得格外早，在看到那些记者时还跑去做了个采访，之后才去化妆间找化妆师上妆。

苟美如嘱咐化妆师，今天的妆一定要更精致些，在镜头里不能被看到一点儿皱纹和毛孔。

最后，她看着镜中妆后近乎完美无瑕的自己，唇角扬起一丝微笑。今天她不光要在演技上碾压楚皙，在外貌上也不能输。

今天媒体来探班，如果是轮到苟美如跟某些老戏骨拍对手戏，苟美如可能会没底，但是自从知道跟她拍对手戏的人是楚皙后，她心中的不安便烟消云散了。

另一边，楚皙正捧着剧本看。

她早就熟悉了今天要跟苟美如拍的这场戏。

戏中，苟美如的亲弟弟被人以极端残忍的手段谋杀。犯罪分子极其狡猾，留下的线索十分有限，这桩谋杀案民警迟迟破不了，眼看就要成为一桩悬案。

苟美如为了弟弟的案子，一年以来四处奔波，最后在警察局里得知弟弟的案子可能会成为悬案时，情绪彻底崩溃。

专案组的民警里只有楚皙饰演的韩宜是女性，局长便让韩宜去稳定受害者家属的情绪。

这场戏极具张力，并且十分有挑战性，是整部剧里的重头戏之一。

苟美如情绪崩溃的戏自然难演，而楚皙要演出韩宜从愧疚到被受害者家属的情绪触动，到下定决心要破案这一系列的情绪转变，表演难度更大。

楚皙想到这里，深吸了一口气，自我安慰道：不要紧张，不要紧张，待会儿演起戏来就全身心地投入角色，哪有什么心思想那些记者？

化妆师过来给楚皙补妆，透明的蜜粉扑在女孩儿细嫩白皙的皮肤上。

化妆师先是夸奖了楚皙的皮肤一番，然后看着正乖乖地接受补妆的楚皙，一边补妆一边鼓励道："待会儿加油啊。"

比起永远嫌弃妆容不够好看、假睫毛不够长、唇膏不够红的苟美如，化妆师觉得楚皙可爱多了。

他们拍的不是偶像剧，所有演员的妆容力求贴合角色，追求的是生活化，自然就好，哪有心力交瘁的受害者家属的嘴上还涂着烂番茄色唇釉的？

楚皙笑了一下："谢谢。"

楚皙跟今天看起来心情极好的苟美如对完戏，导演给两个人讲解了一番。

在工作人员将道具备齐了后，演员各自就位，探班日的第一场戏终于开拍了！

除了探班记者，今天围观的剧组工作人员格外多。他们看着一身警服、英姿飒爽的楚皙，为她捏了把汗。

今天拍戏的场地是警察局的接待室，伴随着导演的一声"开始"，摄像机正式工作起来。

坐在沙发上的苟美如很快落下了眼泪。

她一秒落泪，可见还是有一定实力的。见状，围观的众人更为楚皙紧张了。

周围安静极了。

楚皙已经酝酿好了情绪，关上接待室的门，谨慎地走近坐在沙发上的苟美如，轻轻地叫了一声："陈姐。"

苟美如落着泪，声音颤抖："什么叫……已经尽力了？什么叫……可能会成为悬案？"

楚皙坐到苟美如身边，脸上是浓浓的愧疚之色："陈姐，这一年，我们真的已经尽力了。"楚皙声音微颤，"可是……嫌疑人实在是太狡猾了。"

"我弟弟才十八岁，你知不知道他为了赚钱养家，考上大学了也没读，自己出去打工？他那么小就被人那样残忍地杀害了。你们到底有没有同情心？！"

说到这里，一直落泪的苟美如突然站起身，抓住楚皙的衣领，歇斯底里地咆哮道："什么叫已经尽力了？要你们有什么用，要你们有什么用啊！"

众人被这突然的大叫吓了一跳。

监视器后的导演微微地皱起了眉。

楚皙被她揪着衣领，由于愧疚不敢和她对视，眼睛盯着地板，吸了吸鼻子，眼圈一点点地变红，刚才还微颤的声音，现在已经明显带了哭腔："陈姐，对不起。"

楚皙眼睛一闭，一滴眼泪恰到好处地滑下："真的对不起。"

苟美如揪着她的衣领疯狂地摇晃，继续歇斯底里地咆哮道："对不起有什么用？我要你们破案，要你们给我弟弟报仇！"

现场除了演员的对话声，没有一点儿声音。

探班记者、剧组的工作人员都静静地看着戏中的两个人。

大家看着无能为力的楚皙红了眼眶，开始哭泣，最后暗下决心的样子，都看入迷了，甚至有人在楚皙落泪时也红了眼眶。

明明是两个人在演，但是所有人的目光都集中在一个人的身上。

直到导演喊 cut，围观的众人才惊讶地发现一个事实：楚皙把苟美如给比下去了！

这场戏还要再拍一条。

楚皙和苟美如站在相同的位置上，两个人都哭过，剧组的化妆师在给两个人补妆。

苟美如的表情十分难看。

她原以为赢楚皙不费吹灰之力，没想到所有的发展都和她预想的不一样。最可怕的是，楚皙明明没有发出太大的声音，没有那么夸张的肢体动作，她却感觉到了来自对方的压迫感。她只能把自己的嗓门提得更高，做出更夸张的动作，但依旧敌不了对方一个四两拨千斤的眼神。

一股寒意和浓浓的无力感从她的身体中浮现。

围观的工作人员和记者都没有说话，有的人脸上仍满是震惊的神色。

这场戏，两个人的表现不是平分秋色，不是一方以微弱的优势胜出，而是一方把另一方彻底地比下去了。

在这场难度极大的重头戏中，两个人的表演方式迥然不同。

苟美如的情绪转换得突兀生硬，后面歇斯底里的表演更是让人有些尴尬。她可能是演过很多偶像剧，又很想演好这场戏，但演技不足，便用夸张的动作和嘶吼来凑数。

然而如果屏蔽掉她的声音，只看面部表情的话，观众只会觉得她表情狰狞，根本看不出她有什么特别的情绪。

反观楚皙，她的情绪转换是循序渐进的，她的每一个微小的表情都很值得玩味。观众闭着眼，只听她讲台词都能感受到角色的心痛和无助。

最重要的是，整场戏下来，人们在她的身上几乎看不到表演的痕迹，她一下子就能让观众沉浸到剧情中，仿佛她就是韩宜，仿佛这不是戏而是真实发生的事。

众人本以为楚皙会被苟美如碾压，没想到情况彻底反了。

剧组的人这才反应过来，原来前面楚皙跟老戏骨们对戏时的出色表现，根本不是靠别人带动的，而是双方本来就演技好，在同一场戏里互相成就。

在场的记者更是震惊。

楚皙的变化也太大了吧！

记者百思不得其解。

在后面的采访中，楚皙收到了来自记者的许多奇奇怪怪的问题：

“楚皙，你知道自己是哪年生的吗？”

“楚皙，你还记得出道时拍的第一条广告是什么吗？”

“楚皙，你以前在机场最喜欢穿什么牌子的鞋？”

“啊？”楚皙被这些问题问得满脸疑惑，一一回答完后，助理小严才把她拉到一边，附在她的耳边悄悄说：“皙皙，你今天表现得跟以前太不一样了，那些记者以为你身上发生了某些玄幻的事情。”

当天晚上，来探班的记者把新闻稿写了出来。

各家媒体在稿件里不约而同地夸了《迷雾深渊》剧组的严谨和敬业，说剧组的演员、工作人员相处融洽，最后称本剧的女主角今天在片场的表现令人惊艳。

有一家媒体甚至洋洋洒洒地写了一篇一千多字的稿子，满篇都是赞赏楚皙的话。

看到众媒体发出的新闻稿后，网友根本不买账。

有人想，楚皙到底是给了这些探班的记者多少好处费，让人把她夸成这个样子？这有意义吗？剧一播，她不就原形毕露了吗？

顾铭景这次出差的时间比较长，楚皙每天在片场、家、排练室来回跑。

楚皙在戏中演的是警察，角色性格倔强、不服输，有不少打戏。为了保证拍摄质量，楚皙必须每天跟武术指导一起训练，忙得都快忘了自己还有个远在异国出差的地下男友了。

可能是因为之前参加《勇敢之心》时在部队里跟教官学了不少常用的格斗术，楚皙跟武术指导学得很快，两个人配合得十分默契。

但就算她跟武术指导练得再好，片场和排练室的环境大不相同，对戏的演员也不同，她真的演起来时还是有各种不确定的事发生。还没拍几场戏，楚皙就弄了一身的伤。

这部戏里楚皙的打戏最多，她每天到剧组时都是一身的膏药味。

导演看她确实辛苦，加上楚皙已经给了他太多惊喜，便同意她在必要时用替身，但还是被楚皙拒绝了。

她之前跟武术指导套招时都这么疼，那么，戏里的韩宜跟犯罪嫌疑人打斗的时候只会更疼。她希望自己能融入角色，体会角色的酸甜苦辣。

今天导演要拍楚皙在废弃的工厂里追捕绑架犯的戏。由于有一个场景是楚皙为了追绑架犯，从二楼直接跳下去，所以拍戏时她需要吊威亚。

结果工作人员跟威亚师没有配合好，楚皙跳的时候，身子在空中吊着。那天风比较大，她重心不稳，身子狠狠地撞上了墙壁上用来放空调外机的小台子。

这一幕把所有人都吓了一大跳。

楚皙最后被放下地的时候疼得缩成一团，伏在地上，全剧组的人都赶紧围了过来。

楚皙把脸埋进小严的怀里，不说话，看上去可怜极了。

剧组的跟组医生立马给楚皙做了检查，发现她撞到了腰。

医生建议立刻送楚皙去医院检查，结果她在助理的怀里趴够了，最后竟然抬起头，吸了吸鼻子，把碎发别到耳后，说："很抱歉耽误了大家的进度，应该没伤到骨头，不用去医院，先把这条拍完。"

当时就有剧组的工作人员在八卦论坛上发了帖子。

某口碑一直不怎么好的女演员真是敬业得令人心疼。

这个工作人员将该口碑不好的演员拍戏时受了一身伤的事详细地说了一遍，还夸她平时性格好、会做人，全剧组的人都心疼她。

评论里有不少人在猜测这个演员的身份，几乎把圈里的女星猜了个遍。

当晚，楚皙躺在家里的床上，助理小严给她在被撞到的地方抹活络油。

楚皙收工后去了趟医院，拍了片子，医生说骨头没什么问题，只是后腰被撞的部位有些肿。医生开了跌打丸和活络油，让她不要做剧烈运动。

擦完了药，楚皙让小严回家。

小严一脸担心："皙皙，你一个人真的可以吗？要不我留下来陪你吧？"

楚皙趴在床上冲小严挥挥手："没事，你快回去吧，我又不是腰断了走不动，快回家吧。"

"那好吧，你晚上有什么事就给我打电话啊。"小严回头担忧地看了看她，只好走了。

楚皙躺在床上叹了口气，用手背垫着下巴，然后把床头柜上的剧本拿过来看。

虽然腰疼，但好在接下来的几天都是文戏，她能拍。

她躺了一会儿，觉得不舒服，又费力地撑起身子，龇牙咧嘴地准备换个姿势。

就在这时，门铃响了起来。

谁这么晚来找她？不会是坏人吧？

楚皙根本不想动，给自己找了不去开门的理由，安心地躺在床上。

然而，门铃锲而不舍地响着，楚皙被吵得用枕头捂住头，然后瞄了一眼手机，发现自己收到了一条顾铭景发来的微信消息："是我，开门。"

楚皙心想，他不是在国外出差吗？什么时候回来的？

楚皙只好龇牙咧嘴地翻身下床，撑着受伤的腰，趿着拖鞋，宛如一个行动不方便的老太太，一步一步地挪到门口开了门。

顾铭景站在门口，眼看门开了条缝，还没看到楚皙，就闻到一股浓浓的活络油的味道。然后他便看到了穿着一身跟蜡笔小新同款的睡衣、撑着腰扶着门把手的楚皙。

两个人许久不见，顾铭景本来满怀思念，但看到这副模样的楚皙，硬生生地忍住了直接把她抱起来的冲动，皱眉问："怎么了？"

卧室里，顾铭景坐在床旁，楚皙则趴在床上。

顾铭景一直皱着眉，在看楚皙的诊断报告和药。

楚皙已经不再是那个跟顾铭景在一起时穿真丝吊带睡裙去讨好他的人了，现在穿着蜡笔小新的同款睡衣，在他面前自在得很。

她问："你工作结束了？怎么突然回国了？"

顾铭景放下手中的药瓶，看了她一眼："我不是上个星期就跟你说了，今天下午回国吗？"

"啊？哦！嘿嘿。"楚皙尴尬地笑笑，心虚地移开视线。

她给忘了。

顾铭景知道楚皙拍这部剧会辛苦，却没想到她会这么辛苦。他只是去国外出差了一阵，回来后楚皙就成了这个样子。

他心疼极了，几乎想直接楚皙别拍了，但是看到楚皙在床头放着的写了满满的字的剧本，又只能摇头。

顾铭景："以后拍这些比较危险的戏，尽量用替身。"

"好的好的。"楚皙口头答应着。

哄顾铭景，她很会。

她趴在床上，扯了扯顾铭景的衣角："顾总，顾先生。"

这两个称呼被她突然喊出来，肯定有猫儿腻。

顾铭景低头看她："怎么？"

楚皙笑嘻嘻地道："给我按摩好不好？"

她摆出一副楚楚可怜的样子："我拍戏好累的，浑身都痛，你给我按按行吗？给我疗疗伤啊。"

顾铭景看着她可怜巴巴的样子，道："身上不舒服的话，平常可以请人帮你按按。"

楚皙："请技师要钱啊。"你又不要钱。

顾铭景："……"

楚皙趴在床上，顾铭景任劳任怨地给她按着肩膀和背，碰到有些部位时，楚皙就像是一只被踩到了尾巴的小兽，惊叫一声：“哎哟，好疼！”

顾铭景避开让楚皙喊疼的地方，越按眉头皱得越紧。

他本来以为她只是腰受伤了，现在看来，她身上不知道有多少伤。

他直接把楚皙的睡衣撩了上去。

楚皙本来眯着眼睛被按得挺舒服的，想着顾铭景的手艺还不错，被顾总裁按一回也值了，结果背上突然一凉。

楚皙一个激灵，立马翻过身：“你……你干什么？”

“我看看。”顾铭景又欲伸手。

楚皙立马把自己护得严严实实的：“你给人疗伤，脱什么衣服？”

空气很安静，两个人就这么你看着我、我瞪着你，没有人说话。

顾铭景只好放下手，轻声问：“疼不疼？”

楚皙抬眼看他，动了动唇：“当然疼啊。”

楚皙的耳朵立刻变红。她解释道：“我不是把你当那个……嗯……我害羞。”

她不知道自己为什么突然这么矫情，明明里里外外都被他看过了，现在还是害羞。

楚皙对此也有些头疼。

顾铭景听到“害羞”两个字后，缓缓地朝她移动，然后沉着嗓子问：“你告诉我，有什么可害羞的？”

随着他的动作，楚皙不由得向后仰，最后身子弯曲的角度越来越大，突然叫了一声。

楚皙疼得眼泪都快出来了：“我的腰！”

顾铭景赶紧把楚皙捞起来，楚皙的下巴搭在他的肩膀上。

顾铭景：“是不是碰到了？”

楚皙抱着顾铭景的脖子，含泪点头：“嗯，好痛。”

她是因为他才碰到痛处的，顾铭景顿时内疚不已：“我给你揉揉？”

“别碰别碰！碰了更疼。”楚皙咝咝地抽着气，赶紧阻止他。

顾铭景的手转而向上，握着楚皙的后脑勺揉了揉：“对不起。以后不许再接这种戏了。”

楚皙点了点头：“嗯。”她有些好奇地问，“你怎么不让我直接不演或者用替身了？”

顾铭景：“说了你会听吗？你答应了，会照做吗？”

楚皙不好意思地笑了两声。

两个人就这样抱着，楚皙趴在他的肩头，闻着他身上的气息，感受着他的手掌有一搭没一搭地顺着她的脊背，突然鼻子一酸。

楚皙：“顾先生。”

顾铭景：“嗯。”

他发现今晚楚皙很喜欢叫他“顾先生”。

楚皙吸了吸鼻子，说出了自己最真实的想法：“你好像我爸爸。”

顾铭景：“……”

楚皙感觉到他的身子一僵，慌忙解释道：“你不要误会，我真的没有说你老的意思！”

顾铭景的嘴角抽了抽。

她还不如不解释。

楚皙鼓了鼓腮，决定继续说下去：“我是说你……那种感觉，像我爸爸。”

她叹了一口气。

以前她跟奶奶相依为命，她要照顾奶奶，没有人可以依靠、倾诉，只能一个人咬着牙解决所有的事情，要哭也只能在夜深人静的时候躲在被子里哭。

但现在好像不一样了。

她不敢把自己因为拍戏受了一身伤的事告诉奶奶，怕老人家担心，却可以让顾铭景知道。她还可以向他抱怨拍戏有多辛苦，然后听他教训自己。

楚皙决定坦白：“对不起，我其实是忘记你今天要回国了，所以才没有去机场接你。”

“没事。”顾铭景偏头吻了吻她的耳垂。

楚皙听到顾铭景的回答，觉得这比顾铭景直接骂她一通还要难受。

楚皙越想越愧疚，最后直接抓着顾铭景的手放在她的睡衣扣子上，一副豁出去了的样子："你看你看，你想看就看！"

顾铭景半天没动搭在她扣子上的手，看她的眼神十分复杂。

楚皙被他盯得有些窘迫："你……你……你不看了？"

顾铭景用舌尖抵了抵左颊，然后笑了一声。

如果是刚才的话，他便直接看了，反正只是想查看伤势而已。但是现在情况不同了，楚皙的腰还肿着呢，她动一下都龇牙咧嘴的，哪儿还禁得起别的？

顾铭景替楚皙把睡衣的扣子扣好，道："下次再看。"

《迷雾深渊》接下来的拍摄过程还算顺利，楚皙每天泡在剧组里，好长时间没有公开露面了。剧组的保密工作做得严，连一张拍摄现场的图都没有发出来。

楚皙腰上的伤好得差不多了，只是她每天都围着护腰，再拍动作戏时也小心了不少。

楚皙正拍着戏呢，付白突然激动地来探班，说接到了一个新代言。

她在看到代言的产品时惊得张大了嘴。

她接到了汽车代言？

汽车代言可以说是明星代言中除奢侈品外最高端的一种，并且大多时候只有国民度高或人气高的男艺人才有机会代言，女艺人一直很少有机会代言。

《迷雾深渊》作为深海影视的年度大剧，虽然在女主角的选择上颇受争议，但是业内对整部剧还是一致看好的，不少广告商在寻求合作。

这次寻求合作的则是国际知名汽车品牌B牌最新推出的"极光"系列轿车。

汽车公司那边希望在《迷雾深渊》里植入广告，加入一些主角开着这款车的镜头，并且指定剧中男女主角李峥旭和楚皙为该系列汽车的代言人，他们的代言时间一直持续到《迷雾深渊》播出后半年。

楚皙查了“极光”系列轿车的价格，裸车的价格大概为五十万元，已经算是B牌旗下的轿车中较为平价的一款了。

目前，国内还没有跟她同年龄段的女明星拿到过汽车代言。

“极光”系列汽车属于中高端汽车，而《迷雾深渊》的男主角是市长之子，十分适合驾驶这款车，所以剧组立即跟B牌签了广告合同，楚皙和李峥旭也签了代言合同。

艺人接到大品牌代言的好处不仅在于帮助其提高身价，还在于大品牌给代言费时十分爽快。

楚皙签下合同的时候还以为自己在做梦，拿到车钥匙时更是激动。

她连驾照都还没有就有车了。

说起驾照，楚皙猛然一惊。

品牌方肯定还不知道她没有驾照。她不会开车的事要是被品牌方知道了，她还能代言吗？

付白看到楚皙一脸担心的样子，笑着解释道：“B牌这种等级的品牌，选代言人是慎之又慎的，对艺人的形象要求严苛。你没有驾照的事情对方早就知道了，他们看中的是你在剧里正直、敢于拼搏的形象，而不是你到底会不会开车。”

剧组里的男女主角拿到B牌的代言，大家都来祝贺，只有苟美如例外。

楚皙觉得这个女人好像非常不开心。

而苟美如不开心，楚皙就更开心了，特意甩着B牌送自己的车钥匙，哼着歌从苟美如的面前经过，看苟美如在后面跺脚，十分解气。

剧组把档期排开，楚皙跟李峥旭去拍了两天广告。

知道了广告创意后，楚皙才知道自己即使会开车也没有表现的机会。他们坐在停在摄影棚中的车里，周围都是绿布，李峥旭坐在驾驶座上，一边打着方向盘，一边踩刹车，做出漂移的架势。

随后，副驾驶那边的窗打开了，楚皙的头发被鼓风机吹得在背后疯狂飞舞。

她指着坏人逃跑的方向说：“追！”

到了晚上，顾铭景见楚皙心情很好，便问楚皙的新代言是什么。

虽然说这需要保密，但是楚皙还是给了男朋友一个十分明显的提示。

她把车钥匙从包里翻出来，在顾铭景的面前晃了晃："猜猜？"

顾铭景笑了一下。

他是深海影视的大股东，早就知道她要代言什么了，但还是很给面子地猜了一下："代言钥匙？"

"这个！"楚皙气得把车钥匙上的Logo摆到顾铭景的眼皮子底下，"是这个。"

"恭喜。"顾铭景笑着搂住楚皙，摸到她绑在腰上的护腰，问，"腰好了吗？"

楚皙随口答道："差不多了吧。"

她一直盯着手里的车钥匙，道："等拍完了这部戏，我想去考驾照。我想开车。"

顾铭景："可以。"

他隔着衣服摸到楚皙硬硬的护腰，心想：我也想开车啊！

一个星期后，品牌方终于宣布代言人了。

> B牌官方微博：欢迎在《迷雾深渊》中有着精彩表现的楚皙、李峥旭成为B牌旗下"极光"系列轿车的全新代言人！

李峥旭和楚皙同时转发了品牌方的这条微博。

这条消息一公布，网上的质疑声不绝于耳。

面对这些声音，楚皙的粉丝有些生气，不禁在群里讨论起了买车的事。

楚皙听说后吓了一跳，当晚就在粉丝群里发声，像在批评自己家不听话的小孩子。

"你们转发一下微博就可以了，不许买代言产品。如果你平时用卫生巾，因为我选择'绵绵'系列，我会很开心；如果你们家刚好要买车，你因为我知道了‘极光’系列，考虑后选择了它，我也很开心。但是你们现在这种做法不可取，知道吗？

“你们的心意我收到了，你们拿这些钱去给自己买些东西吧，不用花在我的身上。你们写给我的信，我每一封都看了，没有比这更好的礼物了。

“大家该上学的上学，该上班的上班，努力生活，天天向上。”

此话一出，粉丝有些感动，决定听楚皙的话。楚皙见状，总算松了一口气。

就在粉丝按兵不动之际，一条奇怪的新闻进入了大家的视线。

元景集团总裁顾铭景换座驾，疑似破产？

众网友一头雾水。

新闻里有一张图片，大概是顾铭景被人偶遇时拍下的。他穿一身休闲装，从大楼里出来，然后拉开驾驶座的门上了车。

这条新闻被归类到财经频道里，又是与车有关的，于是有人无聊地查了一下顾总开的是什么车。

那人不查不要紧，一查竟然发现顾总最近开的那辆车与之前那些车相比，价格便宜了不少。怎么回事，他不会是破产了吧？

可是，元景上个季度公布的财务报告显示业绩喜人，元景怎么看也不像是要破产了。

那是为什么？顾总开始忆苦思甜了？

正当众人摸不着头脑之际，人们看到了顾铭景开的车的品牌和型号，愣了一下——“极光”系列。

这系列怎么看起来那么眼熟？是不是有个女明星代言了这款车？她叫什么来着？

然后这则新闻就从财经频道转到了娱乐频道。

正当大家被这条新闻搞得心烦意乱之际，紧接着竟然有元景集团的员工出来发声了。

那个人说，他们公司之前的一批公务车都被淘汰了，老板花大手笔购买了一批新车，全是B牌的“极光”系列。至于老板购买的公务车数量，你可以从元景集团的规模估计一下。

接着又有元景集团的员工坐不住了，道：“不仅如此，公司的女厕所里，‘绵绵’系列卫生巾一直不间断地供应着！”

众人哗然，纷纷感慨，顾总还真是深情啊。

楚哲家。

楚哲知道顾铭景的举动后气得不行，道：“你疯了吧？钱是你这样花的吗？”

顾铭景笑了笑：“不是浪费，公司之前的那一批车确实已经用了很多年，是时候换新的了。”

“真的？”楚哲一脸狐疑。

顾铭景：“当然是真的，不信你去问高助理。”

楚哲弯了弯唇：“得了吧，问他，我还不如自己去问苍天、大地。”

楚哲看他还在笑，推了他一下，突然低声道：“对不起。”

顾铭景不知她为何突然道歉，凑到她身边，问：“怎么了？”

楚哲低头抠手指：“我觉得我对不起粉丝，也对不起你。我对不起粉丝，背着他们谈恋爱了；我也对不起你，让你躲躲藏藏，没个名分。”

她说得沮丧极了。

顾铭景一怔。

其实名分这件事，刚开始他有些不能接受，后面看着楚哲躲躲藏藏的样子，觉得她那样也挺可爱的，就不在意了。

但是他总拿这件事逗她，她好像当真了。

顾铭景从后面抱住她：“别难过了，我没事。”

“真的吗？”楚哲往后看他。

“当然是真的。”顾铭景用手臂环着她的腰，感受到她柔软的腰肢。

他低头吻了吻楚哲的耳垂，问：“腰好了吗？”

她的腰好得差不多了。楚皙正想如实回答，突然又想到了什么，愣了一下。

顾铭景又问："腰好了吗？"

楚皙抓着他放在自己腰上的手，耳朵上泛起一层淡粉色，问得十分谨慎："如果我说好了，你想干什么？"

顾铭景没有回答，反而神秘兮兮地给她看了一段视频。

视频中，他说他会去看看粉丝写的小说，等出差回来后，亲自告诉她，小说里都写了什么。

而她一脸乖巧地说："好。"

视频戛然而止。

楚皙脸上的表情变得飞快——从疑惑变成尴尬，又从尴尬变成羞涩，最后小脸直接涨成了猪肝色。

她那天晚上喝得断片了，什么都不记得，竟然说了这些话？这些话还都被他录下来了？

她的脸都丢完了！

顾铭景看着楚皙的小脸，似是调戏地说道："你答应过的。"

楚皙生气了，一拳捶过去："你有没有良心！我喝醉了，你还这样逗我！这样能算答应吗？喝醉后说的话能算数吗？"

顾铭景挑眉道："怎么不算？"

她本来就已经够丢人了，还这样被他录下来，现在他还要拿视频来威胁她。

楚皙气得背过身去，心想：要对付这种给喝醉的人录视频的无赖，只有比他更无赖才行，反正自己也不是什么纯情少女了。

楚皙转过身，气呼呼地看向他："对，我是答应了，可只是让你转告我那些小说的内容而已。"

顾铭景脸一沉，然后问："我们不是还要实践一下吗？"

"啊？"楚皙佯装不懂，继续咬牙道，"我不知道啊，不记得了，太累了。"

顾铭景："那我帮你回忆一下。"

几分钟过去，卧室里的两个人已滚成了一团。

最后，楚皙躺在浴室的浴缸里，疲惫地闭上了双眼。

她太累了！

翌日，天气很好，明眼人都看得出来，顾总今天心情很好，不仅早上来上班时是笑着的，还大手一挥通过了好几个策划案。

机不可失，时不再来，秘书连忙把各种以前会挨骂的文件往顾铭景的办公桌上堆。

高助理进去送了一杯咖啡，觉得顾总今天整个人都舒坦了。

向来都是从自己的家开车来上班的顾总，今天早上是开车从楚皙小姐家来上班的，高助理不用想也知道他们发生了什么。

顾总终于成功了。

《迷雾深渊》片场。

一场戏拍完，楚皙皱着眉捶了捶酸疼的腰。

小严在她的腰上捶了捶，问："前几天腰不是已经好了吗？怎么今天又难受了？"

楚皙小脸一红，别过脸去："没事。"

楚皙从片场收工，跟顾铭景约好了晚上一起去吃饭。

顾铭景已经在餐厅的包间里等她了，楚皙进门时小心翼翼，确定外面没有人盯着自己才关上了门。

楚皙坐到顾铭景的身边，突然有感而发："你有没有觉得这样很刺激？"

顾铭景看到楚皙裹得跟木乃伊似的，嘴角抽了抽，问："哪里刺激了？"

楚皙："难道你没有觉得这样真的很像演电视剧吗？"她说着，突然换上一副楚楚可怜的表情，表演道，"你什么时候跟她离婚，娶我进门？"

顾铭景：“……”

这个女人，也太爱演戏了。

服务员把菜端上来后，顾铭景还没动筷子，楚皙举起手机拍了两张照。

她给照片加了个滤镜，发到微博小号“老子今天也懒得化妆”上。自从上次回归之后，楚皙发微博又勤快了起来。

之前，她的粉丝数量稳定在两万人左右，自从她开始分享自己的日常生活后，粉丝数又开始增加，现在已经过五万了。

她分享日常生活的微博收到的点赞和评论数比分享美妆知识的微博多很多，她隐隐有要从美妆博主变成日常博主的趋势。

此外，楚皙发现她那些转发量多的微博基本上都跟顾铭景有关。评论里，网友们一口一个“狗哥”，叫得很欢乐。

有眼尖的粉丝发现博主今天发的照片里有两副碗筷。

又来了又来了，她带着和男朋友的日常又来了。

狗粮来了，大家张嘴！

我也不知道我一个单身的关注你做什么。

我想知道有多少人一边说着讨厌看别人秀恩爱，一边每天主动点进她的主页……

有我！

加我一个。

看着这些评论，楚皙觉得很无语。

自从得知她有男朋友后，不管她发什么微博，粉丝都会自动将其跟她的男朋友联系在一起，觉得她在秀恩爱。

可是，她真的没有。事实上，她根本没有注意到照片里出现了两副碗筷！

她觉得自己这个博主当得太难了。

顾铭景看她一直低头看手机，用筷子敲了敲楚皙面前的碗，提醒道：“吃饭。”

楚皙这才抬起头，放下手机开始吃饭。

晚上，为了证明自己不是那种有事没事就秀恩爱的博主，楚皙又发了一条微博。

她新买了一条小草莓的睡裙，很喜欢，就对着镜子拍了张照片，模糊了背景，并挡住了自己的脸。

她将这张照片发了出去，并配上文字：“新睡衣。”

照片里的女孩儿穿一身宽松的无袖连衣睡裙，乳白色的裙子上点缀着一颗颗诱人的红色草莓；她扎着丸子头，肩颈弧度优美，是标准的天鹅颈，皮肤更是雪白，看起来好欺负极了。

这下总跟秀恩爱无关了吧。楚皙满意地想。

结果，粉丝的评论令她大吃一惊。

天啊，“狗哥”竟然喜欢这种类型！

呜呜呜，你成年了吗？

我可太羡慕这个身材了。

“狗哥”好幸福！

楚皙对着镜子左看右看。

她穿的明明是日系风的睡裙，不知道的人一看评论还以为她穿了什么奇装异服呢！

要是顾铭景今晚在，她一定要问问他。

楚皙明天有场重头戏，晚上要好好休息，就没让顾铭景来。一般第二天有比较重要的拍摄时，楚皙拒绝前一晚和顾铭景腻腻歪歪，好在顾铭景也表示理解。

楚皙这边正照着镜子，微博里的粉丝已经聊开了。

“二狗”最近更博好勤快啊！

而且十条有九条跟“狗哥”有关。

不瞒大家说，最近“二狗”的微博总给我一种她最近那个什么生活很好的样子。

众粉丝恍然大悟。

对对对！就是这种感觉，终于被你说出来了！

一致同意！

楚皙照完了镜子，还是觉得自己这身睡裙只是可爱了一点儿，又低头看了看微博，被吓得手机差点儿没拿稳。

那条说感觉她那个什么生活过得很好的评论，已经成了热评区的第一条。

楚皙慌忙地打字回复：“我不是，我没有，别胡说！”

众粉丝：“呦，瞧你急得！解释就是掩饰，掩饰就是事实。”

楚皙赶紧红着脸删了这条微博。

楚皙本以为大家会忘记这条微博，然而微博已经发出去好一阵儿了，大多数粉丝已经看到并参与讨论了。

她没想到自己这个小号继“徒手拍蟑螂”后又小火了一把，陆陆续续涨了近十万粉丝。

她微博上的内容明明无比健康、文明，什么大尺度的照片也没有，就是分享美妆信息和日常生活。

然而那些不知道从哪跑过来的新粉丝，来评论的第一句总是：“这就是那个据说那个什么生活过得很好的博主吗？”

楚皙真的十分无奈。

第 十 五 章

热恋危机

另一边，《迷雾深渊》已经进入了最后的高强度拍摄阶段，每天的戏一场接一场，他们一直在赶进度。

时间一长，演员都有些受不了，特别是楚皙。楚皙的戏份最重，她简直累得像脱了一层皮。

只不过剧组这么拍摄下来，楚皙已经从那个最让剧组工作人员担心的女明星，变成了让所有人放心的女演员。

无论在什么时候，无论是什么情况，只要导演一喊“开机”，楚皙就能立马进入状态，仿佛她真的是剧里的韩宜。

有时候导演明明已经说“过”了，但她觉得自己还可以演得更好，就会主动要求再来一条。

在最后阶段，打戏更密集了，即使她再小心，身上大大小小的伤还是没停过。

顾铭景看到后心疼得不行，每晚主动给她抹药，也不怎么碰她。有时候楚皙的状态好点儿了，她便要顾铭景陪她对一下明天的戏。

楚皙把另一份剧本给顾铭景，道：“你就说我没有用荧光笔标记的台词，嫌疑人A说的那个。”

顾铭景翻了翻她的剧本：“这是你明天的戏吗？什么戏？”

楚皙：“是审问的戏。快点儿跟我对对。”

顾铭景点头：“好。”

他们对戏而已，顾铭景只用把嫌疑人A的台词念出来就好，楚皙却声情并茂，一边背着台词一边小幅度地演了起来。

顾铭景念着念着，觉得这些台词有些怪怪的。

他皱起眉：“这人是犯了什么罪？”

楚皙有些心虚地看向他，答道：“嫖娼。”

顾铭景：“……”

在经历三个多月的拍摄之后，《迷雾深渊》终于杀青了。

杀青的大合照里，楚皙抱着一束鲜花和李峥旭一起站在所有工作人员的中间，荀美如站在她旁边。

楚皙皮肤亮白，笑容甜美可人，头比工作人员小一圈，在人群中很亮眼。

杀青照被传到微博上，众人看了照片，就算之前对女主角的人选再怎么不满意，看到她的脸和头肩比后还是十分服气的，只希望深海影视的导演能把楚皙拍得好一些。

别人在深海影视的剧里起码要九十分的演技，楚皙只要能达到六十分，大家就谢天谢地了。

付白早就把楚皙后面的活动安排好了，楚皙拍完《迷雾深渊》之后休息了没两天就又要忙着新的工作。

她要去参加巴黎时装周，影视这一块有发展了，时尚这一块也不能落下。

初秋九月，世界各地的模特和设计师汇聚巴黎，来年的流行趋势将由这里的一场场时尚大秀决定。

近年来，秀场内外出现了不少明星。

娱乐圈和时尚圈关系紧密，为了讨好时尚圈，提高时尚竞争力，不少艺人甚至自费买机票也要来巴黎跟设计师拍几张合影，在街上拍几张时尚大片。

由于上次楚皙在《悦秀》杂志的拍摄中表现惊艳，这次便收到杂志社的邀请，去巴黎看几场秀，然后在巴黎为杂志社拍一组时尚大片。

一直都是顾铭景去国外出差，这次轮到楚皙了，她十分激动："我也要去国外出差了。"

"加油。"顾铭景把她送到了机场，两个人吻别。

楚皙的巴黎行安排得比较紧凑，到了后她还没倒过来时差，就忙着化妆、做造型，准备去看第一场秀。

化妆和造型一般是化妆师带着工具到艺人下榻的酒店来完成的。楚皙坐在椅子上化妆，旁边有《悦秀》的随行编辑在录视频。

这也是她这次行程的任务之一，杂志社要记录楚皙在巴黎的生活，最后做成几条 Vlog（视频博客）。

楚皙做好造型后马不停蹄地往秀场赶，九月的巴黎气温已经降到了二十摄氏度以下，而今天天公不作美，天空乌云密布，刮着风，眼看还要下雨，天气预报说最高气温只有十五摄氏度。

楚皙里面穿了一身单薄的 C 牌当季套裙，外面套了一件厚厚的驼色大衣，然而大衣只到膝盖，她的小腿还是露在外面。

一到秀场，被夹着小雨的冷风一吹，她就冻得抱着胳膊缩成一团。

旁边经过许多穿着小吊带和超短裤的长腿模特，楚皙不禁感叹，她们可真抗冻。

随行的摄像师本来准备在秀场外面给楚皙拍两张照片的，然而一举起相机，看到正缩成一团、头发被风吹得糊满了脸的楚皙，觉得很无语。

楚皙要进场了，秀场里到处都是相机，造型最重要，于是付白毫不留情地想扒下楚皙身上的外套："脱下来。"

楚皙这人不怕热，但特别怕冷，冬天出门秋裤、保暖裤之类的至少要穿三条。好在她的腿够细，她穿三条的感觉跟别人穿一条差不了多少。

她觉得今天的体感温度肯定比天气预报说的最低气温还要低，上下牙不停地打着架，哭丧起脸："呜呜呜，冷……"

付白十分无情："你来巴黎是来养生的？快脱！"

楚皙吸溜着鼻涕，看到他们个个都捂得严严实实，妒忌得不行："可是我真的冷。"

随行的化妆师看到她吸溜鼻涕，赶紧抽了一张面纸递过去："快把鼻涕擦擦。"

"谢谢。"楚皙接过面纸，感动得热泪盈眶，心想，还是化妆师关心她。

化妆师："快擦，鼻涕不许把鼻子下面的底妆冲掉。"

楚皙："……"

付白把楚皙的外套强行扒下来，把人推进了检票口："快去。"

从检票口到秀场门口还有一大段路，楚皙抱着胳膊、脚踩十厘米的高跟鞋，跑得飞快。

秀场里有空调，进来便暖和多了，楚皙松了一口气，对着邀请函找自己的位置。

《悦秀》是国内首屈一指的时尚大刊，跟今天开秀的C牌关系密切，给楚皙留的是秀场第一排的位置。

楚皙找到自己的位置，却看到旁边已经坐着一个老熟人——夏乔。

自从拍完《桃花诺》之后，楚皙便跟夏乔没有什么联系，没想到今天遇上了。

不过她们今天遇上也说得通。

秀场看秀的座位也是有讲究的，越是重要的嘉宾，品牌方给留的观秀位置也就越好，而且品牌方往往也喜欢把来自同一个国家和地区的嘉宾安排在一起。

夏乔也看到了楚皙。

楚皙今天穿一身C牌当季套裙，发型似乎被外面的风吹得有些凌乱。楚皙拍《桃花诺》时还只是女二号，结果最近人气暴涨，第二部戏直接演了深海影视的女主角。

她们关系一般，便都很有默契地没有打招呼。楚皙在夏乔身边落座。

秀还没有开始，楚皙掏出手机看了看，微博首页有好几条时尚博主和娱乐博主昨天发的微博，都是说夏乔现身机场，受邀参加巴黎时装周。

楚皙“啧”了一声。

今年来巴黎的中国艺人好像不多，内地和楚皙同龄的小花只来了四个。

时装周是女明星们除红毯外的另一个重要的比美战场，而且她们不仅要比美，还要比各自的时尚度。

各大时尚博主和营销号已经摩拳擦掌——四个同龄小花，到底谁是时尚界的灾难，谁又能拔得头筹?

背景音乐响起，开场模特踩着霸气的剪刀步走出来。

楚皙用余光瞟了眼旁边的夏乔，夏乔今天打扮得比T台上的模特还隆重，胜负欲都写在脸上了。

楚皙专心地看起了秀，等到看完秀时，外面已经阴雨连绵了。

楚皙一出秀场大门就被风吹得打了个哆嗦。

这回不用担心弄花妆了，楚皙擤着鼻涕，可怜巴巴地抬起头四处张望了好一阵，被冻得差点儿蹲下了，终于看到付白和小严跑过来了。

付白举着伞，小严抱着她的外套。

楚皙当时就眼含热泪了：“你们怎么才来！”

一行人搭车回了酒店。

楚皙回到酒店后才感觉自己活了过来。

好在今天除了上午那场秀，没什么别的安排，楚哲卸了妆、换了衣服，缩在酒店的沙发上，裹着毛毯喝了一大杯小严煮的姜汤。

随行小编看到楚哲被冻成那样，笑着摇了摇头。

楚哲悄悄地给顾铭景发了条微信："巴黎好冷！"

晚上八点，各女星在巴黎时装周第一天的新闻已经陆续出来了。

欣赏完了大花旦们的美照，几乎所有人的目光都汇聚到了今年去时装周的四位小花旦身上，他们开始一边嗑瓜子一边欣赏这四位的穿搭。

前两位小花旦的照片先后发了出来。一位走优雅风，一位走青春活力风，她们都搭配得不错，受到一致好评。

紧接着夏乔的照片也出来了。工作室发的一组照片里，夏乔穿一身白色的拖地长裙，性感而隆重。这组照片立马受到各大时尚博主盛赞。

这组照片中有一张是夏乔在秀场看秀的照片。虽然工作人员把除夏乔外的人都做了模糊化处理，但是网友还是眼尖地发现了旁边侧着头的楚哲。

原来这两个人看秀时坐在一起啊。

所以楚哲呢？楚哲的图什么时候发？

楚哲的工作室一直不发图，夏乔那张秀场照里楚哲模糊的身影更是让人心痒难耐，粉丝纷纷留言让工作室发照片。

已发出照片的三个人虽然都表现得不错，但是夏乔明显要更胜一筹。而且在那张模糊的照片里，相比盛装打扮的夏乔，楚哲的发型和穿着似乎简单不少。

虽然人们看不出来楚哲穿的款式，但是就看秀照来说，穿着打眼的夏乔好像要胜一分。

夏乔的粉丝似乎已经提前锁定了胜局，有的已经开始庆祝起来了。

在网友的催促下，楚哲的图终于出来了。

《悦秀》的官方微博发了一张照片，配了一个字——“冷”。

众人万万没想到，他们等来的不是修好的照片，而是表情包。

只见照片里，秀场外阴暗的天空下，楚皙裹着厚实的大衣，抱着胳膊缩成一团。风把她的头发吹得很凌乱，不少头发跑到了脸上。她的鼻头微微发红，风吹眯了眼，人们似乎隔着照片都能感受到她的牙齿在打战。

表情包里的楚皙看上去弱小、可怜又无助，但意外地有种美感。这不是官方精修图里毫无瑕疵的美，而是随意的美，楚皙发红的鼻头和凌乱的头发都无比真实，让人忍不住对她心生怜惜。

杂志的官方微博在评论区补充道：“今天巴黎的气温低于十五摄氏度，还下雨，实在是太冷了。这孩子抓着大衣怎么哄都不撒手，不过今天本来也没拍摄任务，看到大家都在催，这张照片就当粉丝福利啦！大家将就着看看吧。”

此时，时装周四位小花的图终于集齐了——三张精修美照和一张美人在风中受冻的表情包。

众人一边哈哈大笑，一边控制不住自己的手，在“小花时装周首秀，你觉得谁赢了”的投票里把票投给了表情包里的奇女子。

“这也太可爱了吧！尤其是小编还说楚皙怎么哄都不撒手，真的好有画面感啊！”

投票中楚皙的票数遥遥领先，胜过第二名夏乔老大一截。

巴黎接连几天都是阴雨天气，气温一天比一天低。

不过阴雨连绵也有阴雨连绵的好处，各大时尚博主也因此贡献了许多阴雨天的街拍。

楚皙参加时装周的官方正式宣传照也终于出来了。

她和设计师合影时大方得体，拍的街拍照更是惹眼，白衬衫配黑色女式西服，齐肩的头发被全部向后梳过去，眼神略微凌厉地看向镜头，妆容极淡，眼妆几乎可以说是没有，只有一抹红唇点亮了整个妆容。

这组街拍照又火了，粉丝更是捂着心脏，泪流满面：“知道她好看，却没想到她怎么都好看！私底下幼稚，化浓妆就是魅惑众生的海妖，穿上西装就帅气十足，女的都想嫁给她。”

楚皙看到自己的微博评论里突然多了很多哭着喊着要嫁给她的评论。

此次巴黎之行的工作主要集中在前几天，后面几天的行程比较少，所以楚皙可以借这个机会去玩一玩。

下了这么多天雨，今天难得天气不错，楚皙去了卢浮宫。

卢浮宫是世界著名的博物馆，拥有丰富的艺术藏品，世界名画《蒙娜丽莎》和著名雕像《米洛斯的阿芙罗狄特》都被收藏在卢浮宫里。

在《蒙娜丽莎》前，游客排着长队，楚皙好不容易才排到画前，朝着《悦秀》杂志的随行小编的相机镜头说：“这幅画的真品比我想象的小好多。”

既然留了时间出来玩，她就索性再拍个旅行短视频。

楚皙又用手机跟《蒙娜丽莎》合了张影，然后发到自己的微博大号上。

粉丝终于等到楚皙发自拍了，十分开心。

楚皙看着粉丝的评论，又想了想，把照片发给了顾铭景。结果顾铭景立马回复：“不是在微博已经发过了吗？”

楚皙：“我明明刚发到微博上的，你已经看过了？你是不是把我设为特别关注了？”

顾铭景：“你说呢？”

楚皙想到“特别关注”时咬着唇笑了笑，把前天那张备受好评的西装照发了过去：“那这张你看过没？帅不帅？”

顾铭景那边似乎犹豫了一下，然后回得很简短：“没我帅。”

楚皙本来还满是期待地等着顾铭景夸两句，看到“没我帅”三个字时顿时心梗了。

你别得意，总有一天，我楚某人要翻身！楚皙攥起拳头暗暗发誓。

顾铭景：“我明天会过去。”

楚皙皱了下眉：“什么意思？去哪儿？”

顾铭景：“巴黎。”

楚皙吓了一跳，展览也不看了，在手机屏幕上不停地打字：“你过来干什么？你不会是专门为了我过来的吧？！”

顾铭景：“公司的事，过去谈个合同。”

楚皙对此十分怀疑：“不会吧？真的这么巧？”

顾铭景：“本来没打算亲自过去谈的，看你也在那，就顺便去一趟。”

“哦。”楚皙鼓起腮。

付白见楚皙也不知道在跟谁聊天，脸上的表情一直变来变去，凑过去问：“跟谁聊天呢？”

“没有。”楚皙赶紧将手机捂在胸口。

付白狐疑地看着楚皙。

作为跟艺人关系密切的经纪人，即使楚皙一直捂得严严实实，付白依然能看出蛛丝马迹。

最近这些日子，楚皙在国内的时候老是躲着他，一出国就经常对着手机眉开眼笑，有时候也会对着手机生气，但生气的样子更像是在撒娇。最重要的是她偶尔散发出的那种甜蜜的气息跟同为女性但一直单身的小严有天壤之别。

因此，付白断定，楚皙即使没有谈恋爱，也绝对跟异性处于暧昧阶段。

付白突然有一种自己家的水灵灵的小白菜被猪拱了的感觉。

他倒不是不让她谈恋爱，只是担心被记者发现。他觉得自己有必要找个机会敲打敲打她。

而且，国内还有一个对她情根深种的顾总呢。顾总追了楚皙那么久，楚皙要是谈恋爱了，顾总怎么办?

看到楚皙现在这副少女怀春的样子，付白开始心疼起了顾铭景。

不过，这点儿心疼转瞬即逝。

卢浮宫不愧是世界四大博物馆之首，楚皙一行人整整逛到闭馆都没有逛完。

回来的路上，他们竟然碰到国内知名的连锁火锅店，索性去吃了一顿，等回到酒店的时候天已经黑透了。

在酒店的电梯口，楚皙和夏乔狭路相逢。

说来也巧，有时候真是冤家路窄。她们这次竟然订的是同一家酒店，房间还在同一层，房间号也十分相似，一个4001，一个4007，上次夏乔的化妆师还敲错了门，差点儿来给楚皙化了妆。

“叮”的一声，电梯门打开了。

不知道夏乔为什么迟迟没动，楚皙跟付白、小严走了进去。

夏乔身后的经纪人轻声问：“乔乔，不进去吗？”

夏乔用手扇了扇风，应该是闻到了楚皙他们身上的火锅味：“我有洁癖。”

她脸上写着浓浓的厌恶，像是吃了苍蝇，仿佛在说自己对要跟楚皙搭同一部电梯这件事感到恶心。她不想跟楚皙呼吸同一片空气，所以不进去。

夏乔不进正好，楚皙直接冲她翻了个白眼，亲手按下了电梯的关门键。

夏乔看到楚皙的白眼，突然又想通了一件事——自己确实不想跟楚皙搭同一部电梯，但凭什么让这个女二号走在自己的前面?

自古以来讲究先尊后卑，自己在楚皙的后面等，岂不是自认低楚皙一等?

想到这一点，夏乔突然一个箭步往电梯里面冲。不巧的是电梯门此时也正要关上，她就被正要关上的电梯门夹了一下。

夏乔：“啊！”

楚皙：“……”

夏乔被夹住后赶紧往后退了出来，电梯门直接关上了。

经纪人在她发飙之前赶紧上前安慰道："不气不气，待会儿还要做美容，过两天还要给粉丝直播，保持好状态，千万别气坏了身子。"

夏乔抓了把头发，死死地盯着已经一层层递增的楼层数字。

夏乔心想：我一定会报仇的！

楚皙第二天早上的行程是拍一组新的街拍。

她最近状态很好，拍照时有不少路人回头看。摄像师抱着相机一个劲地夸她。

楚皙拍完了照，收到顾铭景说他落地时间的短信，还说他特意订了同一家酒店。

今晚楚皙原定的行程是去巴黎知名的歌舞厅红磨坊看歌舞表演，但是顾铭景临时来了，她的行程可能要变一下了。

午餐是在当地的一家法国餐厅吃的，楚皙纠结了半天，还是低头一边搅果汁一边跟付白说："付白，今晚的那个红磨坊……我不想去了。"

付白一愣："不去？票都买好了，怎么不去了？怎么了？身体不舒服？"

小严立刻道："对啊对啊，那个表演很有名的！"

"没有不舒服。"楚皙有些不好意思地看着两个人，"就是我觉得这几天有些累，不太想出门。"

"累了？"付白听后很是关切，"要不我们今晚都不去了，留下来在酒店陪你？"

"不用了！"楚皙连忙拒绝，"好不容易订到的票，你们不用管我的。我自己在酒店休息休息，约个按摩、做个水疗都可以，你们去吧，玩得开心，不用管我的。"

付白觉得楚皙的反应有点儿不对劲，又问道："你真的是因为累了，所以想在酒店休息吗？待在酒店最好，你如果想一个人出去，知不知道巴黎有些地方的治安很乱，独身女性有多危险？"

"我没有要一个人出门，我就待在酒店里。"楚皙忙解释道，"人生地不熟的，语言又不通，我怎么可能一个人出门呢？你们去吧，真的不用管我。”

虽然觉得楚皙有什么事瞒着他，付白最后还是叹了口气：“那好吧。”

楚皙松了口气。

小严也有些失望地看向楚皙：“皙皙，你真的不去了吗？我听说红磨坊里的表演特别精彩，里面有很多帅哥、美女，你不去看看真的好可惜啊。”

付白的脸都黑了。

楚皙听到那个“帅哥美女”后抬起头。

一边是特意跨国跑过来的顾铭景，一边是精彩的表演，楚皙权衡了几番，咬了咬牙，手紧紧地握着果汁杯，道：“我真的不去。”

“那好吧。”小严失落地说道。

付白他们还要去红磨坊那边吃晚餐，所以下午四点半就乘车过去了。

楚皙在酒店里换了身衣服等了一会儿，终于等到有人敲门。

楚皙听到敲门声后，忙放下手机跑过去，一开门就看到顾铭景站在门口。

楚皙突然被一种异国相见的奇妙感包围。

她把顾铭景放进屋，然后又望了望他的身后，问道：“高助理没跟你一起？”

顾铭景直接把楚皙搂进怀里，道：“见面的第一句话，问的就是别人？”

楚皙笑了：“随便问一句都不行啊？小气。”

顾铭景在飞机上也没吃饭，两个人便先去吃晚饭。

本来他们打算在这家酒店的餐厅吃，但楚皙走到电梯的时候，突然反悔道：“不行不行，我们换个地方吃。”

顾铭景：“为什么？怎么了？”

他们住的这家酒店是巴黎最好的酒店之一，餐厅食物的味道应该也差不到哪去。

楚皙看到电梯就想到夏乔。

付白和小严倒是都走了，可万一待会儿他们在餐厅碰到夏乔一行人怎么办?

新闻标题楚皙都想好了：餐厅亲密喂食，男粉丝跨国求爱，女星恋情曝光。

楚皙："你记得夏乔吗？就是以前跟我一起演过《桃花诺》的那个女主角。她也住这里，我怕碰到她。"

顾铭景无奈地点了点头，于是又换了家离酒店不远的餐厅。

他们吃完饭走出餐厅时刚好是黄昏时分。

连续下了几天雨的巴黎终于迎来一个好天气，太阳总算是露了脸，天边的落日被晚霞包裹着，天空不时飞过几只排着队的鸟，这场景美得像一幅大师笔下的油画。

酒店就在市中心，两个人穿过一条街便到了塞纳河边。

两个人并肩走在河畔。河边的路灯已经亮起来了。

他们的右边有一栋栋古老的欧式建筑和教堂。第二次世界大战时期，德军入侵巴黎，这些人类建筑史上的伟大杰作幸免于难。左边是塞纳河，路灯的灯光映在波光粼粼的河面，不时划过几艘载着游人的小船，带来一阵阵游人的欢声笑语。

异国他乡有异国他乡的好处，没有人认识他们，再加上是黄昏时分，楚皙难得没有戴墨镜和帽子，跟顾铭景牵着手在河边散步。

顾铭景心情极好，觉得楚皙的手似乎有些凉，便抓着她的手揣进自己大衣兜里。

楚皙感受到男人衣兜的温暖，抿着唇笑了一下。

河边有不少像两个人一样散步的游客和当地人，有的还是一家三口、一家四口。

他们就这么一起散步，气氛安静而恬淡。

两个人经过一对正在拥吻的情侣。楚皙瞟了一眼，然后立马别过头去。

非礼勿视。

顾铭景觉得要是再不做点儿什么就真的对不起此情此景，走了一会儿后，缓缓地停下脚步。

楚皙抬头看他：“嗯？”

两个人一直沿着河边走，顾铭景微微侧了下身，楚皙也只好跟着侧身。

“怎么了？”楚皙背靠河边栏杆连接处的一个较高的石柱，顾铭景轻轻地伸手，把她围在自己和石柱中间。

楚皙知道他要干什么了。

虽说是在异国他乡，虽说现在天色昏暗，可是对在大庭广众之下接吻的事，楚皙还是感到害羞和难为情啊。

顾铭景缓缓地俯身凑了过来。

楚皙向后仰了仰身子，脸烫得厉害，眼睛慌乱地瞟了瞟。

在顾铭景吻上来的前一秒，她突然伸手指向河边某处：“我……我要划船。”

楚皙说完，红着脸喘气。

顾铭景只得顿了一下，然后顺着她所指的方向看过去。河边的小码头上停着几艘游船，有人正在那里揽客。

楚皙一直扭头看船的方向：“我要划船。”

顾铭景终于发现楚皙通红的脸，笑了一下：“好。”

两个人牵着手走过去，直接包了一艘大约可容纳十个人的小船，撑船的是一个五六十岁的白胡子的法国老爷爷。

老爷爷笑容可掬，两个人上船的时候楚皙还听见顾铭景用法语跟他聊了两句。

楚皙坐下来后问顾铭景：“你们刚才说了什么？”

顾铭景跟着坐下来：“没什么。”

楚皙噘了噘嘴：“小气。”

他们坐上船后看到的景色跟在河岸上看到的大不相同。

在岸边时，河水和游船是风景，现在他们坐上了游船，河岸上的行人又成了风景。游船划得不快，会经过许多巴黎的标志性建筑，不一会儿，楚皙就看到夜晚亮起的埃菲尔铁塔。

她之前白天的时候来看过，现在看来夜晚亮起灯后果然更美。楚皙举起手机，用相机的夜间模式拍照。

顾铭景坐在她的旁边，也在看铁塔。楚皙拍完了铁塔，然后将镜头挪向了正在扭头看风景的顾铭景。

拍下这张照片后，楚皙十分满意，觉得自己的摄影技术又精进了不少。

这照片美得连滤镜都不用加，她直接发到了自己的小号上。

平常她明明没秀恩爱，粉丝非得从各个角度去抠细节，说她在秀恩爱，那现在她干脆正大光明地秀一次好了。

照片发出去后，粉丝首先看到的是照片里的铁塔，然后大家的目光全被旁边那个男人的后脑勺吸引。

啊，这是“狗哥”吗？

废话，肯定是啊！

这是埃菲尔铁塔吗？“二狗”跟“狗哥”去法国玩了？

天哪，光看这个后脑勺就好帅啊！

“狗哥”真的是大帅哥，怪不得能搞定我们“二狗”。

跑个题，感觉“狗哥”的头发好浓密，羡慕！

“二狗”这是在船上拍的吗？好浪漫。

顾铭景看了一眼楚皙的手机屏幕：“你给我拍照了？”

楚皙忙关掉手机：“我那只是不小心把你的后脑勺拍进去了而已。”

顾铭景：“哦，是吗？”

楚皙吐了吐舌头：“信不信由你。”

天已经完全黑下来了，在前面撑船的老爷爷听到两个人说话，即使听不懂他们在说什么，还是笑了起来，用法语提醒顾铭景旅程快要结束了。

楚皙只恨自己没有修第二外语，又问：“他说什么了？”

顾铭景：“你过来，我悄悄告诉你。”

“哦。”楚皙将脑袋往顾铭景那里凑了一点儿。

顾铭景笑着将温热的唇贴了上来。

“嗯。”楚皙先是睁大了眼，感受到他的呼吸，最后缓缓地闭上了眼睛。

他们经过塞纳河桥，耳边是轻柔的流水声，整个世界仿佛都慢了下来。

楚皙什么也不知道，只慢慢体味着男人温柔到极致的吻。

黑夜给了人安全感，她的害羞与难为情全变成浅浅的回应。

他们之间无须过多言语，呼吸交织在一起。撑船的老人笑着回头，看向船上深吻的异国男女。

这个吻直到小船靠岸时才结束。

顾铭景松开楚皙，揉了揉她的后脑，看到了她眸底的光。那时候，他的心软得一塌糊涂。

两个人走回了酒店。

楚皙看了一眼手机，付白发来了微信消息，问她在干什么，安不安全。

楚皙回了消息说自己在酒店里，让他放心。

小严给她发来微信消息，说他们看表演看得很开心，大概晚上十二点回来，让楚皙先睡，然后激动地说表演有多精彩，并给楚皙发了几张照片。

楚皙看着照片。

虽说她今晚跟顾铭景的约会很浪漫，但是红磨坊的表演世界闻名，错过了好像也确实挺遗憾的。但如果让她再选一次的话，她还是会选择顾铭景。

楚皙想到今天夕阳下的散步、船上的照片和吻，笑了笑，然后低头回复小严："我也想看表演！想哭！"

小严："我偷偷录了视频，待会儿发给你。"

楚皙："好！够意思！"

顾铭景对楚皙这种走路还要看手机的行为十分不悦，问了一句："在跟谁聊天？"

楚皙放下手机，把手放进他大衣的兜里："助理啦。"

到了酒店，本来一直放松的楚皙又恢复了侦探状，不仅跟顾铭景隔开了走，每走几步还要左顾右盼一番。

顾铭景很无奈："没有狗仔。"

楚皙："防火防盗防夏乔。"

顾铭景："……"

顾铭景把楚皙送回酒店的房间后才发现她的经纪人和助理一直没出现，于是问："你的经纪人呢？"

楚皙："他们出去玩了，十二点才回来。"

她抱着顾铭景的胳膊撒娇道："否则你以为我怎么能跟你单独出去的？你这几天不要被他们发现了啊！委屈你了！"

恋情不能被公众知道就算了，他们连经纪人都要躲着，顾铭景的脸又黑了。

他"哼"了一声，算是答应了。

楚皙噘起嘴："你别不高兴。你知不知道今晚我为你舍弃了什么呀？"

顾铭景挑了挑眉，问道："什么？"

"舍弃……"楚皙刚要说，又把话咽了下去，只能别过脸去，"你别管，反正就是内容很丰富的活动。"

顾铭景隐约觉得有哪里不对劲，不过也没追问。

楚皙抬头看了眼时间，发现已经不早了。

她有点儿纠结这个逐客令该怎么下。

其实他们都是老夫老妻了，顾铭景留宿一晚也无伤大雅。

但付白及杂志社的人随时会来房间找她，顾铭景留在这里就不太方便了。

可是，刚才顾铭景的脸就黑了，现在她若下逐客令，这个小气的男人不知道又要怎么闹别扭。

楚皙决定先表达自己的关心："你的时差倒过来了吗？累不累啊？"

顾铭景："习惯了。"

"哦。"楚皙点头，又问，"想不想喝点儿什么？咖啡还是果汁？我去给你倒。"

顾铭景："白水。"

楚皙跑过去给顾铭景倒水。

她走了，放在沙发上的手机亮了一下。

顾铭景看了一眼。她的手机还没锁屏。

楚皙捧着水回来了。

"给。"她把水杯塞到顾铭景的手中，看他喝了一口，终于笑嘻嘻地说，"喝完这杯水，你就回自己的房间好不好？"

然而，顾铭景的神情跟她去倒水前好像不太一样了。

他放下水杯，看着她："我走了，你干什么？"

楚皙："我当然是……"

顾铭景："看表演？"

楚皙整个人蒙了。

视线落到自己放在沙发里的手机上，楚皙露出追悔莫及的表情。

她赶紧解释："你听我说，我不是特别想看那个表演的！只是人家都偷偷地给我拍照了，我当然要表现得感兴趣一点儿！

"你不要用那种眼神看着我，你觉得我像是那种人吗？"

楚皙抓着手机，看到小严发过来的表演视频，慌乱地想要删除，却不小心点了播放。视频中，小严的声音格外清晰："好帅！好帅啊！"

顾铭景："……"

楚皙苦着脸，像是快要哭出来了。她慌忙地关掉了视频，顾铭景的脸色已经难看到了一定的地步。

“好看吗？”他坐在沙发上，淡淡地问。

楚皙觉得她只要说一声“好看”，今晚怕是命都要没了。她咽了咽口水，谨慎地看着男人俊俏的脸。

他今天穿着大衣和长裤，跷起腿坐在沙发上，一截脚腕从裤腿中露了出来。

男人的脚踝瘦而细，看起来十分迷人。

楚皙想了想刚才小严发过来的视频，然后看着眼前的顾铭景，这回她的注意力不在脸上，不在脚踝上，而在手上——雪白的手腕、修长的手指。

楚皙咽了口口水，突然深刻地明白了什么叫含蓄的美。

“犹抱琵琶半遮面”，往往比直白的袒露更加撩动人心。

她试探着坐过去，看顾铭景没有拒绝，便盯着他看。

楚皙伸手圈住他的脖子，回答刚才的问题：“他们当然好看啊。”

顾铭景眉头一皱。

楚皙赶紧补充：“不过他们再好看，都没有你好看。”她突然觉得自己像在哄吃醋的幼稚鬼。

这句话很简单，顾铭景甚至能感受到她在耍小聪明，但还是受用极了。

顾铭景皱起的眉头逐渐舒展，他看着眼前笑意盈盈的楚皙，眼神一点点地变得迷离。

他伸手握住楚皙的后脑，楚皙也十分配合地向他凑过去。

她不怕了，今晚付白他们回来得晚，明天又没有工作安排，他们肯定会睡懒觉，所以应该不会有人来打扰她。

他们一夜无眠。

今晚或许是当地的什么节日，外面竟然放起了烟花，火星划过黑夜，到最高点时像是要和黑夜融为一体，然后突然炸开。彩色的烟火瞬间点燃了漆黑的夜空，美丽的光影映在窗户的玻璃上。

另一边，顶楼的套房内，高助理打了个哈欠。

他就说吧，楚皙小姐在这里，自己给顾总另外订房间这种事情就是多此一举。

第二天，街边树上的鸟儿叽叽喳喳地唤醒了清晨。

巴黎时装周已经接近尾声，参加时装周的女星们也陆续地准备着最后的行程。

楚皙今天没有工作，团队的人昨晚表演看得太忘情，回来得太晚，都在各自的房间里睡觉。

楚皙也缩在顾铭景的怀里，睡得像只小猫。

顾铭景先醒来，嘴角挂着清浅的笑意。他玩了一会儿楚皙柔软的头发，然后发短信跟酒店订了早餐。

楚皙这边今天没有活动，而同住一家酒店的夏乔那边已经忙活起来了。

4007 套间里，经纪人正仔细地检查着夏乔的脸。

夏乔今天用的是轻薄却有一定遮瑕力的粉底液，所以脸部近看可能会有一点儿妆感，但是在会吃妆的镜头里，这点儿粉底液简直相当于无。

她之前做过半永久式眉毛，所以现在用不着画眉；特地选用的精致的棕色内眼线和颜色自然的修容妆相得益彰；一层用指腹点涂的樱桃色唇膏使得妆容更加完美。

淡妆有时候比浓妆更难化，夏乔现在状态这么好，不枉两个人早上六点就起来准备。

夏乔这张脸完美地诠释了什么叫“伪素颜心机裸妆”。

而且，夏乔特意做了头发，有那种自然、慵懒的蓬松感。

夏乔对着镜子看了好久，跟经纪人确认道：“没问题吗？真的看不出来吗？”

经纪人点头，给了她一个肯定的眼神：“放心，绝对看不出来化了妆。”

夏乔："那就好。"

经纪人看了眼时间："他们马上就来了。我先走了，你加油，好好表现。"

夏乔："好，你快走吧。"

经纪人走了，夏乔又对着镜子照了照，最后露出一丝满意的微笑。

夏乔这次的巴黎行程中有一个重头的工作，就是应这次合作杂志社的要求，给粉丝直播女明星晨起梳妆的过程。

待会儿杂志社的小编会和化妆师一起过来，然而她是绝对不允许自己满脸油光、头发乱得像鸟窝的样子被粉丝看到的，于是提前起来化了个淡妆，到时候还可以宣传自己"素颜女神"的形象。

夏乔伸了个懒腰。

这时，杂志社的小编已经带着化妆师出现在酒店的门口了。

"乔乔你好，请问起床了吗？我们马上过来喽。"小编用微信给夏乔发了条消息。

夏乔很快回复："刚醒，快过来吧。"

小编："好的。"

得到艺人的回应，小编松了口气，然后对了对时间，打开直播。

官方微博预告过这次直播，早就有好多粉丝在蹲守着，直播一开，粉丝便拥了进来。

小编看到屏幕左上角噌噌上涨的观众人数，发现直播的热度比他们预期的高了不少。夏乔的人气这么旺？

小编跟大家打了声招呼："大家好，现在我们已经在酒店的门口啦，正在等电梯。"

她看了看弹幕，发现这些粉丝好像没怎么理她。而且，直播间里除了夏乔的粉丝，还有楚皙的粉丝。

小编一头雾水。

好在她还有备用手机！

她赶紧掏出手机了解情况，不一会儿就弄清楚了。

原来是夏乔和楚皙的粉丝看到了杂志社发的微博，得知夏乔将要给粉丝直播女明星晨起梳妆的过程，于是定下约定，今天早上准时来看夏乔的化妆直播。

他们想看看，到底是楚皙的素颜美，还是夏乔的素颜美。

看到这些后，小编恍然大悟，调整了一下表情，对着镜头说："现在我们已经进到电梯里啦，大家有没有很期待见到夏乔呢？"

夏乔的粉丝："乔乔，我们爱你一万年！！"

电梯门开了，小编出了电梯，进入酒店的走廊。

小编抬起头，根据夏乔发过来的门牌号，一边寻找一边默念着："4007，4007，4007 在哪呢？"

然后她眼前一亮："找到了。"

这家酒店是欧式装修风格，就连门牌也做得十分别致，数字是具有古典韵味的花体。

小编对着镜头小声说："已经到门口啦，马上就敲门了。"

小编伸手轻轻地叩了叩房门，似乎听到了房间里面的动静，还入乡随俗地用法语说了一句："Bonjour（法语，早安）。"

直播间的两家粉丝同时刷起了："素颜！素颜！素颜！"

小编等了一会儿后，门锁轻轻地响了一下。

直播间的粉丝听到声音，心都提到了嗓子眼，屏息以待。

门先是被轻轻地拉开一条缝，然后敞开了。

小编笑容满面地举着直播镜头，一句"乔乔好美"还没说出口，在看到门口出现的人时，顿时僵住。

与此同时，镜头从下往上扫过去，穿着浴袍的男人就这么出现在房间门口，也出现在夏乔的直播画面里。

整个世界仿佛都安静了。

然后，看直播的人疯了。

怎么回事？夏乔的房间怎么会有男人！

这个男人不是顾铭景？

好帅！

大家清醒点儿，楚皙的粉丝怎么会出现在乔乔的房间里？

大家原以为会看见夏乔，结果出现在镜头里的竟然是顾铭景！

直播间里混乱极了。

而在酒店现场，小编看到男人皱起的眉毛，心脏一颤，然后不由得向后退了两步："那个……"

小编还没说什么，突然又听到拖鞋声。紧接着，小编的眼前、直播的镜头里又出现了一个女人。

这个女人穿一身甜美的睡裙，头发有些乱，明显是刚睡醒，还在用手揉眼睛。

她没有注意门外，一边揉眼睛一边走到顾铭景的身边，打了个哈欠，奶声奶气地问："你不是说早餐来了吗？"

然后她才注意到门口有人，微微转过身，迷迷糊糊地看向镜头。

这个女孩儿皮肤雪白，脖颈的弧度优美，锁骨上有两颗异常显眼的"草莓印"——她是楚皙。

到了这时，小编再往门牌上看了看。她刚才看到的是"4007"，现在怎么看都像"4001"。

终于，小编手里的手机拿不稳了，"啪"的一下摔在地上，屏幕朝上。

顾铭景和楚皙同时往手机的方向看了一眼。

手机的这个界面顾铭景不怎么熟悉，但是作为圈内人的楚皙一看就知道，是直播啊！

小编反应过来，迅速捡起手机，关了直播间，随后呆呆地望着面前的两个人。

夏乔的美妆直播取消了，有两个话题飞速蹿上微博热搜榜——"楚皙顾铭景""楚皙直播事故"。

这两个话题热度极高，服务器苦苦支撑了几分钟后彻底瘫痪了。程序员们加班加点，总算在网友心痒难耐、好奇心到达极点的时刻，成功地扩充了服务器。

一段简短的视频在网上疯传：从穿着浴袍的顾铭景出现开始，到揉着眼睛的楚皙站在镜头前结束。

无须任何人解说，明眼人都能看出来，这两个人间的关系非同一般。

而楚皙穿着的睡裙、奶声奶气的询问，以及锁骨上的痕迹，无不在默默地诉说着那两个人昨晚的故事，让人浮想联翩。

网友们目瞪口呆。

巴黎，酒店套间里，空气很安静。

楚皙看着粉丝说要“脱粉”的言论，看着自己持续减少的粉丝量，眼泪“唰”的一下就下来了。

事情怎么会发展成这样？

一切都怪她自己！

她一边想要粉丝，一边忍不住地想要跟顾铭景在一起。现在有那么多粉丝离开，是她自己活该。

顾铭景发现楚皙竟然哭了，忙抽出纸巾给她擦泪，然后用手掌轻轻地拍着她的背。

楚皙躲过他的手，背过身去哭。

顾铭景一边安抚着楚皙，一边看了对面的付白一眼，眼神凌厉。他气场极强，付白被吓得浑身打了一个哆嗦。

付白将目光落在楚皙的身上，心想：自己刚察觉出楚皙在外面有人了，她就给自己来了这么大一个“惊喜”。

怪不得这丫头昨天不去看表演，原来是顾铭景过来了。

他们……又在一起了。

付白叹了口气，怪不得楚皙瞒得那么严实。

付白忧心忡忡地看着那些新闻，心想：如果跟楚皙在一起的不是顾铭景，而是一个普通人的话，一切依着工作室的意思来就行了。但是这个男人偏偏就是顾铭景，自己的处理方式必须要让顾铭景满意。

付白正头疼着，肩膀突然被人轻轻地拍了拍。他转过头，看到了顾铭景的助理。

高助理冲付白点了点头："付先生，您好，解决方案我们已经想好了，请您过目一下。如果有什么问题，到时候我们可以再一起商讨。"高助理说着将一份文件递给付白。

付白这才想起顾铭景的手下有顶级的团队，应该能把这件事稳妥地解决。

另一边，楚皙抬起头，带着哭腔问道："怎么办呀？"

顾铭景看着她，认真地答道："我们公开吧。"

他也没想到他们竟然会在这种情况下公开恋情。他甚至有些想笑、有些感动，毕竟自己再也不是那个没名没分的……地下男友了。

楚皙"嗯"了一声，低下头。

事情已经这样了，如果他们还撇清关系，那将对楚皙的事业造成毁灭性打击。

这边，两个人商量着；那边，网友们疯狂地猜测这两个当事人接下来要怎么应对。

事情都这样了，就看顾总愿不愿意给楚皙一个名分了。

网友们基本上站成了两队，一部分人觉得待会儿两个人会公布恋情，然而大多数人觉得顾铭景不可能给楚皙名分。

> 要顾铭景承认也不是不可能，就说楚皙是他的女朋友，不过现在已经分手了。
>
> 在全国人民面前丢人了！
>
> 别说什么"顾总不会那么冷漠无情，不给楚皙留面子"之类的话，商人往往比你们想象的还要残忍。

楚皙的粉丝中，无法接受这件事的已经走了，留下的全默不作声，等着一个结果。

即便粉丝万般不想楚皙跟这个男人捆绑在一起，但是木已成舟，楚皙又是女孩子，保全名誉的唯一方法就是承认跟顾铭景是男女朋友。

所有人的目光都聚集在楚皙和顾铭景的微博上。

他们等啊等，终于两个人的微博有了动静。

没想到楚皙先发了一条微博，内容很简短：“男朋友，顾铭景。”

他们承认恋情了！

这条微博一发，等着两个人公布恋情的人正准备庆祝，又活生生地被其他网友给按了回去：“庆祝早了吧？楚皙是发微博了，顾铭景呢？顾总的态度不才是大家都在等的吗？”

这些话听起来好像有点儿道理。

于是众人的目光又都聚集在顾铭景的微博上。众人屏息等待着。

一秒……

两秒……

三十秒……

一分钟……

两分钟……

三分钟……

娱乐圈的明星在公布恋情的时候，当事人一般会事先约定好，要么一起发微博，要么一前一后发微博，双方发微博的时间不会间隔太久。

然而这次，楚皙发完微博都三分钟了，顾铭景还是没有回应。他不仅没有自己发微博承认，也没有转发楚皙的微博。

正当部分网友质疑楚皙，粉丝准备默默地脱粉之际，原本一直没有动静的顾铭景竟然一下子发了好多条微博。

“女朋友，楚皙。”

“女朋友，楚皙。”

“怎么没反应？被限流了吗？”

“怎么还没反应？是网卡了吗？”

“这是根本没发出去吗？”

似乎连续五条微博都没发出去，这个微博账号的主人终于暴躁了。

“楚小姐好不容易愿意给顾总名分了，微博竟然发不出去！这个破软件是想被改成养殖场吗？”

“破软件，你是知道顾总忙着哄楚小姐，没工夫自己发微博，只能让助理替他发，所以故意出问题的吗？”

“再给你半分钟！我家顾总必须要在楚皙小姐那里得到名分！”

“算我一把年纪的高某人求求你了，行不？你知不知道我们家顾总这个地下男友当得有多委屈啊！你知不知道我们顾总等这个名分已经等了很久了啊！”

九条微博，按时间顺序，整整齐齐地出现在“元景顾铭景”的微博主页上，详细地记录了代顾总发微博的高某人的内心活动，以及某些从未为人所知的内容。

楚小姐好不容易愿意给顾总名分……

顾总忙着哄楚小姐……

地下男友当得有多委屈……

众人艰难地消化着这些文字，然后终于明白了——

顾总现在正在哄楚皙。

顾总之前是楚皙见不得光的地下男友。

楚皙总算愿意给顾总名分了。

…………

皙姐厉害！

与此同时，楚皙黑着脸看了看顾铭景，然后又看了看低着头似乎正准备写辞职信的高助理。

高助理以前给她的印象永远是穿着一身西装、带着万年不变的微笑、彬彬有礼的，她没想到他斯文的外表下拥有一颗如此暴躁而狂野的心。

楚皙的巴黎之行结束了，他们总算要启程回国了。

她出国时还是肤白貌美、前途大好的当红“小花”，回来时就给大家带了个姐夫——粉丝一般会叫女艺人的另一半为“姐夫”，与之相对应的，男艺人的另一半则会被叫“嫂子”。

楚皙的恋情曝光，一大批粉丝离开了。剩下的“砖头”含泪看着那个从此拥有“楚皙的男朋友”身份的顾铭景。

他们看顾铭景，就像是岳父看女婿，越看越不顺眼，恨不得立刻棒打鸳鸯，拆散这一对。

任顾铭景再有钱，“砖头”也觉得他是个绊脚石，毕竟楚皙还小，事业处于上升期，恋爱只会影响她的前途。

就在“砖头”看不惯又干不掉顾铭景时，突然，一个特殊的群体默默地从他们的视线里飘过——“惊喜夫妇”粉。

这群粉丝在楚皙和顾铭景公布恋情后宛如中了彩票，一边不停地发着各种甜蜜的视频，一边不遗余力地向所有人推荐这对情侣，甚至还向楚皙的粉丝推荐起来。

“惊喜夫妇”了解一下，帅气多金的总裁和魅力无边的女星，超级甜蜜！

楚皙要回国的消息传出来后，国内的粉丝和记者都在机场等楚皙的航班，准备拿到第一手照片，还有人开始期待楚皙跟顾铭景一起现身。

然而，在机场蹲守的人一无所获，不久就有人爆料说楚皙已经回国了。

蹲守的人不相信：“这不可能！我们每天蹲守在机场，一只苍蝇都不会放过，楚皙怎么可能从我们的眼皮子底下溜走？她难道会瞬间移动？”

说楚皙已经回国的人只好再次无奈地确认道：“楚皙真的已经回国了，没被机场的人发现是因为她是搭顾总的私人飞机回来的。”

在机场蹲守的众人：“……”

楚皙搭顾铭景的私人飞机回国的消息没有上热搜，但是八卦论坛里有人在讨论这件事，说顾铭景是真的对楚皙上心了。

论坛里鱼龙混杂，各家粉丝都有，楚皙有这种待遇，不少人看得十分眼热。

楚皙回国后，一脸忧愁地看着最近情绪低迷的“砖头别动队”，里面果然没剩多少人了。

付白又往楚皙的手里扔了几个剧本，让她先选一选，还给她接洽了几档综艺节目，结果楚皙还是一脸忧愁。

付白只好安慰道：“粉丝跑了又怎么样，旧的不去，新的不来。你是演员，最后要靠作品说话。你要是有拿得出手的作品，还怕没有粉丝？”

楚皙觉得付白说得对，但是她能拿得出手的作品是什么呢？

之前她没有一部拿得出手的剧，马上要跟大家见面的，就是那部古装偶像剧《桃花诺》。

楚皙一想到这部剧，心里就打起了鼓。

《桃花诺》在经历了漫长的后期制作后，终于要在电视台播出了。这部剧是她上表演课之前拍的，那时候她因入行时的阴影太大，对表演有些恐惧，拍这部剧时等于从零开始。

幸亏当时在片场有李远新和导演指导，她自己也每天早上去公园练台词，这部剧才顺利地拍完。

楚皙是从这部剧开始明白表演到底是什么的。

当时的楚皙还是个刚开始探索的新手，笨拙但好学，看了很多片子，学了很多相关的表演内容，会提前设计好每个动作，是真真正正地在“演”角色。

虽说当时陈导对她挺满意的，不过有一部分原因是她本身的扮相就很适合这个角色，另一部分原因则是《桃花诺》本来就是一部对演技要求不高的偶像剧，楚皙的表现确实不错。

但是如果让现在的楚皙给自己在《桃花诺》里的表现打分的话，一百分算满分，她只能勉强打四十分。

所以她要怎么用四十分的演技让更多人喜欢她啊？！

楚皙觉得自己的头都大了。

第十六章

惊喜夫妇

《桃花诺》是M电视台今年唯一在黄金档播出的古装偶像剧，台里十分重视，宣传力度很大。

这部剧拍摄的时候就闹出了不少新闻，现在总算要播了，很多人非常期待。

这部剧也是夏乔今年的重头戏。因为之前在巴黎的乌龙事件，夏乔团队的人都差点儿气得吐血，现在早已摩拳擦掌，发誓一定要靠这部剧扳回一局。

楚皙则是最担惊受怕的那个人。

正如网上娱乐博主分析的那样，恋情曝光之后，楚皙失去了好大一批粉丝，剩下的粉丝又有些萎靡不振，还处在伤痛之中。楚皙能不能翻身，全看这部剧了。

如果她在这部剧中的演技还是那么烂的话，别说是在这种粉丝遭受重创的情况下了，即便放在之前，很多粉丝也会离开。即使粉丝不抛弃她，制片人也会放弃她。

她有个有钱有势的男朋友又怎么样？她没有粉丝，没有作品，人家表面上怕她，私底下嘲笑的话一句也不会少。

不过就现在的情况看，楚皙翻身的概率不是很大。

很多网友还记得当年楚皙主演的电影上映时的“盛况”，楚皙是一个凭一己之力毁了几亿投资的电影的女人。

如果她只拍了一两部戏，大家还可以说她是新人，还有进步的空间。可是她演了那么多电影，演技还是那样，说明根本就没有演戏的天赋。

但是，演戏这种事情是最讲天赋的，哪里是她早上六点起来练练台词就能弥补的呢？

楚皙看着网上的这些分析，想到自己在剧里四十分的演技，有些想哭。

即使这次真的翻不了身，她也不怕。

她不会被打倒的！

她还有《迷雾深渊》，还要接着拍，总有一天能够交出一份令人满意的答卷。

《桃花诺》开播当天，楚皙应制片方的要求，发了一条宣传剧的微博。她连评论都没敢看，就直接坐在沙发上，在电视机前等着剧播出。

顾铭景下班后也跟她一起看剧。

电视台的广告时间很长，顾铭景作为投资人本来可以提前拿到片源，但还是决定和楚皙一起看电视。

他看了看身边一脸紧张、忧愁的楚皙，轻轻地叹了口气，问：“你演什么？”

楚皙有些沮丧：“妖妃。”

顾铭景：“妖妃？”

楚皙一口气说了一大串形容词：“就是那种倾国倾城，把皇帝迷得团团转，怂恿皇帝沉迷酒色、不理朝政，祸国殃民，然后被千夫所指的妖妃。”

顾铭景听后哑然一笑。

这部片子的导演看人很准。

祸国殃民、把男人迷得团团转的女人，这不就是楚皙吗？

两个人正说着话，电视台的广告放完了，《桃花诺》的第一集正式开播了。

楚皙的第一个镜头是在宫中，妖妃琉璃坐在皇帝的旁边，用手背撑着下巴，轻蔑地看着趴在地上不停求饶的小宫女。

这个小宫女想要勾引皇帝，被妖妃发现了。

楚皙明明没有化坏人必备的夸张的眼妆，只是坐在那里，但那副神态、那像狐狸一样微微上翘的眼角，足以展现出妖妃的感觉。

皇帝想打那宫女几十板子就算了，妖妃轻轻地将手覆在皇帝的手上，媚眼一抛，似怨似嗔地道："皇上。"

于是皇帝立马下旨杖毙了那个宫女。

《桃花诺》一周播四天，从周一到周四晚上，每天播两集。第一天的两集播完后，刚好是晚上十点。

片尾曲已经响起来了，楚皙愣愣地坐在沙发上，问顾铭景："你不爱看这种剧吧？"

顾铭景很实在："嗯。"

楚皙"哦"了一声。

看完两集，楚皙觉得自己有些戏还是有很重的表演痕迹，有些地方明显没有进入状态，演技真的只能打四十分。

楚皙吸了吸鼻子，努力告诉自己别灰心。

顾铭景察觉到楚皙的低落，看着她，认真地说道："不过我觉得你演得还不错。"

楚皙揉了揉鼻尖："谢谢。"

她抱住顾铭景，在这个将她捧上云端又对她不管不顾的人的肩膀上，不轻不重地咬了一口。

顾铭景任她咬。

楚皙咬过之后，心里好受多了，然后有些好奇地问："你看过之前我演的电影吗？"

顾铭景："没看过。"

楚皙语塞。

不过，该面对的还是要面对，楚皙整理了一下情绪，终于打开了微博。

果然，“楚皙演技”这个话题已经上了热搜。

楚皙凄凉地笑了笑。一切都是她自己造成的，所有的后果由她来承担便是。观众批评也好，嘲笑也罢，她毫无怨言。

楚皙点进热搜话题榜，结果直接被第一条微博吓了一跳。

“惊喜！楚皙在《桃花诺》中饰演妖妃琉璃，一颦一笑都是戏，快来品品她在剧里的演技！”

这条微博配的图就是她在戏里的截图。

楚皙以为这位博主说的是反话，接着向下翻了几条，发现评论中也全是夸她的。

天哪，电视里那个会哭、会笑的人真的是楚皙吗？！

这演技根本不输夏乔啊！

我要被她迷死了。

听说她早上六点就去背台词，果然是真的，努力真的有用！那些还在瞪眼、噘嘴的明星，以后不要说自己努力过了好吗？

我是粉丝，原本做好了被嘲笑的准备，没想到皙宝给了我们这么大的惊喜！

所以她以前演那么多傻里傻气的少女干吗？

这是怎……怎么回事？

楚皙吓得不轻。大家怎么都在夸她？

那些博主和粉丝越夸，她就越不安。这明明就是四十分的演技啊，在她的心里都没有达到及格线！

这些夸奖让她无所适从，楚皙终于忍不住在自己的微博下评论道：“这次真的演得不够好，只能打四十分，希望大家能多批评。”

结果还是没有一个人批评她。

凭什么批评？你看她演得多好。

那可是楚皙！大家难道忘了在电影院被她支配的恐惧吗？

俗话说，只有见过黑暗，才能体会光明。只有知道楚皙曾经演得有多烂，才能明白她这次演得有多好。

别人的四十分是四十分，可是楚皙的四十分那是简简单单的四十分吗？

她的四十分相当于别人的八十分！

楚皙好棒，进步太大了！

楚皙看着这些评论，无语地弄清了原委。原来这就是传说中的，人们对她的期望有多低，最后的惊喜就有多大。

她甚至不知道是该哭还是该笑，四十分的演技都能被夸成这样，那以前人们得给她打多少分呢？

《桃花诺》的片方万万没想到，他们事先准备了那么久的宣传男女主角凄美爱情的文案，热度竟然不及夸赞楚皙演技的那条微博。

《桃花诺》首播的收视率不错，关于楚皙演技好坏的讨论更是吸引了不少观众。

网友们先是不相信，然后就捏着鼻子去看剧了，结果看了一集，突然感觉楚皙的确演得不错；再看几集，又觉得这个琉璃虽然坏，前几集更是让人恨得牙痒痒，但是越往后看，这个角色就越让人心疼。

琉璃也善良过，结果却被她善待的人狠狠地剜了心。

她受过最痛苦的凌辱和折磨，只为能够保全家人，却亲眼见到双亲惨死。

她曾给世界以最大的善意，世界回报她的却是无止境的恶。

她是从家人的尸体堆里爬出来的，在那之后性格开始变得扭曲，只要有机会，就不择手段地往上爬。

大家只看到琉璃怂恿昏君杀戮忠臣，却看不到那个被杀了的老臣，前两天指着明明什么也没做的琉璃，骂她是祸水。而无条件包容她、对她好的昏君，可能是这个世界留给琉璃的唯一温暖。可惜，昏君出现得太迟了，那时候她的心早就变得和石头一样硬，她什么也感受不到了。

这个角色既让人恨又让人心疼，赚了观众不少眼泪。

琉璃最后近乎偏执地想要跟作为王爷的男主角在一起，其实她可能并不喜欢王爷，只是因为心中的一点儿执念。然后她被男主角一次次无情地拒绝，明明恨女主角恨得想生啖其肉，却因为男主角放了女主角一条生路。然而男主角以为她杀了女主角，在她茫然的目光中，在她的肩上狠狠地刺了一剑。

楚皙在全剧发挥得最好的戏可能是被男主角刺的那场，她能给自己打六十分。

然而她自认为值六十分的演技在观众的心中已经是满分了。看到琉璃满肩鲜血却冲男主角笑的那个镜头，观众被虐得死去活来。

琉璃，我要娶你！

我们不要男主角了，他不值得！

昏君才是真正爱你的人，你为什么永远看不到他？

真的好难过！我要哭死了！

琉璃不哭，我来娶你，我要和你在一起！

这场戏真的好有感染力！

其实我本来没想哭的，但一想到这场戏竟然是楚皙演出来的，我就哭了。

楚皙："……"

《桃花诺》的收视率一直稳居同时段播出剧的前三名的位置，相比于剧里男女主角略显俗套的感情戏及流于表面的演技，妖妃和昏君这对爱而不得的虐恋组合明显更有吸引力。而演昏君的李远新也跟楚皙一起被大家广泛讨论起来。

众人除了被昏君对妖妃的痴情感动，还发现演昏君的李远新的演技明显比剧里的其他人高出一截。有好几场戏明显是他带动了楚皙，两个人才能配合得那么好。

李远新出道好些年了，人们从他的微博可以知道，现在他家庭美满，楚皙还经常在采访中说他人很好，善良、儒雅。

众人不禁想，这么好的演员怎么一直不火啊！

随着《桃花诺》的播出，楚皙和李远新的热度一路飙升。

《桃花诺》便成了一部男女主角没激起什么水花，男二号、女二号却大火了的电视剧。

李远新的事业上了一个台阶，不少好的剧本被递到他的手上；楚皙这次的表现则给那些片方打了针强心剂，以前别人来找她拿的都是烂剧本，想要消耗她的人气。《桃花诺》播出后，终于有好剧本被递过来了。

楚皙不着急进组，一边啃苹果一边选剧本，发现“砖头别动队”里有好多新人加入。

以前，粉丝大多喜欢的是楚皙的外貌和性格，在近期的入会申请中，竟然有不少人填“被楚皙的演技圈粉”。

楚皙感动得热泪盈眶。看来付白说得对，演员有拿得出手的作品，还怕没有粉丝？

楚皙跟付白挑来挑去，最后选了一部纪念抗战的剧《山河血》，她在里面饰演一名出身富贵的进步女大学生。

试妆照里，楚皙穿着一身老式校服，头发用一个白色发卡别在耳后，漂亮又很有书卷气。

楚皙看着自己的试妆照，眼神变得黯淡了。

自上次在《迷雾深渊》演了警察之后，不知道是否是冥冥之中自有天意，她现在又演起大学生了，还是那个时代的富家大小姐、进步新青年。

楚皙想起之前在《我们是同学》里重新体验高中生活的日子，笑了笑。

离《山河血》开拍还有一阵子，楚皙推了几个来找她当常驻嘉宾的综艺节目，准备回家去住一段时间，陪陪奶奶，然后顺便去综艺节目里当飞行嘉宾。

顾铭景听到楚皙要回家后似乎有些茫然："回家？"

在他的意识里，楚皙的家就是现在的这套公寓。

楚皙回答："我是回我的老家。"

顾铭景这才记起楚皙有个奶奶。

他对这个老人最近的印象还是上次楚皙哭得上气不接下气，用小手抓着他的衣角，求他拍张假的结婚照，然后陪她回去见一见她的奶奶。

那时，她以为自己命不久矣，求得很卑微。他说了什么？他让她不要妄想她不该妄想的东西。

顾铭景暗骂一句自己不是东西。

他抓过楚皙的手，笑了笑说："我也跟你回去看看吧。"

楚皙听后忙不迭地摇头："不……不用了！"

奶奶不看娱乐新闻，偶尔看娱乐新闻的陈姨也被她特意交代过，不要跟奶奶提起新闻里有关她感情的事，所以现在楚奶奶还以为楚皙已经和"小顾"分手了。

楚皙没把自己跟顾铭景复合的事情告诉奶奶。因为在奶奶的印象中，顾铭景是她未来的孙女婿。楚皙之前拿着顾铭景的照片骗奶奶的时候，就是这么跟奶奶强调的。

如果楚皙要把顾铭景带回家，那必须是在他们有结婚的打算的前提下才行。现在，他们就是普通的男女朋友，楚皙还不方便将顾铭景带回去。

顾铭景不知道楚皙的想法，没想到她这次竟然这么抗拒，脸上的笑容逐渐消失，问："为什么？"

楚皙噘了噘嘴，弱弱地答道：“我奶奶不知道我有男朋友了。”她补充，“她只看电视，不懂上网的。”

顾铭景：“那之前你为什么让我跟你……”

楚皙想起那时候，低下头：“对不起，我以前偷拍过你的照片，跟我奶奶说你是我的男朋友。”紧接着解释道，“我当时没有和其他人说你是我的男朋友，只有我奶奶和照顾她的阿姨知道，后来，你不愿意陪我去见她，我们分开了，我就跟奶奶说我们分手了。”

顾铭景感觉自己的心像是被什么东西掐了一把，酸得发疼。

他缓缓地问：“那现在呢？”

楚皙沉默了一会儿：“我奶奶还不知道我又有你了。”

顾铭景没有追问下去。

他知道楚皙在害怕什么，苦笑了一下，伸手揉了揉楚皙的脑袋。

他是在这个时候生出这个想法的，如果以后的人生有什么苦难，他不想再让楚皙一个人撑着了。

楚皙以后的人生里，应该有他。

楚皙不知道顾铭景在想什么，反正觉得挺不好意思的，凑过去略带讨好地在顾铭景的唇角亲了一口。

顾铭景没反应。楚皙又亲了一口，然后搞了点儿小动作。

顾铭景还是没什么反应。楚皙有些挫败地叹了口气，然后感叹道：“你今天真是个君子。”

顾铭景这才“嗯”了一声，说：“什么？”

楚皙：“我觉得你今天是个君子。”

“是吗？”顾铭景轻轻一抬眉峰，笑了笑，然后十分“君子”地吻楚皙，十分“君子”地把她抱进了卧室……

楚皙回了家，每天在家里陪奶奶散步、下五子棋，有空儿了就看《山河血》的剧本，看到剧本的有些地方时甚至还把以前的近代史课本给翻了出来。

楚皙把自己的整整四大本剧本拍了个照，给顾铭景发了过去。顾铭景给她回了一张图片，上面是一张堆满了文件的办公桌。

楚皙暗暗地想，算你狠。

楚皙看完剧本，睡觉前又刷了会儿微博，登的是小号，照例开始“控诉”某人。

粉丝：“呜呜呜，好甜！”

楚皙收到几条微信，是付白发来的，说给她安排了综艺节目。

这是一档大型明星情侣或夫妻恋爱真人秀《迷人的TA》。明星恋爱类节目主要是直播明星情侣或夫妻的日常生活，每期会请一对明星情侣或夫妻。

楚皙感到迷惑，问付白：“你是不是发错了？”

付白：“没有啊，我觉得这个节目很不错。”

楚皙：“我跟谁去？”

付白：“还能有谁？当然是顾总啊！刚公布恋情就秀恩爱，是不是很棒？你们还可以用公费度假，超好的！”

楚皙被这肉麻的语气弄得牙酸，反正她打死也不相信正常状态下的付白会主动给她接这种综艺节目，始作俑者一目了然。怪不得他这几天那么淡定，一点儿没表现出想她的样子，原来是在这里等着她呢。

楚皙：“顾铭景是不是又威胁你，说要把工作室改成养殖场了？”

付白：“啊？有吗？顾总没有威胁我呀！反正现在猪肉都涨价了，其实我觉得把工作室改成养殖场也不错。”

楚皙：“……”

《迷人的TA》这档综艺节目的设定十分有意思，没有常驻嘉宾，而是每期请一对明星情侣或者夫妻到一个全新的地方，24小时全程记录他们最真实的日常生活。

楚皙跟顾铭景在恋情曝光之后合体上节目，自然是引起了不小的轰动，节目还在预热阶段，网上就已经议论纷纷了。

没办法，这一对实在是太令人好奇了。

《迷人的TA》正式开始直播的那一天，早上八点，节目还没正式开始呢，直播间里已经挤满了人。

早上八点半，节目正式开始，镜头先是给大家全方位地展示了一下本期“惊喜夫妇”要度过三天两晚的地方。

首先映入大家眼帘的是湛蓝的天空、柔软的草坪、白色的篱笆、欧式的喷泉、清澈的人工湖，以及那栋矗立在所有人面前的尖顶白墙的欧式城堡。

如果说前面那些景象只是让人吃惊的话，当这栋宛如童话中的城堡出现在镜头前时，所有人都傻了眼。

除了一直看这档节目的老观众，今天专门为了楚皙和顾铭景来看节目的新观众也提前了解了这个节目。

前几期的明星嘉宾有的去了古镇，有的去了乡下农家乐，还有的去了海边钓鱼。总之，他们去的都是比较休闲的地方。大家本来还挺好奇楚皙、顾铭景这次要去哪，结果没想到休闲的小屋居然直接变成了童话中的城堡。

节目组不是说经费有限吗？

这座城堡也太美了吧！我也想住进去当一天公主！

算了吧，只有好看的人住进去才能叫公主，其余人住进去只会像……

上面的闭嘴，难道还不允许人家做梦？

期待小公主楚皙！

同时，这座城堡着实刺痛了一些人的眼。

节目组的人似乎已经预料到有人会这样说了，于是在画面下方放了一排小字：“本期节目由顾铭景先生独家赞助播出”。

从这座城堡上，我嗅到了一丝宠溺的气息。

那些说楚皙图财的，楚皙不去住顾总的城堡，难道要跟你挤出租屋？

大家一边欣赏着风景，一边七嘴八舌地说着，终于等来了本期节目的两个主人公。

黑色的轿车缓缓地停在城堡的大门外，车门被打开，一只小白鞋先踏了出来。

拍摄现场，楚皙从车上下来，仰头看到这座城堡时，也忍不住"哇"了一声，然后扭头看了一眼正从车里取行李箱的顾铭景，看来付白说的公费旅行果然没错。

两个人一起走进城堡，当镜头推进去的那一刻，拱形穹顶、水晶灯、壁炉、古画、钢琴一一被镜头扫过。

目睹此情此景，没有哪个女人的公主心不会被激发出来。

楚皙低头看了看自己身上的连帽卫衣和牛仔裤，一拍脑门："我后悔没有穿裙子了。"

顾铭景无奈地笑了笑："早上不是给你挑了裙子吗？自己非不肯穿。"

楚皙想起早上顾铭景让她穿的那条鹅黄色蛋糕裙。她很嫌弃那条裙子，宁死不穿，还想说以前顾铭景的审美挺好的，怎么突然断崖式下跌！现在看来，他的审美根本没有变差，她在城堡里穿那种蛋糕裙就是最适合的。

楚皙懊恼得直跺脚。直播间的观众都被楚皙的样子逗乐了。

两个人又从旋转楼梯上到二楼，走到卧室，楚皙在看到那张垂着纱幔的大床时终于忍不住扑了过去："我真的后悔没有穿裙子！"

顾铭景把行李箱拉了进来。

这床软得不像话，楚皙看着头顶的纱幔，在床上扭了扭，惬意地闭上眼。

她想，不如幻想一下自己今天穿了裙子吧。然后她感觉到有什么东西越靠越近，倏地睁眼，看到了顾铭景逐渐靠近的脸。

她吓了一跳，赶紧伸手顶住顾铭景的肩膀，阻止他继续靠近，然后用余光瞟了一眼墙角的摄像机：“你想干吗？”

顾铭景理直气壮，理了理楚皙鬓边的碎发：“吻醒睡美人啊。”

直播间的观众沦陷了。

顾总真的好懂楚皙呀！

让他亲！

快亲！睡美人必须要顾总亲亲才能起来！

结果，镜头里的楚皙一个鲤鱼打挺就从床上坐了起来，看顾铭景的眼神十分有深意，仿佛在说：有摄像头，亲什么亲！

顾铭景摸了摸她的头。

参观完房间，两个人开始收拾行李了，顾铭景刚把行李箱拉开，一个东西就蹦了出来，吓了他一跳。

楚皙抢上来抱住那个东西，说：“我的！”蹦出来的东西是一个被做成砖头形状的抱枕。

顾铭景看到那个占据了小半个行李箱的抱枕后挑了挑眉毛：“你什么时候塞进去的？”

楚皙抱着抱枕，弱弱地答道：“趁你不注意的时候。”

顾铭景：“你为什么走到哪都要带着这块‘砖’？”他似乎不解。

楚皙：“因为我……喜欢啊。”她看着顾铭景，噘起嘴，“你是不高兴了？我就是带了个抱枕，你要是不喜欢的话，我下次……”

这似乎是两个人从出镜到现在第一次有了小矛盾。

她想说下次就不带抱枕了吧？

这才是他们真实的相处模式吧！

跟顾总这样的男人在一起就是这样啊，嫁入豪门哪有那么简单！

上次在微博说什么哄不哄的，全是故意做给外人看的！

“砖头”没想到晢宝这么将粉丝放在心上，正感动着就看到顾铭景好像不乐意了，气得不行。

一个抱枕能占多大地方？顾铭景买不起行李箱吗？

我女儿好委屈！

晢宝，你为什么要跟这种小气的男人在一起啊！

大家正吵着，镜头里，楚晢终于把那半句话说完了：“下次我就不把我的行李跟你的放在一起了，哼！”

她可以不带他，不能不带“砖头”。

然后一直对着空了一半的行李箱沉思的顾铭景站起身，看楚晢的眼神充满宠溺，笑着说：“你是不是不知道这世界上有真空泵这种东西？”

楚晢：“嗯？”

然后顾铭景俯身从行李箱最里面掏出一个压缩袋，打开锁扣，取出里面的砖红色物体。

接着，一团被抽了气后瘪瘪的东西在空气中逐渐变得蓬松，一点点地恢复成本来的样子。

楚晢张了张嘴，先是低头看了看自己怀里的砖头抱枕，然后看到顾铭景取出来的……

又一个砖头抱枕！

顾铭景：“我以为你没带，特意帮你带了，只不过这样可能比较省空间。”

楚晢：“……”

就在此时，网友们的评价发生了翻天覆地的变化。

顾总太有心了吧！

楚晢不像是卑微的那个，倒像是恃宠而骄的那个。

甜死我吧！

后台导播回放了一下楚皙刚才气呼呼的样子，她鼓着腮，像只小河豚，十分可爱。

哈哈，她怎么生气也这么可爱啊！

好想掐她的脸啊！

“惊喜夫妇”的城堡之行就此拉开了序幕。

虽说节目的形式比较自由，主要是记录明星情侣或夫妻的日常生活，但毕竟还是一档节目，有一定的流程需要两个人配合走完。两个人收拾好东西后已经接近中午了，城堡虽梦幻，却没有食物，嘉宾必须通过完成任务向节目组换取这一天的食材。

任务很简单——两个人玩“你画我猜”的游戏，每猜对一题就可以在导演组那里挑一样食材。两个人答对的问题越多，获得的食材就越丰富。

楚皙和顾铭景分坐在客厅长沙发的两端，节目组选定由楚皙画画，顾铭景猜答案。

楚皙一听说由自己画画就浑身都开始抗拒：“我画得很差的。”

编导笑眯眯地说：“没事，我们出的题目很简单。”

前面几期节目中，明星嘉宾都玩过这个游戏，正确率非常高，获得了丰富的食材。

楚皙：“可是……”

编导：“字写得那么漂亮，画画一定也没问题，加油！”

“那好吧。”楚皙只能噘着嘴接过白板。

第一题，编导给出的题目是“跳舞”。

由于每一题有时间限制，楚皙咬着笔头，飞快地在白板上画了几条波浪线。观众也不知道编导出的题目，纷纷猜起了楚皙画的是什么。

“浪！”

“海！”

“水！”

然后只见楚皙又在波浪线上画了个圆，大圆里面还有几个小圆。楚皙表示自己已经画好了，胸有成竹地把白板翻过来，面对顾铭景。

编导：“……”

观众：“……”

原来楚皙说自己画得不好，这真的不是谦虚。众人看着白板上那歪七扭八的线和圆，感叹这也太抽象了吧！

果然，顾铭景在看到楚皙的画后愣了一下。

对面的楚皙面带笑容，满怀希望地看着他。

顾铭景迟疑着给出答案：“海上生明月？”

楚皙的笑容僵在脸上。

网友：“顾总有文化！”

编导憋着笑公布了正确答案：“跳舞。”

顾铭景看着楚皙的大作，再听着编导公布的正确答案，露出一脸发蒙的神情。

楚皙一脸委屈地介绍着自己的作品，用笔指着大圆里的小圆：“这个是眼睛、鼻子、嘴，”然后又指着那四条波浪线，“这个是舞动的四肢。”

顾铭景：“……”

网友已经乐得不行了。

> 哈哈哈，“舞动的四肢”？我笑到不能自理！
>
> 楚皙真是绘画鬼才。
>
> 好心疼顾总。他们今天会不会没有饭吃啊？
>
> 别看有的人字写得好看，画还没有我用脚画得好。
>
> 接着画！让她画！

他们第一次挑选食材的机会被浪费了。

顾铭景看着委屈不已的楚皙，鼓励道："没关系，再来。"

编导给出第二道题目："话筒。"

楚皙点点头，继续对着白板咬起了笔头，然后灵机一动，提笔画起了画。

她先画了个椭圆，然后把椭圆用线条分成两半，再在大圆头上画了几条线。

她这次画得似乎比刚才好多了，这幅画有了大致的轮廓。

网友："口红？甜筒？话筒？鸡腿？"

楚皙抬头一看，时间还没到，又在原有的基础上补了几笔，在圆头的外面画了几条波浪线。

网友："又是浪？让她浪！"

紧接着楚皙在旁边画了个大圆，大圆里有三个小圆，这是楚皙特定的画人脸的方法。

弹幕："肯定是吃的！你看那个人在张嘴吃东西！"

楚皙把画好的画翻过来对着顾铭景，这次似乎更有信心了。

顾铭景的嘴角抽了抽："冰激凌？"

编导面无表情地说："话筒。"

顾铭景听到这个答案，再看到那几条波浪线，终于忍不住问："那是？"

楚皙噘着嘴："我特意画的声浪。"

网友惊呆了！

> 天哪，声浪！哈哈哈。
>
> 楚皙今天是不是跟浪过不去了？
>
> 声浪？楚皙真是个鬼才！
>
> 来跟我一起唱：音浪太强，不晃会被撞到地上。
>
> 怎么办？她好可爱啊！

接下来楚皙生动地向全国人民展示了什么是绘画鬼才的思维方式。

这种思维方式，不仅普通人跟不上，连总裁都跟不上。一场游戏下来，他们获得的食材只有几颗土豆和几个鸡蛋。

导演组也震惊了。明明是一个送分的环节，怎么就被楚皙搞得像他们节目组虐待嘉宾似的？

楚皙盯着那少得可怜的土豆和鸡蛋，吸了吸鼻子，问顾铭景："你会不会怪我画得太差了？"

顾铭景："不会，你画得很好，是我猜得太差了。"

楚皙："真的吗？"

顾铭景脸不红心不跳地回答："当然。"

网友："哼，男人！"

由于食材只有土豆和鸡蛋，楚皙只能凑合着随便做了些菜。她做饭时顾铭景就在旁边帮忙，两个人配合得十分默契，别人一看就是一起做过很多次菜了。

下午的活动是根据地点来设置的。以往去古镇的情侣会逛街，去农家乐的会去果园摘水果，去渔村的会去钓鱼，正当众人好奇楚皙他们来城堡会干什么的时候，镜头转向城堡外，一个男人穿着骑装远远地从草坪上走来，身后还牵着一匹马，白马！

楚皙换了早上穿着的卫衣，穿着一身英姿飒爽的骑装坐在马上，双手扶着马鞍。

"跟着马的节奏摆动身子，你跟它现在是一体的，不要夹马的肚子，好，很好。"顾铭景牵着缰绳耐心地指导着她。

楚皙以前拍戏时也骑过马，有点儿基础。马儿很温驯，一下午下来她基本上已经可以自己牵着缰绳，让马儿慢慢地跑两圈了。

顾铭景在用手机给她拍照。

顾铭景在拍楚皙，镜头在拍顾铭景，网友隔着镜头在看他们。镜头这边，洋溢着爱情的甜蜜；镜头那边，弥漫着妒忌的酸涩。

"惊喜夫妇"的 CP 粉这一天就没闲下来过，到最后已经几乎癫狂了，嘴里不断地重复着一句话："太甜了，真的太甜了。"

楚皙的粉丝隔着屏幕抹了抹眼角的泪："唉，算了算了，皙宝幸福就好。"

可能是下午骑马累着了，晚上楚皙很早就打起了哈欠，打算洗漱完就睡。

正当大家搓着小手，期待着晚上的画面时，镜头里突然出现了一间装修奢侈的卧室。

众人："白天不是只有一间房吗？怎么晚上就变成两间了？"

然后有人解释道："两个人还没有结婚，不是法定的夫妻关系，为了避免对青少年产生不良的影响，节目里的情侣会各自睡在自己的房间。"

"早上还是一间房，把我们骗上钩了后，晚上就变成两间房了？节目组等着！"

"顾总今天一口都没有亲到！你们节目组是不是知道猪肉最近涨价了，想让自己的工作室被改成养殖场？！"

"砖头"："太好了，从早上一直担心到现在，我们总算不用亲眼见证女儿跟别的男人睡一张床了。"

"惊喜夫妇"粉没想到楚皙的粉丝竟然跟节目组站在同一战线，气得很："难道你们就不觉得甜蜜吗？顾总那么宠爱楚皙，一天都没亲到她！顾总给楚皙牵了一下午马，现在连同睡一张床这点儿权利都没有！"

另一边，在城堡里，楚皙把公主床上的两个砖头抱枕中的一个送给顾铭景："这个晚上陪你。"

"砖头"："……"

顾铭景笑了笑，收下抱枕。

楚皙去洗澡了。她洗完澡，穿着小草莓的印花睡裙，扎着可爱的丸子头，重新打着哈欠出现在镜头里。

她发现顾铭景还坐在她的床上："你不走吗？"

顾铭景"嗯"了一声，颇有些暗示的意味。楚皙知道一天快要结束了，他肯定想接吻，便又瞄了一眼墙上的摄像头。

唯一没有镜头的地方就是卫生间，两个人一起进去，岂不是此地无银三百两？

楚皙看着镜头，又看看自己今天穿的这条睡裙，心想，过一会儿肯定会有粉丝在网上找自己的同款。

她每次街拍时穿的衣服都会有粉丝找同款，除了一些礼服，楚皙私下穿的衣服基本上比较便宜，所以大多很受欢迎。她穿过的平价衣服基本上会被抢购一空，现在好几个服装品牌在跟付白接洽代言。

楚皙很喜欢这条小草莓睡裙，也很乐意粉丝买她的同款。她越想越觉得不对劲。

天哪！楚皙顿时想起自己以前在微博小号上发过穿着这条睡裙的照片，这要是被……

她浑身一僵，脖子动了动，然后往卫生间的方向跑。

顾铭景觉得奇怪："怎么了？"

楚皙把门打开了一条缝，探出脖子，压低声音："我想换一件睡衣，你给我再找一件。"

她刚洗完澡，没戴麦克风，声音小，房间里的收音话筒也收不到，正当众人好奇楚皙说了什么时，顾铭景的声音就清晰地响起："再找一件睡衣是吧？"

直播间的人对楚皙突然换睡衣的做法有些不解。然后众人就看到顾铭景拿着楚皙的另一套睡衣进了卫生间。

情侣粉："天哪，进去了！你不用急着出来！我们不着急！"

楚皙的粉丝："顾铭景，送个睡衣而已，你进去做什么？"

结果不用楚皙的粉丝动手，顾铭景进去没两秒就出来了。

情侣粉："顾总，您好歹进去待两分钟啊！两秒钟，您让我想什么？"

楚皙的粉丝："开心！今晚微博抽奖，皙宝干得漂亮！"

正当楚皙的粉丝欢呼时，有一小部分人回忆着楚皙刚才的小草莓睡裙，总觉得有那么点儿熟悉。

你们有没有觉得楚皙身上的那条小草莓睡裙有些眼熟？

对，我认识的一个博主以前发过！

对！我也知道一个博主以前发过！

没想到这么多人有同样的印象，答案似乎就在眼前，大家紧张不已，激动地宣布："是不是叫'老子今天也懒得化妆'？"

"对！就是那个美妆博主！"

忙着庆祝的楚皙粉丝一头雾水："什么东西？"

这可谓一石激起千层浪，本来宛如两条平行线，可能永远不会被联系起来的两个人，某天会因为一个小线索产生关联，人们一点点地往下挖，最后惊恐地发现，一个小小的巧合背后隐藏着惊人的秘密。

那些惊觉巧合的粉丝一边放着直播，一边疯狂地拥入那个名叫"老子今天也懒得化妆"的博主的微博主页，快速地翻着过去的微博。

他们先是看到那件小草莓睡裙。有人把楚皙之前穿吊带黑裙的红毯照跟这张照片一对比，发现这张照片里的人，胸、锁骨、脖子，甚至是肩颈的弧度都与楚皙有着惊人的相似度。

然后他们发现了更多的线索——博主说的男朋友送的包，楚皙在机场背过；博主说最近工作好忙，通告显示楚皙那几天忙着拍戏。

然而最有力的证据莫过于前一阵楚皙发的那张照片——黑夜中亮起灯的埃菲尔铁塔和男人的后脑勺。

网友看看那张照片发出的时间，算一算，第二天一早楚皙和顾铭景就在酒店里被发现了。甚至还有人查了楚皙和这个博主的IP（网际互联协议）地址，发现两个号的IP地址一模一样……

同时喜欢楚皙和这个博主的粉丝，以及"惊喜夫妇"的粉丝惊了。

喜欢了那么久的二狗和狗哥，竟然是楚皙和顾铭景！

我的天啊，看看楚皙小宝贝的小号里发的那些微博吧，看看这些热恋中的少女记下来的文字吧！这还用得着情侣粉写两个人的小作文吗？这里全是糖啊！

网友担心楚皙被发现后会删微博，一边疯狂地截图，一边转告其他粉丝，那是楚皙的小号。新来的情侣粉看着这个传说中的楚皙的小号，一条一条地往下翻，最后热泪盈眶。

这些微博里记录的并非全是恋爱日常，还有楚皙对男朋友发的牢骚，正儿八经地秀恩爱的微博其实只有几条，但是账号里仿佛冒着粉红色的泡泡。

原来顾总送个包包，连口红、纸巾都准备好了；原来顾总会等楚皙收工后，带她一起去吃饭；原来楚皙还偷偷嫌弃过两个人有代沟；原来被记者敲错门的前一晚，他们还一起去了塞纳河划船，经过埃菲尔铁塔时，楚皙偷偷给顾总拍照……

他们在一起好久了吧？

他们肯定不知道自己习以为常的小事，在别人看来有多甜吧？

什么图财图色，他们所图的不过是爱情。

爱情啊，这是赤裸裸、甜蜜蜜的爱情啊！

求你们一直这样甜下去吧！

当情侣粉沉浸在楚皙和顾铭景的爱情中时，一直置身事外的“老子今天也懒得化妆”的粉丝终于反应过来了：“啥？我们徒手拍蟑螂、有钱有貌、最近跟男朋友‘狗哥’的感情生活过得很好的博主‘二狗’竟然是楚皙？”

情侣粉被逗乐了。

没错，就是楚皙！

美慕你们，可以比我们早吃到糖！

你们怎么叫晳宝“二狗”？

原来晳宝私底下的标签是徒手拍蟑螂、有钱有貌、跟男朋友……

顾总厉害！晳宝女人味十足的背后肯定有顾总的功劳和苦劳。

知道这点后再看《迷人的TA》里的两间房……好了好了，知道一切都是节目组要求的。要是没有镜头，那场面……

想着想着耳朵就红了。

“楚晳小号”“楚晳今天也不想化妆”立马登上文娱热搜榜。

无数没看直播的网友在微博里看到新闻后，立马跑去看直播。然而此时此刻，原本还在直播间庆祝的楚晳的粉丝沉默了。

这些证据都太有说服力了，那个小号里的人除了楚晳不会是别人。

《迷人的TA》节目组没有收手机，楚晳眼睁睁地看着粉丝从一件睡衣中查出了自己的小号，最后小号登上了热搜。

楚晳觉得现在似乎有无数双眼睛正用“你懂的”的眼神看她，羞得恨不得找个地缝钻下去。

怎么办？她没脸见人了。

楚晳自闭了，把自己关在洗手间里不出来。

顺着热搜跑过来的粉丝和网友们看到了空荡荡的房间。

晳宝好像害羞了……

晳宝不用害羞，大家都是成年人！

这个徒手拍死蟑螂的女人竟然开始害羞了？

其实晳宝小号里的内容都很健康，都怪网友脑补的功力太强了。

对啊，她发的都很正经，只是粉丝太能想了。

跑题，这个房间真的好梦幻啊！

顾总去哪里了？

说曹操，曹操就到。从隔壁卧室过来的顾铭景推开房门，似乎看了镜头一眼，然后进屋，敲了敲洗手间的门。

楚皙听到敲门声，知道是顾铭景，闷声闷气地喊了声：“进。”

顾铭景开门进去，看到楚皙正耷拉着脑袋坐在马桶盖上，关上门。

镜头重新对着空荡荡的卧室。大家都很理解。

洗手间内，楚皙抬头看到进来的顾铭景，噘了噘嘴。

楚皙：“我的小号被发现了。”

顾铭景走到她的身边：“嗯，我都看到了。”

他这是第一次知道她的小号，没想到内容还挺丰富多彩的。

看到她记录的那些恋爱日常，他的心情极好，直到看到那一条“代沟真的好大，他连超话是什么都不知道”。

代沟？

他们只差了七岁而已，她就说跟他有代沟了？

楚皙不知道顾铭景在想什么，从马桶上站起身，掩面而泣：“我没脸见人了！呜呜呜！”

她看顾铭景没什么反应，似乎对这件事一点儿也不重视，又气又急地抓着他胸前的衣襟，道：“你知不知道我在小号里一直被粉丝说一看感情生活就过得很好？我该怎么办啊！”

顾铭景挑眉：“难道过得不好吗？”

楚皙先是脸一红，然后背过身去：“对，你倒是无所谓，反正你是男的，没脸见人的又不是你！而且被发现的又不是你的小号，你……你只管……”她顿了一下，还是咬牙把那个字说了出来，“你只管爽，都不在乎我的感受。”

她“哼”了一声，似乎真的哭了。

“好啦。”顾铭景见她好像很认真，搂着她的肩，柔声说道，“对不起，我知道小号被发现好可怜，咱们不难过了好不好？”

楚皙不理他。

顾铭景轻轻一叹，把自己衣兜里的手机递给楚皙：“那我给你看我的小号怎么样？”

楚皙疑惑地抬头，顾铭景也有小号？他不是日理万机，很少玩微博吗？

楚皙能用自己的指纹打开顾铭景的手机。但是她比较懒，平常也没什么看他的手机的欲望，连他的微信都不看，更没想过看其他的。

楚皙当着顾铭景的面打开他的手机，点开微博，看着那个号，嘴越张越大，最后一脸震惊地看向顾铭景。

这个号的昵称是“楚皙的男粉丝”，头像是她的照片，认证信息是“楚皙超话粉丝大咖”，粉丝等级十八级。

他用这个号为她发了几千条微博。

顾铭景适时地补充道：“高助理只知道大号的密码。”

言下之意是小号只有他一个人知道，这些事都是他自己完成的。

楚皙这才知道他说当粉丝真的不是说说而已，心瞬间暖了。她呜的一声扑过去，又想哭又想笑，踮起脚搂住顾铭景的脖子。

“你不要脱粉了！”

顾铭景拍了拍楚皙的背，道：“不脱粉。”

楚皙忙点头，想凑过去亲顾铭景一口，顾铭景突然补充道：“只是我想让你给我解释一下，‘代沟好大’和‘不懂超话’是什么意思？”

楚皙愣了一下，突然想到自己发过的微博，心虚了。

亲什么亲，她还是去撞墙吧！

第十七章

小号曝光

面对空荡荡的房间,《迷人的TA》直播间的粉丝数竟然丝毫不减,甚至随着新闻热度的提高有越来越多的趋势。

网友还在直播间里聊天。

你说他们会不会直接在里面……

住嘴!

也不看看皙宝都害羞成什么样子了,你们不要说了!

老是开这种玩笑,非得把女孩子惹急了。再说下去,以后皙宝不秀恩爱了怎么办?

对啊!皙宝不要注销小号好不好?继续给我们发糖啊!

直播间里瞬间变得十分安静,粉丝都静静地盯着屏幕,生怕错过两个人出来的那一刻。

人还没出来,观众却似乎听见了男人的声音。

"我都看到了……难道过得不好吗?"

众人猛地反应过来，好像是顾总的麦克风没有关。于是，原本已经安静下来的粉丝立马激动了起来。

天哪，麦没关！

快听听里面在说什么！

顾铭景可能不记得身上还戴着麦，他的话隐隐约约地传了出来。观众把声音开到最大，竖起耳朵听着，最后根据这些模糊的声音把两个人对话的内容梳理了出来——顾总为了安慰小号被发现的楚皙自曝也有小号，他的小号主要是用来追星的，等级还不低；顾总十分介意之前楚皙在小号抱怨他们之间有代沟……

本来前面的内容还让人有些感动，但听到楚皙抱怨他们有代沟，所有人都乐疯了。

哈哈哈哈，有代沟！

皙宝，你好过分！

天哪，所以顾总的小号到底是什么啊？

一个用小号秀恩爱，一个用小号追星，很配！

关键是这两个人都还不知道对方的小号。

皙宝，你完蛋了，竟然嫌弃顾总跟你有代沟！我顾总明明还不到三十，风华正茂！

顾总好委屈啊，必须要皙宝亲亲才可以。

没有声音了！

直播间里一片欢乐，又过了几分钟，门终于被打开了。

主角出来了，激动的众人这才冷静下来。

顾总拉着楚皙的手，楚皙不看镜头，脸颊红红的。

楚皙本来早就困了，也已经洗漱好了，如果不是小号突然被发现的话，现在都睡了。顾铭景把她带到床边，等她躺下后给她掖了掖被子。

楚皙乖乖地缩在被子里。顾铭景俯下身在楚皙的额头上轻轻地落下一个吻，然后站起来走到镜头前，用帽子把镜头挡住了。

这一切发生得安静极了、自然极了。

直到屏幕一黑，观众才终于开始有动静。

从顾铭景知道楚皙嫌弃他跟自己有代沟，到两个人牵着手出来，再到顾铭景把楚皙哄上床，并用帽子挡住镜头，在这短短几分钟内发生的一切都十分自然。两个人的互动就好像楚皙发在小号的那些文字一样，简单而美好。

他们真的太甜了。

楚皙第二天早上醒来，发现顾铭景的小号也被人发现了，心理平衡了。

“惊喜夫妇”因为这个小插曲疯狂涨粉，原本就热度不小的《迷人的 TA》更是吸引了一大批观众。等到三天两夜的旅行结束，“惊喜夫妇”成为“五分钟夫妇”后的第二对大热情侣。

付白一脸忧愁地看着这对拥有庞大粉丝量的情侣，仿佛参加闺女婚礼的老父亲，酸溜溜地叹了口气。

算了算了，他们感情稳定就好。

“惊喜夫妇”参加完节目，楚皙的新剧《山河血》也开拍了。

这部剧在海市拍摄。既然两个人已经公布恋情了，顾铭景也不避讳了，经常去探班。

楚皙是女主角，在剧组的待遇比之前好了不少。

但楚皙发现，顾铭景在剧组的待遇比她这个女主角还要好。因为他每次来探班都不会空手来，不是请全剧组的人喝咖啡，就是把盒饭换成五星级酒店的外卖，餐后还会让人送来一份从菲律宾空运过来的新鲜水果。以至于后来一听到顾总要来探班，剧组的人就高兴得跟过节似的。

网上有不少顾总去《山河血》剧组探班的照片和各种从剧组传出

来的八卦消息，类似于顾铭景跟楚皙一起回酒店，顾铭景帮楚皙挑去她不爱吃的菜，顾铭景看到楚皙跟男主角牵手有些吃醋……

“惊喜夫妇”的粉丝每天都很开心，已经开始催婚了。

酒店里，楚皙结束一天的拍摄后回到房间，看到顾铭景来剧组探班的照片又上了热搜。

她鼓了鼓腮。

这些照片如果没有顾铭景的允许的话，媒体是没法发上去的，这说明顾铭景对此是睁一只眼闭一只眼的。

楚皙给顾铭景发微信，道：“这个月别过来了好不好？你在这里，我怎么拍戏呀？”男朋友来探班，楚皙入戏的状态会受到影响。

她很重视这部剧。

她很感谢在自己公开恋情后还一如既往地支持她的粉丝，觉得自己回报他们的唯一方式就是给他们带去更好的作品。

过了几分钟顾铭景才回信息，道：“月末，剧组会放两天假，你回来？”

楚皙笑了笑，回复道：“好。”

结束跟顾铭景的对话后，楚皙洗了个澡，一边喝酸奶一边看剧本。她在这部戏里演一名进步学生，其中一场戏的取景地就是海市的一所大学。

这所大学是民国时期创立的，正是楚皙饰演的角色读的大学。校园里有几栋老建筑被保留了下来，刚好作为这部戏的取景地。

楚皙利用拍摄间隙在校园里转了转，被不少学生要求合影。

楚皙跟他们合影完，看着他们高兴地去上课的样子，从心底里羡慕他们。

她永远也忘不了自己退学的那天。

当时，她哭了整整一个晚上。

楚皙想着想着就对着剧本发起了呆，直到手机铃声响起来才回过神。

楚皙把喝光的酸奶盒扔进垃圾桶里。

手机铃声还没有停，来电显示是付白。这么晚了他还打电话过来，肯定是有什么要紧事。

楚皙赶紧接了电话，道：“喂？”

付白紧张地说：“楚皙，你先不要看热搜！”

可惜他说这话的时候已经晚了，楚皙接电话时瞄了一眼平板电脑，刚好收到一条推送消息：楚皙不雅视频曝光。

楚皙看到那几个字的时候，脑子里突然嗡嗡作响。

付白的声音仿佛越来越远，她什么也听不清了。

手机“吧嗒”一下掉在地上，楚皙拿起平板电脑，点了进去。

这个话题高居文娱热搜榜榜首，右边是个红到发黑的“爆”字。

视频里可以看到一个女孩儿的侧脸，以及一个男人的手臂，女孩儿某些角度跟楚皙非常像，男人露出的手臂则又肥又白。

那个男人一看就不是顾铭景。

如果不是在这种视频里见到这个侧脸和自己如此相似的女孩儿，楚皙一定会惊讶于造物主的神奇，但是现在，这种惊人的相似只让楚皙觉得后背发凉。

面对诸多负面评价，楚皙几乎要喘不过气，像是陷入了无尽的泥淖。

她挣扎着想要出去，四肢却被污泥束缚，无数人站在岸边笑着看她，往她的身上吐着口水。

楚皙看着这些评论，缓缓地蹲下身，终于忍不住哭了。

她原以为一切都好了，一切都在往好的方向发展，没想到现在又出现了这种事。

楚皙不知道自己蹲了多久，直到腿已经麻了，才注意到掉在地上的手机一直在振动着，来电显示是顾铭景。

他已经打了几十个电话。

楚皙深吸一口气，控制好情绪后捡起手机，按了接通键。

“那不是我。”

“那不是你。”

两个人异口同声。

顾铭景听到楚皙浓浓的鼻音，周身散发的寒气愈盛。

他一看便知道视频里的女人根本不是楚皙，没有人比他更清楚楚皙是什么样子。

高助理已经跟付白联系上了，两个人正带着团队的人连夜追查。

楚皙握着手机，原本已经整理好的情绪不知道为什么在听见男人的声音后突然崩溃了。

她哭着说：“顾铭景，我喜欢你。”

电话那边的人沉默了片刻，然后用好听的声音说：“我爱你。”

第二天，顾铭景赶了过来，楚皙跟《山河血》剧组请了假。

虽说他们已经查出始作俑者了，但是这些事还是交给警方来处理比较好。

于是，顾铭景陪楚皙去警察局报了警。然后楚皙的工作室发布了当地警察局的公函和楚皙的律师声明。

可是他们这样做不能完全消除网友的疑虑，不少人依旧相信那个人就是楚皙。

这时，一条长约一分钟的视频被人发到了网上。这是原视频，之前十几秒的视频就是从这个视频中剪辑出来的。

完整版的视频里，女孩儿最后直面镜头了。

她的侧脸跟楚皙很像，然而她一转过头来，大家就知道她不是楚皙。重要的是，她还跟拍视频的男人说了几句话，说的不是中文。

原来，这是邻国女孩儿拍的一条视频。

因为女孩儿的侧脸跟楚皙特别像，所以有心之人故意剪辑了这段视频，想诬蔑楚皙。

如此一来，彻底洗脱冤屈的楚皙终于不用再跟不雅视频联系在一起了。

虽说真实的女主角是个邻国女孩儿，楚皙还是拜托警方把这段视频禁了。这种视频如果随意地传播，对每个女孩儿来说都是莫大的伤害。

顾铭景陪楚皙去警察局报警的时候被人拍到了，照片被传到网上。

众人看到照片里牵着楚皙去报警的顾铭景，都很震惊。

就在这一事件告一段落时，一条帖子横空出世，再次占据了网友们的视线。

帖子图文并茂，在每张图片下都配了一段质问楚皙的话。

第一张图上总结了楚皙之前拍过的电影，那些电影不仅口碑差，票房也差。

请问是谁给当年名不见经传的小演员投资拍的戏？

第二张图上是楚皙穿着几大奢侈品牌的高级定制款礼服的模样。

请问是谁拿钱给楚皙买的裙子？以她的水平，根本借不到这些裙子！

第三张图上盘点了楚皙当年拍的乡村影楼风的杂志封面。

请问是谁让这种照片登上杂志封面的？

有人看热闹不嫌事大，竟然跑到顾铭景的微博下留言。

顾铭景一般不登录这个账号，只发了两条微博。那些人知道顾铭景大概率看不到，反而没了顾忌，言辞越来越过分。

就在所有人以为顾铭景不会上线时，顾铭景突然登录“元景顾铭景”的账号，回复了一条评论。

顾总，求求你看看我们的问题吧！

元景顾铭景：“看了，那个人是我，你有意见？”

空气忽地安静下来。

人们一开始不信，后来仔细一琢磨，发现楚皙以前的影视资源好像确实跟元景有着千丝万缕的联系，顾总不像在撒谎。

原来楚皙的前男友真的是顾铭景。

大家想再问什么，但是仔细一想，又觉得什么也问不出来了。

“惊喜夫妇”的粉丝再次陷入狂欢。

M 市，楠静区，别墅。

楚皙看着顾铭景的回复，鼓了鼓腮。

《迷雾深渊》马上要在电视台播出了，她特意跟现在所在的剧组请了两天假回来做宣传。

《迷雾深渊》是现代剧，制作周期很短，不像古装剧《桃花诺》，后期配音、特效制作都是大工程。

顾铭景在跟人打电话，眉头一直紧锁，语气也不太好。

楚皙等他挂了电话才问：“怎么了？”

顾铭景：“乐珊不见了。”

剪辑视频诬陷楚皙的人顾铭景第二天就查出来了，是乐珊。

当初，乐珊休息了大半年，出来试的第一部戏就是楚皙参演的《迷雾深渊》。结果，她因为在休息室里毁了楚皙的包，被楚皙当着所有人的面揭穿了。

这件事有不少业内人士知道，乐珊的口碑极差，再加上元景不待见她，乐珊最近已经连通告都接不到了。

看到楚皙和顾铭景的恋情曝光，乐珊的恨意达到了极点，就组织策划了这一系列事件，想诬蔑楚皙。

警察和顾铭景手底下的人一直在找乐珊，却发现这个女人跟人间蒸发了似的。

警方推测乐珊应该是躲起来了。

楚皙“嗯”了一声，没多问。

剩下的事情交给警察处理就好了，她不想再在这个女人的身上浪费一点儿心神。

楚皙看完八卦消息，现在满心好奇的是另一件事。她坐到顾铭景身旁的沙发上，把下巴搁在他的肩膀上说：“我能问你个事吗？”

顾铭景挪了挪身子，让她搁得舒服些，道：“嗯。”

楚皙：“你当初为什么想要……签下我的经纪合约呢？”

她最近一直在思考这个问题。

“你在我的身上投了那么多钱，一直没赚回来。我赔钱，你也从来不骂我，为什么？”

楚皙还没有自恋到觉得顾铭景之前那样做是因为她倾国倾城。

顾铭景捏了捏楚皙的下巴，问：“想知道？”

楚皙：“嗯。”

顾铭景淡淡地笑了笑，最后还是把大致的情况跟楚皙说了，简化了那些复杂的豪门恩怨。

他见楚皙认真听的样子，心里有些没底。

他从一开始就在利用她，把她当幌子。他还记得以前自己带她去参加晚宴时，她小心翼翼却又偷偷期待的样子。

他明显从少女的脸上看到了雀跃的神情，可他的目的只是把她带去给别人看看，做个样子而已。只是，后来他跟人谈事去了，把她一个人丢在茶水区，回来时却看到一个年轻的男人围着她转，心情低落到极点。

顾铭景说完，等着楚皙的反应。

她一直垂眸听着，两个人的目光没有相接，顾铭景看不出楚皙的喜怒。

顾铭景做好楚皙会哭、会怒、会骂他浑蛋的准备，做好无论如何一定要哄好她的准备，却不料她突然“扑哧”一声笑了出来。

顾铭景有些错愕地看着她：“你不生气？”

楚皙不解：“我为什么要生气？”

她说："我一直觉得自己特别对不起你，让你赔了那么多钱，现在知道你的目的就是让我赔钱，做样子给别人看，那我心里好受多了。"楚皙的表情变得严肃了些，继续道，"刚开始，我有点儿担心你是个爱在外面胡来的人，担心自己以后该怎么办。现在，我知道你那么做完全是为了处理你们家的事，不是有什么奇怪、变态的嗜好，便放心多了。"

顾铭景眼中的错愕一点点地消失不见，心情复杂地把楚皙拉进怀里。

楚皙听到头顶传来顾铭景轻轻的一句话："小孩儿。"

楚皙对这个称呼十分不满，什么小孩儿，她早就不是小孩儿了。

而且顾铭景只在口头上把她当小孩儿，在行为上从来没有把她当过小孩儿。

楚皙鼓起腮："顾铭景，你没有心。我才不当小孩儿。"

"好，不当小孩儿。"顾铭景笑着把她抱起来，往卧室的方向走去，"去当小女人吗？"

没有心的顾铭景不能对小孩儿为所欲为，但是可以对小女人做很多事。

第二天早上，楚皙从床上爬起来都觉得无比艰难，但还是起来了，匆匆赶回海市拍戏。

顾铭景送她去机场的路上，听楚皙抱怨他起晚了，颇有种两个人是老夫老妻，自己在送老婆出差的感觉。

《迷雾深渊》播出后，之前不少和楚皙合作过的业内人士都主动转发宣传的微博，就连很久不上微博的顾铭景也发微博为楚皙宣传。

楚皙用大号回复了顾铭景，这也是两个人第一次在微博上互动。

楚皙："谢谢啦！"

情侣粉："谢什么谢？不用谢！结婚，马上！民政局已经搬来了，你们自己看着办！"

相比于《桃花诺》开播前网友对楚皙普遍不看好的状况，这次《迷雾深渊》开播，网友对她的评价比之前好了不少。

不过还是有不少人泼冷水："某些人对楚皙的要求真是低，四十分的演技也好意思拿出来吹，那演技也就放在古装偶像剧里能将就着看看。《迷雾深渊》可是深海影视出品的剧，别的不说，里面的主角、配角都是实力派，就连演技稍微弱一些的荀美如都演了十几年的戏。楚皙那四十分的演技还能拿出手吗？"

《迷雾深渊》在众人的关注中开播了。

第一集的第一幕就是楚皙饰演的韩宜在街上抓贼。

她打扮得素净极了，一看就刚入社会不久。

她把头发扎成马尾，脸上几乎找不出妆容的痕迹，眼睛里透着一股不服输的劲，制伏小偷时的身手极为敏捷，并且大大方方地露了脸，明显不是找替身拍的。

这个角色跟刚刚播完不久的《桃花诺》里那个可怜又可恨的妖妃判若两个人，大家完全看不出来是同一个人演的。

楚皙出场干净利落，第一天上班就直接往局里带了个贼，令所有人眼前一亮。

正当观众看到小贼被抓后松了一口气时，一桩发生在城郊的凶杀案出现了。

凶手手段残忍，反侦查意识极强。

随着主角的侦查，案件变得越来越扑朔迷离。一个又一个谜团浮出水面，似乎这一切远不止是一起凶杀案这么简单。

《迷雾深渊》的制作水平很符合深海影视的水准，编剧的水平极高，剧中的案件环环相扣，看似简单的案子背后，各方势力交织在一起。

相比于其他剧，《迷雾深渊》实在是业界良心，全剧节奏极快，观众看剧的时候恨不得眼睛都不眨，生怕错过了哪个关键点，跟不上剧情。

片子的每一集后面都会留一个悬念，让你看完一集想立马点开下一集，一口气追完更新的剧集。

《迷雾深渊》的首播收视率位居同时段播出剧的第一位，后面更是一路攀升，网络播放的成绩同样好，每集的播放量都以亿为单位，网络评分将近九分，成为今年的第一个爆款剧，可谓口碑、收视双丰收。

《迷雾深渊》每周四到下周一播放，每天两集，一周播放十集。

直到第一轮播完，追剧的观众跟着剧情紧绷的神经终于有了放松的机会。

这部剧太好看了！剧情吸引人、逻辑严谨，更重要的是演员的表现张弛有度，他们一个比一个厉害，真可谓全员演技在线。

众人这才猛地回神。

如果说是全员演技在线，那么开播之前受到不少质疑的楚皙呢？大家惊讶地发现了一个事实——楚皙混在一堆老戏骨里，居然毫不违和。

这可不是她用《桃花诺》里四十分的演技糊弄得过去的。看来之前去探班的媒体并没有说假话，楚皙确实演得不错。

至于楚皙的演技究竟能打几分，还得等剧全播完了再说。

楚皙的粉丝看完剧后已经激动得快晕过去了，本来以为楚皙能有四十分的演技已经很不容易了，没想到楚皙永远能带给粉丝惊喜。楚皙真的太争气了！

在粉丝的期盼中，终于又到了周四。

这一周有楚皙和苟美如两个人的对手戏，也是剧里的重头戏，不少人持观望态度。

楚皙上一周的表现是不错，可这完全有可能是受到实力派演员的影响。这一周她跟苟美如有对手戏，苟美如在前八集中和其他演员对戏时显得有些吃力，妆太浓，演得浮夸，这次碰到楚皙，不知道这两个人会有什么化学反应。

楚皙和苟美如的对手戏播出了，一边是声嘶力竭地咆哮的苟美如，一边是演技细腻的楚皙。

每当观众看到楚皙的泪，也要跟着哭了时，镜头一转到咆哮的苟美如，他们的眼泪就流不下来了。

苟美如那么争强好胜、爱炒作的人，剧开播两周了，竟然连一篇新闻稿都没发。

看完剧，网友一下子明白原因了。她好意思发吗？苟美如出道那么多年了，在一场对手戏中被比她小整整一轮的楚皙给比下去了，估计躲都来不及呢。

对此，网友又展开了激烈的探讨。

> 楚皙的演技为什么进步这么大？
>
> 实话实说，她这次演得很好。
>
> 对，不光文戏演得好，打戏也好，场场都露脸。好几场戏我看着都危险，她是亲自上的。
>
> 有点儿喜欢她了。
>
> 对吧，这圈子再怎么乱，拿得出作品才是王道。

楚皙看见网友的评论，很高兴。这次她的表现总算得到了肯定，各大片方都向她发出邀约信。

最近有个首次接触表演的小明星参加采访，向记者说了一件事。他说自己之前在电影学院上过一段时间的表演课，和楚皙是同学。他们班的同学都是已经出道的艺人，或多或少会因为跑行程而缺课，楚皙却从不缺课，在课上的表现极好，最后还成为他们班的优秀学生。

采访一出，让大家困惑已久的问题终于有了答案。

原来她是背着大家偷偷去上课了。

之前她每天早起练台词，后面又专门去上课，态度实在是令人挑不出毛病。时间就是金钱，在多少人忙着跑通告赚钱的时候，她却能沉下心去上课，不负众望，交出了让人满意的答卷。

《迷雾深渊》的剧方也在此时公布了一些拍摄时的花絮。

片子里那些精彩的打戏在拍摄时远没有看起来那么轻松。楚皙和男演员对打时被狠狠地摔在地上，浑身乌青。楚皙在满是碎石的地上爬行、打滚，膝盖、手掌被磨破了一大片，肉里还夹着沙石。随行的医生给她清洗、上药时，她却一声不吭，最后甚至还笑着安慰别人，说自己一点儿都不疼。

剧组的人都说她的身上有一股跌打损伤膏和红花油的味道。

导演说有些动作可以让替身完成，楚皙还是坚持自己来。

花絮里最令人心疼的一场戏莫过于楚皙吊着威亚从楼上跳下来，腰、背狠狠地撞在了墙壁外面的石台上。楚皙被放下来时，疼得缩成小小的一团，后来将脸死死地埋在助理的身上。她那副就是不肯哭一声、喊一声的样子实在是令人心疼不已。

有的人拍戏时手掌破了一点儿皮都要发微博，楚皙拍得这么辛苦，浑身是伤，却从来没有抱怨一声。她说，这都是拿着片酬的人应该承受的。

网友看得心疼，粉丝直接哭了。

两个月过去，《迷雾深渊》终于播完了，收视率居高不下，成为同期冠军。

这部剧在好几家卫视重播，楚皙凭着这部剧一跃成为同年龄段女明星中的领头羊。

整部剧下来，大家能够明显地看到韩宜这个人物性格的转变，刚开始莽撞，后来变得谨慎细心，但眼睛里那股冲劲及坚守正义的初心始终没变。即便是跟男主角那段到最后也没捅破窗户纸的感情戏，楚皙也处理得恰到好处。

如果说前八集中，大家会给她的演技打五十、六十、七十或者八十分，那么完整地看了这部剧后，各大影评博主、娱乐博主打出的分数只有一个——九十分！

她被扣十分是因为还年轻，身上蕴藏着巨大的潜力，演技还有很大的进步空间。

楚皙的微博粉丝数增得飞快，新粉丝都是为楚皙的演技、颜值来的。他们每天都在粉丝群里聊得热火朝天，直到有一个新粉丝弱弱地道：“其实我觉得我们的宣传语中还可以再加一条。”

其他粉丝：“加什么？我们皙宝还不够优秀？”

新粉丝：“比如，说一下我们家的姐夫超帅、超有钱之类的……”

其他粉丝：“这是顾总新开的小号，踢出粉丝群！”

当高助理看到自己的账号又被楚皙小姐的粉丝踢出群时，隐隐有些无奈，不知道为什么帅气多金的顾总这么不受这群粉丝待见。

今天是楚皙的新剧《山河血》杀青的日子，杀青宴定在海市一家知名的五星级饭店。

楚皙把自己穿着戏服、捧着鲜花的杀青照发到微博上，粉丝都在恭喜她。楚皙又把照片发给顾铭景。

顾铭景：“你刚才在微博已经发过这几张了，我要新的。”

楚皙鼓着腮，干脆给他发了好多张照片，问：“这下行了吧？”

顾铭景看着照片笑了笑，然后一一点了保存：“明天我去机场接你，后天一起回你家吧。”

楚皙咬了咬唇。她知道顾铭景说的这个“家”指的是她的老家。他们要去见奶奶了。

楚皙现在都不敢去搜她跟顾铭景两个人的名字，因为搜出来的总是一些乱七八糟的新闻。

她最近在市里买了房子，在环境很不错的小区，等过一段时间就可以把奶奶从老家接过来住。小区交通方便，离医院也不远，方便奶奶去做透析。

品牌方给她送了车，她算起来也是有房有车的人了。

付白前一阵替她在驾校报了名，这次杀青回去之后她就可以考驾照了。付白说她一个多月就能拿到驾照，不会耽误接下来的工作。

楚皙火了之后，许多制片人找上门来。她看着付白准备大干一场的模样，反倒有些怅然。

她演《山河血》时，体验着主角的人生，在战火中求学，在学校的礼堂里演讲，跟同学、教授一起畅谈理想。

她在海市大学里拍了一个星期的戏，学校里的学生都羡慕她，却不知道她同样很羡慕他们。

直到手机又振动了一下，楚皙跑远的思绪才被拉了回来。

顾铭景：“不回家吗？”

楚皙这才笑了一下：“回。”

杀青宴晚上才开始，她先搭车回酒店。

之前的保姆车司机这几天请假了，老婆要生孩子，于是付白便临时请了一个新司机。楚皙跟小严坐上车，楚皙问小严：“行李都收拾得差不多了吧？明天就回去了。”

小严：“都收拾好啦。”

车子在路上行驶得很平稳，小严往车窗外看了一眼，突然问：“师傅，今天怎么没走以前的路呀？”

师傅说：“哦，那条路上今天发生了车祸，正堵车呢，咱们绕一绕。”

“这样啊……”小严点点头。

楚皙也没说什么，在手机上做起了科目一的题。

正确率很高，她考科目一肯定没问题。

楚皙又一次得了九十八分，抬起头来准备休息一会儿。她随意地往窗外望了望，突然发现外面的景色似乎越来越荒凉，她住的酒店在内环，周围根本没有这么冷清的街。

楚皙的心里顿时有些发毛。

她跟旁边的小严不约而同地对视了一眼。

小严将身子往驾驶座的方向探了探：“师傅，咱们是不是走错了？”

“没走错。那边堵着车呢。”司机说。

小严："可是……可是我怎么觉得越走越远了呢？"

楚皙看到刚才路过了一家派出所，赶紧在微信上给顾铭景发了个定位过去，然后说："师傅，麻烦停一下车，我下去买点儿东西。"

司机继续找借口："这里不好停车。"

楚皙的预感越来越不好："这里没有禁停标志，停车。"

司机没反应。

楚皙和小严同时低头发短信报警，司机从后视镜里看到她们两个人的动作，轻轻地吹了声口哨。

口哨声一响，保姆车的后排突然出现了一个男人，楚皙还没来得及将短信发出去，口鼻处突然被一块毛巾捂住了。

她的脑子越来越晕，耳边是小严的尖叫声，手刚碰到身后那人的手，突然没了意识。

楚皙感觉自己像陷入了无尽的黑暗中，阴沉沉的世界里没有一丝光亮，耳边是嗡嗡的声音。

慢慢醒后，楚皙只觉得自己浑身都痛，尤其是下颌骨，酸疼得厉害。

她艰难地睁开眼，首先映入眼帘的是发黄的墙壁。她下意识地想说话，却发现自己的嘴被毛巾堵住了，下巴快要脱臼了。

这好像是一间废弃多年的房间，墙漆脱落，地上有碎玻璃，房门被紧紧地锁着，整个房间里只有一张老式的木板床，而她现在就靠在这张床上，嘴被堵上了，双手被反捆在背后，绳子和木床系在一起。

楚皙呜咽了两声，试图把嘴里的毛巾吐出来，却徒劳无功。她动了动手，手腕被绳子勒得很紧，双手已经发麻。

楚皙又怕又痛，眼眶红得厉害。

此情此景让她突然想起了之前的情景。在参加《勇敢之心》的时候，她当人质，也是这样被绑着。可是那时她是录制节目，嘴没有被堵住，手也不疼，屋里还有个扮演反派的兵哥哥。

楚皙又想到自己最后给顾铭景发的那个定位。

他报警了吗？他来救她了吗？

楚皙竭力忍住想哭的冲动。她之前参加节目时班长和连长都说过，遇到事情最重要的就是冷静。

她用反捆在身后的双手四处摸索，突然摸到一个有些坚硬的东西——铁钉。这种老旧的木板床用久了就会松动，人们会用铁钉来加固。

楚皙不知道该如何形容此刻的心情，可能是绑架她的人对她没有多大的防备心，觉得她不被吓死就不错了。

楚皙像疯了一样将绳子在那个微微凸起的铁钉上蹭，额头上沁出细密的汗珠。

她蹭了一会儿，刚觉得绳子有松了的迹象，突然听到外面有人说话声。她感觉浑身的血液都冲到了头顶，身子开始发颤。

说话的声音越来越近，楚皙停下动作。

接着，门一开，两个戴着黑色头套的男人走了进来，一个头上染着黄毛，一个手里拿着相机。

楚皙往后缩了缩，因为嘴被堵着，说不出话。两个男人都戴着头套，她看不清他们的脸。

黄毛走过来，突然一把扯出塞在楚皙嘴里的毛巾。

楚皙的嘴里一空，下巴酸得差点儿掉下来。她没有说话，只是惊恐地看着两个男人。

黄毛突然笑了："知道喊没用，就干脆不喊了？算你识相！"

拿着相机的那个人眼里冒着精光，道："比电视上还要漂亮。"

楚皙的心脏"咚咚"地跳着，她预感到了什么，身子不停地往后缩。

那男人冲楚皙伸出手，道："放松点儿，别害怕，待会儿还得伺候老子呢。"

楚皙看了眼相机，突然明白了什么，怕得浑身发抖："别过来，滚啊！滚啊！"

黄毛一上来就扒她的裤子，楚皙情急之下腿上的力气变得极大，男人试了两下竟然没能近她的身，反而被楚皙踢了两脚。

黄毛怒了，一巴掌挥了过来。

楚皙被打得偏了头，右耳一阵轰鸣。她差点儿哭出来，又急忙忍住了。

“她这么不配合，怎么办？还得拍片子呢。”举相机的那人说。

黄毛打了楚皙一巴掌后似乎泄了愤，看着楚皙狼狈的样子，笑了笑：“这么漂亮，真揍她吧，还有点儿舍不得。”

举相机的那人又说：“这臭丫头等下不会咬我们吧？”

黄毛一拍脑门：“怎么忘了！你那里不是有药吗？给她喂下去。”

相机男：“我去拿药。”

黄毛：“我去撒个尿，哈哈哈哈！”他伸手在楚皙的脸上摸了一把，“乖，等哥哥回来。”

两个人竟然一前一后地出去了，似乎根本没有想过楚皙一个弱女子会想办法逃。

楚皙浑身不由自主地发着颤，狠狠地咽了一口口水，觉得右脸火辣辣的。

她知道错过这个机会的话，便再也没有机会了。

楚皙拼尽了全身的力气，挣开了刚刚被她摩擦得细了一点儿的绳子。

她一秒都不耽搁，抓着绳子走到窗前，想像上次一样用绳子吊下去。然而，走到窗口时，她突然傻了眼。这是郊区的一栋老旧工厂，她现在在三楼！

楚皙看了一眼门口，又往下看了看，心一横，迅速地把绳子绑在旁边的水管上。

她强迫自己不往下看，按照之前学的要领顺着绳子往下滑，滑到二楼的时候绳子便没有了。

楚皙抓着下水道的水管接着往下爬，在离地面将近两米的地方失手掉了下去，脚狠狠地扭了一下。

她顾不上疼，咬着牙从地面爬起来，不要命地往外跑。

她听见头上两个男人的呼喊声，马上头也不回地往外跑。接着，她听见了汽车发动机的声音。

楚皙的眼睛极酸，耳边是呼呼的风声。

她想到了死。

她宁愿死。

这一片全是废弃的工厂，楚皙专往小路上跑，两个男人的车进不来。

这里像个迷宫，到处阴森，楚皙最后发现自己竟然跑进了死胡同，前面已经无路可走了。

楚皙又听到汽车的声音，从地上捡起了一块石头。

脚步声越来越近。

楚皙举起石头，背靠在墙上。

脚步声更近了。

楚皙额头上的汗滴了下来，她终于看到眼前出现的人——顾铭景、高助理，还有警察。

顾铭景看到浑身狼狈的楚皙后立马冲了过来。

楚皙扔掉手里的石头，被顾铭景抱住，眼泪“唰”的一下就落了下来。

她感受着男人熟悉的气息，这才开始放声大哭。

顾铭景搂着哭泣的楚皙，看到她满身狼狈、脸颊红肿的样子，眼神中散发出寒意。

高助理极少在顾铭景的脸上看到这种表情，也隐隐地有些害怕，打了个寒战。

看到楚皙没事，几个警察追了出去。

楚皙刚才因为神经紧绷，对伤痛浑然不觉，现在放松下来，只感觉脑子里不断抽搐着，脸颊火辣辣地痛着，耳朵里嗡嗡响，被勒过的手腕也在疼，扭到的脚腕更疼。

或许是因为迷药的药效还没完全消散，楚皙的眼前又开始模糊起来了，她腿一软，在顾铭景的怀里晕了过去。

楚皙一直昏睡着，医生说："身上的伤都是皮外伤，倒是没什么关系，主要是那些人绑架她时用的迷药对神经有伤害，可能会对大脑造成不可逆的损伤，且她受了不少惊吓，要等醒过来才能进一步研究病情。"

顾铭景听到"可能会对大脑造成不可逆的损伤"这十几个字时，眉毛皱得能夹死一只苍蝇。

高助理从警察局马不停蹄地赶到医院，对顾铭景点头道："顾总，人都抓到了。"

顾铭景"嗯"了一声，看了看病床上一直昏睡的楚皙，再想到那些坏人，脸色阴沉得可怕，问："律师准备好了吗？"

高助理立马点头："都是负责此类案件的顶尖律师，您放心。"

顾铭景："那好。"他应着，仿佛在说一件无关紧要的事，目光未从楚皙的脸上离开，伸手摸了摸她的额头。

高助理最后看了眼病床上脸色苍白的楚皙小姐，转身出去了。

元景的律师团队擅长的是商业案件，这次属于刑事案件，所以顾铭景直接换了一批律师，每一个人的履历表都闪闪发光。

警察在抓到那两个绑匪之后不久，又顺着线索在市里的一家出租屋内找到了乐珊和另外一个男人。屋里满是针头，警察破门而入时，那两个人还没反应过来。

绑匪的目标是楚皙，助理小严被他们绑起来扔在工厂的角落里，被后来赶过去的警察解救出来了。

乐珊对犯罪事实供认不讳。上次的视频事件也是她一手策划的，然而楚皙成功地脱身，不仅没有被毁，新剧播出之后事业更是如日中天。或许是妒忌到了极点成了恨，乐珊最后竟然又跟男友亲手策划了绑架事件，想着既然上次的视频里不是楚皙，那么这次就拍一个主角是楚皙的视频，彻底毁了楚皙。

高助理想到在警察局里看到乐珊形容枯槁的样子，不禁一阵胆寒。

以前还挺漂亮的女星，现在成了那样一副人不人鬼不鬼的样子。

顾总新聘的律师团队已经在准备了。

他们都是顶尖的律师，平时一个都不好请，现在组成了一个团队，这些罪犯的余生就准备在暗无天日的监狱里度过吧！

私人病房里安静极了。

楚皙觉得自己像是在黑暗里游了好长时间的泳，等到她游到岸边时，已经筋疲力尽了。

她费力地睁开眼，首先映入眼帘的是米黄色的墙纸。

她觉得自己像是被拆开又重组了一次，全身酸痛，嗓子很干。她动了动，轻轻地呻吟了一声。

顾铭景正削着雪梨，听到声音后立马抬头，看到楚皙正睁着眼睛看天花板。

“醒了？”他很激动，急忙放下手中的雪梨和刀。

楚皙挣扎着要从床上坐起来，顾铭景赶紧拿了个枕头垫在楚皙的背后。

楚皙坐在床头，看了眼窗外，发现天已经黑了。她不想说话，愣愣地坐着。

顾铭景伸手摸了摸她的额头，十分担忧，立刻叫了医生。

楚皙刚醒来没多久就被一群医生和护士送去做检查了。

做完检查回来后，楚皙坐在病床上，一边吃着顾铭景削成小块的梨，一边听他说话。

电视开着，正在重播《我们的小屋》，刚好放到了楚皙去参加的那一集。

楚皙也不知道是在看电视还是在听顾铭景说话，等他说完了，才问：“什么意思？”

顾铭景又耐心地解释了一遍。

楚皙这次听完，满脑子想的都是“可能会对大脑造成不可逆的损伤”这些字，嘴里嚼了几下的雪梨都忘了咽下去。

怪不得刚刚他们都在帮她检查脑袋！

楚皙看着顾铭景，愣愣地说："也就是说……我可能会变笨？"

顾铭景试着用眼神安慰她："还要继续观察。不过这种可能性很小，基本没什么问题。"

楚皙没把他后面的话听进去，满脑子想着"我要变笨了"。

她的手机被警察找回来了，放在床头，楚皙立马拿起手机做了一套科目一的题。她错了十一道，得了八十九分。

她被绑架之前还能做到九十八分，现在只有八十九分了，明显是智商降低了。

楚皙看着分数，顿时陷入了绝望，将十指插进头发里，道："我该怎么办？我该怎么办？"

顾铭景立马后悔把那些话告诉她了："你才刚醒过来，立马做题成绩当然不理想。"

楚皙低着头，对绑架她的人恨得牙痒痒，一想起那天的事情，心就不安起来，浑身焦躁。

顾铭景坐在床旁，用手拍着她的背。

楚皙抱住顾铭景的腰，把脸埋进他的怀里，闻着他身上好闻的气息。她感受到男人强有力的心跳，总算安心下来，吸了吸鼻子，闷声闷气地问："如果我以后真的变笨了，你还会喜欢我吗？"

顾铭景笑了笑："多笨都喜欢。"

楚皙气得捶了他的胸口一下："你应该说'你根本不会变笨'！"

顾铭景握着她的小拳头，任她发脾气。

楚皙不满地问："那如果我变丑了，你还会喜欢我吗？"

顾铭景没有正面回答，而是轻声反问道："那如果我破产了，身无分文了呢？"

"破产有什么关系？"楚皙说出一句经典台词，"我养你啊！"

顾铭景笑了一下："怎么养？"

楚皙没想到这个男人这么爱刨根问底，瞟了眼电视，节目刚好放到了她在乡间的小路上开着三轮车拉玉米。

楚皙指着电视："我开三轮车养你啊！"她虽然还没拿到驾照，但是三轮车开得很好，"我保证养得起你！"

顾铭景既想笑又感动，捏着楚皙的下巴，看着她美丽的脸、精致的眉眼，回答了她刚刚问的问题："你在我的眼中，永远是最美的。"

楚皙被这句话肉麻得浑身起鸡皮疙瘩，还没来得及抱怨，男人温热的唇就吻了上来。

第十八章

圆满结局

楚皙被绑架的事情上了热搜，全网轰动。

不过全网轰动的时候楚皙是晕着的，等她醒来时热搜已经变成“楚皙加油”“为楚皙祈福”了。“砖头”听说楚皙被绑架后更是心疼不已。

在知道楚皙跟年迈的奶奶相依为命，身边能依靠的只有顾铭景后，向来不怎么待见顾铭景的粉丝对他的态度一下子好了起来，纷纷拜托他好好照顾楚皙。

楚皙醒来后立马发了条微博回应粉丝：“皮外伤，没事啦！”

这条微博一发便上了热搜，大家虽说不知道具体情况，但还是稍微放心了些。

又过了几天，警方通报了本次绑架案的具体情况。其中，有一段话吸引了大家的注意。

受害人楚皙自行挣脱绳子，从三楼滑下逃脱，在逃跑的过程中与赶去的警方相遇。

网友们议论纷纷。

这……这不是以前《勇敢之心》里的情节吗？那时是录制节目，这次她遇上的可是真正的绑匪。

楚皙根本不是弱女子，而是勇敢、坚定的女孩儿，所以才能在那种情况下逃脱出来。

众人觉得不可思议，但也很感动、心疼，最后很多人的眼眶红了。

楚皙休养了一个多月，之后去驾校把科目一考了。

虽说她之前只得了八十九分，但考试时发挥得很好，以九十九分通过了考试。

顾铭景每天把楚皙护得很严实，付白望着手中的剧本，有些犹豫，也不知道楚皙什么时候开始工作。

付白给楚皙发了微信。

顾铭景也看到了，回复付白："不急，多休息一阵。"

楚皙咬了咬唇。她在海市大学度过的时光在她的心中种下了一颗种子。这次绑架事件过后，那颗种子好像逐渐发了芽。

楚皙深吸了一口气，说："顾铭景。"

顾铭景："怎么了？"

楚皙低下头："我想上大学。"

楚皙想去上学，这是好事。顾铭景自然是支持的。只是两个人在她上什么大学的问题上发生了分歧。

顾铭景以为楚皙是想去留学。正当他有些烦恼他们得分居时，楚皙却说她是想在国内考大学。

顾铭景虽然是在国外上的大学，没有参加过高考，但知道这是一场辛苦且残酷的考试。全国数百万学子从幼年开始，努力十几年，全都是为了这一场考试。

顾铭景看着她，问：“你已经决定好了？”

楚皙点头，答得很坚定：“嗯！”

她看顾铭景还在犹豫，补充说：“我不是心血来潮。我考虑了很久，还是想继续读书，学什么都好。我总觉得，那样人生才完整。我的奶奶、爸爸、妈妈要是知道的话，肯定会高兴的，我不想永远顶着高中学历过一辈子。我以前的学习成绩还不错，去参加综艺节目时发现大多数知识还记得。如果我请专业的老师给我辅导一年的话，应该能考上大学。”

她拉着顾铭景的手，柔声道：“你会支持我的，对吗？”

顾铭景笑了笑，伸手摸了摸她的后脑勺：“那也不拍戏了吗？”

楚皙：“起码在高考前不拍了，以后，等有空了再拍吧！”

她被星探发掘，进入娱乐圈完全是个意外，那人告诉她，拍一条广告能赚两千块钱，她就去了。

楚皙不知道自己是喜欢还是讨厌这份工作，不过既然入行了，就要把工作做好，所以才努力提高演技来证明自己。但是人生的路不止一条，现在她想做个选择，趁着年纪还不大，继续上学才是最重要的。她已经做好了心理准备，即使一年后不红了，也不后悔。

她接受光鲜的现在，也不恐惧平凡的将来。

顾铭景看着楚皙的眼睛，觉得他的小孩儿简直在发光，道：“可能会很辛苦，准备好了吗？”

楚皙：“嗯！”

楚皙去了工作室，有些不好意思地跟付白说了自己打算停工一年备战高考的事情。

付白听后却似乎并不惊讶：“想考哪所学校？”

楚皙：“再说吧。”

楚皙不知道付白为什么那么镇定，她现在正红，《迷雾深渊》让她提名了今年年底评选的最佳女主角奖项，付白之前正准备好好干一场，现在她突然说要停工一年，付白应该生气才对。

她算是付白工作室的顶梁柱，要是停工了，工作室就没有什么经济来源了，怕是又要回到之前半死不活的状态。

楚皙歉疚地说道："付白，真的对不起，你骂我吧。"

付白神神秘秘地笑道："有什么好对不起的，你没看工作室今天都空了？"

楚皙环顾四周，发现里面确实有好多东西搬走了，人也没几个，问："这是要……？"

付白："顾总要搞装修。"

楚皙听后一脸惊恐："顾铭景要把这里改成养殖场？"

付白突然有点儿怀疑楚皙是不是真的被迷药给迷傻了："顾总给工作室投资了，准备扩大规模，大干一场。"

他递给楚皙一沓照片："这些全是我们新招的人，怎么样？"

楚皙看着照片，这才放下心来，点了点头："还不错！"

她又要回去谢谢顾铭景了。

楚皙接下来的一年有一部《山河血》待播，就算不接通告，年底的颁奖典礼还是要参加的，所以也不算是完全休息，便没对外正式宣布自己停工的消息。上次绑架事件过后，粉丝一直很关注楚皙的动态，知道她这次肯定受了很大的刺激，在休养，即使再关心她，也不忍打扰她。然而楚皙实在是太久没露面了，粉丝等得十分辛苦。

终于，楚皙悄悄地上线，发了条微博，内容只有一张照片——书桌上被摊开了一本《五年高考三年模拟》。

了解楚皙的人都知道她当年退学的事情，从之前的综艺节目也能看出她的学习成绩很好，知道她是真的很想读书。她突然发了这张照片，粉丝一下子就明白了："皙宝真的要去考大学了！"

虽然楚皙接下来的日子要闭关考大学，粉丝可能很长一段时间见不到她，但偶像这是在真正地追求梦想，做粉丝的再想她，也没有理由不支持她！

暂宝加油！好好学习，考出好成绩！

是要考表演学院吗？其实我觉得哲宝的演技已经很好了。

哲宝一直在提高自己啊。一定要做你自己想做的事情，我永远支持你！

呜呜呜，看到她这么努力，我滚去学习了。

本大学生滚去复习六级了。

本研究生滚去看论文了。

本博士生滚去……算了，数数头发还剩几根吧！

楚哲的微博上了热搜。

得知她要参加高考，所有人都很惊讶。楚哲刚红，口碑又好，不趁着这个时候多接几部戏，竟然跑去准备高考？

她要考，无非就是考表演学院。圈里那么多童星都要考，也都是一边工作一边复习，最后一两个月冲刺一下。

应该是底子不好吧？都辍学好几年了，表演学院的分数对于一直上学的学生来说算低的，但好几年不上学的人是得好好准备。

不是之前上综艺节目的时候，还有人说她是“学霸”吗？突然有点儿怀疑……

不管怎么说，想上学总是好的，加油吧！

楚哲没理那些评论，安心备考，直到年底的颁奖典礼才出现。她穿着一身深蓝色的裙子，美得不像话，凭借《迷雾深渊》里的韩宜这个角色一举夺得今年的“最佳女主角”称号，实至名归。

第二年二月，楚哲出现在表演学院和戏剧学院的艺考现场。

楚哲连最佳女主角的奖都拿到了，艺考对她来说比较轻松。网友都在猜她会选表演学院还是戏剧学院。

三月份，楚哲主演的《山河血》播出，收视成绩喜人，她的演技也很好。

众人：“好吧，学习不行，业务能力确实是过硬的。”

直到高考楚哲都没有再公开露过面，甚至连高考时都没有人认出她来，实在是低调极了。

六月底，高考成绩公布了。

每年大家都对明星考生的分数十分关心，楚哲也非常大方地在微博上发出了自己的成绩——语文 120 分，数学 127 分，英语 131 分，物理、化学、生物加起来 265 分，总分 643 分。

楚哲的粉丝：“天哪！”

普通的网友：“天哪！！！”

楚哲：“呜呜呜……”

她查到分数后，抱着顾铭景的脖子，眼圈都红了。她起早贪黑、没日没夜地辛苦了一年，努力总算没有白费。顾铭景也很辛苦，像个伴读的家长，有时候下班后还得给她讲题。

之前还有人说她考个表演学院都要闭关一年，成绩肯定很差，现在被打脸了。

这么好的成绩，上表演学院的话可惜了！

哲宝太厉害了！

六百多分又上不了最好的那两所大学，算“学霸”吗？

人家闭关一年考出的这成绩，大多数人怕是闭关好几年都考不出来吧！

成绩出来了，楚哲激动过后，忙着在家选学校、选专业。

她一开始也没太想考表演学院，参加艺考主要是怕考不上本市的大学。她肯定是要在这儿念大学的，这是她答应顾铭景的。楚哲答应得心甘情愿。

现在楚皙的成绩出来了，她除了最好的那两所学校上不了，本市其他的好大学基本上没有问题。

最后录取结果出来了，她被录取的专业不是她的第一选择。

楚皙坐在电脑前，望着录取专业结果上的“金融”两个字，有些茫然。

她报志愿的时候翻了一些辅导学生填报志愿的书和帖子，发现说得都差不多——家庭条件一般的选计算机专业，家里有家产要继承的选金融专业。

可是她又没有家产要继承。

楚皙坐在电脑椅上，十分苦恼。顾铭景一手扶着她的椅背，一手撑在电脑桌上，问：“不开心吗？”

楚皙抿了抿唇：“这个专业是家里有家产的人学的，我又没有。”

顾铭景挑眉：“怎么没有？”

楚皙：“嗯？”

他从背后掏出戒指，单膝在她面前跪下，道：“嫁给我就有了，不是吗？”

楚皙：“好像也是哦。”

结婚是个长线作战的过程，他们从准备新房、拍婚纱照到正式举行结婚典礼，怎么也要小半年的时间。楚皙的学校、专业的事都已落定，九月份就要开学，满打满算也只剩两个多月的时间。

这么算下来，楚皙今年放寒假的时候结婚刚刚好，她还可以请一请新同学。

不过，楚皙自己觉得寒假时结婚有些早，她还在上学，等毕业后再结婚也不迟。

结果顾铭景告诉她什么都准备好了，黄道吉日都定好了，他们下个月结婚，下下个月蜜月旅行，回来后楚皙刚好开学。

楚皙看到结婚日期后目瞪口呆，突然有一种上了贼船的感觉。

她望着手上的戒指，立马将它取下来道：“你竟然背着我把结婚日子定了，就那么有自信吗？万一我不答应你的求婚怎么办？”

“我半年前就开始准备了，当时看你学得辛苦，所以我没告诉你。”顾铭景拿起戒指，重新给楚皙戴上道，“年年不是已经答应了吗，怎么可以反悔呢？”

“那也不行，我答应嫁给你，又没有答应立刻嫁给你。”楚皙听到“年年”两个字后有些窘，“不许叫年年了！再说了，即使我不反悔，我奶奶还没有答应呢！”

顾铭景听后笑了一下，摸了摸楚皙的脸道：“日子是我跟年年的奶奶一起选的。”

楚皙：“……”

顾铭景是从楚皙奶奶的口中知道她的小名的。

他十分喜欢楚皙的这个称呼，然后就跟着喊了起来。楚皙被他叫得耳朵红，威逼利诱了好久，顾铭景才不再每天把这个有点儿嗲的称呼挂在嘴边。

不过，他有时候还是会叫，尤其是某些夜深人静的时刻。

她去年带顾铭景回家去见奶奶了，说自己跟小顾复合了。

奶奶看了两年的照片，这回总算见到了真人，还算满意，只是之后在听到顾铭景无意地说出楚皙的臀下有一颗小痣的时候把楚皙揍了一顿。

老人家比较保守，虽然说没揍顾铭景，但是对他的态度明显没有之前好了。

后来，楚皙一直忙着复习。因为辅导老师在市里，所以她也一直待在市里。顾铭景单独去看老人的次数多了不少。

楚皙不知道顾铭景给她奶奶灌了什么迷魂汤，过年时再跟顾铭景一起回家的时候，奶奶对顾铭景十分热情，似乎也不介意那颗痣的事了，差点儿把亲孙女晾在一边。

楚皙当时就有种失宠的感觉，现在还发现奶奶跟顾铭景一起把她结婚的日子定下了。

楚皙虽然对顾铭景这种不告诉她就把日子定下来的行为有些不满，但还是带着顾铭景一起去墓园看了自己的父母。

那天的天很阴，下着小雨，楚皙放下一束鲜花，看着照片上的两个人，哭了。

她今天是带着他们的女婿过来的。

现在似乎一切都在往好的方向发展，奶奶每周透析两次，病情很稳定，自己也考上了还不错的大学，然后要跟身旁的这个男人结婚了。

顾铭景听到楚皙的啜泣声，一手为两个人撑着伞，一手给楚皙递上纸巾。他看着墓碑上中年夫妻的照片，在心里许下婚礼时应该许的承诺。

顾铭景并不轻易许诺，但只要许下了诺言，便会做到。

晚上，他们回家的时候雨渐渐停了，空气格外清新。

陈姨做了一大桌子菜，顾铭景夸她手艺好，陈姨笑得合不拢嘴。楚奶奶跟着笑了，还给顾铭景和楚皙夹了不少菜。

楚皙下午哭过，眼眶红红的，没什么胃口。楚奶奶知道她是去过墓园，心情不好，没逼她多吃，只是在晚上特意给她煮了夜宵。楚皙乖乖地吃了。

老人家睡得早，吃完饭就打着哈欠回了房间，楚皙和顾铭景也早早上了二楼。

楚皙洗了澡，回到卧室，发现顾铭景正坐在她的床上翻着什么，问："看什么呢？"

楚皙走过去一瞧，发现顾铭景不知道从哪儿把她小时候的影集翻出来了。

第一张照片就是楚皙的百日照。楚皙婴儿时期是小圆脸，被旁边一只手扶着坐在老式的布艺沙发上，额头上用口红点了个美人痣，笑得十分可爱。

楚晳把下巴搁在顾铭景的肩膀上，指着照片中的那只手道：“这是我爸在旁边扶着我。”

顾铭景觉得她太可爱了，然后一张张地翻下去。

六个月的楚晳被父亲抱着坐在腿上，母亲坐在旁边。她对着镜头在笑，露出下牙龈上新生的两颗小小的乳牙。

照片里，一岁的小家伙还不会走，坐在地上，扎了个朝天的小辫；另一张照片里，两岁的她穿着背带裙站在花丛前，手里拿着彩色的充气球。

后面的照片便多了起来，而且每一张照片后面都用钢笔写着时间和地点。

有楚晳背着小书包被妈妈拉着去上幼儿园的，有穿着小裙子上台表演的，有不知道原因号啕大哭的，有在公园里被爸爸抱着坐碰碰车的，还有一家三口在景区的景点前的合影。

很多照片里，楚晳被高大的男人顶在头上。

每一张照片里的楚晳都笑得很甜。她的五官像爸爸，脸形像妈妈，从小就是美人。

照片是按照年龄顺序放的，到楚晳十一岁的时候，之前照片里频繁出现的那个高大俊朗的男人不见了踪影。后面的照片就很少了，好几张都是楚晳小学升初中、初中升高中的证件照，照片里的女孩儿还没长开，面对镜头时抿着嘴。

顾铭景在后来有限的照片里看到那个在之前的照片里一直很美丽的母亲，她似乎憔悴了许多，将手臂搭在女儿的肩上，鬓边竟然有了丝丝银霜。

再后来，那个女人也没有出现在照片上了。

他看完所有的照片，合上影集。楚晳还是把下巴搁在他的肩膀上，有些恹恹的。

顾铭景心中五味杂陈。

他知道楚晳的经历，但是一张张地翻过这些照片时，仿佛跟着楚晳一起经历了一遍她的过去。

他转身把楚皙抱住，楚皙把头靠在他的怀里，没有说话。

屋子里很安静，她房间的灯光温暖而柔和，过了好一阵，楚皙才揪着顾铭景胸前的衣襟，问："他们会不会讨厌我，不要我？"

顾铭景知道"他们"指的是她的父母，不解地问："为什么？"

楚皙的眼中又起了一层湿雾："因为我之前跟你……"她的声音中有哭腔，"可是我那时候真的不知道该怎么办了，医院一直在催款，没有人愿意再借钱给我，我恨不得躺在病床上的人是我。当时，我真的不知道该怎么办了。"

顾铭景听得心疼不已，突然更加明白了当年的小女孩儿背负的心理压力有多大。

她那时才十八岁啊！

他也明白了她因为两个人不是那么美好地开始一段关系，内心有多少的纠结、顾虑和害怕。

他在心里骂了当年的自己一句，然后捧着楚皙的小脸正色道："他们永远爱你，你是他们的骄傲。"

楚皙落着泪摇头，道："不，我不是。"

顾铭景："怎么不是？这些年你把奶奶照顾得很好，你拍戏也拍得很好，赢了那么多人，还拿到了奖。你继续读书也能考上 A 大，他们怎么会不为你骄傲？我也为你骄傲。"

楚皙："可是我……"

顾铭景："你当时没有其余的选择了，不是吗？"他轻轻地抚摸着楚皙的头道，"他们知道后只会心疼你啊，只会因为自己不能在你的身边陪你一起走下去而感到难过啊，怎么会讨厌你呢？傻瓜。"

楚皙默默地听着，然后低声问："真的吗？他们不会不要我，他们会原谅我的对吗？"

顾铭景："他们不会原谅你。"

楚皙愣了一下。

顾铭景继续道："因为他们从来都没有怪过你啊。"

楚皙沉默了一会儿，问："你怎么知道？"

“因为我能感受到他们的感受。”顾铭景突然抓起楚皙的小手，看着她，说得无比认真，“很抱歉之前让你独自经历那段难过的日子，很抱歉让我们的开始不是那么美好，但我想让这个不完美的开始拥有最完美的过程和结果，我想以后无论风霜雨雪，你的身边都有我。那么请问楚皙小姐，你愿意当顾铭景的顾太太吗？”

楚皙哭着点头。

婚礼日期没有改，楚皙之前心里的那些不满也没了。

他把一切都准备好了，站在那里伸出手，只等她过来。

番外一

永远热恋

1

九月是开学季。

各大高校已陆续结束暑假，同时也是迎接新生入学的时期，学校门口挂满了迎新的横幅，穿着志愿者服务衫的学长学姐们忙着吆喝，各大高校的官网都在报道新生入学的盛况，然后A大官网更新的一张新生报名图火了。

一个牌子上写着“A大财政金融学院”的报名点上，一个新生正低头签字。

新生扎了个丸子头，穿着简单的白T恤，皮肤白皙，光从照片里的半张侧脸就能看出肯定是校花级的人物。

如果是平常，校园论坛、贴吧、官方微博里人们肯定都在疯狂求学妹的专业、姓名了，但是众校友在开学前就知道本届新生的名单上有她了。

“楚皙开学报到”这个话题上了热搜。

这是她自上个月跟顾铭景低调完婚后首次露面，自然十分引人注意。两个人的婚礼全程不对外公开，但从参加婚礼的宾客发的照片来看，现场梦幻得宛如童话。

楚皙在事业正盛时跑去读书的做法虽说得到了许多粉丝的支持，但也有很多粉丝有些难过，对不能经常在屏幕上看到她感到遗憾。照片里的人看起来跟周围的同学没有一点儿年龄差，签字时眼中的笑意更是藏也藏不住。

楚皙身边牌子上的“A大财政金融学院”吸引了不少人的目光。她之前只透露自己考上了A大，大家还是第一次知道她的专业。

财政金融学院，楚皙是要学金融吗？皙姐厉害啊。

他俩做婚前财产公证了吗？

人家有个总裁老公啊，怪不得会学金融！

所以楚皙学金融的原因是觊觎顾总的财产？

那我还说顾总迎娶娇妻是觊觎楚皙的美貌呢！

上面的都是戏精学院编剧系毕业的吗？

啊，我想看女强人皙总！

楠静区的别墅内，楚皙报到完回家，看到热搜下面的这些评论后真是哭笑不得。

她今天开学时特意不让顾铭景送自己去，为的就是要低调，结果同学没拍她，学校的摄像师却拍了。

顾铭景也在看这些评论，忍不住笑了。

楚皙：“不许笑！”

顾铭景这才勉强忍住笑意。

楚皙觉得自己十分冤枉，像只奓毛的小猫：“你知道我的第一志愿不是金融，我真的没有要觊觎你的财产的意思！”

顾铭景觉得无所谓，面带微笑道：“你觊觎也没关系，老公的都是你的。”

楚皙对顾铭景这副无所谓的样子有一种有理说不出的感觉：“我真

的没有觊觎，你能不能正经一点儿啊？”

两个人倒是做了婚前财产公证，顾铭景本来没打算做，楚皙逼着他做的。

顾铭景凑到她面前，带着笑意地捏了捏她的下巴道：“我说了，觊觎也没有关系。”

楚皙看着顾铭景，“哼”了一声，然后咬了咬牙，一脸深沉地问道：“你真的不怕吗？”

顾铭景：“怕什么？”

楚皙：“不怕我学成归来后，转移你的财产，然后踹掉你，跟比你年轻的小帅哥在一起？哈哈哈哈。”楚皙说完自己也乐了，捂着肚子笑得十分猖狂。

顾铭景脸上的笑意没了，脸变黑了。

“你敢？”他咬牙道。

楚皙总算扳回一局，心里舒坦不少，昂着小脑袋看他，道：“怎么不敢？”

顾铭景现在十分想捏捏楚皙得意扬扬的脸。但一般是他还没碰到楚皙的手指头，她已经开始抱着头喊“家暴”了。于是他只能带着满腔怒气，拦腰把楚皙抱起来。

楚皙一被顾铭景这样像抓小鸡一样提起来就有不好的预感，张牙舞爪地挣扎道：“放开我，我今天刚开学，累了一天，你不许碰我。”

顾铭景没把楚皙的话当回事：“那叫声老公听听？”

楚皙这下乖了：“老公。”

顾铭景一听，手臂收得更紧：“既然知道是老公了，还有什么不可以的？”

楚皙被拦腰抱着，头朝后，屁股朝前，一脸悲愤地被顾铭景带进了房间。

她以后再也不拿年轻的小帅哥来刺激他了，楚皙绝望地想。

事实证明亲密接触确实有助于夫妻感情的提升，两个人间的气氛柔和而温馨。楚皙打了个哈欠，躺在顾铭景的怀里，本来想直接睡到明天早上的，但是突然想到了什么，立刻用胳膊肘撑着身子，看着顾铭景笑道："老公。"

顾铭景作势要起身："还不困吗？再来一次？"

"不要啦！"楚皙吓得赶紧裹紧身上的睡衣。

顾铭景饶有兴致地问："怎么了？"

楚皙不跟他有眼神接触，低着头，用手指在床单上画着圈圈，道："我想说我们学校住宿的事。"

顾铭景知道她是什么意思了。

今天楚皙第一天上学，虽然晚上回了家，但是他知道她已经买好床单、被罩，带到学校去了。

A 大的女生宿舍是新楼，宿舍条件跟国内的一众高校比起来丝毫不差。四人寝，宽敞，上床下桌，带独立卫生间，学生进出宿舍楼时可以直接刷脸。

顾铭景等着楚皙继续说。

楚皙用手指在床单上画了好半天的圈圈，才说："我以后想住宿舍。"

她觉得顾铭景肯定会不乐意。她上学住宿舍，他家里就没老婆了。应该没有人刚结婚就把老公丢在家里吧！楚皙正在思考顾铭景要用哪种方式拒绝她的请求，却听见男人说："好。"

"嗯？"楚皙还以为自己听错了，难以置信地抬起头。

顾铭景伸手摸了摸她的后脑："可以住宿舍，但是如果第二天早上没有课的话，要回家。"

即使顾铭景不这么说，楚皙自己也是这么想的，但是现在他那么爽快地答应，楚皙还是难以置信："真……真的吗？"

顾铭景："我什么时候骗过你？要上学就好好学知识，想住宿舍就住，你想做什么就放心大胆地去做吧，但是期末成绩单科有八十五分以下的就不要回来见我。"

"呜呜呜，好。"楚皙感动得热泪盈眶，扑过去抱住顾铭景的脖子。

亏她之前还担心顾铭景不乐意！她的老公太通情达理了。

楚皙像只小青蛙一样趴在顾铭景的身上，抱了他一会儿，然后红着脸问："再来一次？"

"我好像……还可以。"

同学们早就知道楚皙是A大新生，除了最开始的时候有人来找她要过签名，其他同学表示在校园里见到楚皙是一件非常普通的事情，没必要大惊小怪。

楚皙参加了两个社团，一个是话剧社，一个是滑板社。她买了一块滑板练了两天，摔得屁股痛，后面就没怎么去滑板社了。

排练厅内，楚皙盘腿坐在地上，看着正在排练的同学们。

她参加话剧社，跟演戏业余的同学们排练就好像游戏中的满级大神来新手村屠村。她实在找不到合适的人搭戏，最后干脆成了社团请的指导老师。

楚皙对此十分感慨，没想到自己也有教别人演戏的一天。

这次排练的话剧是社团里的同学自己写的剧本《百年A大》，是他们之后要在学校的校庆晚会上表演的一个节目。

"Cut！"楚皙看到一半后叫了停，起身给演员讲解刚才演得不太合适的地方。

校庆快到了，大家一直排练到晚上七点多，出排练厅的时候天已经黑了。

今天是周五，明天没课，社长提议大家晚上聚一聚，楚皙想到顾铭景说要来接她，就推辞说要先回家。

大家都聚餐去了，楚皙一个人往女生公寓的方向走去，走了没两步，听到身后有人叫她。

"楚皙等等。"

楚皙回头，看到有人冲她走过来。

他是这次话剧《百年A大》的男主角，也是计算机系的"系草"。

楚皙："怎么了？"

"系草"朝她摊开手："你的校园卡落在排练厅了。"

楚晳一看，“系草”手里的果然是她的校园卡。

“谢谢。”楚晳赶紧接过来道谢。

楚晳看他也是背着包出来的，问：“你不去聚餐吗？”

“系草”笑了笑：“我有个作业要交，得回去赶作业。”

“哦。”楚晳点点头。

男生公寓和女生公寓在同一个方向，两个人一起走着，天已经黑了，路上亮起路灯。

顾铭景老远就看到楚晳跟某个年轻的男大学生一路有说有笑地走过来，路灯下两个人的影子并排着。

男大学生的身高、长相都不错，两个人走在一起像极了校园情侣。

顾铭景眯起眼。

到分开的地方了，楚晳跟“系草”说了“再见”，往前走了没两步就看到顾铭景在等她。她小跑过去，高兴地解释道：“今天排练得有些晚了。”

顾铭景：“刚才那个人是谁？”

“哪个？”楚晳想了想，然后说道，“跟我一起走过来的那个吗？我们这次话剧的男主角，计算机系的。”

“走，回家吧。”楚晳说完，笑着挽起顾铭景的胳膊。

顾铭景没有动。

楚晳这才谨慎地看着男人：“你不会是在吃他的醋吧？”

顾铭景别过脸，道：“没有。”

楚晳鼓了鼓腮。

两个人一起走向了停车场，路过A大著名的情侣圣地情人坡。

光影下有不少正在约会的情侣，因为传说有情人在情人坡接吻，感情会长长久久。

楚晳之前跟顾铭景讲过这个传说，顾铭景听过后表示这种传说十分幼稚，只有那些幼稚的、涉世未深的大学生才会相信。楚晳也觉得这个传说十分幼稚。

她之前跟顾铭景路过这里时，顾铭景目不斜视地走了，今天却突然停了下来，转过身。

楚皙："怎么了？"

他应该是受了"系草"的刺激，托着她的后脑吻了上来。

楚皙先是眨了眨眼，然后轻轻地"哼"了一声，开始回应他。

这个男人真的好不服老，她闭着眼睛想。

2

楚皙放暑假了，假期有两个月。她接了部电影，是女主角，两个月的时间刚好能拍完。

听到楚皙继续拍戏了，原本有些死气沉沉的"砖头别动队"里立马热闹得像过年一样。

他们终于等到这一天了！

现在的"砖头"已经非常坦然了，每天靠刷着楚皙以前的剧和活动照度日，楚皙偶尔发一条微博，粉丝都要激动半天。现在她终于要再拍戏了，粉丝怎么能不开心？

大二暑假的时候，楚皙开始找实习工作。

他们系的同学基本上从大一开始就到处投简历实习，等大四毕业时，实习经历那一栏就显得十分丰富。A 大是名校，他们学院的口碑又很不错，所以同学们投的都是大公司或者证券交易所。虽说他们现在学的东西还不多，去了也只能打打杂、做做报表，但是积累行业经验才是关键。

楚皙也做了简历，试着投了几家公司，结果她的简历全都躺在了顾铭景的邮箱里。那些公司给楚皙的回复也不是拒绝，而是说"我们觉得元景集团更适合您，为您转投了元景"。

楚皙抓狂道："为什么都不要我？"

顾铭景喝着咖啡，看到邮箱里楚皙的简历，慢悠悠地说："因为他们怀疑你是元景的商业间谍。"

楚皙："……"

顾铭景有些好奇："你为什么不投到元景呢？"

楚皙回他一个“你觉得是为什么呢”的表情。

顾铭景笑了笑：“真的不来？”

楚皙没办法，现在再另外投简历已经来不及了……而且，顾铭景都敢让她去了，她为什么不去？

楚皙领了元景的工作牌，去财务部上班。

她发现财务部的同事对于她的到来都比较淡定，没有给她特殊待遇，毕竟大家都是从名校出来的高才生，是通过重重考核才进来的。其他实习生做什么楚皙也跟着做，虽然大多数时候是处理一下文件，但还是学到了不少东西。财务部的几个领导为人很不错，不管楚皙问什么问题，都答得很有耐心。

财务部的人本来以为老板娘来实习是闹着玩的，觉得她是来体验民间疾苦顺便视察老公公司的。他们一开始没给她安排什么活，结果发现楚皙是这批实习生里工作能力最强的。

财务部在七楼，顾铭景的办公室在二十四楼，两个人基本上不碰面。

只是今天有份财务报表要交到二十四楼的秘书处，其他人都忙着，楚皙便自告奋勇地上去交了。

今天，二十四楼的气氛十分压抑，没有人说话，只是响着键盘声、鼠标声和打印机声。

总裁办公室内，好几个高管都是战战兢兢地进去，然后浑身虚脱地出来。

高助理看到浑身虚脱的高管，伸手扶了他一把：“没事吧？”

“没事，你忙。”高管抹了一把额头上的汗，稳了稳发软的腿，然后扶着墙走了。

今天是各地区的管理层向总部做汇报的日子，南美那边的生意由于当地管理层的懈怠出了些问题，顾总连着罢免了好几个高管后心情还是不好，其他几个地区的高管也战战兢兢的，不少人挨了批评。就连刚才进去送文件的秘书都是哭丧着脸出来的。

顾铭景用内线电话要了杯咖啡，然而这杯咖啡泡好后，秘书部的人都不愿意去，最后决定由最漂亮的女秘书把咖啡递到了高助理面前。

“高大哥，能不能麻烦您给顾总送进去啊？”她说着，眼皮像蝴蝶的翅膀一样扑扇起来。

这个秘书太漂亮了，实在是要不得，高助理望着手中多出来的一杯咖啡，无助地叹着气。他也不敢往顾总的办公室里送啊，万一顾总一个不高兴扣他的奖金怎么办？他家里还有老婆、孩子要养呢。

高助理拿着咖啡，正愁眉不展地四处张望时，突然有一个身影闯入他的视野。高助理立马眼前一亮。

楚皙上了二十四楼，觉得这里的气氛比下面压抑多了。她刚给秘书部的人送完报表，正准备转身回去，就听到有人在后面喊她。

“楚皙小姐！楚皙小姐！”

楚皙转身，看到高助理正满脸笑容地向她跑来，看着十分活泼。如果高助理刚刚不是叫了她的名字的话，她还以为高助理正奔向他的救世主。

高助理确实把楚皙当成救世主了，尤其是现在这个时候，甚至觉得楚皙浑身好似散发着金光。

楚皙：“怎么了？”

高助理笑眯眯地说：“您上来送报表？”

楚皙点点头。

高助理又问：“在财务部实习得怎么样？工作累不累？上司如何？有什么不满意的吗？”

楚皙想了想，道：“还行，挺好的。”现在是上班时间，他们闲聊不太好，楚皙说，“没什么事的话我就下去了。”

“等等。”高助理赶紧拦住楚皙，这才进入正题。

他把咖啡递给楚皙，道：“您能不能帮我个忙，把这个送到总裁办公室给顾总？”

楚皙看到他手里的那杯咖啡，十分奇怪：“你怎么不送啊？”

高助理：“这……”

楚皙奇怪地看着他。

顾铭景的秘书部有那么多人，竟然没有人送咖啡，却让高助理送起了咖啡，然后高助理现在还让她送。她又不是茶水小妹，送什么咖啡？再说了，现在是上班时间，她给老公送咖啡不好吧？

楚皙低头看了一眼还冒着热气的咖啡："不会有毒吧？"

"没有没有。"高助理吓得连忙否认了，但还是没有说出原委，只是摆出一副要给楚皙跪下的姿势，说道，"楚皙小姐，老高真的拜托你了！"

"好吧。"楚皙叹了口气，从他的手中接过咖啡，"我去送。"

楚皙拿着咖啡往里走的那一刻，几乎是所有人都从各自的岗位上探起身子，然后满脸崇拜地看向高助理。

金牌助理就是金牌助理。

老高厉害！

楚皙敲门进了顾铭景的办公室，顾铭景正对着电脑办公，没有注意到她。

楚皙一进来就感觉到办公室里的气氛比外面还要压抑，这是顾铭景生气的时候才会散发的气息。她瞬间明白刚才高助理他们为什么都不敢往里面送咖啡了。

楚皙轻轻地把咖啡放在他的办公桌上："顾总，您的咖啡。"

楚皙送完咖啡准备走，却听见顾铭景说："为什么现在才送来？你们办事一直这么拖沓吗？"

楚皙扭头一看，顾铭景还是对着电脑没有抬头。他太专注了，没有听出她的声音。

他这样一直生气对身体不好，楚皙回身，用手撑着他的办公桌，身子稍微往他那边倾了一些："对不起嘛，顾总生气啦？"

顾铭景听着这明显带有调笑意味的话，愣了，没想到二十四楼还有敢跟他撒娇的女员工，正想让她不用来了，一抬头就看到楚皙带笑的脸。

看到楚皙，顾铭景立马收起了周身的戾气。

因为是上班，她穿了身职业装，上面是白衬衣和修身的西装外套，下面是包臀短裙配丝袜和高跟鞋。这样打扮的她褪去了稚气，颇有几分职场丽人的感觉，她的衣服跟顾铭景身上的西装很搭。

楚皙往顾铭景的电脑上看了看："怎么了？他们都不敢进来给你送咖啡。"

顾铭景拉着楚皙坐在他的腿上："一点儿工作上的事。"

他简单地把事情给楚皙说了一下。

楚皙听后点点头："哼，好好工作的要奖励，懈怠工作的应该被炒。活该。"

顾铭景没什么反应，一直玩她的手指。

楚皙扭头看他："你不生气了？"

顾铭景："气什么？"

楚皙进来后，整个办公室仿佛都明朗了。就跟她说的一样，懈怠工作的人已经被他开除了，还好他发现得早，损失也不大。这么一想，他还有什么好生气的呢？

很奇妙，他心情郁闷的时候，一看到她便立马舒服了。

顾铭景不气了，楚皙觉得自己也可以功成身退了。财务部还有事等她处理呢！

楚皙想回财务部，顾铭景则从见到楚皙开始，满心想的都是楚皙的短裙下被丝袜包裹的纤细的腿。她坐下后，短裙往上移了一点儿，顾铭景的指尖拂过她的腿，触感极佳。

楚皙一阵战栗，想起身："那我先回去了。"

顾铭景握着她纤细的手指，用了点儿力，不让她起身，嗓音微哑："再待一会儿。"

自从楚皙捧着咖啡进去了以后，外面的人无时无刻不关注着办公室里的动静，恨不得趴在门上听。

他们在外面祷告，希望楚皙进去后一定要把顾总哄好。

楚皙只是进去送杯咖啡，但十分钟过去了，还没出来。

二十分钟过去了，楚皙没出来。

半个小时过去了，楚皙还没出来。

一个小时过去了，当大家已经放弃等待，开始忙手中的工作时，楚皙出来了。

众人悄悄地抬头看她。

楚皙目不斜视，径直朝电梯的方向走去。

楚皙一出来，基本上宣布警报解除了，二十四楼的气氛立马活跃了不少。等楚皙彻底消失后，秘书部的人开始窸窸窣窣地讨论起来了。

“怎么进去了那么久？”

“你有没有觉得楚皙的口红好像没了？我记得她来的时候涂了的。”

“对，而且头发也有点儿乱。”

“脸也好红。”

“身上的衬衫好像也比之前皱了。”

“还有她刚才走路的姿势……我怎么觉得怪怪的。”

“其实我也这么觉得。”

“顾总应该好了吧？今天吓死人了。”

“肯定好了！还有什么是顾夫人搞不定的？”

“以后多让她上来走走。”

高助理靠在墙上，望着顾铭景办公室的方向默默笑了。

3

楚皙大三的时候，专业课老师讲了股票和基金，提议有想法的同学可以试着自己分析行情，然后进行投资。

楚皙做了些功课，投了些钱进去。最后，她投资的股票一路飘红，她赚了不少。此外，她在元景实习得不错，初露锋芒。如果她不是老板娘的话，主管一定会提前让她转正的。

楚皙投资成功的事被刊登在他们学院办的一个刊物上，然后立马被校友发到网上。

谁说楚皙学金融以后会赔光老公的钱的？出来挨打！

哈哈哈哈！楚皙好棒！

听他们学校的人说楚皙一直是“学霸”，每年拿各种奖学金拿到手软。

顾总太幸福了，赚大了！

试问谁不想娶一个像楚皙这样漂亮又会赚钱的老婆呢？

羡慕顾总，我也想娶一个像楚皙这样会赚钱的老婆。

顾铭景，夺妻之仇，不共戴天！

对！夺妻之仇，不共戴天！

虽说楚皙赚的那点儿钱对于顾铭景来说算不上什么，但是顾铭景还是莫名其妙地成了全国男同胞羡慕、妒忌的对象。

顾铭景看着这些评论，心想，老婆是我的，别人再想要，我也绝对不给。

楚皙表现得好，顾铭景自然有面子，颇有一种老父亲看着女儿一点点成长起来的欣慰感。

只不过想起“父亲”这个词，顾铭景有些忧伤。

他们好像该要个孩子了。

他们刚结婚时，楚皙还小，他对孩子这种脆弱的生物也没有什么特别的情感，两个人便一直没计划要孩子。但他一过三十岁，周围的朋友都开始结婚、生孩子了，朋友圈的人从晒车、晒豪宅变成晒娃了。大家一起出去喝酒时，以前不醉不归的人，现在家里一个电话打来，就忙着叫车回家了。

“我闺女今天第一天进幼儿园，不回不行。”

“今天给儿子报了早教班，答应要去接他的。”

“我女儿在家里哭着叫爸爸，我要回去陪她。”

那些人说完就走了，剩下的只有顾铭景和一些奉行不婚主义的朋友。

“呦，人家都有儿子、女儿了，你准备跟你家女大学生丁克啊？”不婚的朋友笑着打趣道。

自从楚皙跑去上学了，顾铭景的几个朋友对她的称呼就由从前的“小可怜”变成了“你家女大学生”了。

顾铭景一个刀子眼杀过去，朋友憋着笑，乖乖闭嘴了。

顾铭景开始觉得只有他跟楚皙两个人的家，好像有点儿冷清。

楚皙这边，楚奶奶现在住在楚皙在市区买的房子里，由陈姨照顾。楚皙平常去看望奶奶时更方便了。

只是随着时间的流逝，即便楚奶奶一直接受透析，老人的身体还是一天不如一天。

他们刚结婚的那两年没什么，楚奶奶知道楚皙要上学，但后面还是渐渐地流露出对小孩子的渴望。

陈姨每次都跟楚皙说，楚奶奶看到小区里其他小孩儿的时候不知道有多羡慕呢。虽然楚奶奶不明着催楚皙，但是楚皙还是知道老人家想早点儿抱曾孙。

楚皙想到自己的年龄。她其实也不小了……

如此一来，楚皙跟正有此打算的顾铭景一拍即合。

她要上大四了，上半学期的课很少，大家都在忙着实习、准备出国或者考研，下半学期的时候就开始写毕业论文。楚皙算了一下，从备孕到怀上孩子，怎么着也得一年半载。等她明年毕业的时候，顾铭景不努力的话，她还没怀上；顾铭景够努力的话，她也才怀上不久，应该都不耽误毕业。

两个人决定开始备孕。

楚皙一周里有一半的时间住在学校，一半的时间在家，说是全力备孕，其实那也就是个突发奇想的决定。楚皙做完决定后便开始忙其他的事了，觉得跟平常也没什么差别。她有时候甚至忘了有这回事。

直到两个月后，楚皙闻着 A 大的食堂里卖得正火的新菜红烧猪蹄，隐隐觉得胃里有些不舒服。

她起初没当回事，觉得可能是感冒了。后来舍友讨论起例假的时间，楚皙才猛然发现事情不对。

她……她这个月没来例假？不，应该是她上个月好像没来例假！

想到这里，楚皙心中一慌，不会这么快吧！

她立马去药店买了两根验孕棒，回到家，按照说明书使用了。

…………

楚皙看着验孕棒上的两条杠，瘫在沙发上。

她拍了张照片，发给了顾铭景。

顾铭景看到后差点儿从办公椅上跳起来，既兴奋又紧张。除了顾总结婚那次，二十四楼的员工没见过他的心情这样好。

顾铭景立马陪着楚皙去医院做检查。

检查结果出来了，跟验孕棒上的结果一样，楚皙怀孕七周了，胎儿及母亲的一切指标正常。

医生还给楚皙做了B超，给了两个人几张照片，说上面那个黑漆漆的东西是小孩儿。

两个人从医院出来，楚皙看着照片，手不由自主地摸着小腹，心情有些复杂，既有初为人母的喜悦，又有对未来的忧虑。

她望了一眼旁边笑意藏都藏不住的顾铭景。他们刚刚备孕，结果这么快就怀上了！这个男人还真是……能干啊！

顾铭景小心翼翼地护着她道："慢些，小心！"

楚皙"哼"了一声。

孩子来得太快，楚皙原本的计划完全被打乱了。

楚皙怀孕后便不住宿舍了。她现在课少，上学期过得还算悠闲。随着月份的增长，她身上没怎么长肉，肚子却圆润了不少。

秋冬的衣服厚，同学们看了她的样子都以为她只是吃多了或者长胖了。等到放寒假的时候，终于有路人拍到小腹微凸的楚皙在逛母婴店。

楚皙这几年只是偶尔在假期拍戏，而且大多是客串。即便这样，圈子里依旧有她的传说。照片一出来，立马引起了热议。

楚皙见被路人拍到了，索性发了条微博，配了一张照片，是她今天去母婴店买的婴儿的帽子和小袜子。顾铭景也转了这条微博，配了一个爱心的表情。

两个人等于是承认楚皙怀孕了。

楚皙跟顾铭景结婚几年了，跑去上学的这几年一直很低调。大家看到她怀孕了，纷纷送上祝福，并感叹这两个人的小孩儿应该会很好看。

之前那些羡慕顾铭景的人更难受了。他娶了个漂亮、会赚钱的老婆，老婆现在还要给他生孩子了。

顾铭景，你何德何能？

皙宝要当妈妈了！

不管怎么说，恭喜顾总！恭喜皙宝！

我还是感觉喜欢上皙宝就像昨天的事一样，一转眼皙宝都要有小宝宝了。

可是皙宝不是还没有毕业吗？

对啊，皙宝才大四，下半学期要生宝宝，还能正常毕业吗？

应该可以申请延期毕业吧？

对，可以延期毕业，期待我女儿以后带着老公和宝宝拍毕业照，哈哈哈！

粉丝猜楚皙会延期毕业，顾铭景望着楚皙日渐显怀的肚子，也是这么打算的，觉得楚皙现在可以安心养胎，明年再毕业。

楚皙知道后立马不高兴了。

她怀孕后脾气不是很好，对着顾铭景一顿掐："延期毕业？我不要！谁说怀孕就不能毕业了？我怀孕还不是怪你，你还好意思让我延期毕业？"

顾铭景只能默默地受着。

他也不想让楚皙延期毕业，可是大学的最后一个学期很忙，论文开题、写论文、交论文、答辩，都很费时间和精力。关键是医生说的预产期刚好就在财政金融学院的学生交论文、答辩的那几天。

这可以说是普通大学生在大学生涯里最忙的一段日子，很多人忙得晕头转向，掉了不少头发，更何况那时候的楚皙是一个即将临盆的孕妇。

顾铭景心疼楚皙，不敢让她冒这个险。楚皙却不这么想。她本来就比其他毕业生大不少，不想再延期一年毕业。

小家伙提前到了她的肚子里，已经打乱了她原本的计划。如果她延期毕业，更是乱上加乱。对楚皙而言，生孩子只是一两天的事，没什么好大惊小怪的。

顾铭景还是劝楚皙延期毕业，一年而已。毕业后，楚皙可以来元景，想干什么就干什么。

楚皙已经打定主意了，听着顾铭景的念叨，脾气上来了，觉得十分委屈："不生了。"

顾铭景愣了一下："什么？"

楚皙捧着肚子，别过脸，吸了吸鼻子："你再让我延期毕业，我就不生了。"这有些幼稚的话对顾铭景的杀伤力确实很大。现在楚皙是打不得、骂不得，倔起来简直跟小牛一样。

顾铭景看着楚皙，沉默了半晌，只能无奈地点头："好。"

楚皙知道顾铭景在担心什么，摸着肚子跟小家伙商量："其余时间都可以，只是不能在你妈论文答辩那天出来，知道了吗？否则以后打你的屁股，知道了吗？"

开学时，楚皙依旧去报到了，老师知道她不延期毕业，都有些吃惊。

别的孕妇每天都在懒洋洋地散步、做胎教，而楚皙每天盯着电脑看文献，或是跑到图书馆查资料，顾铭景每次都看得心惊胆战。

高助理看到顾总每天惊慌失措的样子，再看看一脸淡定、除了肚子大点儿看不出和平常有什么区别的楚皙，摇了摇头。

楚皙的毕业事宜一直进行得很顺利，她觉得幸好自己没有听顾铭景的话延期毕业，这个男人就是太爱大惊小怪了。

预产期越来越近了，她交毕业论文的时间也到了。楚皙已经把论文初稿发给指导老师了，修改意见也下来了，她每天忙忙碌碌地做着修改。

之前楚皙做产检时，医生说她有早产的可能，顾铭景看着一天天逼近的预产期，看着楚皙的大肚子，生怕出了什么意外，想自己帮她改论文，结果被楚皙轰走了。

上交毕业论文前的最后两天，楚皙只剩几个图表要修改了，倒也不急。

今天是周末，她起了个大早，准备待会儿把论文改好了发过去。

顾铭景端着早餐进来了。

以往，小家伙早晨都会在肚子里踢踢她，今天竟然没踢。

楚皙坐在床上没说话，然后看到端着早餐进来的顾铭景，说："我好像肚子有点儿疼。"

顾铭景手里的早餐"啪"的一声掉在地板上。

他慌忙地换衣服、找钥匙，不知碰倒了多少东西，然后一把抱起楚皙往医院赶。

顾铭景一路飙车，楚皙看他开得太快，让他慢一点儿。

病房早就准备好了，楚皙躺在病床上，肚子上贴着监测胎心的磁片。

"医生，情况怎么样？"顾铭景迫不及待地向医生询问楚皙的情况。

医生说："顾总，您先冷静。预产期还没到，只能先观察夫人的阵痛频率和程度，不排除有早产的可能。"

顾铭景不可能冷静，在病房里焦急地踱着步，似乎恨不得怀孕的人是他。

反观病床上的楚皙，一直安静地数着自己的宫缩频率，现在虽有疼痛感，却并不强烈，还在她可忍受的范围之内，两次宫缩的间隔时间也比较长。

难道她真的要今天生吗？

楚皙觉得这种感觉很奇妙，笑了笑，突然想到另一件事情。她要生了，她的论文怎么办？

两天后就要上交论文了，她接下来如果要生孩子了，哪有时间改论文？

楚皙一下子精神了，从床上坐了起来。

顾铭景以为她有什么事："怎么了？"

楚皙拍大腿："有电脑吗？给我台电脑！"

顾铭景还以为自己听错了："什么？"

楚皙："我要电脑，快把家里的电脑给我拿过来！"

她要得急，顾铭景打电话让高助理把电脑从家里拿过来了。

在此期间，楚皙又经历了一次阵痛，这次阵痛的疼痛程度比刚刚重了些。

顾铭景一直紧张地跟着楚皙数宫缩频率，不知道她为什么现在非要电脑，等到高助理把电脑拿过来，看到楚皙把电脑摆在床上的小桌上，开始改自己的论文时，他的脸色变黑了。

楚皙看着电脑，也不眨眼睛，争分夺秒地改着论文，趁现在两次阵痛的间隔时间还比较长，她还能忍得住，一定要把论文改完交过去。她下定决心，一定要今年顺利毕业！

顾铭景伸手想去拿楚皙的电脑："你现在……"

楚皙："别碰！"

顾铭景又试图劝道："先别……"

楚皙："我马上就好！"

病房里十分安静，只有监护仪偶尔发出的声音和噼里啪啦的键盘声。

宫缩开始了，她便停下来歇一会儿。等宫缩过去了，她又急急忙忙地开始改论文。

顾铭景不敢惹楚皙，去叫了医生。

医生看着病床上认真工作的产妇："这个……其实按理来说，是可以的。"

顾铭景："……"

顾铭景越来越抓狂，就要忍不住时，楚皙终于将论文改完了。

她点了发送，脸上终于露出满意的微笑，轻松地出了口气。

顾铭景扑过去："现在感觉怎么样？"

楚皙这才感觉疼痛感越来越强，宫缩的频率也越来越快，似乎真的要生了。

要被推进产房了，她忍着疼，搂着顾铭景的脖子，在他的唇上亲了亲："放心，我保证让你当上爸爸。"

4

楚皙被推进产房时看上去很轻松，顾铭景紧紧地盯着产房的门，希望楚皙能顺利地把孩子生下来，结果等了几个小时，等来了楚皙难产的消息。

"什么？你再说一遍！"顾铭景抓着出来说明情况的医生的衣领，听到"难产"两个字后，像是要杀人。

高助理赶紧过来："顾总，冷静，冷静。"

医生又急匆匆地进产房了。

顾铭景怎么冷静得下来？他恨不得直接把产房的门踢开，甚至都觉得自己已经听到了楚皙在里面的哭喊声。

接下来的每一秒对顾铭景来说都是煎熬，他的脑子里已经闪过了无数个可能。他甚至在想，医生待会儿会不会出来问他保大还是保小。

高助理看着身旁焦虑的男人，只能叹气，然后默默地祈祷。

不知道过了多久，终于，产房的门再一次被打开。

这次是个护士。

顾铭景有些狼狈地冲到护士面前："怎么样了？到底怎么样了？"

护士摘下口罩，笑了笑："恭喜，是个男孩儿，母子平安。"

顾铭景听到"母子平安"四个字，一下子瘫坐在椅子上。

高助理喜笑颜开："恭喜顾总！"

医生在产房里观察了楚皙两个小时，没有大出血，然后让人将她送回病房。

她早产了，孩子迟迟生不下来，医生用了产钳，现在孩子被抱到新生儿科观察去了。

楚晳醒后，习惯性地摸摸肚子，发现肚子已经瘪下去了。

顾铭景终于等到楚晳苏醒，温柔地问："醒了？"

楚晳向四周望了望："顾宝宝呢？"

顾宝宝是楚晳怀孕时给孩子起的小名，顾铭景虽然觉得这个名字太幼稚了，但是看楚晳喜欢，便由着她。

顾铭景现在一想起这个把楚晳折腾得难产的小子就生气："新生儿科。"

楚晳一听到"新生儿科"这四个字就被吓到了。她记得生产的时候顾宝宝迟迟不出来，医生说再这样下去孩子会窒息，用了产钳。楚晳当时想，自己拼了命也要把孩子生下来，结果孩子还是被送到了新生儿科。

楚晳生产后很脆弱，想到顾宝宝，立马哭了："宝宝怎么样了？"

顾铭景慌忙地给她擦眼泪："不哭，宝宝没事，只是有新生儿黄疸，要在保温箱里待几天。"而且他的小脑袋被产钳夹得有点儿扁，顾铭景没有和楚晳说，怕她想太多。

为了证明顾宝宝真的没事，顾铭景特意让新生儿科的护士发了视频过来。

楚晳看着视频里睡在保温箱里的顾宝宝，小小的、红红的，那么脆弱。她扑在顾铭景的怀里，一个劲地抹眼泪。

顾铭景轻轻地拍着楚晳的背。

顾宝宝在保温箱里睡了三天，被护士交到顾铭景的手里时脑袋还是有点儿扁，不过医生说不碍事，宝宝以后好好睡，脑袋就圆了。

顾铭景之前跟楚晳在孕妇班学过抱孩子，当时抱的是假孩子，此刻真正抱上了，才知道这个小家伙有多脆弱。

顾铭景望着怀里熟睡的孩子。

如果这小家伙没有把楚晳折腾得难产的话，他应该会更爱他一点儿。

一个月后，A 大财政金融学院开始毕业答辩了。

答辩的老师还没来，大家在教室里叽叽喳喳地聊着天。

“生了吗？”

“不知道啊。网上也一直没有消息。”

“顾总的保密工作做得太严了。”

“她的舍友知不知道？”

“今天会来答辩吗？”

“好厉害啊，没有延期毕业。”

“元景今年来校招了，可是真的好难进！”

同学们陆陆续续地进来了，一个人影出现在教室的门口。

也不知道是谁先往教室门口看了一眼，然后所有人往门口看了过去。

他们先是看脸，最后视线全都集中在那人的腹部上。

她今天穿着条藕粉色的连衣裙，腰肢纤细。

众人终于知道了那个答案：她已经生了！

楚皙被同学看得有些不自在，远远地看到答辩的小组成员在跟她招手。

楚皙赶紧坐了过去。

她一坐下，小组的其他三个人就迫不及待地凑了过来。

“生了竟然不告诉我们！”

“儿子还是女儿？”

“你真的刚生过孩子吗？怎么还是这么瘦？”

“前天你在群里说要来，我们还不相信，结果你真的来了。”

“怎么就出门了？你都不坐月子吗？！”

楚皙被问得有些不好意思，理了理耳边的头发，回答道：“生了，是个儿子，已经出月子了。”

顾铭景不想外面的新闻影响她坐月子，所以直到现在还没向外面公布她已经生了。

她前天刚出月子。今天的答辩会，顾铭景本来不愿意让她来，但是楚皙坚持要来。她小腹平坦地出现在校园里，消息肯定传得很快，她等于间接向大家公布自己已经生了。

楚皙小组的毕业设计做得很棒。楚皙答辩完后，大学四年的最后一件事情也完成了，剩下的只有毕业典礼了。

从答辩会出来后，楚皙去学校食堂吃了个饭，溜达了一会儿，发现自己已经生了的消息果然上热搜了。

营销号把她今天在学校被拍到的照片传了上去，配文：“楚皙公布怀孕后首次露面，今日低调现身A大校园参加毕业答辩，四肢仍纤细，疑已生产！”

由于她出现得太突然，并且完全看不出生过孩子，竟然有人说楚皙是代孕。他们觉得，毕业的同时生了孩子，楚皙怎么可能做到？

然后，某家私立医院的护士说了，楚皙是自己生的，被推进产房前的最后一秒还在改自己的毕业论文。

众人：“哈哈哈哈！”

当初，楚皙宣布怀孕的时候，大家都以为楚皙要延期毕业，没想到她顺利毕业了。

楚皙跟顾铭景约好一起发了一张顾宝宝的小手照片，粉丝都说好可爱。楚皙笑了一下，觉得粉丝实在是太给面子了。

她回到家，顾铭景已经回来了，阿姨说顾宝宝喝完了奶，现在在睡觉。

楚皙跟顾铭景一起围在摇篮旁，看着里面睡得正香的顾宝宝。

今天顾宝宝的一只小手都被夸可爱了，楚皙看着孩子的头，“啧”了一声，有些沮丧：“我怎么觉得头还是有点儿扁？”

“是有点儿扁。”顾铭景笑了笑，“不过没关系，这小脑袋瓜已经比刚出生时圆了不少，医生说睡觉的时候多注意，三个月之内基本上能恢复。”

楚皙听到顾铭景的话后突然不高兴了，推了他一下：“你有没有良心？有你这样嫌弃自己儿子的吗？”

她说孩子的头扁，他应该说不扁，安慰她一下才对，怎么这种时候还顺着她的话说？

顾铭景哭笑不得，看着楚皙忧郁的表情，觉得她当妈妈之后反倒幼稚了不少，只能说：“不扁，已经很圆了，很好看。”

楚皙一听更不高兴了：“骗子！刚才还说扁，这会儿又改口！明明是扁的，非说是圆的，你平常是不是这样骗我的？”她想起顾铭景说她产后身材恢复得很好的话，“被我逮到了吧！你平常肯定是这样骗我的！我都生了个孩子，身材怎么可能会好？你就会敷衍我、骗我！”

顾铭景想笑却不敢笑，感觉自己像在哄女儿，正准备再解释解释，摇篮里的顾宝宝被爸妈的声音吵醒了，咂了咂嘴，“哇”的一声哭了出来。

两个人赶紧去哄。

顾宝宝同时接受母乳和奶粉的喂养，楚皙给孩子喂了奶，顾宝宝被阿姨抱去睡了。

楚皙因为哺乳，胸口湿了一片，要换衣服，瞪了房间里的顾铭景一眼：“你出去，我要换衣服。”

顾铭景当然不肯出去，哪有妻子换衣服，当丈夫的还要回避的道理？楚皙哺乳后微微露出来的胸更是看得人气血翻涌，他的呼吸逐渐加重。顾铭景主动拿了湿巾过来：“我给你擦好不好？”

楚皙别过头：“走开！反正我的身材毁了，长得也不好看了，入不了顾大总裁的眼了。”

顾铭景十分镇定：“是，长得不好看了，身材也不好了。”

楚皙回头，难以置信地看着他。

听听，他说的还是人话吗？

顾铭景假装无所谓地说：“所以我为什么要回避呢？我又没有兴趣。”

楚皙突然就气哭了。她好不容易把顾宝宝生下来，现在却被孩子他爸嫌弃了。楚皙凶狠地把顾铭景推倒，小拳头在他的身上使劲地砸：“我不管，你必须要有兴趣！我什么样子，你都要有兴趣！”

顾铭景笑了，翻了个身把两个人的位置对调了一下，俯身吻楚皙的眼皮，赶紧哄她道：“骗你的，对不起对不起，不生气了好不好？很有兴趣，一直都很有兴趣。”

楚皙的眼圈还红着，她别过头，表示不信。

顾铭景只好身体力行地证明了一下，她比生产之前更美，身材比之前更好，举手投足更妩媚，他感兴趣极了。到最后，楚皙开始后悔了，巴不得他没有兴趣。

番外二

不可告人的事

1

楚皙第一次跟着高助理去见顾铭景的时候，手心出了一层薄汗。

她跟在高助理身后，走廊里铺着柔软而厚重的地毯，踩上去时软得让楚皙有一种不真实感。

穿着职业套装的年轻女人经过他们，手中抱着文件，妆容精致，唇上有一抹娇艳的红，身上有甜蜜的香水味。她们微笑着跟高助理打招呼，然后不约而同地看向高助理身后的楚皙。

楚皙把头埋得更低了，继而看到她们细而高的鞋跟。

地毯吸走了高跟鞋踩在地面的声音。

楚皙又看看自己脚上的帆布鞋，然后撇了撇嘴。

来之前高助理是打算让她换换打扮的，带她去了一个造型工作室。在楚皙穿着高跟鞋两分钟连崴了三次脚后，他们只好放弃了高跟鞋。工作室的造型师给她搭了衣服，她穿上后总有一种小孩儿偷穿大人衣服的感觉，高助理最后索性让她就这样过来了。

他们一直走到那间屋子的门前。

高助理在敲门。

楚皙望着眼前这扇黑沉沉的木门，浑身紧张。她偷偷咽了口口水，双手不安地握在一起。

他会是什么样子呢？

高助理之前跟她说过，顾总单身，没有老婆、女朋友，所以她才愿意来。

门被高助理推开了。

楚皙犹豫片刻，走了进去。

高助理一进门，就对里面的男人点了点头，然后侧着身子介绍一直跟在他身后的楚皙："顾总，这就是楚皙。"

高助理来之前跟她说过要怎么做，楚皙微微弯了弯腰，一边鞠躬，一边用蚊子似的声音喊了句："顾先生好。"

男人竟然"嗯"了一声，算是对她的回应。

楚皙对自己的话被回应有些受宠若惊，便抬头悄悄地打量起对面的男人。

男人坐在皮质的沙发上跷着二郎腿。

她从下往上看去，首先映入眼帘的是一双西裤包裹下的修长的腿，然后是敞开的西装里被熨得平整的、颜色雪白的衬衣。

他没有啤酒肚，即便隔着衬衣，楚皙也不难看出男人的身材极好。

这个男人，跟楚皙之前想的完全不一样。

楚皙接着往上看，结果毫无预料地跟也在看她的男人对视了。

楚皙立马有些慌乱地别过脸去。

男人实在是太年轻了。

这些天跟她接触的一直是高助理，楚皙看着高助理的一举一动，觉得能让高助理诚惶诚恐的男人必定是在商场上摸爬滚打了多年的老手，没想到高助理口中的"顾总"，年龄比高助理小得多。

只看了一眼，楚皙也无法忽视男人英俊的外貌。

高助理轻轻地干咳了一声，似乎在提醒她。

楚皙赶紧回神，"哦"了一声，掏出自己的身份证，慢吞吞地放到男人身前的茶几上："顾先生，我的身份证。"

高助理说她看起来显小，所以顾总要检查一下她的年龄。

楚皙把身份证推过去，男人接过来看了一眼，便把身份证还给她。

楚皙看到男人给了高助理一个淡淡的眼神，然后高助理便跟她说可以离开了。

进去的时间太短暂，楚皙还没反应过来就已经跟高助理来到大楼门口了。

高助理："楚皙小姐，我给您叫了车，您在这里等一下，司机马上到！"

楚皙往大楼里望了一眼："那个……"

高助理扬起格式化的微笑："顾总的意思我会第一时间通知您的。"

"好，谢谢了。"楚皙跟高助理道了别。

楚皙去了医院。

市医院里永远挤着人，每天要见证数不清的生离死别，重症加强护理病房下午有短暂的探视时间。

楚皙穿了隔离衣，戴着隔离帽，进去看奶奶。

主治医生找到她，说她奶奶现在的情况很不乐观，需要尽快动手术，往后多拖一天便多一分危险，他们已将费用降到最低了，她再不交上的话奶奶就得出院了。

楚皙来到病床前，老人一直昏迷着，浑身上下插着各种管子。

楚皙坐下，握着奶奶的手，看到老人躺在那里不省人事的样子，眼睛里起了一层水雾："奶奶，您睁开眼睛看年年一眼好不好？"

老人没有反应，点滴安静地滴着，各种仪表上冰冷的数字表示奶奶还活着。

楚皙讨厌这个地方，讨厌医院。

她曾在这里送走了自己的母亲。

她想要奶奶活下去。

医生说了，做了手术，奶奶就能活下去。

她不想一个人。

她看着病床上的老人，又想到今天早上去见的那个人，毫无预兆地哭了：“奶奶，我该怎么办？我究竟该怎么办？我真的没有办法了，求您醒一醒好不好……”

探视时间很快就结束了，护士来催楚皙离开时，她正哭得伤心。

护士已经见惯了这样的泪水：“快走吧，时间到了。”

当晚高助理就打来了电话。

楚皙木然地看着来电显示上的名字，竟然没有勇气按下接听键。

她心里从来没有这么纠结过。

她有一瞬间希望高助理告诉自己，那个男人没有看上她，他们公司不会跟她签约。但是医院的催款单又让她希望高助理告诉她相反的结果。

手机铃声锲而不舍地响着，不知过了多久，楚皙终于按下接听键。

她贴着墙，默默地听着电话那头高助理的声音，最后缓缓地擦着墙蹲到地上。

“好的，谢谢您。”楚皙吸了吸发酸的鼻子。

“不客气，楚皙小姐，明天见。”高助理的语气很轻松。

楚皙挂了电话，将脸埋进膝盖里。

家里没有人，她可以放声大哭。

楚皙过了几天忙到忘记时间的生活。

新的经纪人姚玉把她从原来的经纪公司带走，楚皙被按在椅子上，几个人给她化妆、做头发，最开始不会穿的高跟鞋她也不得不穿了，她的T恤不知道被扔到了哪里，身上穿的是一摸面料便知道价格昂贵的时装。

最后，造型师看着镜子里自己杰出的作品，露出了满意的微笑。

高助理给了她公寓的地址和门禁的密码，告诉她顾总可以不住在那里，但是她不能不住在那里，尤其是顾总要住在那里的时候。

楚皙点点头。

楚皙忙中抽时间去了一趟医院，交了所有的钱，拜托医生尽快安排手术。

医生和护士看到她时愣了一下，楚皙背过身离开，从反光的地方看到他们在摇头叹息。

楚皙走出医院，姚玉给她发来接下来的工作安排，全是楚皙之前那个濒临倒闭的经纪公司连边都摸不到的工作。

高助理问："你的私事办完了没有？准备一下，顾总今晚会过去。"

楚皙握紧了手机。

她坐在去那间公寓的车上。医生答应会尽快安排手术，她的问题已经解决了，现在她要开始"还债"了。

她突然无比后悔，想让这辆车一直开，想一走了之。

但是，她不能逃跑。

她最近才对那个男人的身份了解了一点点，发现自己根本不可能从他的手里逃走。

楚皙还是没有逃跑，去了公寓。

高助理说顾总晚上才会过来，楚皙给自己下了一碗面，然后红着眼眶加了两个荷包蛋。

她吞咽得很困难，但还是把面吃了个干净。

楚皙去照了照镜子，对着镜子整理了一下，尽量让自己看起来正常些。

她呆呆地坐在那张床上，坐到天完全黑了，终于听到了开门的声音。

顾铭景开了门，看到空荡荡的客厅，随手把西装外套挂在门口的架子上，换了鞋。

今天老宅的那个女人带她的侄子来公司了，她消息灵通，知道他有了女朋友，故意要来看看，好给顾老头汇报。

顾铭景遂了她的愿，先是去喝了些酒，之后当然要来他女朋友这儿醉生梦死。

旁人看到他喝得酩酊大醉，最后被扶上了车。只有车里的人知道，顾总上车后，眼神有多么冷淡。

顾铭景闻着自己身上的酒味，皱了皱眉，想去洗一洗，进了卧室，终于看到她。

她坐在床上，样子似乎跟他第一次见的时候不一样。

她变得更好看了。

顾铭景进来后，楚皙浑身的弦都绷起来了。

她的身子不由自主地往后缩了缩。

之前高助理在场，她的胆子会大些，但现在是夜里，这里只有他们两个人，楚皙知道自己应该说说话，但什么都没说出来。

她害怕。

顾铭景从楚皙的眼睛里看到了防备。

他没有兴趣揣度她的想法，只淡淡地看了她两眼。

衣帽间跟卧室连着，顾铭景去找洗浴用的衣服。

男人进来又走了。

楚皙的心“咚咚”地在胸腔里跳着。

她回想着男人刚才的眼神和反应，突然无助极了。

男人进来了，她害怕；男人就这么走了，她更害怕。

他为什么进来看了她两眼就走了？他的眼神那么冷淡，他是生气了吗？

他肯定是生气了。

楚皙突然慌了起来。

她第一天就惹怒了他，该如何是好？

楚皙正手足无措时，顾铭景已经拿了套居家服从衣帽间走了出来。

楚皙看到男人重新出现，逼着自己从床上下来，趿着拖鞋，一步一步地在男人的注视下走了过去。

她鼓起所有的勇气，低头红着脸叫了一声："顾先生。"

2

顾铭景被这声"顾先生"撩拨得心有些痒。

他伸手抬起她的下巴。

楚皙不敢跟他对视，继续猫似的叫了声："顾先生。"

顾铭景笑了一声。

顾铭景的生物钟很准时，第二天一早他就起了床，没有叫醒床上的人。

楚皙醒来时，房间里空荡荡的，身边的被子也很凉，像是从来只有她一个人睡一样。

她从床上坐起来，身体的酸痛提醒她昨晚不是一个人度过的。

楚皙有些麻木地下床，赤脚踩在地板上，走到洗手间。

她给浴缸里放了水，然后坐了进去。

水龙头在哗哗地往浴缸里放着水，水越来越多，最后漫出来流在地板上。

楚皙抱膝坐在水里，一直望着前面发呆。

之后的几天，顾铭景每天都来，楚皙应付得十分吃力。

好在几天之后她的例假就来了，她第一次这么高兴自己的例假准时来，打电话给高助理，支支吾吾地说自己这几天不方便，顾总可否过几天再来。

高助理立马会意，说会跟顾总说明情况。

楚皙喜滋滋地挂了电话，正想着终于可以松一口气了，高助理又打电话来了，说顾总下班后要请她一起去吃饭，请她稍做准备。

楚皙听完，整个人立马像霜打的茄子一样。

吃什么饭啊！她一点儿也不想跟他吃饭！

但是人在屋檐下，不得不低头。

楚皙认命地从衣帽间套了一身服装师提前给她搭配好的衣服，然后随意地给自己化了个淡妆。

她收拾好后照镜子，用食指和大拇指向上撑起自己的嘴角，把哭丧着的脸强行变成一个笑脸。

时间差不多了，楚皙搭司机的车去元景。

顾铭景一下班，就看到有人在百无聊赖地等他。她一直低着头玩自己的鞋，看到他后立马露出笑容。

楚皙走过去，硬着头皮挽上顾铭景的胳膊："顾先生。"

顾铭景"嗯"了一声，道："走吧。"

吃什么是顾铭景决定的。两个人去了一家私房菜馆，楚皙局促地坐在椅子上，看对面的顾铭景从容地跟服务生点餐。

他点完餐，服务生合上菜单走了。

最先上来的是饮品，服务生把一杯颜色很漂亮、鲜艳的饮料放到了楚皙的面前。

顾铭景喝了一口自己杯子里的柠檬水，看到楚皙不解的眼神，于是说了一句："给你的。"

他想她应该喜欢喝饮料，于是给她点了杯草莓酸奶冰。

楚皙用一只手捂着一直有些不适的小腹，看着饮料杯里上下浮动的冰块，愣了一下。

顾铭景不知道她今天来例假吗？还是说高助理没有跟他说她来例假了？又或者是高助理跟他说了，但是他忘了？也有可能是他知道，也记得，但是根本不会在意一个女人这个时候能不能吃冰的。

无论是什么原因，楚皙都十分想哭，但是一定不能哭。

这是顾先生特意给她点的，他多么体贴啊。

他们现在还很生疏，关系又特殊，以至于楚皙根本没有勇气说自己不要这个。

顾铭景察觉到楚皙在犹豫，微微地皱了一下眉："你不喜欢吗？"

"没有。"楚皙忙答，立马用吸管喝了一口，"谢谢顾先生。"

冰凉、甜蜜的液体顺着食管流进胃里，草莓和酸奶搭配得极为巧妙，如果不是特殊情况，楚皙觉得自己肯定会喜欢这杯饮料。

服务生上菜了。

楚皙食不知味，所有的注意力都集中在顾铭景的身上。

男人用餐的姿势优雅极了，其间只要他稍稍往对面看，楚皙立马捧起那杯饮料喝一口，生怕他觉得她抗拒这杯饮料。

他们用完餐后，饮料愣是被楚皙喝了一大半，最后还剩了三分之一。楚皙每次端起饮料杯都只是做做样子，用嘴唇沾一沾。

她怕自己喝完了顾铭景又给她点一杯，那她就真的要去死了。

两个人吃完饭后起身，楚皙感觉到下腹有一阵暖流涌出。冰饮料给身体带来的影响很明显，她的小腹已经有些痛了。

她去洗手间换了卫生巾，小腹的痛感逐渐加剧。她在卫生间的镜子上看到脸色苍白的自己，刚才吃饭时口红被吃掉了，唇上没有一丝血色。

楚皙掏出唇膏来补了补唇上的颜色，尽量让自己看起来气色好些。

她不敢让顾铭景等太久，匆匆忙忙地从卫生间里出去了。

顾铭景今晚果真没有去公寓的打算，让司机把她送回去后就走了。楚皙微笑着跟顾铭景说"再见"，在车子开走后，立马捂着肚子蹲了下来。

她的小腹处好像有一把电钻在钻，肚子和腰都在疼。手冰凉到了极点，她浑身上下使不出一点儿力气。

楚皙蹲了一会儿，艰难地起身，然后扶着墙进了电梯。

她晕晕乎乎地回到公寓，一头栽到床上，拉过被子盖上，全身蜷缩得像一只小虾米。

楚皙的额头起了一层冷汗，小腹痛如刀绞，她用手死死地捂着自己的小腹，咬紧了牙关，还是忍不住发出几声痛苦的呻吟。

车子缓缓地驶离，顾铭景无意地看了一眼后视镜，结果看到后面的楚皙竟然蜷成一团蹲在了地上。

司机打着方向盘，车子转了个弯，楚皙消失了。

顾铭景回忆着，隐隐觉得楚皙今天不对劲。

高助理今天跟他说的时候他正在看一份文件，没听清楚，只知道这小孩儿这么快就敢向他请假了。

当时，他准了小孩儿的假，但老宅那个女人这几天没少在顾老头的耳边吹枕边风，他当然要继续做样子。既然楚皙晚上请假了，那他们便一起吃饭吧。

顾铭景想着突然叫住司机，让他掉头回公寓。

顾铭景回了公寓，打开门，发现客厅里没有开灯，暗得只能勉强看见家具的轮廓。

她出去了？

顾铭景有些不悦地皱了皱眉。

房间里很安静，他突然听到几声带着哭腔的呻吟，而且呻吟声是从卧室里传出来的。他不由得放轻了脚步，走到卧室。

卧室的门没关，里面也没开灯。

顾铭景看到床上鼓起了一团，声音就是从这里面发出来的。

顾铭景打开光线最柔和的那盏灯："怎么了？"

楚皙顿时吓得魂飞魄散，一下子从被窝里钻出来，看到门口站着一个高大的男人。

顾铭景也看清了楚皙，她脸色白得厉害，只有鼻头和眼眶是红的，脸上带着泪水的痕迹。

顾铭景走过去，又问："怎么了？"

楚皙知道这时候再也瞒不了了，只能低声道："肚子疼。"

顾铭景："怎么会肚子疼？"

他记得下班后看到楚皙时，她还一脸正常地玩自己的鞋。

楚皙别过脸，小声道："来例假。"

顾铭景听到这三个字后一愣，然后想起高助理早上说她要请假的事，又想起了晚饭时给她点的那杯冰饮料。

他还以为她胆子大，结果她这么胆小，不敢拒绝他，也不懂得拒绝他，还硬着头皮把那冰饮料喝了。

顾铭景开始懊恼，心中生出浓浓的负罪感。

楚皙坐在床上捂着肚子，眼眶发红，道："对不起，顾先生。"

顾铭景看到她可怜得像只脆弱的小猫，心像是被谁掐了一下，直接拿起手机，让助理买止疼片过来。

楚皙抬头用雾蒙蒙的眼睛看着他，眼神很迷离。

顾铭景接了杯热水，然后把热水塞到楚皙的手里："喝吧。"

楚皙没说话，像下午喝草莓酸奶冰一样喝完了顾铭景递过来的热水。

虽然楚皙不说话，但是顾铭景看着她在他面前竭力忍耐的表情，知道一杯热水的作用微乎其微。她还是疼。

顾铭景有些烦躁，不是烦她疼，而是烦她是因为自己才这么疼的。他偏偏还做不了什么。

药也不知道什么时候才能送来。顾铭景最后索性坐到床边，把缩成一团的楚皙拉到了他的怀里。

他将温暖的大掌覆在她疼痛的小腹上，轻轻地揉着。

感受到她的僵硬，顾铭景换了个姿势，让她靠得舒服些，然后不太自然地问道："好些了吗？"

3

感受到男人温暖的手，楚皙的脸红得像熟透了的番茄。她"嗯"了一声，道："好些了。"

楚皙的例假一过，经纪人姚玉安排的工作便接踵而至。

楚皙要拍的是一部电影。她在看到导演和其他几位主演的名单时话都说不出来了："我……我……"

姚玉心想顾总为了捧这个女孩儿可真是下了血本，但表面上十分平静：“好好准备一下，快进组了。”

楚皙之前只当过小配角，突然收到厚厚一摞剧本，脑子有些晕。

公司向外界宣布主创人员时，位于海报中央的女孩儿立马成为众人关注的焦点。

楚皙第一次上热搜，觉得这种感觉十分奇妙。

她躲在房间里，看着自己的微博粉丝数成倍地上涨，虽然不知道那些粉丝是真的还是假的，但还挺开心的。

不过更令她开心的是，上次的例假事件过后，顾铭景已经将近半个月没来了，跟快要忘掉她这个人了一样。

忘了好啊！

楚皙双手合十，默默地祈祷他最好一直忘记自己。

楚皙又去医院看了奶奶，医生说手术很顺利，奶奶恢复得很好，再过一段时间就会醒了。

楚皙这次出医院时的脚步都是轻松的。

她回去时路过商场，特意进去逛了一圈。

二楼有一家很有名的家居用品店，楚皙想去买套床上用品。公寓里的东西不是灰的就是深色的，给人一种死气沉沉的感觉，而且承载了一些她不太喜欢的记忆，所以楚皙想把它们都换掉。

楚皙一进店就相中了一款白底的印有小樱桃图案的床上四件套，摸着床单柔软的面料，忍不住开始幻想在卧室里换上这套床单的样子。房间肯定一下子就亮了！

她得再摆些小摆件，那样才像女孩子住的房间。

楚皙买了床上四件套，见商场里放了几台娃娃机，瞧着娃娃机里的玩偶，没忍住付了钱开始抓娃娃。

她今天手气不错，没多久就抓了四个娃娃。到一楼的时候，她发现有一家店开业酬宾。

恰好今天是情人节，那家店的服务生会给路过的人送玫瑰花。

如今，商家为了刺激年轻人消费，除了七夕和二月十四日这两个日子，各种各样的情人节都冒出来了。楚皙也不知道今天是哪个情人节，路过时，店外的四个服务生一人送了她一朵玫瑰。

楚皙拿到一朵花后向后面的服务生示意自己已经有了，可是他们还是笑着把花塞到了她的手里。于是，楚皙带着花、娃娃还有新的床上四件套回了公寓。

她把新买的四件套放到洗衣机里洗了。

洗衣机有烘干功能，楚皙把洗好的四件套直接换上，然后叉着腰，满意极了。

然后，楚皙把抓到的四个毛茸茸的可爱玩偶全都摆在床头，一边两个，中间放着她的枕头。

楚皙见四朵玫瑰花的花瓣上还沾着水，找了个花瓶，往里面装了些水，把花插进去，摆到卧室的梳妆台上。

楚皙看着被自己重新布置过后立马鲜活起来的卧室，得意地拍了拍手。

做好了这一切，楚皙从冰箱里取了酸奶，一边喝酸奶一边看剧本。

她没正儿八经地演过戏，见家里没人，就照着剧本上的台词演了一下，结果自己把自己逗笑了。

顾铭景最近工作很忙，元景那边的几个老狐狸董事被老宅里的女人收买了，很不容易对付。

顾铭景看完最后一份文件，天已经黑了，员工大多早已下班。他觉得眼睛有些酸疼，便压了压自己的眉骨。

对了，高助理呢？

哦，高助理跟他请假了，说今天是情人节，要回去陪老婆过节。

这是一件小事，只不过顾铭景在想到“情人节”三个字的时候愣了一下。

他这些日子仿佛忘了什么，等回过神时，已经开着车往公寓的方向去了。

顾铭景反应过来后索性转了个弯，将车开往另一个方向。今天毕竟是情人节，他空手去不太好。他并不是一个小气的男人。

楚皙看剧本看累了，随便吃了些东西，最后窝在沙发上抱着抱枕看电影。

她找了部惊悚片。

为了营造看片的氛围，她没有开灯，窗帘也拉得严严实实的。

片子算是近几年惊悚片中的佳作，但不知道为什么网上的评分不高。楚皙看得直冒冷汗。

片中，女主角躲在房间里，脚步声又出现了。脚步声越来越近，随后，女主角房门的门把手被人从外面轻轻地握住了。

楚皙盯着屏幕，听到电影里的开门声，吓得抱紧了怀里的抱枕。

电影里的房门被女主角反锁了，外面的“东西”没把门打开。楚皙刚松了一口气，突然又听到开门的声音。

她的心一下子提了起来。

她先是看看电视屏幕，女主角的房门明明没动，如果没有人开女主角的门的话，那么这声音是……？

楚皙看向自己的公寓门。

随后，她看到公寓的门把手动了，门被打开了一道缝。

楚皙：“啊！”

顾铭景：“……”

他进门，发现屋里没开灯，电视倒是亮着，然后看到在沙发上抱着抱枕一脸惊悚的楚皙。她像是看到了洪水猛兽。

顾铭景微微地皱了下眉，然后将视线挪到电视屏幕上。

她在看什么？

楚皙看到顾铭景后的震惊不比见到鬼少。她看到顾铭景往电视屏幕上看去，于是也往电视屏幕上看了一眼。

电影里，男主角跟女主角正热情地拥吻，从门口折腾到床上。

楚皙终于知道这部电影为什么评分低了。你铺垫了一个小时的恐怖脚步声，最后告诉观众这脚步声是男主角的？

顾铭景看了看电视屏幕，又看了看目瞪口呆的楚皙，表情十分耐人寻味。

楚皙十分崩溃。她没有，真的没有！她要怎么跟他解释，自己没有背着他看那种电影啊！

楚皙抓起遥控器，想把片子调到惊悚的那部分以示清白，可是由于太激动，手一抖，直接按了关机。

电视屏幕黑了。

楚皙望着电视下面缓慢熄灭的小红点，欲哭无泪。

顾铭景开了灯，倒也没说话。

楚皙低着头，已经不关心顾铭景怎么会突然出现了，而是想着怎么自证清白。她想先给顾铭景倒杯水，于是冲进厨房去倒水，结果端着水从厨房出来后，客厅里却没人。

他不在客厅，难道在卧室？

楚皙想到卧室，又想到现在卧室的样子，整个人顿时比刚才还要惊恐。

楚皙端着水杯冲进卧室，果然，顾铭景正叉着腰打量着卧室。

楚皙吓得洒了一点儿水在自己的手上："顾……顾先生，水。"

顾铭景回头看她，楚皙的脸红得像要出血了。

顾铭景意味深长地笑了一下。

小樱桃床单，新鲜的玫瑰花，除了那几个玩偶，整体倒是十分诱人，并且很符合今天这个日子。

她知道今天是情人节，专门布置了房间等他来？然后她以为他不会来了，就无聊地看起了小电影？

楚皙看着顾铭景，不知道他在笑什么。自己擅自把房间布置成这个样子，顾铭景应该不高兴才对。

不过楚皙决定将房间的事暂时放到一边，为了自己的清白，打算把电影的事解释一下："顾先生，那个电视我……"

顾铭景："以后别看了。"虽然楚皙已经到了可以看成人电影的年纪，但他还是觉得她不应该看。

楚皙顺势点头："好。"

她点头之后才觉得不对，什么叫"以后别看了""好"？她这不等于承认了吗？

楚皙的小脸涨得通红，她慌忙解释道："不是的，我……我……"

顾铭景："房间布置得很好。"

楚皙抬头："嗯？"

顾铭景走到她面前，搂住她的腰，然后从兜里掏出一条项链，从后面给楚皙戴上了。

项链的吊坠上，那颗折射着光的钻石十分耀眼。

顾铭景："以后不用特意布置这些，这是送你的节日礼物。"

楚皙感受着颈间冰凉的项链，表情茫然。

特意布置什么？什么节日？

不过，所有疑问到了嘴边又被她咽了下去。楚皙咬了咬唇，最后还是吐出一句略带讨好意味的话："谢谢顾先生。"

顾铭景的心情好极了。

4

顾家大少爷找了个女朋友的消息传出来后，很快就在顾家及元景的高层之间引起议论。

不过很多人只敢在暗地里说几句，毕竟这也正常。

正当外面的议论快要平息时，又一条重磅消息传出——顾铭景的女朋友是个小明星。他每天不干正事、游手好闲就算了，都快将元景拱手让人了还不思进取，现在竟然还出钱让这个名不见经传的小明星拍电影！

这条消息传出来后，本来还有很多人不相信。结果没过多久，他投资的那部电影的宣传海报就出来了，女主角就是传言中的那个小明星。

如果说之前还只是有人暗自议论，这下便可谓引起了满城风雨。现在，不光顾家和元景的人知道了，圈子里都传遍了。

众人在恨铁不成钢的同时，又对这个让顾铭景昏头的小明星充满了好奇。

大家只知道她的名字叫楚皙，但网上的资料很少，甚至连照片都没几张。不过从这仅有的几张照片来看，她长得确实漂亮、气质清纯，一看就是顾铭景喜欢的类型。

不过，她在顾铭景的眼中是单纯、无辜的“小白花”，在旁人的眼中就不是了。

在众人的眼中，她出道还没半年就搭上了顾家大少爷，没多久又成功地让顾铭景给她投资拍电影，这一套手段让多少女人望尘莫及。很多人觉得楚皙这个长相清纯的“小白花”，心机简直深到令人发指。她要是去开个班教授“如何让富二代对你死心塌地”，保证很多女明星、网络红人挤破了头都要报名。

高助理在汇报其他人最近的动向，顾铭景听到有人想让楚皙开班的时候笑了。

高助理知道顾铭景在笑什么，也跟着勾了一下唇角，然后问：“顾总，袁家那边的晚宴，您的意思是……？”

顾铭景收起了笑容，坐在办公椅上，十指微微交叉，似乎眯着眼在想些什么，最后说：“去，带楚皙。”

高助理似乎早就料到这个答案，道：“好的，顾总。”

楚皙进组两周了。

她第一次当主演，一切都在磨合。她好不容易觉得自己对演戏这件事情有些感觉了，却突然收到要离开剧组去跟顾铭景一起参加晚宴的消息。

楚皙犹豫道：“那个……我可以不去吗？”

高助理笑得十分得体：“楚皙小姐觉得呢？”

楚皙低下头。

高助理：“我们已经替您跟剧组请好假了，您完全不用担心。所有的东西都准备好了，楚皙小姐只需跟着顾总出席就可以了。”

楚皙："好吧。"

她刚在剧组有了些感觉就要回去，再进组时别人都已经磨合好了，那时再找状态怕是难上加难。

只是她的一切都是由顾铭景决定的，就连这部电影也是顾铭景投资的，所以她能这么堂而皇之地请假。

楚皙飞回 M 市，立马被拉到某个看起来很高端的沙龙去试礼服、做造型。

沙龙里，造型师把她折腾来折腾去，好不容易给她做好了妆发，又让助理推出一排礼服，让她一件一件地试。

楚皙每试一件，高助理就拍一张照片，再将照片发给别人。

她不用想也知道，高助理发给了顾铭景。

楚皙一开始试穿的时候还兴致勃勃，毕竟很少有女人不喜欢漂亮裙子，最后试得太多，头都晕了。

高助理拍照时还让楚皙笑，她笑不出来，鼓着腮，表情十分幽怨。

高助理一看这幽怨的表情还挺可爱的，同样给顾铭景发了过去。

顾铭景看着照片里楚皙穿着仙女裙却一脸幽怨的样子，也觉得她十分可爱。

顾铭景猜到她应该是试累了，毕竟在第一张照片里，她的笑容藏都藏不住。于是，顾铭景告诉高助理，楚皙不用再试了，让她挑一件她喜欢的就行。

楚皙听到顾铭景让她自己挑，愣了一下，然后怒了。

这个男人让她自己挑，那还让高助理拍照给他干什么？这个男人当她换衣服很好玩吗？

只不过，现在的她敢怒不敢言。

楚皙看了看造型师，问他这些裙子里最贵的是哪一条。

造型师赶紧激动地拎了一条裙子出来道："这个是我们……"

楚皙看都没看："就这件了。"

他不是让我自己挑吗？我就挑个最贵的！

高助理憋着笑，心想，真是小孩子脾气。

第二天，楚皙穿着那条昂贵的裙子，脚踩十厘米高的细跟高跟鞋，一手挽着顾铭景的胳膊，一手拿着手包出席晚宴。

她身上的这条裙子是嫩绿色的，裙摆是柔软的纱，在一众大红大紫的礼服里显得格外清新养眼，再加上她皮肤白，穿上后像个小精灵。

顾铭景看到她后眼睛亮了一下，然后很绅士地给楚皙拉开车门。楚皙突然觉得自己像坐上了南瓜马车的灰姑娘。

她对晚宴没什么兴趣，只是有些饿，想吃东西。然而，当她下车挽着顾铭景的胳膊在侍者的带领下一直走到宴会厅，看到觥筹交错的男女时，开始怯场了。

水晶灯下，端着餐盘的服务生整齐有序地走过，宴会厅里穿着华服的男女正手捧酒杯聊着天，角落里有乐队在伴奏。

也不知道谁先发现了两个人，看了过来，然后几乎所有人都看了过来。他们先是看到了顾铭景，然后不约而同地看向顾铭景身旁的那个女人，从头到脚地细细打量起她来。

这就是那个女明星？顾铭景不仅给她投资拍电影，还带她到这种私人宴会上来，不就等于正式承认了她的身份吗？

天底下漂亮的女人多了去了，但是这种有心机还表现得单纯的漂亮女人就不多了。

楚皙感受到那一道道投射在自己身上的目光，顿时手足无措。

顾铭景自然也察觉到了那一道道目光，不过并不在意，带着身旁的女人走进宴会厅，去跟主人打招呼。那些人这才移开目光，跟身边的人继续着刚才的话题，仿佛什么也没发生过。

顾铭景在跟男主人说话，楚皙在一旁默默地听着。

她总觉得现在的顾铭景跟她认识的顾铭景不太一样。在她的印象中，顾铭景是个气场极强的男人。他们第一次见面时，他坐在那里就给人压迫感。他不苟言笑，总是在处理工作，高助理和一些他身边的人对他更是毕恭毕敬。就连床上的他都是如此，明明动作是温柔的，可就是让她害怕。

然而现在，楚皙听着顾铭景的笑声，皱了皱眉。

他将浑身的气场收了起来，跟男主人一起仰头哈哈大笑。楚皙听了他们的对话，能感觉到现在的顾铭景说话很没水平，肤浅、粗鄙。对面的男主人看起来正跟着他笑，其实是在嘲笑他。

其实这也还好，楚皙不关心他们聊了什么，也不关心顾铭景为什么跟变了个人似的，但有一点让她难以忍受，那就是顾铭景将手放在了她的屁股上！

他站定后，本来是轻轻地揽着她的腰，但是跟对面的人说着说着，手就从她的腰部渐渐下移，也不知是有意还是无意，移到了她的屁股上。

楚皙本来觉得他可能是无意的。但顾铭景开始在她的臀上摩挲，甚至不轻不重地捏了她一把……所以，他不可能是无意的。

他是疯了吗？他不知道会有人往这边看吗？

楚皙无法忍受，往旁边挪了一步，试图逃离，顾铭景却立马楼主了她的腰。

男主人似乎察觉到这两个人的状况，笑着结束了跟顾铭景的对话。

楚皙立马转身。

他们后面的人还在喝酒、聊天，似乎没往这边看。但是从他们刚才进门时的情景就知道，在她转身之前，不知道有多少人在看笑话。无论如何，顾铭景都应该给她一些面子。他这样做不仅是在贬低他自己，也是在羞辱她。

楚皙一吸鼻子，眼圈都要红了。

顾铭景当然知道楚皙不好受，将手重新放到她的腰上，十分规矩。

有侍者端着有餐点的盘子经过，他拿了一个造型精致的纸杯蛋糕，撕了皮递到楚皙的唇边。

"行了。"他低声说，像是在安慰一个受了委屈的女人，又像是在告诉她，戏已经演完了。

5

东西都被递到嘴边来了，男人的态度也很柔和，楚皙闻着蛋糕的香气，知道自己没有要小脾气的资格，便张嘴咬住了蛋糕。

顾铭景看到她吃东西的样子，心情不错。

顾铭景拿了杯酒，给楚皙也拿了一杯。楚皙正准备伸手接，顾铭景似乎突然想到了什么，把酒收了回去，然后在楚皙不解的目光中把杯子里的酒倒掉，换成了可乐，重新递给她。

楚皙："……"

宴会正式开始了，楚皙发现顾铭景似乎挺有来头的，不少人过来跟他攀谈。她第一次来这种地方，有些怯场，总觉得那些人看她的眼神中带着探究和玩味之意。她全场认识的人只有顾铭景，现在顾铭景的身旁变成了她的安全区，所以她一直紧紧地跟在他的身旁，几乎是寸步不离。

现在正跟顾铭景说话的是一个年轻的男人，两个人似乎聊得很愉快，以至于最后，顾铭景对一直挽着他的胳膊发呆的楚皙说："我有点儿事情要去处理，你自己去那边休息，吃点儿东西。"

"啊？"楚皙抬起头，顾铭景给她指了指摆着点心的甜点区。

楚皙意识到顾铭景是让她一个人过去，立马把挽着他胳膊的手收紧了一点儿："我……"

顾铭景："怎么了？"他望着那边一排精致的小蛋糕，说，"去吧，那里的东西应该很不错，你自己过去坐坐，我待会儿回来。"

楚皙的眼里写着抗拒和不情愿。听完他的话，她咬了咬唇，正想不顾一切地摇头，跟他说她害怕，却对上了跟顾铭景聊天的男人忖度的目光。男人看着她，笑得意味深长。

楚皙顿时明白了自己在旁人眼中的身份，默默地将手从他的臂弯里抽了出来。她在心里微微地叹了口气，然后低头看着手里的红酒杯，轻轻地道："好。"

顾铭景察觉到楚皙的身上好像笼罩着阴云，正想开口再说什么，楚皙就说："我过去了，顾先生。"

顾铭景没多想，跟朋友过去了。

楚皙一个人来到点心区，挑了一块小蛋糕，默默地吃着。

有个人过来吃东西，看到楚皙后冷"哼"了一声，又带着似笑非笑的表情离开了。还有人甚至直接冲她翻了个白眼，仿佛她是什么不干净的东西，故意绕着她走。

楚皙吸了吸鼻子，心里发堵，一口小蛋糕好半天才咽下去。

过了一会儿，她又看到两个不认识的女人晃着酒杯朝她走了过来。

由于刚才的经历，楚皙左右看了看，确定自己周围没有其他人后，不由得往后退了一步。

"你好，你就是楚皙吗？"其中一个穿着红裙的女人笑着问。

楚皙："你们认识我？"她惊讶于红裙女口中的"你好"二字，以及脸上说不上多亲切但一定没有嘲讽、鄙夷之色的笑容。

红裙女身边的短发女也笑了："我们都看到了你的电影宣传照。"

"哦。"楚皙点点头，这还是她出道后第一次被人认出来。这两个人似乎没有敌意，她也没有那么紧张了。

红裙女将注意力挪到楚皙的裙子上："你这条裙子是V牌的高级定制款吧？我前一阵才在秀场的模特身上见过，这个绿色真的好好看。"

楚皙低头看了看自己身上的裙子，然后看了看对面两个人的衣服，笑了一下，客气地道："你们的衣服也很好看。"

两个人听后似乎有些尴尬。

红裙女往楚皙的周围看了一下，突然问："顾总今天是跟你一起来的吧？怎么没有看到他？"

楚皙据实回答："他跟别人谈事情去了。"

"这样呀。"两个人点点头，短发女又从手包里拿出手机，对楚皙说："我们可以跟你加个微信吗？"

红裙女看楚皙似乎在犹豫，又笑道："等电影上映后，你红了，我也可以说我跟女主角有联系呢。”

楚皙有些不好意思，从手包里掏出自己的手机道：“那加吧。”

她们用的是扫码的方式，不知道是网络还是什么原因，二维码一直扫不出来，楚皙正想说待会儿再加，红裙女突然夺走楚皙的手机，说：“再试试。”

两个人拿着她的手机不知道在干什么，楚皙被隔在一旁。

“你们……”楚皙伸手去拿自己的手机，那两个女人立马把手机还给了她。

“谢谢你，我们先走啦。”两个女人手挽着手离开，没有要跟楚皙再聊两句的意思。

楚皙看见自己的微信里多出来两个好友，翻了一下两个人的朋友圈，都是一些岁月静好的旅游照和工作照。这两个人好像都是模特。

“奇怪。”楚皙嘀咕着，把手机放到手包里。

这时，角落里的乐手换了音乐，似乎在提醒大家宴会进行到下一个流程了。

大厅中央开始有男女牵着手跳起了交谊舞。

楚皙站得脚疼，端着自己装着可乐的酒杯，找了排沙发坐下休息。

大家都跳舞去了，没有人再注意她。楚皙看着舞池里的男女，感觉轻松了不少。

她喝光了可乐，正准备去给自己再倒一点儿时，眼前突然多了一个酒杯，里面是散发着酒香的暗红色液体。

楚皙抬起头，面前站着一个男人，西装革履，看起来似乎比顾铭景还要年轻一点儿，正在笑。

男人眸子狭长，鼻梁挺直，皮肤很白，有着很贵气的长相，只是给人一种懒洋洋的感觉。他见楚皙没反应，干脆直接把楚皙手中的空酒杯拿走，放到侍者的盘子里，然后把那杯装了酒的酒杯塞到她的手里。

楚皙：“您是……？”

男人晃着酒杯里的酒：“你就是顾铭景带过来的？”

楚皙点点头："嗯。"她第一次见到直呼顾铭景大名的人。

男人朝楚皙举了举酒杯："他怎么舍得把你一个人丢在这里？狠心的男人啊。"

虽说楚皙不知道这个男人是什么人，但是觉得自己应该跟顾铭景站在一边，于是说："顾先生有事要忙，我自己过来休息。"

"哦？这样啊。"男人挑了挑眉，也不知道是信还是不信。

楚皙别过头。

男人没有要走的意思，又冲楚皙举了举酒杯。

楚皙这才意识到他是想跟她碰杯，就举起酒杯跟他碰了一下，正准备喝，看到杯子里的液体时，突然停了下来。

她出门在外，不能乱喝别人递过来的东西，这是常识。这杯酒是这个男人递给她的。

看到楚皙把酒杯举到唇边，然后又放了下来，男人哈哈一笑："怎么，怕我下毒？"

楚皙被他说中了，慌张地别过头，道："没……没有。"

男人笑得更开心了："没事的，女孩子在外面懂得自我保护是好事，顾铭景把你带来了又不管你，你也只有自己保护自己了，不是吗？"

楚皙不知道该说什么，倒是涨红了脸，心想这个男人怎么还不走！

男人放下酒杯，突然朝楚皙伸出手，道："我能邀请你跳一支舞吗？楚皙小姐。"

跳舞？楚皙看向舞池，摇头道："谢谢，我不会。"

男人坚持道："没关系的，很简单，我带你。"

楚皙："真的不用了，我想自己坐一会儿，您去找别人跳吧。"

男人突然蹲下来："你怕我在酒里下毒，不肯喝酒。现在我只是想邀请你跳一支舞，总不会在跳舞的时候害你吧？你要怎样才肯相信我是个好人呢？"

这话让楚皙尴尬极了："我没有说你下毒。"

男人依旧伸着手：“那为什么不肯跟我去跳舞？”

楚皙不知道该怎么说才好，看着男人的手掌，咬了咬唇，将手递过去：“我也没有说你是坏人。”

男人一笑，拉着楚皙进了舞池。

舞池里的其他人看到两个人进来，似乎愣了一下，不过立马继续跟着音乐跳起来了。

楚皙一直红着脸，一只手被男人握着，然后察觉到男人的另一只手搭在了她的腰上。

“来，跟着我。”男人教得很细心，楚皙低头跟着他的脚步，一步一步地移动，不一会儿，好像找到了一点儿感觉。

“很好。”男人在她的耳边称赞道。

楚皙“哼”了一声，好像在说跳舞也没那么难。

两个人翩翩起舞。

顾铭景离开后，不知道为什么一直记挂着楚皙，心里被她放开自己的胳膊时那种落空感占据。对面的人和他说话，他也心不在焉。他突然有些后悔自己没有仔细考虑就把楚皙一个人丢在外面，她除了他，谁也不认识。

顾铭景寻了个由头，摆脱了两个唾沫横飞的老男人，从里面出来，先看向甜点区。

那里没有楚皙。

他扫视了一圈，最后目光落在了舞池里。那个身着嫩绿色裙子的身影清新动人，实在是显眼。

他看见了楚皙，她的手搭在魏家公子的手上，两个人正随着音乐跳着优雅的华尔兹。

魏苏阳抬起手，楚皙转了一个圈。

顾铭景看到楚皙转圈时一闪而过的面容。她笑着，眸子里亮亮的，像是有星星。

他很少见楚皙在他的面前这样笑，更没有见到她的眼眸如现在这般明亮过。

顾铭景的脸上仿佛笼上了一层寒霜。

6

音乐停止，一曲结束。

楚皙转圈转得晕乎乎的，结束时才发现自己的脸上还挂着笑容。

她立马收起笑容，看着对面的男人，样子显得十分局促。这个男人刚才做了个简短的自我介绍——他姓魏，名苏阳。

乐手准备换下一支舞的音乐。

魏苏阳再次朝楚皙伸出手："再来一支舞？"

楚皙立马摇头："不……不了。"

魏苏阳这次倒没有一再地邀请，笑着收回手。

两个人一起出了舞池，楚皙这才想起顾铭景，也不知道他跟别人谈完事情了没有，正准备找一找他，突然看到顾铭景正面无表情地看着自己！楚皙猛地一惊，不由得往后退了一步，正巧撞在魏苏阳的胸膛。

魏苏阳扶住楚皙的胳膊："小心。"

楚皙立马站定了，看着顾铭景，有一种被当场捉奸的感觉。她赶紧把胳膊从魏苏阳的手中挣开，跑到顾铭景的身边说："顾先生。"

魏苏阳自然也看到顾铭景了，然后看了一眼跑过去的楚皙，懒洋洋地笑着问："忙完了，顾总？"

顾铭景先低头瞥了一眼楚皙，然后把手搭在她的肩膀上，吊儿郎当地笑了笑："好久不见啊，魏总，一出来就看到你兴致这么好。"

魏苏阳看向楚皙："顾总向来是个怜香惜玉的人，今天怎么把人带来了又放在外面不管呢？我看着都觉得她孤单。"

顾铭景搭在楚皙的肩膀上的手收紧了一点儿："那就谢谢魏总了，南城的那块地以后还得仰仗魏总关照。"

"那是自然。"魏苏阳笑了一声。他没有再跟顾铭景寒暄下去的意思，将手揣在裤兜里，准备离开。

经过顾铭景身旁时，魏苏阳看到楚皙像只小白兔一样默不作声，突然说：“这个可跟顾总之前的那些不太一样，嗯……好像也跟传闻中的不太一样。顾总是什么时候换的口味？”

顾铭景听后微微皱眉，不过也只是一瞬间。他吊儿郎当地搭着楚皙的肩膀：“我最近爱吃甜的。”

魏苏阳笑着走了。

楚皙一直默默地用肩膀承载顾铭景手臂的重量，低头听着他跟魏苏阳的对话，在听到最后一句时，心头微微一动。

魏苏阳说她跟以前的那些不太一样……顾铭景有过很多女人吗？

楚皙想到这里，立马觉得自己有点儿可笑，顾铭景是什么人，没有过很多女人才不正常吧！

她这么想着，顾铭景突然把搭在她肩膀上的手拿了下来。

楚皙这才想起自己跟魏苏阳跳舞，肯定已经被顾铭景看见了。她后悔自己跟魏苏阳跳了舞。虽然他们没做什么过分的事，但只要顾铭景不同意，那就是不合适的。

“顾先生。”楚皙纠结着自己该怎么解释，又觉得自己没什么可解释的，因为事情就是他看到的那样。

顾铭景冷冷地抛下一句：“走吧。”

他转过身，楚皙这才发现他走起路来速度有多快。她踩着高跟鞋，在他的后面几乎要小跑起来才勉强跟上。

顾铭景跟主人道了别，楚皙一路跟着顾铭景出了宴会厅。车停在门口，两个人一起坐进了车后座。

车内的气压很低，她身旁的男人似乎换了一个人，跟刚才在晚宴上吊儿郎当的二世祖气质迥异。楚皙呼吸着车内压抑的空气，知道顾铭景生气了。他肯定是气她跟别人跳舞了。

楚皙自知理亏，一路都没说话，车内安静极了。

车子停到顾铭景平时住的一套别墅旁。顾铭景先下了车，楚皙坐在车上，不知道自己该不该下车。她应该回公寓才对。

司机把楚皙这边的车门拉开，对她做了个“请”的手势。

楚皙望向司机：“不去公寓了吗？”

司机点头：“楚皙小姐先下车吧。”

楚皙只好下了车。顾铭景已经往前走了一段距离，她望着他的背影，慌极了，最后干脆一咬牙，提起裙子追了上去：“顾先生。”

楚皙小跑着到顾铭景的背后，他正在开门。

大门被打开，顾铭景这才回头瞥了身后的女人一眼。

楚皙跟在顾铭景的身后进了屋，灯自动开了。顾铭景换了拖鞋，楚皙找了一圈，好像没有多余的鞋子给她。

楚皙站了很久，刚才又跟在他的身后跑，小腿早就疼得不行了，而顾铭景现在不理她，楚皙身体不好受，心里更不好受。有那么一瞬间，她想踢掉脚上的鞋子，说自己不干了。

她从小也是被父母宠爱着长大的，也有脾气，也会任性。他在两个人的关系中从来占绝对的主导地位，现在他这个样子，跟当初在学校里欺负她的那些人有什么两样？况且是他把她一个人丢在外面的，她什么也没做。有人邀请她，她才去跳了一支舞。

可是她不能踢掉鞋子，也不能说自己不干了。楚皙想着自己从小到大经历的一切，想着自己从骑在父亲的头顶上买玩具的掌上明珠变成现在这个样子，眼泪一下就落了下来。

顾铭景刚才听到楚皙在后面叫“顾先生”，犹豫过，却终究没有回头。

他也不知道自己为什么要跟一个小女孩儿生气，但是每当决定算了的时候，楚皙被魏苏阳牵着旋转时露出的笑容就会刺痛他。

顾铭景望着自己冷冰冰的客厅，又回头看了一眼楚皙，却看到身后的楚皙流泪了。她哭得很安静，连抽泣的声音都很微弱，以至于他一直没有听到。

楚皙只是哭，也不出声。

顾铭景看到楚皙的眼泪后变得很慌：“你哭什么？”

楚皙用手背擦掉脸上的泪，不说话。

顾铭景更加心慌了："我问你话呢，为什么哭？你很喜欢跳舞？"

"没有。"楚皙委屈地说，"你……你不在……我一个人……他让我喝酒……我不……他又让我跟他……"

"行了。"顾铭景出声打断了她。楚皙边哭边说实在是困难，顾铭景已经大概知道情况了，这次确实是他没有考虑周全，留下楚皙一个人。

顾铭景的胸口一阵酸涩。他抽了张纸巾去擦楚皙布满泪痕的小脸。

楚皙还在不停地抽泣，顾铭景勉强把她脸上的泪擦干。幸好她今天眼妆淡，没哭成个大花脸。

楚皙还穿着高跟鞋，身高比平常高了不少，已经到顾铭景的下巴处了。她身上的裙子在客厅灯光的照耀下依旧很美，嫩绿的颜色更衬得人肤色雪白。

顾铭景扔掉纸巾，走到楚皙面前。

顾铭景伸手，一只手挽住楚皙的腰，一只手拉起她哭泣后微微出汗的小手。

"那跟我跳吧。"顾铭景低头说，嗓音迷人。

楚皙依旧低着头看地板，抽泣着摇头："我……我不要……"

7

顾铭景似乎从来没有想过楚皙会拒绝他，握着她那纤细腰肢的大掌蓦地一僵。

楚皙自然察觉到了男人的反应，赶紧吸了吸鼻子，低声说："我脚疼。"

顾铭景将视线转移到楚皙的高跟鞋上，然后想起刚才楚皙在后面踩着高跟鞋小跑着追他的样子，顿时有些懊恼，从鞋柜里找了双客用的女式拖鞋。

楚皙看到他手里的拖鞋，受宠若惊地换上，脚掌踩到软绵绵的拖鞋时，才有一种从刀尖上下来的感觉。

楚皙换好鞋，泪嗝也止住了。她谨慎地看向顾铭景，咬了咬下唇，问：“顾先生，还跳吗？”

顾铭景再次牵过楚皙的手。

安静的夜，没有乐手，没有华丽的灯光，没有舞池，两个人在客厅里起舞。楚皙挺直了腰，抓着顾铭景的手，小心地跟着他的舞步。二人旋转时，楚皙的裙摆散开，美得像一幅油画。

楚皙蓦地想起《美女与野兽》这部电影里，贝儿牵着野兽王子的手在空寂的城堡里跳舞的画面。不同的是，她面前的男人英俊极了。

两个人跳完了。

楚皙感受到男人的呼吸打在她的头顶。她抬头看着他，第一次觉得顾铭景似乎也不是那么可怕。

夜深了。

这里没有楚皙的衣服，她洗完澡后只好换了身顾铭景的睡衣。裤子太大了，她穿上后总是往下掉，上衣又很长，穿在她的身上像戏袍。楚皙索性脱掉了裤子，光着腿出来了。

顾铭景刚才接了个电话，去书房忙了一会儿，现在才开始洗漱。

楚皙坐在床上等他，不知道为什么突然有点儿紧张。

又过了一会儿，顾铭景在肩膀上搭了一条毛巾，擦着头发进来了。

楚皙看到他，身子往前倾了一点儿。

顾铭景先是看向楚皙从睡衣衣摆里钻出来的两条修长、细白的腿。

楚皙的脸红了：“顾先生。”

顾铭景坐到床边，把手机从衣兜里掏出来递给楚皙：“她们是你的朋友？”

什么朋友？楚皙不解，接过手机看了看。

微信页面上，楚皙一眼就认出了那两个联系人的头像。这不是今天在晚宴上加了她微信的那两个女人吗？

楚皙点开聊天界面，对方加了顾铭景的微信后发过来的内容十分大胆，并表达了自己想跟顾总“深入交流一下”的想法。

顾铭景没有直接回应，只是最后问了她们是怎么加到他的微信的，那边的答案是她们是楚皙的朋友。

“她们不是我的朋友！”楚皙吓了一跳，慌忙解释道。

她终于知道那两个女人为什么一直扫不上二维码了。原来她们想联系她是假，想搞到顾铭景的联系方式才是真。

顾铭景“哦”了一声，看着楚皙，眉头微蹙：“所以你把我的联系方式给了不认识的人？”

楚皙：“没有！”

她赶紧把今晚发生的事情给顾铭景解释了一下，他听后点点头，也不知道是相信还是不相信。

楚皙十分愧疚：“对不起，你把她们删了吧！”

顾铭景挑眉：“为什么要删？”

楚皙抬头：“嗯？”立马想到那两个人给顾铭景发的三围数、泳装照，以及那些大胆的文字。

难不成顾铭景真的对她们……有兴趣？

顾铭景在大庭广众之下摸她的屁股，显得浪荡、轻浮，二世祖的做派十足，还总是摆出一副好色的样子，所以才有那么多别有用心的女人蜂拥而上。

楚皙又想起魏苏阳跟顾铭景说，自己跟顾铭景之前的那些女人不太一样。楚皙莫名地有些烦躁，不想再想下去，鼓了鼓腮：“那好吧。”

或许刚刚宴会上的顾铭景才是真的顾铭景，很风流，有无数个前任。她不知道什么时候就会变成过去式，或许是下个星期，或许是下个月，有无数人在后面排队。

顾铭景看看她，两个人没有再继续这个话题。

他关了卧室的吊灯，只开着床头的那盏。

房间里的气氛逐渐变得暧昧。

…………

顾铭景听到楚皙痛苦的呻吟，撑起身子看着她。

他能察觉出楚皙的抗拒，这是他们第一次发生关系时也没有过的，即便她没有明显地表现出来，但种种细节是骗不了人的。她因为迟迟准备不好，所以疼了。

楚皙躲开男人的视线，别过头，咬着自己的手背。

她也不知道自己在别扭什么，明明自己是没有资格别扭的。只是每当男人靠近，她就忍不住去想魏苏阳口中的“之前的那些女人”，去想那两个在顾铭景的手机通信录里躺着的模特，然后就有了恶心感，迫不及待地想要离开。

楚皙疼得直吸气，然后侧头把脸埋进枕头里，忍住不出声。经验告诉她，她要忍忍，过一会儿就好了。

顾铭景却没有继续。他吸了几口气，压住心中的燥热感，然后伸手捏着楚皙的下巴，道：“看着我。”

两个人对视，顾铭景神色微愠，楚皙的眼里有几分倔强。

顾铭景托着她的腰，把她抱起来一点儿，让她的脑袋靠着床头，方便两个人说话。

顾铭景：“你不高兴？”

楚皙：“没有。”

她知道这个男人很不好惹，而自己今天扫了他的兴，于是撇了撇嘴，说：“对不起，您要是觉得我扫兴的话，可以去找不扫您的兴的人。”

顾铭景：“嗯？”

楚皙：“反正您有那么多选择，也不差我一个。”

顾铭景听着她的话，明白她这是怎么了，不由得笑了一下，心中的愠意顿时消散了。

楚皙见顾铭景还笑了，于是更郁闷了。

紧接着，顾铭景吻住她的唇。

楚皙的呻吟声全被他吞进了肚子里。

等她痛意渐散，适应过来后，他附在她的耳边，说了几句话。

楚皙听着，微张嘴唇，刹那间，不知道是因为羞窘还是窃喜，一抹红色爬上她的双颊。

顾铭景感觉她放松了，拉过被子，罩住两个人的头顶。

楚皙在M市待了几天，收到了医院的通知，奶奶术后终于醒过来了！

楚皙激动得赶紧去了医院，老人刚醒，还说不了太多的话，看着守在床旁的楚皙直掉眼泪。

一个人的气质是骗不了人的，奶奶醒来再见到楚皙，感觉她仿佛一下子就从孩子长成大人了。

老人问起医药费的事，楚皙支支吾吾，搪塞了过去，走出医院时十分头疼。

现在奶奶还虚弱，所以她能瞒过去，后面该怎么办呢？

楚皙左思右想，准备弄一张自己跟顾铭景的自拍，要那种看起来像男女朋友的自拍。然而，她再一想，这个任务对她来说简直如登顶珠穆朗玛峰一样艰巨。她光是让顾铭景跟自己自拍就是异想天开了，还要他跟自己像男女朋友一样自拍，这不是在找死吗？

顾铭景随便问一个问题，她都会哑口无言。比如他会问：你为什么要跟我自拍？你觉得你有跟我一起拍照的权利吗？你对我有什么企图？

楚皙只好找出两张顾铭景的照片，决定利用修图技术，把两个人的脑袋修到一起去。然而理想丰满、现实骨感，她的修图技术实在是拙劣，修好的照片一看就是假的。

她沮丧地看着电脑屏幕上两个人失败的“合照”，最后决定铤而走险，采取偷拍策略，趁顾铭景不注意，神不知鬼不觉地跟他合影。

最有机会的地点是车上。此时顾铭景下了班，两个人去吃饭，一起坐在车子后排。

顾铭景即便下了班，手里也拿着一台平板电脑处理工作。

楚皙看了看他，悄悄地把手机拿出来，点开自拍模式。她不敢把手机举起来，而是从大腿处仰拍，然而这样拍出的照片里大部分是她的脸，顾铭景的脸根本照不全，还一看就是偷拍的。没有情侣会这样拍照的。

楚皙见顾铭景一直看着平板电脑，于是握着手机，角度越来越往上，最后举到平时自拍的高度，将脑袋往后一仰，顾铭景刚好露脸。楚皙迅速按下快门键，准备速战速决，没想到安静的车内响起了清晰的快门声。

顾铭景当然听到了，扭头问："你在拍什么？"

楚皙没想到自己忘了关快门声，慌乱地收起手机："我……我自拍。"

顾铭景看她慌乱地收手机的样子，疑惑地问道："那怎么不拍了？"

楚皙："我这边……那个……光线不好，拍不好。"

顾铭景"嗯"了一声。

他看了看窗外，发现自己这边是顺光的，楚皙那边是逆光的。他放下手中的平板电脑，冲楚皙伸出手，道："把手机给我。"

楚皙吓了一跳："啊？"

顾铭景："把你的手机给我。"

楚皙觉得顾铭景肯定是发现她的计谋了，吓得直冒冷汗。顾铭景的手一直伸着，她吞了几口口水，掏出自己的手机，没有直接给顾铭景，而是捂着手机屏幕，先删了自己刚刚拍的照片。

她把手机交给顾铭景："顾先生，我……我不是故意的。"

"故意什么？"顾铭景随口问。他接过楚皙的手机，打开后置摄像头，然后对着楚皙的脸说："我给你拍吧，这边光线好。"

楚皙一愣。

顾铭景看着手机屏幕上楚皙一脸蒙的样子，发现下面有花花绿绿的特效，然后选了一个，楚皙的脸上就出现了小猫的胡须和猫耳朵。

顾铭景觉得这个特效十分适合楚皙，看到她愣愣的表情，问："直接这样拍？"

楚皙听得后背发麻，不知道是笑还是不笑，然后缓缓抬起左手，在脸颊旁比了个僵硬的剪刀手的姿势。

顾铭景按下快门。他越看越喜欢楚皙脸上的特效，心想怪不得女孩儿都喜欢自拍。楚皙看着顾铭景的脸上神神秘秘的微笑，正准备伸手，问他可不可以把手机还给她，顾铭景又举起手机，对准了她的脸。

顾铭景这次换了个小兔子的特效，楚皙的脑袋上立马多了两个兔耳朵。

顾铭景似乎拍上瘾了："再拍几张。"

楚皙"啊"了一声，欲哭无泪，然后被逼着拍了好几十张幼稚的照片。

8

她原本以为拍个照就算完了，直到收到一个顾铭景拿来的快递盒子才知道一切没有结束。顾铭景送过她很多东西，都是包包、首饰之类的。

楚皙原本没太大的反应，坐在沙发上开始解礼盒的缎带。

她打开礼盒的盖子，看到里面的东西时傻了眼——猫耳朵、兔耳朵等各种造型的发箍，还有与之成套的小衣服。

楚皙望着盒子里的东西，十分无语。她思来想去，看着手机通信录上的"顾先生"三个字，咬了咬唇，把备注改成了"老变态"。

楚皙的电影拍了三个月后终于杀青了。在全剧组开始进入庆祝状态时，楚皙整个人还晕乎乎的，像在做梦。

她拍了什么？

她已经拍完了？

之前楚皙刚拍半个月就被顾铭景从剧组拎走两个星期，等她回来后，戏全都堆在一起。剧组一直在赶进度，楚皙经常是刚站到镜头前，还没酝酿好情绪，导演就告诉她已经拍好了。她连杀青宴都没来得及参加，又被顾铭景给叫回 M 市了。

楚皙还以为顾铭景叫她回去有什么急事，结果是他要去澳洲出差一趟，要她也跟着一起去，签证什么的他已经办好了。

楚皙一听要跟他去出差，张了张嘴，很吃惊。所以现在他连出差也要她陪了吗？

楚皙没有出过国，一听可以去澳洲，本来还挺高兴的，又想到自己是要陪顾铭景出差，就蔫了。

顾铭景在身边，她根本就不自在，每一秒都处在一种待命的状态中，事事得顾及着他的想法和脸色。楚皙想，跟顾铭景去澳洲出差，还不如自己在家里舒服呢。

顾铭景原以为楚皙听后会高兴，没想到她一脸迟疑，便问："你不想去？"

他问得很直白，楚皙反而被吓了一跳。她很想直接回答"我不想跟你去"，但转念一想，这样太直白了，不太好，于是支支吾吾地道："我的英文不好，怕给您添麻烦。还有，姚玉姐说过两天有通告，我临时反悔不太好，所以还是不去比较好。"

顾铭景眯了眯眼："真的不去吗？"

楚皙鼓着腮不说话，只是看着他。

按常理来说，在顾铭景这样说了后，她应该立刻反悔，说自己要去。但是，楚皙是真的不想去，于是没有回应，依旧坚持了原有的答案。

顾铭景的心里突然有些烦躁。强扭的瓜不甜，不管是什么原因，楚皙明显就是不愿意去。

"那你就别去了。"他淡淡地说了一声。

公寓里有床上电脑桌，顾铭景坐在床头，对着电脑办起了公。

楚皙看了看他的侧脸，觉得顾铭景恐怕今晚也没有需求了，立马翻身下床："我去给您煮杯咖啡。"

她像个幽灵一样飘出卧室，一出卧室的门，整个人就兴奋了起来，握拳庆祝自己的胜利。

楚皙，自由果然是通过斗争得来的，不要害怕！

楚皙出去了很久，卧室里的顾铭景低头揉了揉眉骨，又吸了一口气，靠在床头，从枕头旁拿起手机看了看。

楚皙的手机被摆在枕头旁，她没有拿走。

不知是不是因为楚皙拒绝跟他一起去出差，顾铭景看着静静地躺在那里的手机，做了一件他自己都看不起自己的事情——偷看楚皙的手机。

他只试了一次就成功地解锁了手机，密码是简单的“234567”。

不知为何，顾铭景的心跳突然快了起来，他甚至担心，要是楚皙现在突然端着咖啡回来，自己该怎么办？

不过这种担心立马被他压了下去——他有什么好怕的？他检查她的手机不是理所当然的事吗？然后，顾铭景心安理得地看起了楚皙的手机。

顾铭景先打开了相册，楚皙不怎么爱自拍，最新的照片还是他上次给她拍的。顾铭景看着照片笑了笑，然后把照片一一传到了自己的手机里。

接着是微信，顾铭景翻了楚皙的聊天界面和好友名单，里面没什么特别的内容。此外，让他感到心情不错的是，楚皙竟然把他置顶了，给他的备注是“顾先生”。

“顾先生”这三个字，他从楚皙的口中听得多了，再在这里看到，觉得别有一番滋味。起码他知道这个小东西平常是真心地叫他“顾先生”，不是阳奉阴违。

顾铭景心情不错，退出微信界面，翻了翻微博和QQ（即时通信软件），最后翻到了手机通信录。楚皙的联系人没几个，而且备注的都是人名。

顾铭景滑下去，突然被三个字吸引了。

“老变态”？

这是个颇具调情意味的称呼，形容一个人变态且老，带着些无法言喻的亲近感，并且那个人应该是个男人。

他知道楚皙会叫他“顾先生”，却不知道她会用“老变态”这种称呼叫别人。

顾铭景皱着眉，扯着唇角冷笑了一声，十分想知道这个“老变态”是谁，直接拨通了电话。

两声忙音过后，顾铭景听见自己的手机铃声欢快地响了起来。

顾铭景：“……”

楚皙端着咖啡回来了，突然发现卧室里的气氛有些怪怪的。

她把咖啡放在床头：“顾先生，咖啡好了。”

顾铭景瞟了一眼还冒着热气的咖啡，又看了一眼楚皙。

“过来。”他发号施令。

“哦。”楚皙隐隐觉得不对，但哪里不对她也说不上来，只能乖乖地过去。

顾铭景一直看着她，看得她浑身发毛，胳膊上起了一层细密的鸡皮疙瘩。

楚皙不知道自己哪里又做错了……

9

楚皙签到顾铭景公司的第一年，参加了大大小小的许多活动、综艺节目，拍了两部电影。

第一部电影上映时，好奇的观众终于走进电影院了解了这个横空出世的新面孔，可惜获得的基本是负面的评价。

前期，制片方做了那么多的宣传，吊足了大家的胃口，加上楚皙的长相十分出色，大家原以为会有一位新生代女星诞生的，最后一看楚皙那与其他演员格格不入的演技，才知道她是毁了一锅汤的“老鼠屎”，而整部电影是顾铭景为了捧女主角而大把砸钱的毫无诚意之作。

楚皙知道自己搞砸了，惶恐极了，不知道该怎么跟顾铭景交代。没想到顾铭景跟个没事人似的，继续往她的身上砸钱。

她现在对顾铭景的脾气已经摸得很透了，能够精准地判断他当前的喜怒。电影受到网友抨击时，她从顾铭景的反应中感受不到一点儿怒气。

外面都在说楚皙是她背后那个男人的真爱，并且那个人的脑子不好使。

楚皙看着那些八卦论坛里的“真爱”两个字，觉得很可笑。她才不是顾铭景的真爱。

说起顾铭景，楚皙有好一阵子没有见到他了。

楚皙望着微信上的“顾先生”三个字，好几次想问他在忙什么，只不过这个念头一起，就立马被她打消了。

她什么时候有资格知道顾铭景在忙什么了？

楚皙接到高助理的电话时正是晚上。她洗漱完，准备睡觉，看到来电显示是高助理时还担心出了什么事。

楚皙接起电话。顾铭景果然出事了！

高助理说顾总出了车祸，目前正在 ×× 医院住院治疗，从明天起她要暂停一切工作，去医院陪顾铭景。

楚皙正因电影对顾铭景满怀愧疚，一听说他出车祸了，心就揪了起来。

电话一挂，高助理就把医院的地址和病房的位置发了过来。

虽然高助理说顾铭景暂时没有生命危险，但是楚皙一想到“车祸”两个字就心惊胆战，几乎一夜没睡，第二天一早就往医院赶，还在医院外面的花店里买了一束小菊花。

这是一所私立医院，楚皙照着高助理说的位置走过去，一路都有保镖立在各个关卡。楚皙本以为自己会被拦下，结果那些保镖好像认识她似的，她捧着菊花，一路畅通无阻。等楚皙来到顾铭景的病房所在的十二楼时，高助理已经在电梯外等着她了。

“高助理。”楚皙的眼里满是担忧。

“楚皙小姐，跟我过来吧。”高助理看到楚皙手中的菊花时，眉头跳了跳。他带着楚皙朝病房的方向走，这里的保镖更密集，全都穿黑衣、戴墨镜。楚皙捧着花，一路低头跟着高助理走，最后停在病房外。

楚皙望着那扇紧闭的病房门，眼眶微红。

他都住院了，身体一定有大问题。

她之前在医院见过几个遭遇车祸的病人，浑身插满了各种管子，身体是残缺的，一动不动地躺在床上，可怜极了。他给她投资的电影被她搞砸了，她正不知道该怎么面对他，他却出了车祸。楚皙觉得自己将功补过的机会来了。

她知道他的家庭情况复杂，所以暗暗下定决心，不管顾铭景是半身不遂还是缺胳膊少腿，她都会照顾好他。

楚皙正准备敲房门，高助理阻止她道："顾总正在休息。"

楚皙："那我现在可以进去看看他吗？"

高助理看了看她，然后点头，旋开门把手。

楚皙轻轻地走进去，高助理关上了病房的门。

楚皙捧着花，本以为会看到躺在病床上浑身插满管子、不省人事的顾铭景，却看到顾铭景穿着病服，靠在床头，一边看电脑，一边端起旁边的水杯喝了一口水。

楚皙张了张嘴："顾……顾先生。"

顾铭景扭头，看到楚皙走进来，"嗯"了一声。

楚皙一步步地走向他："顾先生。"

她呆呆地看着顾铭景，男人看起来精神状态不错，除了嘴唇有些发白。

顾铭景感受到了楚皙的目光，抬头问她："怎么了？"

楚皙看到他好端端的样子，一下子红了眼眶："我还以为您不行了。"

顾铭景看到楚皙手中的小菊花："……"

楚皙把菊花放在他病房的床头柜上，一个劲地看顾铭景的胳膊、腿，生怕哪个部位没有了，好在他的胳膊、腿都在。

顾铭景本来觉得好笑，但是看到楚皙发红的眼眶，心里突然有些感动，安慰她道："我没事。"

楚皙看到顾铭景的额头上贴了一小块纱布，然后从领口到胸膛上好像缠了层纱布，可怜兮兮地问："您的伤怎么样啊？"

顾铭景本来想说自己除了额头哪儿也没伤着，但是不知道为什么话到嘴边又被咽了下去。

老宅那边的人变本加厉，亲手策划了一场车祸，想要他的命，可惜他早就知道了他们的计划。他没有把这个计划戳破，而是顺水推舟，做好万全的准备后让这场车祸发生，然后住进了医院。

外面的人只知道顾铭景发生了车祸，受了重伤，脑袋破了，肋骨戳穿了肺。只有跟顾铭景最亲近的人知道，他只是额头上蹭破了点儿皮。

为了逼真，他住进了医院，胸膛上甚至像模像样地缠了纱布。他要在医院住久一点儿，好好看看外面的那些人迫不及待地露出来的嘴脸。

只是这住院的日子实在无聊，顾铭景一闲下来就会想楚皙，便让高助理把楚皙叫过来给他解闷。

高助理怕走漏风声，没有跟楚皙说顾铭景的真实伤情，又怕吓到楚皙，也没有跟她说顾铭景的假伤情，所以任由楚皙想象，最后她竟然得出了"顾铭景快不行了"的结论。

顾铭景看着楚皙担忧的神色，脸不红心不跳地撒谎道："肋骨断了两根。"

他的骨头断了，还是肋骨，楚皙一听就觉得很严重，跑去问了医生。

医生是个人精，看她不知道顾总的实际伤情，便顺着她的话，说顾铭景一定不能乱动，最好不要下床，出门要用轮椅，不能咳嗽、大笑等。

等楚皙再回来时，顾铭景在她的眼里已经成了"国家一级保护动物"。她暗暗下定决心，既然自己让他亏了那么多钱，一定要照顾好他才行。

楚皙忙扶着顾铭景让他躺好，不要乱动。

高助理敲了敲门，把早餐送进来了。

刚才还能自己拿起水杯喝水的男人，现在手突然没力气了，他靠坐在床头，等楚皙用勺子舀了粥，放到唇边吹凉了，然后一口一口地喂给他。

楚晳喂完早餐，又抽了张纸巾给顾铭景擦嘴。

顾铭景很享受这种待遇，只是刚才喝了水，早餐又是粥，不一会儿便想上厕所了。

顾铭景想下床去洗手间，刚起身，就被楚晳给按了回去：“顾先生，您别乱动。”

顾铭景有些尴尬：“我去洗手间。”

楚晳听后愣了一下，脸一红，说：“可是医生说您最好不要下床。”

楚晳似乎在病房里找什么，然后看到了茶几上的一瓶矿泉水。

楚晳在顾铭景不解的目光下把矿泉水拿过来，拧开瓶盖，把里面的水都倒在阳台的花盆里，然后抿了抿唇，说：“您不能下床，要不……就在床上解决吧？”她把瓶子递给顾铭景，“您可以解在这个里面。”

顾铭景看着矿泉水瓶细窄的瓶口，脸黑了。他在她的眼里就这种水平？

他继续起身：“我要下床。”

楚晳知道顾铭景不好意思：“您真的不能下床，这事你知我知，我保证不告诉别人，好不好？”

顾铭景瞧着楚晳焦急的表情，叹了口气，朝她伸出手：“没事的，你扶着我过去就行。”

楚晳：“不行的。您还是就在床……”

顾铭景打断她，看着她手中的矿泉水瓶，露出了一言难尽的表情：“你觉得可以？”

楚晳不明所以，盯着瓶子想了半天，突然明白了。

她的脸变得通红，然后她认命地托着顾铭景的胳膊，把他扶了起来。

顾铭景在她的搀扶下，慢慢地进了洗手间。

两个人一起站在马桶前，气氛有些诡异。

楚晳憋了一阵，开口道：“顾先生，我先出去吧。”

顾铭景沉默了一阵：“好。”

楚皙在洗手间外等了一会儿，听到里面有冲水的声音后才敲门进去。

顾铭景不能自己洗手，楚皙便握着顾铭景的一只手，在流水下冲了冲，然后挤了洗手液，在他的手上揉搓出泡沫。

洗手液的泡沫很滑，两个人的手亲密无间地蹭在一起。男人的十指修长，楚皙的十指纤细，两个人的肌肤相贴，她觉得手心痒痒的。

楚皙洗着洗着，脸又红了。

她给顾铭景洗完了左手，顾铭景又伸出右手让她洗。

楚皙便开始洗顾铭景的右手，只不过这一次她突然觉得有点儿奇怪。

这个男人连手都洗不了，刚才又是怎么自己脱裤子、尿尿、穿裤子的呢？他总不可能有特异功能吧？

楚皙认真地清洗着顾铭景沾满泡沫的右手，对这个问题百思不得其解，最后选择放弃思考。

10

顾铭景的住院生活十分悠闲，楚皙甚至有种他不是在住院而是在养老的感觉——他早上看看新闻，对着电脑办公；下午，看看电视或者书；傍晚，坐着轮椅去下面的小花园里溜达一圈；晚上，忙点儿别的事后睡觉。

顾铭景额头上的伤没两天就好了，一点儿疤痕也没留下。楚皙看到男人拆掉纱布后依旧光洁的额头，松了一口气，又想到他断了的两根肋骨，露出担忧之色，也不知道那里什么时候才能好。

今天的天气好极了，窗户开着，有清风吹进病房。顾铭景坐在沙发上看电视，楚皙坐在他的身旁，全神贯注地给手里的一只梨削皮。

她用小刀削皮，皮削薄了，果皮就容易断；皮削厚了，就会削掉好多果肉。

圆润的雪梨在她的手里缓缓地旋转着，皮削得既不薄也不厚，削下来的果皮是长长的一条，最后的成品十分完美。

楚皙把削好的梨递给顾铭景："顾先生。"

顾铭景虽然在看电视，心里却一直想知道他出车祸后老宅那边的动静。他看着楚皙递过来的梨，觉得现在没什么胃口，说："不用了，你吃吧。"

楚皙只好"哦"了一声，像只小仓鼠一样抱着梨啃。

过了一会儿，高助理来到门外，看到沙发上的两个年轻人后笑了一下，然后敲了敲门框。

高助理有话要跟顾铭景说，应该是商业机密之类的，楚皙很自觉地退了出去。

高助理今天在里面待的时间很长，过了好久才出来。

等到楚皙再进去时，顾铭景的脸上已经泛起笑意，像是有什么开心事。

楚皙坐过来，顾铭景闻到她身上有清甜的梨子香，突然有了胃口："给我削个梨。"

果不其然，老宅那边真的有人按捺不住了，一切都在按照顾铭景的计划发展。

楚皙觉得这人真奇怪，刚才给他不要，现在又来主动要，怎么有这么善变的人？但腹诽是腹诽，他发令了，她又没法拒绝，于是重新拿起一个梨削了起来。

只是她这么想着，削梨的时候便分心了，锋利的刀刃穿破果皮，划在她的右手拇指的指腹上。楚皙先是觉得指腹一凉，然后低头一看，发现鲜血涌了出来，紧接着指腹便传来疼痛感。

"啊！"楚皙扔掉手里的水果刀和梨，死死地捂住受伤的手指。

顾铭景吓了一跳，看到地上有血，还有血液从楚皙的指缝中渗出来。

他已经忘记了，自己现在应该是个断了两根肋骨的病人，急忙问道："削到手了？我看看！"

“顾先生您别动，千万别动，伤口会裂开的！”楚皙牢记着医生的嘱托，一边忍着疼，一边提醒顾铭景不能乱动，然后自己站起来，跑出去处理伤口。

顾铭景坐在沙发上，看到楚皙跑出去的背影，怔住了。

幸好她在医院，手上的伤处理得很及时。她指腹上的肉被削掉了一小片，伤口比较长，但不是很深，不用缝针。医生给她清洗了伤口，上了药，又用纱布把她的拇指一层一层地包了起来。

顾铭景走到治疗室门口，看到医生正在给楚皙包扎伤口。楚皙皱着眉，强忍着痛。

医生把伤口包好了。楚皙看了看自己被包得严严实实的大拇指，跟医生说了谢谢，正准备起身出去，转头便看到了门口的顾铭景。

楚皙：“顾先生，您怎么起来了？您怎么自己过来了？”顾铭景直接走进来，问医生：“她手上的伤怎么样了？”

医生道：“没大事，已经包扎了，伤口不深，没有缝针，过段时间就好了。”

顾铭景听后轻轻地舒了一口气。

楚皙一脸震惊地看着行动利落的顾铭景。他……他怎么突然好了？

顾铭景牵着楚皙没受伤的左手，把她拉回了病房。

楚皙满脑子都是疑问：“顾……顾先生？”

顾铭景带上房门，把楚皙抵在墙上，然后拉着她的左手，从他的衣服下摆处伸进去。

楚皙触到男人结实的腹肌后条件反射地想缩回手，顾铭景一直抓着她的手往上，来到他的胸膛处。

楚皙触碰到顾铭景胸口的皮肤时，愣了一下，然后开始在他的胸口摸起来。

他的纱布呢？他不是断了两根肋骨吗？他的伤口呢？

楚皙摸到的是顾铭景精壮的胸膛，上面没有一点儿伤。

楚皙一脸疑惑地抬头看他：“顾先生，您……您的伤口呢？”

顾铭景把楚晢的手拿出来，轻咳一声，道："本来就没有。"

楚晢："那……"

顾铭景："骗你的。"

楚晢觉得他的话仿佛晴天霹雳，嘴唇动了动，没有说出话来。

病房里只有电视的声音，可是电视上在放着什么，谁也不关心。

楚晢一直安静地坐着，这让顾铭景的心里有些烦躁。他骗了楚晢，但没想到她知道真相后是这么一副安静的样子，仿佛什么事也没发生，只是整个人沉默了，不再像之前那样一会儿问他要不要吃水果，一会儿又给他讲网上的段子。

顾铭景最后还是开口问："你没有什么想说的吗？"

楚晢一直低头看着自己被包扎后的大拇指，听到顾铭景的问题，低声说："顾先生，以后不要再骗我了。"

顾铭景知道自己确实过分，这两天把她当小丫头使唤来使唤去，上洗手间都要她扶着，她不高兴也无可厚非，便答道："好。"

楚晢补充道："我这几天真的一直很担心您的伤，很怕您养不好。"现在她才知道自己都是白担心。

顾铭景扭头看着楚晢的侧脸。她在意的不是他戏弄了她，而是他让她白白担心了一场。

顾铭景的负罪感更强了，他说："以后不会了。"

这句话在顾铭景的认知中是安慰人的话，这是他第一次说这种话。但楚晢没听出来，只是闷闷地"嗯"了一声。

虽然她不知道顾铭景为什么要来住院，为什么要骗自己，但他不是那么闲的人，来住院自然有他的道理，她也不过问。

时间不早了，医院的护士送来晚餐，楚晢替顾铭景将饭菜在桌子上摆好，然后说："顾先生，没什么事的话我就先回去了。"

之前她都是照顾顾铭景吃完晚饭，又推着轮椅带他下去散步后才回去的，现在既然顾铭景没什么事，她也没有留下的必要了。

"别走。"顾铭景叫住她，"在这里跟我一起吃。"

私立医院提供的菜很丰盛，据说厨子都是五星级酒店的水准，两个人吃绰绰有余。

楚皙："我自己回去吃。"

顾铭景把筷子递给她："坐下。"

楚皙只得坐下："好吧。"

她试图拿起筷子吃饭，在碰到筷子的时候才发现这是个难题。

她右手的大拇指被包得严严实实的，动都不能动。她只能用剩下的四根手指去握筷子，但这好像有点儿难。

楚皙试了一下，最后筷子总是掉在餐桌上。

她索性用左手吃饭，然而左手的五根手指还不如右手的四根手指灵活，怎么也不听使唤。

顾铭景看着对面正跟筷子不停地斗争的楚皙。

他把筷子从楚皙的手中拿走，给她塞了个勺子："用这个。"

楚皙用左手握着勺子："哦。"

她看了看桌上的那盘土豆丝，伸出勺子去盛，试了两下，终于将土豆丝放在了勺子上。但是，就在她拿起勺子要往嘴边送的时候，土豆丝又全滑到了盘子里。

她夹不到菜，对面的男人似乎也没有帮她的意思，一直自顾自地优雅地进餐。楚皙只能挖了一勺米饭在嘴里嚼。

她盘算着自己后面这几天该怎么办，筷子、勺子都用不好，怕是要饿肚子了。

饿肚子就饿肚子吧，大不了啃面包，楚皙在心里叹了口气。这个世界上只有奶奶会关心她吃得饱不饱、好不好，其余人中有谁会在乎她呢？

顾铭景放下筷子，像是吃完了。

楚皙只吃了几口米饭，看他吃完了，便放下手里的勺子："顾先生，我吃完了，先回去了。"

顾铭景没有答应，只是坐到楚皙的身旁，端起她的碗，用筷子夹了土豆丝，送到她的唇边。

楚皙："嗯？"

顾铭景："快吃，我喂你。"

最后楚皙被顾铭景喂得很撑，差点儿走不动路。

他嫌她吃得少，一个劲地把饭菜往楚皙的嘴里塞，一口还没咽下去，下一口就来了。

顾铭景给她喂饭，楚皙本来是感动的，但慢慢地，感动变成了恐惧……

这个男人上辈子是喂猪的吗？！他是不是给人喂饭喂上瘾了？！

顾铭景举着碗威胁道："快点儿，还有最后一口。"

楚皙悲愤地摇头，说："真的吃不下了。"

顾铭景："最后一口，吃完就不吃了。"

楚皙才不相信："你刚才也是这么说的！"

顾铭景挑眉问："到底吃不吃？"楚皙只好又张嘴。

顾铭景心满意足地看着楚皙把所有的东西都吃了。

楚皙摸着圆滚的肚子，刚松了口气，顾铭景就端着水来了："喝点水。"

楚皙只觉得自己现在连站起来都困难，食物都到嗓子眼了，咽口口水都嫌多，哪还喝得下水？

她哭丧着脸看顾铭景，痛苦万分。

顾铭景见状，问："怎么了？"

楚皙："顾先生，您是在喂猪吗？呜呜呜……"

11

楚皙被顾铭景喂得撑到动都不想动，在沙发上缓了好一会儿，准备起身离开。

顾铭景正在跟高助理说着什么，楚皙望了望窗外逐渐变暗的天色，一直等到顾铭景跟高助理谈完，才起身走到顾铭景的身边。

她拎着自己的小背包，说："顾先生，我先走了，明天再来看您。"

顾铭景看了眼楚皙被纱布裹得像蚕宝宝的右手大拇指，本想说让高助理送她回去，话到嘴边，却咽了下去。

他瞟了一眼时间，用平静的语调说："时候不早了，今晚就留在这里吧。"

楚皙："嗯？"

她咬了咬下唇，委婉地拒绝道："没事的顾先生，我可以一个人回去，而且我在这里……不方便。"

顾铭景还在平板电脑上看着报表，头也不抬地说："我会让秘书把你需要的东西都送过来的。"

楚皙知道他已经决定了。顾铭景决定的事，向来不会改变。于是，她"哦"了一声，答应下来。

不一会儿，顾铭景的秘书就来敲门，带来了她要用的洗护用品，甚至还拿来了一套真丝睡衣。

顾铭景一直对着电脑在忙些什么，楚皙坐在旁边，两个人中间相隔一个人的距离。

楚皙对着自己受伤的大拇指叹了口气。拇指受伤后，她玩不了游戏，干脆在手机上斗起了地主。

事实证明，她不善于玩棋牌类的游戏，不一会儿就把欢乐豆输光了，系统提示她要不要花钱购买。楚皙看着提示，关掉游戏页面，视线从手机上移到自己的身旁。

顾铭景在工作，侧脸对着她，眼中映着电脑屏幕的光，神情专注。

楚皙从顾铭景的额头一直往下看，眉骨、眼睛、鼻梁、嘴唇、下巴、喉结，然后再是他身上的病号服。楚皙发现一件最普通的蓝白条纹的病号服穿在顾铭景的身上也十分好看，穿上病号服的男人没有了平常强大的气场，气质温润，看起来十分好接近。

楚皙不知不觉地看入迷了。

这个男人拥有她的很多个"第一次"。

他对她很好，她能从很多事情、很多细节中感觉出来。

她还记得她有一次来了例假，跟他出去喝了冰饮料，肚子疼，男人用大手捂在她的小腹上时的温度。

她爸都没有那样给她揉过肚子。

楚皙想得入神了，脸颊泛红。

就在这时，他们之间的真实情况瞬间把她刺清醒了，她觉得心开始隐隐作痛。

楚皙立马收回一直落在顾铭景身上的视线，轻轻吸了一口气，再吐出来，然后垂下落寞的眼眸。

顾铭景原本在敲键盘的手指顿了顿。

他并不如楚皙看到的那样专注，很早就敏锐地察觉到有一道目光落在自己的身上，又缓缓地游走着。

他的唇角挂起浅浅的笑意，直到那道目光的主人突然收回视线。

面前的工作只做到一半，但顾铭景突然看不下去了。他关掉电脑，身旁的楚皙又开始埋头斗起了地主。

楚皙买了欢乐豆，现在是所谓的人民币玩家，打起牌来胆子大了不少，手气也更好了，竟然还赢了两把。

楚皙埋头玩得专注，顾铭景却皱了皱眉，似乎以为她突然收回视线是为了这无聊的棋牌游戏。

他换了个坐姿。

楚皙察觉到了顾铭景这边的动静，恍惚地抬起头，看见他已经关上了电脑，跷着腿，似乎有些无聊。

楚皙赶紧放下手机，顾不得游戏玩到一半："顾……顾先生。"

楚皙不小心开了外放，手机里传出了提示失败的声音，听起来格外清晰。

顾铭景瞥了她一眼，楚皙窘迫得无地自容。

接着，顾铭景站起身道："洗漱吧。"

"好的。"楚皙忙不迭地点头。

豪华病房里的洗手间，配置堪比五星级酒店，楚皙站在洗手台前，拿出秘书送过来的洗漱用品。

她的右手拇指还被包着，不能沾水，于是她今晚选择用左手洗漱。她挤了点洁面乳在左手的手心，抹到脸上，靠脸颊与掌心的摩擦起泡。

顾铭景从浴室出来时，看见楚皙趴在洗漱台前，右手背在身后，用沾满泡沫的脸靠近水龙头，紧闭着眼睛，又用左手艰难地撩水洗脸。

秘书买的洁面乳不是她常用的那款，不够温和，洁面乳不小心进了眼睛里，楚皙的眼睛被刺激得生疼，眼皮闭得越发紧，左手忙不迭地摸向水龙头。可惜左手并不如右手好用，她越急越找不到水龙头，甚至还不小心碰倒了洗漱台边的牙刷。

焦急之际，楚皙突然感觉眼前一黑，然后一只大手带着水摸到了她的脸。

顾铭景直接站到楚皙的身边，挽起袖子，一手抓着她，一手打开水龙头，撩清水给她洗脸上的泡沫。

楚皙闭着眼睛，感受到男人的手在她的脸上揉着，恍惚间觉得自己回到了小时候，那时候她每天早上站在洗脸盆前，等她的妈妈给她洗脸。

她突然安静下来，也不说话。

顾铭景洗干净楚皙脸上的泡沫，发现她的脸还没有他的手掌大。

他拿来毛巾，给楚皙擦了擦脸。楚皙这才敢睁眼，从顾铭景的手里接过毛巾。她的眼睛因为被洁面乳的泡沫刺激过，眼圈有些红。

"谢谢顾先生。"楚皙用水灵灵的眼睛看着顾铭景，把自己发红的脸颊藏在毛巾后。

顾铭景对着楚皙的红眼睛皱了皱眉："眼睛还疼吗？"

楚皙赶紧摇头。

他看到楚皙被包得像个小白萝卜的右手大拇指，突然有些后悔之前骗她自己伤势严重，还让她削梨。只是那句"对不起"，他是怎么也说不出口的。

顾铭景掐了掐楚皙白嫩的脸颊："右手别沾水，有事叫我。"

楚皙闷声点头。只是一直到楚皙换好睡衣从洗漱间出来，顾铭景也没有等到她的求助。

顾铭景靠在床头，看到楚皙关上洗手间的门。

秘书给她买的是桃粉色的真丝吊带睡裙。

当楚皙把这件睡裙从袋子里拿出来的时候，太阳穴突突地跳。这种东西她平常穿穿就算了，可是现在是在医院啊！

…………

楚皙看到顾铭景身上的病号服，低头看看自己身上的睡裙，再对上顾铭景耐人寻味的目光，整个人都不好了。

她现在十分想冲进去把裙子给换下来。

顾铭景心想，秘书很会办事，衣服的尺码很合适。

楚皙迎着顾铭景的目光，硬着头皮走过去，一只手有意无意地遮在胸口，谨慎地问："顾先生？"

顾铭景："嗯？"

楚皙："这里……晚上护士会查房吗？"这是她目前最关心的问题。

顾铭景当然知道楚皙在担心什么，笑了一下："我想让他们查就查，不想让他们查就不查。"

楚皙："……"

楚皙松了一口气，然后掀开被子，上了床。

床不小，可她还是浑身不自在。

楚皙抓着被子，眼睛盯着天花板，谨慎地开口："顾先生，您困吗？那个……我有点儿困了。"

顾铭景忍住笑意，突然起身，双手撑在楚皙的身侧，两个人四目相对。

"你在怕什么？"顾铭景挑眉问。

楚皙感受到男人的呼吸对着自己的脸吹来，这个姿势太暧昧了。她欲哭无泪，闭着眼，哭丧着脸道："顾先生，我觉得我们这样真的不太好，万一有人进来呢？万一早上被发现了呢？而且这里还没有那个……"

顾铭景继续问："哪个？"

楚皙语塞，说不下去了。

她有些委屈地别过头，不跟他对视。反正她没什么话语权，她说了也不算，她一点儿也不被在乎。

他帮她洗脸，她就觉得他好，真是天真得可笑。除了奶奶，没有人会在乎她的身体。

顾铭景看到楚皙黯淡下去的目光，知道她妥协了。最后，他笑了一声，然后在楚皙不解的目光中吻了吻她的掌心。

顾铭景翻身躺回去，一手揽过楚皙的腰，闭上眼睛说："不会的，睡吧。"

楚皙心里的石头终于落地了。

顾铭景的呼吸逐渐变得沉稳而有规律，楚皙却依旧睁着眼。

黑暗中，她只能看见他的轮廓。

"怎么办啊……顾先生……"楚皙听见自己的心里有个声音在说，"我好像真的有点儿喜欢你了。"

番外三

麻将事件

1

结婚之后，顾铭景自认跟楚皙无话不谈，两个人对对方都是最坦诚的。他知道楚皙的身上哪里有一颗小痣，知道楚皙中学的时候被哪些人追过，也知道楚皙所有的卡号、密码。他很喜欢这种夫妻一体、不分彼此的感觉，只不过最近他发现楚皙好像在瞒着他什么。又或者说，楚皙有了她的小秘密。

顾铭景是从一些日常的小事中发现端倪的。

楚皙躺在床上时总是在想着什么，面对他的时候似乎有些心不在焉，甚至有时候会突然伸出手，在面前凭空摸着什么，两掌一挪、一摊、一推，像是在打太极，却又不是在打太极。

不过这些都是小事，最主要的是家里的司机跟他汇报，太太最近这些日子自己开车出门的次数多了起来，一去就是好几个小时，而且每次也不说去了哪里。这让顾铭景开始警惕起来。

他晚上似是随口跟楚皙提起这件事，问她白天去了哪里，楚皙一个劲地跟他打马虎眼，说是认识了几个新朋友，跟他们去喝下午茶了。

顾铭景当然不反对楚皙交友，只是交朋友应该大大方方地交，楚皙这样鬼鬼祟祟的，反倒让人生疑了。

楚皙不说，顾铭景可以自己去查。很快，他就知道了楚皙经常自己开车去的地方是哪里——娱乐会所，为广大顾客提供棋牌、桑拿、唱歌等服务。

顾铭景看到“娱乐会所”四个字的时候心一紧。楚皙去那种地方做什么？桑拿、棋牌、唱歌，哪个是她喜欢的？

顾铭景提前下班回家，楚皙果然不在家，顾宝宝由阿姨照顾。

顾宝宝四个多月了，出生时被产钳夹出来的扁头终于在大人们的不懈努力下成了一颗圆溜溜的脑袋，长相继承了父母的优点，一看将来就会“祸害”好多小姑娘。不过现在顾宝宝还太小，所有人见了他只会夸他可爱。

然而就是这么一个可爱的家伙，惨兮兮地被阿姨抱着，不见妈妈的踪影，看到爸爸回来了便朝他伸出小胖手。

顾铭景从阿姨的手中接过儿子，抱在怀里哄了哄，皱了皱眉，问：“太太呢？”

阿姨老老实实地回答道：“太太给宝宝喂完奶后就出去了，刚出去没多久。”

孩子还小，要母乳喂养，所以楚皙毕业后没有立刻工作，打算等顾宝宝断奶后再说。

顾铭景一手抱着孩子，一手给楚皙打电话。

电话很快就接通了。

楚皙甜蜜的声音通过听筒传来：“喂，老公。”

顾铭景的声音像往常一样：“在哪儿？”

楚皙：“我在家啊。”

顾铭景听后脸色一沉：“是吗？”

楚皙：“是……呀。”

顾铭景："我也在家。"

楚皙："……"

顾宝宝在顾铭景的怀里拍打着小手，蹬着小腿，咿咿呀呀的婴语通过电话传到楚皙的耳朵里。

顾铭景确实在家，不仅在家，还在带孩子。

楚皙："对不起，老公。"

楚皙很快赶回家，一进门就看到顾铭景坐在沙发上，正抱着孩子，安静地等着她。如果再给他的头上加个长头发的话，顾铭景像极了在家带孩子、等待夜不归宿的老公的糟糠之妻。

顾铭景："干吗去了？"

楚皙自知理亏，在顾铭景面前的气势矮了一截："跟朋友喝下午茶去了。"

顾铭景挑眉问："是吗？"

楚皙点头。

顾铭景："你觉得我会信吗？"

楚皙噘起嘴。

顾铭景把孩子放下，一步步地走向楚皙，质问道："你打算还要瞒我到什么时候？"

他掰着楚皙的小脑袋，让她看他的脸："不够帅吗？"

楚皙疯狂地摇头："老公最帅。"

他抓着楚皙的小手放到自己的小腹上："不够硬吗？"

楚皙疯狂地摇头："老公的身材最好。"

顾铭景苦笑了一声，控诉道："那你还有什么不满足的？嗯？我辛辛苦苦为了这个家赚钱，你为什么要去外面？"

楚皙被顾铭景的举动搞得摸不着头脑，有种自己出去花天酒地被逮到了的感觉："啊？"

顾铭景抓着她的胳膊："我哪里不够好？你说啊！"

楚皙一脸蒙地看他，不知这个男人受了什么刺激，最后选择低下头认错：“我不就是去打了个麻将吗？你干吗要这个样子？”

顾铭景的表情僵硬了：“出去打……麻将？”

楚皙抬头：“对啊，不然你以为我出去干什么了？”

他又问：“那娱乐会所呢？”

楚皙：“它里面有包间供客人打牌，自动麻将机知道吗？”楚皙吸了吸鼻子，“我突然被你叫回来，那边三缺一，她们快骂死我了。”

顾铭景的唇角抽搐：“你什么时候学会打麻将的？”

既然都被他逮到了，楚皙也只有坦白：“前几天刚学的。”

顾铭景总算明白了楚皙做的两掌一挪、一摊、一推，像太极而非太极的动作是什么了，也总算知道楚皙每天晚上念叨的是什么了。楚皙从小就是乖宝宝，以前只在茶馆里看过别人打麻将，现在自己终于学会打麻将了，牌瘾还挺大，每天晚上念的都是这些跟麻将相关的东西。

顾铭景拧了一下楚皙的鼻头：“怎么不一开始就告诉我？喝下午茶？当我好糊弄？”

楚皙不好意思地解释道：“这不是觉得喝下午茶比较高雅吗？打牌又不是什么光荣的事，万一你不同意我去怎么办？”

“你也知道那不是什么光荣的事啊！”顾铭景“哼”了一声，“那为什么不让司机送，自己鬼鬼祟祟的？”

楚皙：“因为我的几个牌友都是公众人物，想越低调越好，别人知道得越少越好。”

她突然想起刚才顾铭景的那副样子，有些好奇：“你还没回答我呢，你以为我去干什么了？”

顾铭景避开楚皙的眼神，轻咳一声：“没什么。”

楚皙不相信：“真的吗？”

“好了。”顾铭景转移话题，搂着楚皙的腰，“打得怎么样？赢了吗？”

楚皙一听就噘起嘴：“老是输。”

顾铭景笑了一声：“玩一玩可以，上瘾就不好了。”

楚皙：“哪有！”她又没有天天玩，偶尔去一次，今天还被他给逮着了。而且，她每次都是喂完顾宝宝才去的，孩子现在大一点儿了，不用喂得那么频繁了，她才有空儿出去玩。

楚皙看向差点儿被两个人忘了的顾宝宝，他正坐在沙发上蹬着腿，自己跟自己玩。

楚皙原定的麻将时间因为顾铭景的提前回家变成了亲子时光。

顾铭景把孩子放在床上看布书，楚皙摸摸儿子的小脑瓜："真的圆了。"

顾铭景的眼神很温柔："嗯。"

顾宝宝已经会自己翻身了。

楚皙看着孩子，突然叹了口气。

顾铭景："怎么了？"

楚皙："我以前没有感觉，但现在看着他一点点地长大，突然觉得自己老了。"

顾铭景笑着摸了摸她的背，正准备告诉她"你不是老了，而是长大了"，楚皙又说："不过我再怎么老也永远比你年轻，哼！"

顾铭景的唇角抽了抽。

楚皙今天似乎格外多愁善感，摸了摸孩子的小脸，问："老公，顾宝宝这个名字真的有那么差吗？"

顾铭景听后只想说"你终于发现了"，楚皙当初非要给孩子起名"顾宝宝"，十分执着，好像九头牛都拉不回来。顾铭景从孕期开始就格外顺着她，只能同意。

顾铭景还是很给楚皙面子的，没有直接说名字差，只是说："乳名而已，没关系的。"

楚皙："现在你看他这么小，当然觉得没关系，可是等他大一点儿，变成一米八的小伙子后，人家肯定会笑话他的！"

楚皙越想越气，最后捶了顾铭景一拳："都怪你！我取名的时候你为什么不阻止我？"

顾铭景很委屈。他哪里敢阻止啊？他当初只要说个"不"字，她就开始掉眼泪了。别说是让儿子叫顾宝宝了，就是叫顾二狗，顾铭景也只能答应啊！

楚皙要小脾气的功力越发见长了。

“怪我怪我。”顾铭景用大掌包住楚皙的小拳头，“要不给他改一个？反正还小，改一个以后长大了说出去也不会没有面子、一听就很大气的名字。”

楚皙点头：“不仅要大气，还要霸气、帅气，一听就是我楚皙的孩子。”

顾铭景笑：“好，那你想改成什么？”

楚皙：“让我想想啊。”

她盯着正在咬摇铃的顾宝宝，想了一阵，突然眼睛一亮。

顾铭景：“想好了？”

楚皙：“嗯。”

顾铭景：“叫什么？”

楚皙兴致勃勃：“你觉得叫顾霸天怎么样？够不够霸气？够不够酷？够不够高级？”

此话一出，顾铭景还没反应，正在咬摇铃的顾宝宝先是一愣，然后“哇”的一声哭了起来，无论楚皙怎么哄都不管用。

2

顾铭景算是明白了什么叫“一孕傻三年”。

楚皙明明是生产前的最后一刻都在改毕业论文的人，一生孩子，智商就哐当一下降了下来，可惜她本人还没意识到。

自从上次被顾铭景抓到之后，楚皙就由偷偷摸摸地去打麻将变成了正大光明地去打麻将。然而在娱乐圈里，一个人可能可以躲过“狗仔”，但三个女明星，尤其是三个自带话题的女明星聚在一起，想低调都难。

没过多久，某名不见经传的营销号下，一条八卦新闻横空出世：“震惊！三个女明星竟然聚众干出这种事！”配图是在娱乐会所的门口，三个戴着墨镜的美丽女人拎着包，谈笑风生地走出来，后面还跟着一个小弟。三个女人站在一起，都戴着墨镜，气场极强。

粉丝一眼就认出这三个人是谁了——叶苏、梁烟，还有楚皙！

大家都知道叶苏和梁烟认识，之前她们一起上过《丈夫的新生活》这个综艺节目，但是楚皙怎么跟她们搞在一起了？

果然，优秀又美丽的人总是相互吸引的。

这画面也太养眼了吧！

你们要不要合伙录制一档综艺节目啊？

这三个女人到底约着去干了什么，实在引起了大家的好奇。

唱歌？粉丝一想到梁烟的死亡歌声，打了个寒战。他们想，这不可能，要命的人是不会跟烟烟一起唱歌的。

蒸桑拿？这三个人一起蒸桑拿，天啊，这画面想想就刺激啊！

粉丝中的画手出动了，画了许多图——烟雾缭绕的桑拿室里，三个女人坐在一起谈笑风生，烟雾遮住了她们身上最重要的部位，看得人浮想联翩。

楚皙看到这图后，脸红得不行，跟叶苏和梁烟商量了一番，于是三个人同时发了微博。

楚皙："没见过别人打麻将吗？"

梁烟："没见过别人打麻将吗？"

叶苏："没见过别人打麻将吗？"

由于被爆出来的只有三个人，所以粉丝没想到她们不是去蒸桑拿、唱歌，而是去打麻将了。

啊，仙女打麻将，还缺不缺人？

到底哪个幸运儿能陪你们打麻将？

呜呜呜，皙宝、大苏、烟烟，你们要不搞个抽奖吧！抽中的人有机会和你们一起打麻将。

好主意！

当网友知道三个人是在一起打麻将后，那个陪她们打麻将的神秘人，无疑成了全网最令人羡慕的对象。网友觉得这个人肯定是上辈子拯救了银河系。

陪着娱乐圈三大仙女打牌的是楚哲的经纪人付白。

牌桌上，楚哲对着面前的牌仔细思索，最后做出决定："二条。"

她刚把二条扔出去，对面就响起激动的声音："杠！"

楚哲："……"

梁烟兴奋地推倒自己等了好久、准备拆开打的三张二条，再捡起楚哲打出来的那一张，将四张牌整整齐齐地列在一起。

又轮到楚哲出牌了，她的手上只剩九万和四条了，她的清一色还差两张牌就成了。她不免有些激动。

她输了这么多次，眼看就要赢一回了，于是十分谨慎，在九万和四条中纠结了一阵，最后选中了那张九万打了出去。

"九万。"她出完，谨慎地观察着其余三个人的反应。

梁烟、付白没什么表情，而叶苏这局的牌似乎不是很好，既没碰，也没杠，一直都没表情。

楚哲正准备松一口气，一直没什么表情的叶苏出声道："和了。"

楚哲惊了，什么？

她有没有听错？

叶苏把自己面前的牌一张张地推倒，十三张牌整整齐齐地摆着，加上楚哲刚刚打出来的九万，刚好七对。

叶苏其实是在凑比清一色还要值钱的七小对，楚哲则是这个七小对的促成者。

一轮结束，除了楚哲，其余三个人都赢了很多次。

四双手一起洗着牌，麻将声哗哗地响。虽说有自动麻将机，但是打麻将的快感不仅在打牌，更在洗牌。一局结束，上一局的所有组合被轻轻地那么一推，都化为乌有，小小的麻将牌在四个人的手中变换着位置，最后又被垒成四条长龙，骰子一掷，新的一局又开打了。

四个人开始码牌，一边码一边聊起了天。

梁烟看了眼楚皙："你老公知道你出来跟我们打麻将，是什么反应？"

楚皙的码牌技术还不熟练，她在四个人中码得最慢，回答道："他让我要打就光明正大地打，只要别输得太难看就行了。"

梁烟："哈哈哈，这让我们以后怎么好意思赢你？"

叶苏又看了梁烟一眼："你出来打麻将，陆林诚不说什么？"

梁烟："他能说什么？当然是让我争气点儿，多赢几局呀！对了，纪恒呢？他那堆古董花瓶倒腾得怎么样了？"

叶苏想到纪恒，笑道："还行，卖出去赚了点儿，比我拍戏强。"

听到这里，付白看了一眼叶苏。

叶苏的片酬在业内算顶级的了。纪恒倒腾一次古董比叶苏拍一部戏强的话，那可真是收入不菲。

付白心想，自己一定是上辈子造了什么孽，所以这辈子要陪三个富婆打牌。好在每次都有楚皙垫底，他还能保持着不输不赢的水准。

这三个女人每次打牌都发挥得很稳定。三个人中，牌商最高的是叶苏，梁烟次之，刚生完顾宝宝的楚皙最低。

楚皙上一把贪心，想玩清一色，结果输得很惨，这一把一心求稳，终于和了一把小的，笑得眼睛都看不见了。

叶苏看到楚皙的笑脸，道："你家顾宝宝笑起来跟你一模一样。"

楚皙："真的吗？真的像我吗？"

顾宝宝刚生下来时皱皱巴巴的，现在长得圆润了些，头也不扁了，跟顾铭景简直是一个模子里刻出来的，只有眼睛跟楚皙比较像，楚皙为此还有点儿失落。她辛辛苦苦生下来的崽，只有眼睛像她，其余全像他爸爸。

梁烟笑道："你不是在朋友圈里发过他笑起来的照片吗？那孩子的神态特别像你。"

楚皙听后满意了："像我才好呢！"

女人一说起孩子，话匣子便打开了。三个女人一会儿聊奶粉，一会儿聊早教，滔滔不绝，越聊越激动，越聊越忘情，全然忘了中间还有一个付白，最后甚至还给孩子定下了娃娃亲。

付白想插话却不知道能说什么，只觉得自己在其中越来越没有存在感，最后快要消失不见了。他一个单身男青年，为什么要来陪三个已婚已育的女人打牌？

楚皙对此解释道："因为你安全，我们的老公放心。"

付白："……"

楚皙回到家，兴奋地跟顾铭景说起给顾宝宝定了娃娃亲的事。

顾铭景："定的谁家的？"

楚皙兴奋地说道："梁烟家的！"

她兴冲冲地跟顾铭景算着这三家人的娃娃亲关系，道："我们的儿子定了叶苏家的女儿，叶苏家的儿子定了梁烟家的女儿，至于梁烟家的儿子呢，就定了我们的女儿。"

顾铭景听着这复杂的关系，最后问了句："所以我们的女儿呢？"

楚皙顿时安静了下来，心想，对啊，女儿呢？

顾宝宝都还在吃奶呢，女儿呢？

楚皙："生！"

梁烟家和叶苏家都有女儿，她一定可以生个女儿。

顾铭景摇了摇头。楚皙生顾宝宝的时候难产，他这辈子都不想再受一次那种在产房外面什么也做不了只能等消息的折磨。虽然香香软软的女儿很诱人，但是如果这个女儿要让楚皙再走一趟鬼门关的话，他宁可不要。顾铭景觉得有顾宝宝一个就够了。

楚皙："不行，娃娃亲我都定了，没有女儿，你想让陆林诚的儿子以后打光棍吗？"

她生孩子的时候浑浑噩噩的，反倒没有顾铭景的感受深刻。

顾铭景不为所动，似乎铁了心不要，陆林诚家的儿子打光棍跟他又没什么关系。

楚皙在他的怀里蹭了蹭："我又没有说现在要，老公。"

她在顾铭景的唇上啄了一口："等顾宝宝大一点儿再要。"

她像只小树懒，黏在顾铭景的身上，冲他眨眨眼："老公真的不想再要一个女儿吗？跟我一样可爱的女儿！"

顾铭景翻身把她压在身下："小坏蛋。"

楚皙咯咯地笑着躲他的吻。

顾宝宝两岁的时候，楚皙怀了第二胎。

这次是意外怀孕，顾铭景知道后懊恼得不行，立马跑去做了结扎手术，说再让楚皙怀孕他就是个浑蛋。

顾铭景没办法，怀都怀了，总不能打掉，生呗！顾家又不是养不起。

楚皙很有信心，这次会是个女儿。她怀孕的时候喜欢吃辣，还喜欢吃香甜的水果，所以一切婴儿用品都是按照女儿的标准准备的。顾铭景自然也希望这次会有个跟楚皙一样可爱的女儿。

这种期待一直持续到楚皙临产。

楚皙生顾宝宝的时候难产，吓坏了顾铭景，生第二个的时候却十分顺利，进产房几个小时后，护士就出来道喜。

顾铭景当即松了一口气，还在他腿边的顾宝宝拉着顾铭景的手问："护士阿姨，妈妈生的是妹妹还是弟弟呀？"

护士："恭喜小宝贝，妈妈给你生了个弟弟。"

顾铭景："弟弟？"

顾宝宝："弟弟！"

病房里，楚皙一脸忧伤地看着正趴在她的胸口吃奶的小东西。

当她生产完，医生说是弟弟，把孩子抱起来让她看的时候，她恨不得把小东西塞回肚子里重新生一次。

顾铭景当然只能安慰她："弟弟也好，弟弟也好。"

有了顾宝宝，第二个孩子的名字便十分好取，楚皙连脑筋都不动，说应该叫"顾贝贝"。

楚皙把嘴翘得老高，看着在旁边安慰她的顾铭景，鼻子一酸，突然想到，生男生女这种事情，是由爸爸决定的。

楚皙："顾铭景。"

她叫他的全名时就表示有什么事了。顾铭景："嗯？"

楚皙："你家是有皇位要继承吗？让我生那么多儿子做什么？"

顾铭景："……"

顾贝贝吃完了奶，睡着了，被放回摇篮里。

顾宝宝趴在摇篮边上看弟弟，对这个小家伙产生了奇妙的情感："爸爸，我小时候也是这个样子吗？"

顾铭景点了点头："是的。"

楚皙："不是。"

爸爸、妈妈一人给了一个答案，顾宝宝回头，不知道该听谁的："嗯？"

楚皙："弟弟的头是圆的，你的头是扁的。"

顾铭景："……"

顾宝宝伸手摸了摸自己的头："可是我的头明明不扁啊。"

顾铭景把顾宝宝抱过来解释："因为妈妈生你的时候受了很多罪，你的头太大了，好久都出不来，所以医生就把你的头夹扁了一点儿，好让妈妈把你生出来。以后你要和弟弟一起好好保护妈妈，知道吗？"

顾宝宝听得眼泪汪汪，摸着自己圆圆的头："真……真的吗？"

顾铭景："爸爸骗你做什么？"

顾宝宝"哇"的一声哭了出来，抱着自己的小圆脑袋，扑到楚皙的怀里道："妈妈，对不起。"

楚皙摸着孩子的头，看了顾铭景一眼："没事了，妈妈爱你。"

顾宝宝认真地说道："妈妈，我以后一定会好好保护你的。"

楚皙笑了笑，心里十分感动，点头道："嗯。"

顾宝宝又看到摇篮里的顾贝贝，补充道："弟弟也要跟我一起保护你。"

楚皙的心里暖得一塌糊涂，她笑道："好。"

顾宝宝又玩了一阵子，也睡了。病房里很安静，只剩下两个孩子均匀的呼吸声。顾铭景坐到楚皙的床头，把她搂进怀里，低头吻了吻，然后说："辛苦了。"

楚皙缩在他的怀里："还好啦，生宝宝时有点儿辛苦，生贝贝时很顺利的。"

顾铭景："都辛苦。"

他握着楚皙的手，两个人十指交叉。顾铭景低声说："你看，有两个男孩子也很好，对不对？他们长大了就可以和我一起保护你。"

楚皙身后是老公，旁边是两个孩子，点头道："嗯。"

顾铭景吻了吻楚皙的手，道："睡吧，好好休息一下。"

楚皙产后有些疲乏，打了个哈欠就睡下了。

两个孩子在睡，妈妈也在睡，顾铭景面带笑容地看着楚皙恬静的睡颜，然后俯身吻了吻她的唇。

"我爱你。"他轻声说。